爱在人间，
玲心生墨函，
心之声，
风华绝代一笔橼；

大爱兆雪

余克强作品选

点萃集

余克强 著

新华出版社

图书在版编目（CIP）数据

大爱兆雪点萃集：余克强作品选 / 余克强 著
北京：新华出版社，2014.4
ISBN 978-7-5166-0941-5
Ⅰ.①大… Ⅱ.①余… Ⅲ.①中国文学—当代文学—作品综合集
Ⅳ.①I217.2
中国版本图书馆CIP数据核字（2014）第058856号

大爱兆雪点萃集：余克强作品选
作　　者：余克强

出 版 人：张百新		责任编辑：董朝合	
封面设计：图鸦文化		责任印制：廖成华	

出版发行：新华出版社
地　　址：北京石景山区京原路8号　　邮　　编：100040
网　　址：http://www.xinhuapub.com　　http://press.xinhuanet.com
经　　销：新华书店
购书热线：010-63077122　　中国新闻书店购书热线：010-63072012
照　　排：新华出版社照排中心
印　　刷：北京文林印务有限公司
成品尺寸：170mm×240mm
印　　张：24.5　　字　　数：380千字
版　　次：2014年4月第一版　　印　　次：2014年4月第一次印刷
书　　号：ISBN 978-7-5166-0941-5
定　　价：46.00元

图书如有印装问题，请与出版社联系调换：010-63077101

谨以此书献给首届"李大钊杯、张爱玲杯、成兆才杯、曹雪芹杯"全国文学大奖赛,献给辛勤耕耘地球家园的园丁。

目 录

开篇语 ……………………………………………………001

长篇小说
　　凤之舞 ……………………………………………007

电影文学剧本
　　上道村的故事 …………………………………285

短篇小说
　　阿Qiu外传 ………………………………………327

微小说
　　姥姥买菜
　　　　——家庭三字经 ……………………………335

散　文
　　省级公务员二三事 ……………………………339
　　为了同一个信仰 ………………………………343
　　小小瓦罐 ………………………………………346
　　明星纳税趣事及其他 …………………………350

游　记

望井冈山瀑布 ······ 357

诗　歌

大爱兆雪 ······ 363
向世界说声：喂，站住！ ······ 364
女儿当自强 ······ 367
园丁之歌 ······ 369
农民进城 ······ 371

杂　文

打开潘多拉魔盒的钥匙一，做人——财富立人 ······ 375
打开潘多拉魔盒的钥匙二，做事——多米诺方法 ······ 378
打开潘多拉魔盒的钥匙三，做官——海上哲学对话 ······ 381

后　记 ······ 385

开 篇 语

文如其人，《大爱兆雪点萃集》集中了我的人生观。"大爱兆雪"是我为首届"李大钊杯、张爱玲杯、成兆才杯、曹雪芹杯"全国文学大奖赛冠名，并为大赛成立了"唐山大爱兆雪信息咨询有限公司"，设立了网站。大爱兆雪是我用这四位伟人和圣贤名讳中间的字组成，偶得其名，读起来令人肃然起敬，细品其中之味愈觉意义深远，大有天作之合。大爱兆雪既是大赛冠名，也是我的各种体裁代表作品集冠名，更是我谨记今后做文做事做人永远的冠名。

长篇小说《凤之舞》成书之后，新华出版社2011年5月出版，网上见有五篇评论在媒体宣传，中国作家数字作品资源库2013年收入该小说。有如此反响遂有2014年4月再版。小说描写中玉家族女性传后，七个姑娘百年历史，五个国家叱咤风云，四大平衡规律、三大平衡动力哲学思想造福人类，小说每一个鲜明的人物，每一个引人的故事，每一个全新的理念，每一个做事做人的启迪，都在撞击着善良世人的灵魂。

电影文学剧本《上道村的故事》，待遇天壤之别，新华出版社2012年4月公开出版发行，从北京到全国各地新华书店，一直卖到台湾，一直卖到今天。书中描写"北方一个依山傍水的普通小山村，普通的就像一片树叶，一棵小草，一粒掉在地上的不屑被人们捡起的饭米粒。"剧本介绍农村资源优势和城市市场需求相结合，村两委会和有限公司、股份公司相结合，劳动力资源和剩余价值相结合，走农村公司化之路，走村民共同富裕之路，无疑是一条颇有广泛意义的人间正道。

短篇小说《阿Qiu外传》说的是故事中的主人公阿Qiu，为了实现自己的梦想，把公益事业作为公益产业来做，用多年积累的百万资金，交给贫困县来的员工创业。不料竟遭遇意外，使美好的梦想险遭破灭。

微小说《姥姥的家庭三字经》，通过姥姥在市场买菜，和摊贩胖二、小李、三婶调侃："……家务事，钱找齐，富出钱，穷出力。捧儿媳，儿欢喜，举女婿，女儿喜。勤夸赞，围你转，不挑刺，没闲气。长者亲，子来勤，亲人近，狗不临。"提示人们如何和谐处理家务事。

散文《省级以上公务员二三事》是我的亲身或亲人经历，书中王大中是新中国成立前夕唐山市委书记，由于时处黎明前的黑暗，代号黎明部队。新中国成立后身居高官却把自己作为老百姓的打工仔，衣食住行还不如普通老百姓，当了国家部长仍然不坐专车，花剩下的工资交党费。我想提示公务员队伍，向老一辈共产党人学习，直立公务员的脊梁。《为了同一个信仰》是劝人向善，亦是自勉。人的一生应该这样度过："劝人向善，传递福祉；繁衍生息，耕耘家园；非礼勿取，权财不惑；生负责任，死载快乐"。《小小瓦罐》是说培养孩子从小做起。回忆"母亲用心，用血，用生命，用对这个世界最凝重的爱哺育了我"，使我"仁心早成"。"我的生命的延续就是母亲生命的延续，我要无愧于母亲的培养，我要用我的生命来诠释母亲的生命，来诠释母亲对人类社会的延续贡献。"《明星纳税趣事及其他》回忆我在税务工作的初期，在改革开放的初期，在明星走穴的初期，征收赵本山、姜昆、唐杰忠、刘晓庆、李玲玉等著名演员个人收入调节税的同时，筹集资金建立唐山市青少年宫图书馆的故事。

游记《望井冈山瀑布》在描绘井冈山"红"、"绿"、"瀑布"的同时，用货币调节、法律约束、信仰引导三大平衡动力方法，回答了井冈山国税局长的"兰州问题"。写七绝记录井冈山瀑布于斯："七彩叠翠矗九天，赵公挂瀑金漫山，神龙弄浪吐飞河，仙女沐浴舞前川。"

诗歌《大爱兆雪》是为唐山近代历史上四位伟人和圣贤而作，尽可能用最少的文字准确素描伟人和圣贤的一生。伟人李大钊文字素描"……创世曲，妙手文章立赤旗。"张爱玲文字素描"……心之声，风华绝代一笔橼。"成兆才文字素描"评剧戏圣，东方有莎翁……"曹雪芹文字素描"千古传奇，瑞雪化芹泥……"《向世界说声：喂，站住!》告诫世界上形形色色的人们，"……让我们站在未来回顾今天，不要做所有所有的蠢事，去呵护耕耘每一个人的地球家园！"《女儿当自强》是长篇小说《凤之舞》的主题歌，勉励女人在人类社会的舞台上，自尊自爱自立自强。为第二大平衡规律，人类社会平衡规律中，"男人与女人之间的平衡"作出贡献。《园丁之歌》也是《凤之舞》的另一首主题歌，是为宣传四大平衡规律和三大平衡动力而作，告诉地球家园的人们，从总统到平民："空气不分国界，流水不分疆土，世界殊途同归，人类福祸同分……醒来吧，人类的兄弟姐妹，从总统到平民，我们都来做园丁，去耕耘……"《乡下人进城》是电影文学剧本《上道村的故事》主题歌，主题歌分上、下两部分。

  杂文《打开潘多拉魔盒的钥匙一，做人——财富立人》是新体裁，是我把未面世的经济学论文手稿，用杂文形式呈献给读者。把严谨的新鲜的经济学思维用通俗易懂的文学形式表现出来，易于人们接受。寻找只许成功不许失败的项目，把大多数人的人力资源和极少数人的货币资金结合起来，组成人资各半的人资公司。利用经济鉴证事务所去做鉴证评估担保，如需要，或可取得金融机构贷款支持，的的确确是一个拉动经济的新思路。《打开潘多拉魔盒的钥匙二，做事——多米诺方法》，这是第二篇杂文，利用事物的连续反应现象规律，揭示多米诺方法帮助人们工作，学习，生活的具体事例，"……我们一生不知道要做多少事，从每一件小事到每一件大事，为了能够做到事事顺利，我们使用多米诺连续反应现象来分析每一件事的始末，从开端启动力到连续反应过程，最终达到稳定性结果，使用多米诺方法无疑是智者的选择。"《打开潘多拉魔盒的钥匙三，做官——海上哲学对话》，显然，这三篇文章是姊妹篇，但这一篇是更为奇特的"哲学对话"原创杂文哲学体裁。本文利用货币调节平衡动力，法律约束平衡动力，信仰引导平衡动力，来解决自然平衡规律，人类社会平衡规律，和平与战争平衡规律，思想与现实平衡规律。用特定的时间"一九〇八年初夏"，用特定的环境"大西洋伊丽莎白号豪华客船上"，用特定的形式"海上哲学对话"，创造了别开生面的杂文哲学新体裁。"……钟岳、中玉星先、小威廉三人全神贯注'海上哲学对话'之中。不知不觉，西方的太阳正在慢慢落入海洋，海

上的落日比初升的太阳更加绚烂,更加壮观。晚霞映红了天,映红了水,映红了天水日一色的大自然画卷……"

  我写文章是用心,用血,用生命,用对这个世界最凝重的爱,文章有魂。

作者2014年3月16日于唐山

长篇小说

凤 之 舞

第一章　梦之始然

百年一梦舞红颜
五代耕耘为家园

　　北京，一九〇八年春末的一天上午，去往玉泉山的路上，平野舞叠翠，风送百花香，满目青山满目春。一辆双套马拉豪华厢车，一个年轻的骑士装女子驾车，一条纯种英格兰牧羊犬跑在车前，三个英俊的姑娘身着红色骑士装策马紧随其后，马鞍后悬挂着山鸡野兔。

　　"我为钟家生了六个女儿，为求一子，十年拜佛，十年奉香，只盼着生个男孩为钟家传宗接代。孟子曰'不孝有三，无后为大'。我是余家独生女儿，深知家无男儿之苦。嫁到钟家后如膝下再无男儿，百年之后有何颜面去见钟家列祖列宗？"车厢内钟夫人和丫环紫坤说，盼子心切溢于言表。

　　"夫人，昨天御医王大夫说的话您可别放在心上，我不信他还灵的过送子观音？就凭夫人这十年敬佛的虔诚，观音菩萨一定会送给夫人一个男孩。待会儿我再替夫人好好拜拜观音菩萨，求她大慈大悲，保佑夫人生个小少爷。"聪明伶俐的丫环紫坤安慰夫人说。

　　清朝大学士钟岳，人送雅号"圣手中岳玉"。钟岳熟读孔孟诸家之书，深谙周易老聃之道，并能够学以致用，常常有自己的心得与发挥。钟岳的诗词文章，出语惊人，可谓遂关千古诸家登临之口；钟岳的书画雕刻，作品登峰造极，堪称当代大家；更兼其通晓英、美、法等多国语言及其风土民情，所以深得当朝赏识，百官敬重。这些年钟岳被朝廷派往英、美、法等国任外交大臣，斡旋于列强之间，力挽再起战端，颇有功绩。

钟夫人余梅仁，人送雅号"神镖玉美人"，燕山镖王余陆合的独生女儿，武艺出乎其类、拔乎其萃，尤其是飞镖绝技，得到了父亲的真传，双手镖打飞鸟百发百中。余梅仁有闭月羞花之貌，沉鱼落雁之容。由于她双手能发飞镖，美貌如玉，品德如玉，京城之中的达官显贵无不欣羡，布衣百姓无不景仰。

钟家六个女儿在父母双亲精心教诲下，个个身怀绝技，文武双全，诚然也是美貌如玉，品德如玉。

马车停在玉泉山观音大殿前面的长廊下。长廊内人来人往，生意人在卖力地招揽游客。在长廊口内有一卦摊格外引人注目，迎面招牌上书写一行大字"前知五百年，后知五百年"，下面落款一行小字"刘伯温之后刘小温"。

紫坤和夫人说："夫人，听说这个刘小温算的卦可灵了，咱们算一卦吧？"

夫人问卦师："先生可是刘仙师？"

卦师："贫道刘小温。"

夫人又问："先生一定有大才，可以前知五百年，后知五百年？"

卦师："观夫人威仪，贫道不敢妄言。并非贫道有大才，只是贫道有悟性。前五百年是历史，只要勤学、博闻、强记；后五百年是未来，只需推演事物发展的连续反应现象便是。"

夫人："先生果然有学问。"

驾车的三姑娘问余梅仁："妈，咱们把马车停在哪儿？我想和妹妹们再去打几只山鸡野兔，可以吗？"

余梅仁："就把车停在刘先生这儿，你带着老四、老五、老六先玩儿去吧，别回来太晚了，我和紫坤奉完香再在刘先生这儿算一卦。"夫人又对卦师说，"马车劳烦先生照看，我多付卦资，一会儿再来请教。"

卦师："夫人请放心去吧，贫道在此恭候。"

三姑娘卸下自己那匹拉车的黄骠马，四姑娘、五姑娘、六姑娘把沿途猎物放在车上。四位姑娘背插宝剑，腰系镖囊，骑装紧束，上马如燕子翻身，齐刷刷站成一排。

只听三姑娘对牧羊犬一声呐喊："黑利！前面带路！"

黑利在前像一只脱弦利箭冲向山野，四位姑娘策马紧随其后，刹那间便没了踪影，只见长长的一缕高高扬起的烟尘。

余梅仁带着紫坤来到观音菩萨像前，紫坤点燃了三束通天大香，两人低头跪拜，虔诚祈祷。

余梅仁祈祷完起身吩咐紫坤："紫坤，拿二十两银票孝敬观音菩萨，用来给菩萨买贡品。"紫坤拿出二十两银票给了大堂管事。

余梅仁和紫坤理完佛事来到了刘小温的卦摊儿，紫坤扶夫人坐下后立在一旁。

卦师："夫人，您是问卦呢还是测字？"

余梅仁："哪个灵验？"

卦师："信则灵。为自己算命问卦灵验，为别人算命测字灵验。"

余梅仁："又为自己，又为别人。"

卦师："为孩子？"

余梅仁："正是。"

卦师："问即将临世的孩子？"

余梅仁："先生灵验。"

卦师："问男孩儿还是女孩儿？"

余梅仁："仙师果然名不虚传。"

卦师："夫人身怀六甲，来此拜送子观音不止一次，不论是从先知还是从后知，看现象还是看发展，不用我说，夫人您自己都知道如何去猜测。"

余梅仁："先生不仅睿智，而且厚道。既然如此，那就测字，写什么字最为灵验呢？"

卦师："夫人一定是读书之人，就请夫人写一字，想什么写什么最为灵验。"

卦师递过来纸墨笔砚，余梅仁凝神片刻，遂写出了一个"男"字递给卦师。卦师思忖良久，竟然面露惊喜之色，拱手作揖连连道喜：

"恭喜夫人，贺喜夫人……"

余梅仁心中高兴："是男孩儿？"

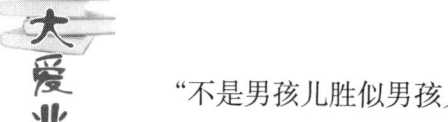

"不是男孩儿胜似男孩儿!"

"是女孩儿?"

"不错,观此卦却有百年圣人,万里贤士之卦象。"

"此话怎讲?"

"字面上是男字,按道家易经来分析,世界构成分阴阳,世上万物有因果。人类组合分男女,男人的另一面是女人,字面上男人出现了说明女人还没出生。夫人问的是男孩儿还是女孩儿,所以应该是女孩儿。"卦师喝了一口水又接着说,"男字上面是田,下面是力,寓意就是顶天立地;田字由四方组成,乃大地田园之意;力字是刀上出头,刀出头是耕地的犁。上下合起来就是力托四方大地,耕耘天下家园。有此等之作为者焉能常人乎?"

"先生过奖,先生抬举。不过任写一字,先生破解也是机缘巧合,哪会有这许多故事?"

"机缘巧合,绝非偶然,事出有因,因必有果。夫人身伴圣贤,所以我要向夫人道喜。"

"多谢先生,紫坤,给先生拿十两银票。"

紫坤掏出十两银票递给卦师,卦师坚辞不收,连连拱手说:

"多谢夫人,贫道实不能收您的卦资,我一生都很难测上这么好的卦,我还得感谢您,今天让我有幸遇上贵人了,多谢,多谢!"

这时四位姑娘打猎回来,夫人吩咐三女儿将五、六只山鸡野兔送给卦师作为答谢,卦师推辞不过再三道谢后这才收下。

钟家母女回到永定门南苑钟府时已过了正午时分,四个姑娘高高兴兴地把打来的山鸡野兔送到厨房。一家人在吃午饭时,说起刘小温的卦辞仍然是云里雾中,丈二金刚摸不着头脑。

下午,余梅仁把紫坤叫到自己房中,对紫坤说:

"紫坤,看来上天真是要赐予我家七仙女了。"

紫坤:"卦师说的云山雾罩的,您可别信他的,还有观音菩萨保佑夫人呢。"

"你不用宽慰着我说,我倒是觉着有七个女儿挺好的,老爷也是这么想,这么多年经常画《天女散花》,就盼着再有个女儿就是'七仙女'了,老爷不仅在画上题诗,还照着画上的题诗给孩子们起了名字。"

"老爷做事就是和常人不一样,就说用老爷和夫人姓氏的谐音,重新给小姐们立了复姓'中玉','中玉'这个姓多好听啊。"

"说来也是,老爷对小姐们倾注了全部心血,寄托了无限的期望,从来都没有男尊女卑之意,我只是过不了那世俗偏见的关。"

"就是封建迷信,没有女人哪有男人哪?"

"别瞎说。紫坤,我跟你商量个事儿,你觉着老爷好不好?"

"那还用说,当然好,那是一等一的好,那本事也是一等一的大,那是天下最好的男人。"

"为要一子我都等了十几年,如果我再生个女儿,你看我也年纪大了,我对自己也没有信心了,我想给老爷纳一房妾。"

"……"

"我想把你收房,为钟家传宗接代,你可愿意?"

紫坤顿时像触电一样,全身麻酥酥的,羞得满脸绯红,说:

"夫人,您吓死我了,我可不敢想……"

"紫坤,我说的是真心话,你难道不乐意?"

"我怎么配得上老爷呢?我真不敢想……"

紫坤红着脸跑出了夫人的房间。

余梅仁来到书房,摆好了纸墨笔砚,准备给丈夫发一封家书,说一说家中近况,她要把自己将紫坤给丈夫作妾的想法告诉钟岳。

一天傍晚,晚饭过后,余梅仁独自坐在书房读书。三姑娘带着郝府丫环彩云急匆匆走进书房,进门就喊:

"妈!郝大人、郝夫人和彩云来了,还带了许多箱子!"

彩云进门向钟夫人施礼:"彩云见过夫人。"

余梅仁:"彩云来了,免礼,快去请你家老爷、夫人!"随后吩咐三姑娘,"老三,快去请郝大人和郝夫人到客厅看茶!"

三姑娘立刻去请郝大人夫妇。余梅仁随即来到客厅,叫紫坤伺候茶果。

郝大人是朝中大员，和钟岳交情甚厚。两人性格豪爽、为人正直，彼此志趣相投。两家的夫人又是同乡，所以走得很近。当得知两家的夫人同时怀有身孕时，由于一时高兴竟指腹为婚，定了娃娃亲。两家言明等孩子出生后，同性既是兄弟姐妹，异性便结为夫妻。最近郝大人遭奸人陷害，因戊戌变法"梁启超叛党案"受到株连，军机大臣袁世凯借机清除异己，欲加之罪于郝大人。郝大人每日战战兢兢，不知何时大祸就要临头。

大家在客厅落座以后，郝大人向余梅仁作揖施礼说：

"嫂夫人，多有打扰，实在是情有所急。"

余梅仁还礼说："郝大人，请不要客气，咱们是儿女亲家，有话直说。"

郝夫人："嫂夫人，您和钟大人的为人我们都非常敬重，我们又是亲家，有事只能拜托兄、嫂了。"

余梅仁："郝夫人不要着急，有什么事只管说就是。"

郝大人："嫂夫人，最近袁世凯为排除异己，几欲加害于我，狼子野心，已昭然若揭。我和你弟媳商量，为防不测，先将我家中财物细软存放在兄、嫂家中，我们如有不测，全凭兄、嫂处置！"

郝夫人："我们正在变卖土地房宅，我和老爷又无其他亲人，变卖后的银两也一并放在兄、嫂家保管。"

余梅仁："弟、妹不要着急，兴许不至于此。如果真有不测，不如早些出走，或去国外。我家老爷在英、美、法等国任外交大臣这么多年，也有一些熟人。况且我家老大在英国已经定居，老二在瑞士也已安家立业，你们可先去找她们落脚安身，随后咱们再想办法安排其他。"

郝大人夫妇闻听双双跪伏在地，含着泪说："嫂夫人能有此言，令我们夫妻感激涕零，果能如此，多谢兄、嫂再造大恩！"

余梅仁慌忙起身搀扶郝大人夫妇，禁不住也潸然泪下：

"弟、妹快快请起，我们既是一家人，理应全力相助！"

郝大人起来说："嫂夫人主意虽好，只是你弟妹身孕不便。小弟如今肉在砧板，只能任人宰割，又不知贼人何时动手，全凭听天由命。"

郝夫人："老爷不要管我，自己先行逃命去吧，留得青山在，不怕没柴烧。"

余梅仁："郝夫人说的是，事已至此，不如早做决断。"

郝大人："容我们夫妻回去后再作商量，如果能坚持到孩子出世，就送给兄、嫂寄养，我们夫妻也好顺利脱身。"

余梅仁："孩子出生后就放在我府，我一定视如己出，弟、妹尽管放心。"

郝夫人："有姐姐的话，妹妹心里踏实多了。"

余梅仁："我马上让我家老三早作准备，以备不虞。你们行动不便，可让彩云通风报信，若有不测，立刻通知于我。"

郝大人："如此最好。钟大人什么时候回国？"

余梅仁："前些日子我给老爷发了一封电文家书，老爷也回了电文，说是就在最近回国。"

郝夫人："如果能等到钟大人回国，凭钟大人在朝廷中的威信，请大人出面说情，或许能有转机。"

余梅仁："但愿如此，郝大人吉人自有天相，佛祖会保佑大人的。"

郝大人："到如今上天无路，入地无门，也只有祈求上苍怜悯了。"

郝夫人："我们只能天天焚香泣拜，祈求大慈大悲的观世音菩萨，保佑我一家平安。"

余梅仁："就让我们两亲家齐心协力，共同度过这道难关吧。"

郝大人夫妇放下东西回府，余梅仁不放心，派女儿老三、老四着戎装趁夜色一直把郝大人夫妇安全护送到郝府。

第二章　无信不立

十字星图绘自然
天上瑶池建人间

英国。雾都伦敦。一九〇八年初夏的一天晚上。大清帝国驻英使馆。

钟岳推开使馆书房花瓶式玻璃木窗，看着满天繁星，抬头遥望东方的一弯新月，迎面吹来泰晤士河上凉爽的风。

当，当，当……威斯敏斯特宫钟楼上大本钟那庄重而昂扬的钟声打断了钟岳的思绪，钟声响了八次。

使馆的窗前是一条繁华的马路，窗对面有一个豪华的舞厅，富有节奏感的爵士乐伴着富有节奏感的舞步，里面摇来摇去的大都是这现代工业摇篮里的宠儿。

钟岳关上窗，返身来到画台前。画台上摆着刚刚画好的一幅画，画的依然是中国古代传说中的《天女散花》。

侍从钟飞羽是钟岳的本家侄子，今年三十岁，中等身材，长得浓眉大眼，厚厚的双唇微微外翘，显得很敦厚。钟飞羽看到钟岳心事重重的样子，说：

"老爷，您画了一下午了，还没正经吃过午饭，早点儿歇着吧？"

钟岳说："飞羽，你来研墨，我要在画上题诗。"

钟飞羽："老爷，夫人前几天来电文说她怀的是个女孩儿，这《天女散花》画面上的七个仙女不正是老爷的七个女儿吗？"

钟岳会心一笑："你果然有悟性，你说得不错，我正是这个意思。在这个世界上都想扔炸弹，撒鲜花的人太少了。"

钟飞羽研好墨，用镇尺压好画的四角。然后小心翼翼地站在一旁观看。

钟岳先是凝神屏气，然后提笔疾书，在画面的上方洋洋洒洒写了一首七绝。钟岳边写边念：

"开姓氏历史先河，

创女子半壁江山。

立基金百年树人，

使耕耘地球家园。"

钟飞羽："老爷，您老题这首诗是什么意思呀？"

钟岳："天机不可泄露。"

叔侄二人说完，钟岳心中高兴嘿嘿一笑，钟飞羽不明不白地嘿嘿跟着傻笑。

这时，楼下门卫通报："英国外务大臣威廉公爵到！"

钟岳闻听，立刻吩咐："快快有请，客厅伺候！"

威廉公爵没等钟岳出迎，已经快步走进了书房，边走边用流利的中国话说：

"不用客气，钟大人，我就喜欢你的书房，最近有什么大作供我欣赏啊？"

威廉公爵是英国皇室成员，权倾朝野。他身材伟岸，具有典型的英国贵族绅士风度，嘴唇上微微外翘的小八字胡须一颤一颤，一双明亮的蓝眼睛忽闪忽闪，诙谐幽默之中蕴含着聪明睿智。

威廉公爵进门后把深棕色的手提箱放在靠门的小桌上，脱下风衣摘下礼帽递给钟飞羽，一眼就看见《天女散花》这幅画。威廉公爵真不愧是个中国通，他说：

"这幅画太美了，这就是中国传说中的七个仙女吧？"

钟岳："公爵的确博学，中国历史传说玉皇大帝和王母娘娘有七个女儿，每年春暖花开时节都在天上散花，让鲜花撒满大地，把祥瑞带给人间。"

威廉："美丽的传说，我喜欢。钟大人的画，我更喜欢。上面整齐的字是中国诗吧？说的什么意思？"

钟飞羽这时端来刚沏好的一壶茶水，闻听插嘴说：

"天机不可泄露。"

威廉愕然："天机不可泄露是什么诗？"

钟岳哈哈大笑："我是想利用美丽的传说，来打破封建落后的传统习俗。"

威廉："封建落后的传统习俗也是一种信仰，利用美丽的信仰打破似乎并不十分美丽的习俗，钟大人果然聪慧。每个国家都有每个国家的信仰，太阳只有一个，月亮只有一个，地球也只有一个，可是信仰每个国家却不止一个，全世界多的数也数不清。"

钟岳："你说得太对了，人类生活在地球上，有很多美丽的信仰，也有很多似乎并不十分美丽的信仰。地球家园却只有一个，人类最美丽的信仰就是建设好美丽的地球家园，而不是毁灭地球家园。"

威廉："关于你的'天机'以后再和你探讨，我今天给你带来了一件礼物，女王陛下听说你要回国述职，为了答谢贵国政府的友谊，送给大清皇室一辆英国新生产的小汽车。"威廉公爵边说边从提包里掏出一把汽车钥匙放在桌子上。

钟岳："我代表大清帝国向女王陛下致谢。"

威廉："还有，我这里有一份给贵国的照会，上面有专门对钟大人的褒奖，这对你会有帮助的。这可是我的功劳，你该谢谢我了。"威廉公爵又从提包里掏出英国照会放在桌上。

钟岳："当然，万分感谢！飞羽，拿茅台酒来，预备几个酒菜，我要和威廉公爵痛饮几杯！"

威廉："那太好了，我们就一醉方休！钟大人，我还有一个请求，我十分欣赏你的墨宝，请你把《天女散花》这幅画送给我吧？"

"我们是好朋友，又是儿女亲家，你喜欢就送给你。"

"谢谢，我的亲家，我的好朋友！"

钟岳的大女儿嫁给了威廉公爵的小侄子，所以他们彼此喜欢互称是儿女亲家。不一会儿，两人推杯换盏，谈天说地，越说越高兴，酒逢知己，越喝酒兴越浓……

第二天上午，因为晚上多喝了几杯，钟岳九点还没有起床。这时，电话铃响个不停。钟岳拿起电话，是在剑桥大学图书馆当编辑的大女儿打来的。

大女儿中玉星先在电话里说："爸，咱们定在哪天回国呀？"

大女儿中玉星先有两年多没回家了，这次和丈夫小威廉伯爵商量好，跟父亲一起回家看看。二女儿中玉星河在瑞士也有近两年没回家了，这次也想和大姐一同陪爸爸回家看看。

钟岳："今天是星期二，就定在星期五吧。"

"爸，二妹她们最近在瑞士新开了一家银行分行，工作太忙脱不开身，这次不能和咱们一起回家了。二妹夫的兄弟小戴维来英国，明天就到。他想和咱们一同去中国看看，您看行吗？"

"当然，非常欢迎。我今天就让飞羽去买船票，星期五早晨我们去剑桥大学接你们。"

"不用，我们自己走吧。"

"英国女王陛下送给大清朝廷一辆汽车，让我们给带回去，可以顺便接着你们。"

"那太好了，谢谢爸爸。"

"星期五早上七点我们去剑桥大学图书馆接你们，记住，早七点！"

清晨，泰晤士河沿河公路幽静而清新，花草树木散发着沁人心脾地芳香，河边聚集着晨练的人们，一对对青年男子正在聚精会神地练剑。

钟飞羽驾驶着汽车顺着沿河公路来到了剑桥大学，这座令天下学子神往的学府，千百年来，培育出了多少令世界瞩目的优秀人才，如果说伦敦是近代工业的摇篮，那么剑桥大学就是近代人才的摇篮。

汽车驶过剑河桥，来到了剑桥图书馆中国分馆的门前，停在了一片草坪的旁边。图书馆大门的两侧，有钟岳亲自撰写的对联：

上联：剑拨云霭开天窗

下联：桥度学子登殿堂

横批：千年树人

图书馆里有光绪帝钦命，钟岳大学士代表大清帝国捐赠的《钦定古今图书集成》五千余册。图书馆藏有珍稀图书《丹溪心法》、《异域图志》等中文孤本。为了表示对钟岳的答谢，剑桥大学聘请中玉星先，担任图书馆出版的《世界文化》杂志中文栏目编辑。

星先在办公室里收拾东西，小威廉和小戴维也把提箱拿到办公室来等候。

星先拿出来一幅字画想放进提箱里，小戴维看见了说：

"大姐，我最喜欢中国的字画了，让我欣赏欣赏可以吗？"

星先把字画打开，上面左右两边分别写着：

姓氏乃信仰，星诗乃鑫扬，
古今唯中玉。古今唯忠宇。
地球是家园，迪秋仕家爱，
中玉做园丁。众育作莺丁。

小戴维："中国文化我学习的不好，我能看出来字写得好，不明白含义。"

小威廉："这是我岳父写的家谱，这个家谱，不算我岳父，中玉家族可以传二十代。"

星先："对，这是我家的家谱，我们这一辈我是老大，由我保存。"

小戴维："都说中国人封建，姓氏传男不传女，我看也不尽然。"

小威廉："中玉家不同，以后你就知道了。"

星先："左边这首诗是我父母对后代人的家训，右边是这首诗的谐音家谱。我爸爸还有一幅《天女散花》字画，上面的题诗就是我们第一代中玉家族姐妹的名字。"

小戴维："大姐家真了不起，大姐的父母真是太有思想了。"

星先把字画放进提箱，说："以后有时间大姐再和你说，时候不早了，赶快收拾好东西咱们到门口去等汽车。"

星先夫妇和小戴维来到图书馆门前，星先远远地就看见了父亲的汽车，赶紧叫小威廉和小戴维。车刚停稳，三个人已提着手提箱来到了车前。

星先高兴地说："爸爸好！飞羽哥好！"然后介绍小戴维，"这是我二妹夫的弟弟小戴维。"

小戴维上前热情地向钟岳和钟飞羽问好："伯父好！飞羽哥好！"

大家亲热地相互问候，然后把手提箱放进汽车。

小威廉伯爵替钟飞羽驾车，汽车顺着来时的原路驶出剑桥大学，朝着伦敦港口开去。

下午，伊丽莎白号豪华客船开进了浩瀚无垠的大西洋。钟岳手扶栏杆，站在船首的甲板上极目远眺。只见那天水浑然处漂浮的白云，分不清是天空中的云朵还是水面上的倒映。

星先到甲板上来找父亲，小威廉和小戴维也来观赏大西洋美景。

星先："爸，咱们多长时间能到家呀？"

钟岳："走近路，穿苏伊士运河，大约一个月时间。"

小威廉："大西洋的景色真是太美了。"

小戴维："我哥、嫂能一块来多好。"

钟岳问小戴维："你父亲和你哥、嫂最近都好吗？"

小戴维："我爸和我哥、嫂都很好，他们都让我问您好。我哥、嫂最近可忙了，他们最近又开了一家分行，还要忙园丁职业学校。"

星先："爸，忘了告诉您，您写的《女儿当自强》在我们的《世界文化》杂志上发表了。"

小威廉："爸爸，您写得真是太好了，我的同事们都会背了。我们大家都非常佩服您的文采，尤其是佩服您超前的思想。"

钟岳："你们太过奖了，这没有什么，就是有感而发。"

小戴维："什么好诗，你们带来了吗？是英文版的吗？给我看看，我就喜欢好诗。"

星先："待会儿我拿给你看英文版的《世界文化》杂志。《女儿当自强》这首诗我能背下来，我先背给你听。"

小戴维："那真是太好了，谢谢大姐！"

星先满怀激情，面向大西洋朗诵了父亲的诗歌《女儿当自强》：

"女儿柔，

女儿情，

女儿是月亮，

女儿当自强,
柔情似水伴儿郎;

女儿容,
女儿忍,
女儿是海洋,
女儿当自强,
善良仁慈宽心肠;

女儿心,
女儿血,
女儿是甘泉,
女儿当自强,
心血流淌润家乡;

女儿坚,
女儿韧,
女儿是大山,
女儿当自强,
风吹雨打不变样;

女儿天,
女儿地,
女儿是主人,
女儿当自强;
半壁江山肩上扛;

女儿美,
女儿丽,
女儿是鲜花,

女儿当自强,
天女散花世界靓。

女儿家,
女儿园,
女儿是园丁,
女儿当自强,
地球家园换新装;

女儿火,
女儿热,
女儿是太阳,
女儿当自强,
人间大地洒阳光。"

星先朗诵完了,余音还在大西洋的上空回荡。大家还在凝神聆听——是启迪?是震撼?是力量?是呼唤……

钟飞羽沿扶梯走上甲板,左手提着一个食盒,里面装满了瓜果梨桃,右手端着刚沏好的一壶茶水。钟飞羽来到船舷边带顶棚的旅客休闲处,这里有固定的桌椅。钟飞羽把食盒和茶水放在桌子上,把水果摆好,给每人倒了一杯茶水,说:

"老爷、大小姐、先生们坐这儿来吧,喝杯茶水,还有新鲜的水果!"

大家围着圆桌坐下,星先和小威廉给大家削苹果。

钟岳接过女儿递过来的苹果,说:"咱们这次回国,往返大约有三个月的时间,你们都想做些什么呀?"

星先:"我先说,第一,我想和爸爸一起回家看看,看看妈妈,看看妹妹;第二,完成《世界文化》杂志社布置的任务,写几篇《环球游记》。"

小威廉:"我作为《世界文化》的记者,除了完成《环球游记》,还要写一篇《中国风》。当然,最主要的还是陪夫人回家看看,去拜见岳母大

人，去会见几个妹妹。"

钟岳："小戴维，你呢？"

小戴维："我替哥、嫂去拜望他们的中国家，他们没时间，忙得团团转。我特别喜欢我大嫂做的饭菜，还有她穿的骑士服装。我大嫂说她的中国家有自己的饭店和骑士服装店，我很想去看一看。"他用结结巴巴的中国话又接着说，"我这三个月还想和你们继续学习中国文化，我大嫂教会了我中国话，我很喜欢中国文化。"

小威廉："我家在伦敦街有一处闲置房产，我和夫人商量好，想办一个自己的《世界文化》杂志社。这次去中国顺便沿途采风，为办杂志社做准备。"小威廉接着又说，"我也想看看咱家的餐馆和服装店。"

钟飞羽："老爷家还有一个'玉美人'珠宝店呢，还有'玉美人'骑士服装店和'中玉'酒楼。老爷说叫什么来着，哦，叫连锁店！"

星先："你们喜欢骑士服装？我提箱里带着一套，我穿上给你们看看。"

小威廉："我陪你去吧？"

星先："不用，五分钟就回来！"

星先回客房换骑士装，大家继续闲聊。

小戴维："我大嫂说中国人礼节很多，说话很麻烦，管你不叫你，管我不叫我，那叫什么？"

钟岳："说得没错，是够麻烦的，都是一些繁文缛节。比如说我对下属自称老爷或本官，对上级自称学生或下官，对同僚自称在下或鄙人，对皇上自称奴才或臣。"

小戴维："真够麻烦的，皇上说话就用不着这么麻烦了吧？"

钟飞羽："皇上说话就更麻烦了，他又称朕，又称孤家，又称寡人，连起来说真是孤家寡人。"大家听了禁不住哈哈大笑。飞羽说得来了劲，"皇上的妈和皇上的媳妇那就更惨了，我不叫我叫哀家，皇上这一家子连起来说'真（朕）是孤儿寡母悲哀的一家'。"

大家听了更加笑得前仰后合，钟岳说："飞羽，不得胡言乱语，小心你吃饭的家伙！"

钟飞羽："是，老爷，下船以后绝不敢乱说。"

大家正在说笑，只见星先头戴蔚蓝色半高筒白边短檐骑士帽，帽筒上绣有钟岳设计的红色"十字星图"。身穿蔚蓝色紧身骑士装，袖口及裤缝处绣有白色丝绒宽直线。上衣开襟软扣，两侧镶嵌白色湘绣云饰，云饰下面藏镖囊。足蹬一双带马刺的白色高筒骑士软皮靴。

星先身穿骑士装站在大家面前，那真是十分俊俏，八面威风！令小戴维、小威廉、钟飞羽不由得拍手叫好！星先看大家叫好，非常高兴，说："要不要试试本姑娘的飞镖？小威廉，把你吃剩下的桃核扔起来！"

小威廉把手中的桃核用力抛向空中。星先右手掏出一只飞镖，手腕轻轻一抖，说声"招！"，飞镖正中桃核。大家又是啧啧惊叹。

小戴维："大姐真了不起，我大嫂也能打飞镖！"

星先："我家六姐妹都能打飞镖，尤其我四妹飞镖打得最好，五妹马骑得最好！要说最最好的还是我妈，人送雅号'神镖玉美人'！"

星先把骑士帽摘下来放在桌子上，然后坐下来。小戴维拿起星先放在桌子上的骑士帽，指着上面的十字星图问：

"这个商标图案是什么意思？"

星先："这是我爸爸设计的十字星图，含义可深奥了。"

小戴维："是吗？伯父，给我们讲讲吧？"

钟岳："几句话说不太清楚。"

小威廉："爸爸，您就给我们讲讲吧？"

钟岳："你们都想听？"

"都想听！"众口同声。

钟岳："看大家今天兴致这么好，也有时间，飞羽，给大家沏好茶，听我慢慢地给你们说。"

钟岳拿过来骑士帽，指着十字星图说："这个十字星图是由一颗十字星连接两个圆构成，两个圆分别代表太阳系和地球，十字星代表太阳系以内的天体。十字星图蕴含着四大平衡规律和三大平衡动力。四大平衡规律是：第一，自然平衡规律；第二，人类社会平衡规律；第三，和平与战争平衡规律；第四，思想与现实平衡规律。三大平衡动力是：第一，货币调节平衡动力；第二，法律约束平衡动力；第三，信仰引导平衡动力。"钟岳停下来喝了一口水又接着说，"先说四大平衡规律中的第一个，自然平

衡规律。自然平衡规律从太阳系来说是一种自然界的和谐运动,从地球来说是生态物种的相互作用。有白天就有黑夜,有夏天就有冬天,有冷就有热。地球是一个生命体,是一个多少亿年的大自然运动形成的生命体,维护自然平衡规律会延长地球的寿命,破坏自然平衡规律会缩短地球的寿命。自然平衡规律有三方面:一是星球之间的自然平衡运动。宇宙星球大多按逆时针方向公转和自传,每一个星球都在按照自己的运行轨道,围绕着另一个引力强大的星球运转。"

小威廉掏出随身携带的笔记本,说:"爸,您慢点儿说,我记下来放在《世界文化》杂志上。"

钟岳:"我今天先说说纲要,以后有机会我再和你们细说。"钟岳接着讲大自然平衡规律的第二方面,"二是地球自身的自然平衡运动。地球随着宇宙星球之间的平衡运动进行公转和自传,地球上的结构,也会随着时间的推移和运行角度的变化,在引力作用下而相应发生变化。由于变化速度的微小,人类经过千万年才会有所察觉。"

星先也掏出笔记本在认真地记。她给父亲又倒上一杯茶水,说:"爸,您先喝点儿水,歇着说。"

钟岳:"三是人类行为的平衡。人类为了生存和生活,应该和自然界和谐相处,自觉维护地球自身的平衡运动。相反,人类放纵地行为也会破坏地球自身的平衡运动。十字星图的第二大平衡规律,是人类社会的平衡规律。其中也有三个方面:一是男女之间的平衡;二是人与人之间的平衡;三是供应与需求之间的平衡。"

小戴维:"就是人与人之间要友好相处,互相帮助。"

钟岳:"说得对,就是这个意思。十字星图的第三个平衡规律是和平与战争的平衡规律。在现实社会中,这个平衡规律应该是一个不等式。人类社会的初级阶段,战争的力量大于和平的力量;人类社会的中级阶段,和平的力量大于或等于战争的力量;人类社会的高级阶段,和平的力量永远要大于战争的力量。人类社会的历史是一部互相残杀的历史,人类如果不遏制住自己贪婪的本性,战争的无限度升级将会直接破坏四大平衡规律。"

钟飞羽剥了一个橘子放在钟岳面前,说:"老爷以前和我说过四大平衡规律，我就是听不懂，今天我有点儿听懂了。"

钟岳："十字星图的第四大平衡规律是思想与现实的平衡规律。人类的思想范畴要与现实社会相一致，人类不要去做超出人类能力的无谓幻想与行动。十字星图的外圆诠释一个思想界限，超越了这个界限就是虚幻，在这个界限之内才是现实。人类的思想再富有想象力，也想象不出无穷无尽、无边无际的宇宙的全部蕴含。人类如果破坏了思想与现实的平衡规律，就会被愚弄、被利用、被不劳而获的小人诈取诚实人的利益。"

小威廉："爸爸，有什么好对策来维护这四大平衡规律吗？"

星先："别打岔，听爸说，爸这就讲三大平衡动力。"

钟岳："十字星图的三大平衡动力，就是维护四大平衡规律的对策。第一种动力是货币调节动力；第二种动力是法律约束动力；第三种动力是信仰引导动力。"

小戴维："一个国家的法律也不能约束另一个国家呀？"

钟岳："空气不分国界，流水不分疆土，世界殊途同归，人类福祸同兮。将来总会有一天，由于人类利益一致的驱动，地球上的国家终将联合起来，既有每一个国家内部的法律约束，又有联合国家利益一致的法律约束，这就是信仰引导动力发挥了作用。"

大家聚精会神地听钟岳说，忘了时间。这时，西方的太阳快要落入海洋了，那将落的红日比初升的红日更加绚烂，更加壮观。晚霞映红了天，映红了水，映红了这天水日一色的大自然画卷。

第三章 直面人生

五姐妹舍命救弟
七父女漂洋取义

伊丽莎白号豪华客船驶进了天津港。海外游子归乡之情,使钟岳一行顿时一扫旅途上的疲劳。中玉星先奔上甲板,眼里噙着泪花大声呼喊:

"祖国,母亲,我回来了!"

钟飞羽张开双臂高呼:"我们到家了!"

小威廉和小戴维也高兴地大喊:"We love you China!"

钟岳一行五人站在甲板上,深深地呼吸那渤海湾清晨湿润的空气,一股暖流涌上了每一个人的心头。

钟岳:"大家收拾收拾,别落下东西,都先到我的客舱去,准备下船。"

大家分头去收拾自己的东西,不一会儿全聚集在钟岳的客舱。钟岳的客舱是全船最大的客舱,因为有威廉公爵的特别关照,船长处处悉心地照顾。

钟飞羽打开一只皮箱,从里面拿出来一套清朝官服和几顶长辫子假头套,说:

"老爷,这几顶假发您试试哪顶合适?"然后他又从箱子里拿出来一顶辫子短短的假发戴在头上,"这顶我早就试好了,就是辫子短点儿,省得累赘。"

小戴维:"我们也要戴上假辫子?"

星先:"你们不用,你们是官府眼里的'洋大人',谁见了谁都得敬着。"

大家收拾停当，这时船已靠岸。大家走上甲板，排队等候下船。

船长走到钟岳面前，说："钟大人，您这一路还满意吧？您还有什么事需要我帮忙吗？"

钟岳："谢谢，非常感谢船长大人这一路上的照顾。如果您方便的话，请帮我跟贵国驻我国大使馆联系，代问大使好，就说我已经安全回国，请大使转达我对威廉公爵的谢意。"

船长："没问题，请您放心，一定照办。"船长又吩咐大副，"立刻派人把女王陛下送给贵国的汽车卸下船，派人帮钟大人搬手提箱！"

在伊丽莎白号船长、大副和几个船员的帮助下，钟岳一行很快来到了码头，大小手提箱整整齐齐地摆放在汽车上面。

船长："钟大人，汽油已经加满了，您们可以走了，还需要帮忙吗？"

钟岳："谢谢，不用了，这一路给您添了很多麻烦，非常感谢！"

船长："不用客气，您是威廉公爵的好朋友，是我们尊敬的客人，这是我们应该做的，能够为您服务是我的荣幸！"船长和钟岳握手道别，"再见，欢迎您早日回到英国！"

钟岳："再见，英国见！"

小戴维驾车开出了码头，有一队士兵拦住了汽车。一个军官向钟岳行礼，说：

"您是钟大人？我们奉天津总督的命令，前来保护您的安全。请您先回府衙休息，然后由我们护送您进京。"

钟岳："不用了，我们开车走，你们跟不上。你回去替我谢谢总督，请他跟总理衙门联系，就说我们先回家了！"

"是！在下听从钟大人吩咐！"士兵们列队行礼，目送钟岳的汽车驶出了天津港。

钟岳一行在路边的早点摊儿上，一人吃了两根油条，喝了一碗豆浆。大家又分吃了一张油炸饼，家乡的饭吃得很舒服。

大约走了三个多小时，汽车开进了北京城。汽车顺着长安街来到前门,然后往南开,过了永定门,不一会儿就看见了南苑。汽车停在了钟府的门前。

中玉星江、中玉星山、中玉星树、中玉星人四姐妹闻讯早已在门前等候多时,迎接父亲和大姐、大姐夫等人的归来。总理衙门也派了官员前来迎候。

听到汽车喇叭响,钟府上下除了正在做饭的厨师都出来迎接,余梅仁由紫坤搀扶着站在众人中间。

钟岳下了汽车热情地向大家挥手:"大家好!"他又问夫人,"你和孩子们都好吧?"

钟夫人:"好,好,我和孩子们都好着呢,你们快进屋吧!有话进屋再说!"

四姐妹:"爸爸好!大姐、大姐夫好!"

星先拉着小威廉一块儿向钟夫人施礼:"妈妈好!"然后又向妹妹们问好,"妹妹们好!"

众官员拱手作揖:"我等拜见钟大人,钟大人洪福齐天,钟大人一路辛苦了!"

钟岳:"劳烦众位大驾,谢谢,谢谢,各位辛苦,大家辛苦!"然后吩咐钟飞羽,"飞羽!你用汽车把几位大人送到总理衙门,就说明天我去上早朝,把汽车交给总理衙门!"

众官员:"不敢不敢,我等自己走。"

"那是龙辇,下官可不敢坐。"

"钟大人请回,我等告辞,明日散朝后我等设宴给大人接风。"

众官员自己走了。钟飞羽去总理衙门送汽车,四姐妹帮忙搬提箱,钟岳夫妇带着大家来到客厅。

大家落座后,小威廉向余梅仁深鞠一躬,说:"感谢妈妈,赐给我这么好的妻子。"

余梅仁:"快坐下说话,星先还要你多照顾。"

星先拉过来小戴维向母亲介绍:"妈,他是小戴维,是二妹夫的弟弟,可聪明了。"

小戴维向余梅仁施礼,说:"见过伯母,我代表我父亲和我哥、嫂向您问好!"他又转身向四姐妹,"向妹妹们问好!"

余梅仁:"都好,都好,坐下说话。"

四姐妹:"小戴维哥好!"

星江:"我二姐、二姐夫怎么没有来?"

小戴维:"我哥、嫂在苏黎世又开了一家银行分号,忙得脱不开身。我嫂子办的'园丁职业学校'也脱不开身。他们派我当代表回家看看,我也想来中国玩儿玩儿。"

六妹问大姐:"大姐,给我们买什么好东西了?"

星先:"买了,看看喜欢不喜欢?"她打开一只皮箱,里面装满了漂亮的英国女装,"妈,紫坤、三妹、四妹、五妹、六妹每人一身,上面都写着名字呢!都是小威廉和我上街一块儿选的。"

大家对号试衣,全都非常喜欢。

小戴维也打开一只皮箱,说:"这是我哥、嫂带来的礼物,每人一块瑞士手表,还有每人一瓶法国香水。"

"谢谢二姐、二姐夫,谢谢小戴维哥!"四姐妹接过礼物更加高兴。

五姑娘星树:"爸,给我们带什么好东西了?"

钟岳:"皮箱里满满的,回头儿让你妈给你们!"

余梅仁:"好了,好了,大家先吃饭去吧。紫坤,去招呼厨师在餐厅开饭!"

久别的亲人在餐厅尽情享用美酒佳肴,大家推杯换盏开怀畅饮,相互叙说着异国他乡趣事,亲人别离之情。

酒席宴快结束的时候,餐厅外传来急促地脚步声,看门人拦也拦不住,只听来人说:

"我有急事找夫人,求求你让我进去吧!"话音未落,人已经闯了进来。来人正是郝大人府上的丫环彩云。

余梅仁见状说:"彩云,什么事这么急?过来见过老爷,有事坐下来慢慢说。"

彩云没有落座,向钟岳深施一礼,说:"见过老爷。"然后对钟夫人说,"我想单独和夫人说话。"

余梅仁："你说吧，这里都是家人。"她吩咐紫坤，"紫坤，你去守住大门，不要让外人进来！"

紫坤出去守住大门。

彩云："郝大人被朝廷抓走关进死牢，郝夫人因要临产暂被囚禁在家。郝府周围已被官兵团团围住，任何人不许出入。今天上午，郝夫人已顺利生下了龙凤胎，我谎称出来找产婆来给钟夫人报信。郝大人犯的是满门抄斩的死罪，郝夫人求钟夫人设法救出小公子，给郝家留条血脉，官府要人可用小姐抵顶。郝夫人说来世做牛做马报答钟夫人的大恩大德！"彩云歇了口气又说，"情况十万火急，救人只在今天下午，晚了就来不及了！"

郝府临难余梅仁早有准备，闻听彩云所言，当机立断和丈夫说：

"老爷，郝大人遭奸人陷害，想必你也有耳闻。我们下午就去救郝家小公子，你可同意？"

钟岳毫不迟疑地说："当然，郝大人之事，我在国外已有耳闻。欲加之罪，何患无辞，孩子有什么罪，还要遭受株连？救人一命，胜造七级浮屠，更何况是无辜的婴儿？夫人，只是计划要周密，确保万无一失。"

此时，只见神镖玉美人临危不惧，处险不惊，大战在即方显将帅本色。

余梅仁："老三、老四、老五、老六下午打主阵。第一，不要用我家带标记的飞镖，现场不要留下我家的任何痕迹；第二，不可伤人性命；第三，救出郝家小公子后绕路分别回府。"

星先："妈，我虽然刚到家，上阵亲姐妹，我是老大，我一定得去！"

余梅仁："只是你刚到家，难为你了。也好，老大也去，遇事你几个妹妹也好有个主心骨。今天救人由老三指挥，老三，你来安排！"

星江不慌不忙，说："这些日子，妈一直叫我暗中监督郝家，并制定了应急方案。"她吩咐妹妹们收拾了桌子，把一张地图放在桌子上，"这是郝府的地形图。我早晨去过郝府，郝府的前面临街，门前有二十多个官兵把守。郝府左边是王爷府，王爷府戒备森严，很难从那里进郝府。郝府的右边是官军的粮库，粮库是封闭的官仓，一直到西边的小路。西边小路对面是一片小树林，是一个藏身的好地方。郝府的后面是一条死胡同，胡同里面有十几个官军把守，这条胡同是我们进郝府的唯一通道。"她搬出来一只铁皮木箱，打开一看里面装满了去了头儿的铁钉，"这是我们今天使用的飞镖，钉尖上面浸泡了麻药，打到人身上就会立刻晕倒，一小时后才能醒过来。"她又叫人抬来两筐大西瓜，"这西瓜里面也注入了麻药，吃了以后就会晕过去一小时。"她对着钟飞羽说，"卖西瓜的活儿得找一个人干，飞羽哥今天赶上了就不找别人了。"

钟飞羽："那还用说，飞羽自然义不容辞。三小姐，有事你尽管吩咐！"

星江接着给大家布置："我们一会儿先到粮库西边的小树林里埋伏起来，然后飞羽哥扮成卖西瓜的，在郝府后面胡同口道西边摆摊儿。等到官军上了套儿晕倒后，老四、老五翻墙进郝府救人，大姐、老六和我在小树林边负责掩护。人救出后大家分三批分别回府。"

余梅仁："彩云，郝家小公子怎么带出来准备好了吗？"

彩云："郝夫人已经准备好了，把小公子放进了一个食盒里。"

余梅仁对彩云说："彩云，你马上回去和郝夫人安排，她们姐妹一会儿就到。"

钟岳："飞羽，把你的那些假发都拿出来，大家化化妆。"

很快，五姐妹装扮整齐，丝毫也找不出姑娘身形，眼前分明就是五位侠士。

小戴维很兴奋，积极请求参战："你们个个都是英雄豪杰，也带上我去吧？我也能帮上忙！"

星先："小戴维，你和小威廉就待在家里吧，北京的道路你们不熟悉，十几个官军我们对付得了！"

小威廉："星先，你们姐妹要多加小心，需要帮忙或许我现在可以跟英国使馆联系解决！"

星先："不用，你放心吧！"

五姐妹身带镖囊，背插宝剑，来到后院儿马厩翻身上马。钟飞羽头上戴一顶破草帽，赶着一辆小驴车，车上放了两筐西瓜。

钟岳掏出一把崭新的左轮手枪递给钟飞羽："你把我的手枪带上，不到万不得已时不要开枪。"飞羽接过手枪插进怀里。

紫坤搀扶着余梅仁走过来，余梅仁说："可惜我就要临产，不能跟你们去，你们姐妹要互相照顾，要多加小心，谁也不许伤一根汗毛！"

姐妹五人和钟飞羽从后门悄悄出了钟府。

下午四点钟，五姐妹来到了郝府西边的小树林。大家把马匹拴好，又仔细查看了小树林周围的情况，没有发现闲杂人等。

星江："六妹，你负责看马，注意看着从郝府前面过来的官兵。"

星人："知道了。"

一切安排停当，只见钟飞羽慢悠悠赶着驴车走过来，一边走一边大声吆喝：

"又甜又脆的沙瓤儿大西瓜，咬一口甜掉牙！"

驴车冲着郝府后墙的胡同口停下，引得站岗的士兵齐刷刷扭头张望。

中玉星江："卖西瓜的大哥，给我们挑俩大个的西瓜，不甜不脆不给钱啊！"

"先吃后给钱！不沙不甜不要钱！"钟飞羽把两个没有放麻醉药的西瓜搬出来，切开后又冲着胡同里的官兵大声喊，"给！老几位，五毛钱一个，一块钱俩！先吃着，不好吃不要钱！"

星江把切开的西瓜分给五姐妹，五姐妹把吃剩下的西瓜皮冲胡同口甩过去。钟飞羽也切开一个没放麻药的西瓜大吃起来。

这边飞过去的西瓜皮使胡同里的官兵顿时嘴馋心痒，十几个官兵一商量，马上派出两个士兵向西瓜摊儿走过来，老远就喊：

"给我们哥儿几个搬一筐！我们正口渴着呢！"

五姐妹跟着起哄："再给我们来两个！这西瓜真甜！给我们留几个带走！"

官兵："先可着老子吃！谁敢跟老子们抢，小心挨枪子儿！"

两个当兵的不由分说，抬起半筐西瓜拔腿就走，其中的一个拿起钟飞羽的西瓜刀说：

"借刀用用！卖西瓜的，你说的先吃后给钱，不好吃可不给钱啊！"

钟飞羽："放心吃去吧，甜倒了就不用给钱啦！"

瞬间，半筐西瓜被这十几个官兵连吃带糟蹋，一会儿就剩下西瓜皮了，然后一个跟着一个倒地缴枪，不省人事。

四姑娘、五姑娘几个箭步窜到了郝府后墙根儿，扬手挂上飞抓，轻如狸猫快似闪电，嗖，嗖！飞越过墙去。

几分钟过后，突然有一队官兵迈着整齐地步伐，挺胸阔步从郝府门前沿粮库西墙走过来，看来像是去和胡同里的官兵换岗。这突如其来地变化，不禁使树林边的三姐妹和钟飞羽冒出一身冷汗。

钟飞羽拔出了左轮手枪。

星江："飞羽哥，不要开枪！我收拾前边的士兵，大姐对付中间的士兵，六妹负责后面的士兵，用飞镖。听我的口令，一、二、三，上！"

说时迟，那时快！三姑娘的口令还没落音，三姐妹同时跃步向前。只听见一只只飞镖啾，啾，啾带着风声，只看见一道道白光闪过，十几个士兵同时应声倒地。

星江："快！把这些士兵拽到树林里！"

大家七手八脚往树林里拽士兵，前门两个当官的似有察觉，骑马过来察看动静，马头刚过西墙就被六姑娘发现。这时，粮库西墙下倒地的士兵刚刚被拽进小树林。

此时，四姑娘、五姑娘已把郝公子救出来。四姑娘手提装着郝公子的食盒轻轻落下地面，五姑娘随后下来，手提宝剑紧护其后。钟飞羽连连摆手，示意二人先不要出胡同，胡同外面有情况。

等到两个骑马的军官走到西墙中间，大小姐、三姑娘也顾不了许多，抬手发镖一人一个，两个军官同时栽下马来。

三姑娘："马太重，拖不动，放它们去吧！"说着手挥宝剑刺伤了两匹马的臀部，两匹受伤的战马疼痛难忍，发疯般地顺着小树林旁边的小路狂奔而去，瞬间就没了踪影。

大家把两个军官拽进树林。

老四、老五带着郝公子出了胡同口，五姐妹聚拢在小树林里，换下男装，把装着郝公子的食盒和换下来的男装都放在钟飞羽的驴车上。

三姑娘："我和飞羽哥一起走，大姐和六妹一起走，四妹、五妹一起走，咱们分三路打道回府！"

大家兵分三路，半小时以后，全部陆续地回到了钟府，悄悄地从演武场的小门进了后院。

晚上，一家人聚餐。紫坤留在内室照看刚刚脱离虎口的小公子，其余的人围坐在餐桌前，讲述着下午救人时惊心动魄的场面。

钟岳亲自给女儿们和钟飞羽斟满酒，钟岳夫妇同时举杯向女儿们和钟飞羽敬酒。钟岳说：

"你们今天做了一件大善事，大丈夫有所为有所不为，为善不为恶。你们不愧《女儿当自强》之所为。我和你们的妈妈一起敬你们，我们为有你们这样的孩子而骄傲！"

余梅仁："你们是我中玉家的好孩子，我以水代酒，敬你们一杯！"

五姐妹："谢谢爸爸！谢谢妈妈！"

钟飞羽："谢谢叔叔！谢谢婶婶！"

大家一饮而尽。

小戴维："Very good！你们太让我佩服了！你们家，英雄的一家！我敬你们全家！"大家举杯共饮。

小威廉端起酒杯说："我敬尊敬的爸爸、妈妈，敬我的可亲可敬的妹妹们，还有我文武双全的夫人，我为能成为咱们家庭中的一员感到自豪！"

全家人开怀畅饮，下午的惊险与疲劳荡然无存。

余梅仁："我的预产期就在这一两天，你们放出风去，就说御医王大夫说是双胞胎。郝公子按照你们父亲在《天女散花》里面的诗文排序，就用我家创立的姓氏，复姓中玉，名用星家，起名叫中玉星家，排行老七。"

钟岳："妈妈说的话你们都记住了吗？"

姑娘们："记住了！"

小戴维面向星江说："我想学飞镖，三小姐武艺那么好，教教我吧？"

三姑娘："好啊，那你要拜我为师！"

小戴维："好，一言为定，大家作见证，我正式拜三小姐为师。"

五姑娘："按我们中国的规矩，拜师要行跪拜大礼！"

四姑娘："小戴维是洋大人，跪拜就免了，但三杯拜师酒不可免。"

小戴维连喝了三杯拜师酒，然后恭恭敬敬向三姑娘鞠了一个躬。说："徒弟给师傅鞠躬了！"引得众人哄堂大笑。

第二天钟岳去上早朝。光绪帝身染重病不能临朝，慈禧老佛爷坐在龙椅上，代光绪帝和列位大臣议事。总理大臣庆亲王奕劻、军机大臣袁世凯和众大臣分列两厢。

慈禧："哀家听说钟岳钟爱卿回来了，还带回来一辆小汽车？"

奕劻："回禀老佛爷，钟大人昨天刚到京，他今天特来上朝向老佛爷请安。"

慈禧："让钟大人近前回话。"

钟岳近前欲叩拜慈禧："微臣叩见老佛爷，老佛爷万岁万岁万万岁！"

慈禧："钟爱卿免礼，站着回话。"

钟岳："谢老佛爷。"他双手递上英国照会，"这是英国照会，请老佛爷御览。这几年托老佛爷的慈威，英国和大清和睦相处，英国内阁一致赞成以后和我朝修好。臣回国时，英国女王陛下特让臣带给老佛爷一辆小轿车表示友好。"

慈禧："这几年大清免遭战乱之苦，国家安享太平，钟爱卿功不可没。"慈禧边说边看英国照会，当看到照会上对钟岳的赞美之词心中大喜，"钟大人对外夷斡旋有方，哀家深感欣慰，赏黄金一千两。"

钟岳："谢老佛爷。"

慈禧："庆亲王。"

奕劻："臣在。"

慈禧："发一道上谕，继续任命钟岳担任英、美、法、瑞士全权特使，拨白银一千万两给钟大人外交上用度。希望钟大人不要辜负哀家的重望，你就是哀家在外夷的百万雄兵。"

钟岳："谢老佛爷，感谢老佛爷的信任，臣一定不辜负老佛爷的重托，万事以国事为大，国家的荣辱安危就是臣的荣辱安危。"

慈禧："如此最好，钟爱卿，想必你也知道，国内反贼日益增多，狼烟四起。沙俄和日本在东北对我大清觊觎多时，你能平衡英、美、法诸国的关系，对遏制沙俄和日本事关重大。钟爱卿，哀家知道你刚刚回家，但哀家希望你以国事为重，尽快回去，哀家还指望着你这百万雄兵呢！你下朝后就去办银票，你走的时候就不要向哀家辞行了。"

钟岳："臣遵旨，老佛爷。"

慈禧:"哀家有些累了,散朝。"

钟岳在国库支取了一千两黄金和一千万两白银银票,全部拿到花旗银行办好了汇往瑞士银行的汇票,办完之后已近中午时分。

钟岳不放心家里,言称夫人临产,谢绝了诸位大臣的宴请,和钟飞羽坐马拉厢车回家。

一路上到处都有官兵在盘查行人,沿途墙壁贴满了带画像的通缉令。墙壁上六个人的临摹画像,令钟岳叔侄胆战心惊。路过郝府门前时二人放慢了脚步,郝府周围已然没有了士兵。只见府门紧闭,门上贴着封条,府门两侧贴有布告,布告上大大的"红勾"赫然入目,显然郝大人一家已惨遭毒手。只听见路上行人欷歔之声不绝于耳:

"郝大人一家死得冤哪!"

"奸人当道,良臣蒙冤,好人难活呀!"

钟岳叔侄不忍观看,带着一腔悲愤怆然离去。

叔侄二人在钟府门前下了车,钟飞羽赶着马车去了后门,钟岳进府。

府内的仆人纷纷向钟岳道喜:"恭喜老爷,贺喜老爷,夫人生了龙凤胎,恭喜老爷喜得贵子!"

夫人顺利分娩,钟岳的心情有些好转。钟岳快步来到夫人房间,两个婴儿静静地躺在夫人身边,夫人正在闭目养神。

在旁边服侍的紫坤看见老爷走进来,说:"夫人,老爷散朝回来了。"

夫人睁开眼说:"又是一个小姐。"

钟岳:"真是太好了,我就盼着是个女儿,这才称得上是'七仙女下凡'。"

夫人:"难得老爷开明。紫坤,你先出去,我有话和老爷说。"夫人看紫坤走出去后说,"昨天忙碌没来得及问你,我发家书和你商量的事你可愿意?"

"什么事?"

"收紫坤作二房。"

"万万不可。"

"为何不可?"

"我家已立了新的姓氏,传家谱二十代。从中玉家族开始,生男孩儿随父姓，生女孩儿随母姓，或有愿随复姓中玉者也无不可，一改子随父姓习俗。"

"只是世俗难改。"

"总得有人开先河。"

"难为你了。"

"就让我们夫妻共同去作开先河之人吧。"

"这两个孩子谁是老七？"

"都是老七。"

"这如何使得？"

"怎么使不得？郝公子叫中玉星家，排行七弟，等孩子长大以后再告之实情。女儿叫中玉星园，排行七妹，正是我家七仙女。"

"我相信你决定的都是对的，就依你。"

"郝大人一家上午已经被处斩了。"

"能留下郝公子这条血脉，郝大人夫妻也能瞑目了。"

"慈禧赏给我一千两黄金，以补家用。并且交给我一千万两白银，用于和欧美国家斡旋费用。"

"救出郝公子动静之大恐生变故。"

"我已有防备，上午我把钱都汇往瑞士，存在老二的银行。我想速离中国，以防不测。"

"带着孩子？"

"是。我想国外有巨额资金牵制朝廷，既能保证你的安全，也利于孩子们创业发展。"

"如此最好。"

夫妻二人寥寥数语，给人类社会姓氏沿袭开辟了历史先河，打破了数千年以来男尊女卑的传统陋习，使人类的繁衍生息掀开了崭新的一页。

清晨，钟府演武场。钟家五姐妹正在练功，小威廉伯爵和小戴维也在练习飞镖。两只苏格兰牧羊犬来回穿梭奔跑，把散落在地下的飞镖叼回。

星江冲着小戴维高喊："徒弟，把笼子里的鸽子放出来！"

小戴维打开鸽笼放出了十几只灰亮瓦飞鸽，那都是给中玉酒楼预备的菜鸽。鸽子呼啦啦飞向空中，五姐妹骑在马上发镖，十几只飞镖直射空中，十几只飞鸽中镖落地，没有一只飞走。

小戴维跑到星江的马前说："师父，教教我骑马打镖吧？"

星江跳下马来，手牵着缰绳扶小戴维上马，说：

"小戴维，骑在马上双脚生根，双腿夹紧，上身放松，掌握平衡。发镖时手随身动，手腕轻抖。"

小戴维在三姑娘的指挥下甩手发镖，射中了镖靶，高兴地大声喊：

"我打中了！"

两只牧羊犬把落在四处的鸽子叼回，忙得不亦乐乎。

上午，中玉星先、中玉星江、小威廉伯爵、小戴维去看中玉酒楼和玉美人珠宝店、服装店。沿途，一队队官兵拿着画像在搜捕"郝宅通缉犯"。小戴维忍不住悄悄地问：

"是你们的画像吗？"

星江："什么像？一点儿也不像！"

小威廉："一群愚蠢的人。"

星先："莫谈国事！"

她们骑马来到前门大街，先到了中玉酒楼。星江把一袋鸽子交给伙计，吩咐说：

"告诉厨师，烤两只炖两只，中午大小姐我们四人来吃饭！"

伙计接过鸽子，向里面喊："楼上留一个雅间，中午大小姐四人来吃饭！"

钟家在前门大街有三家店铺，玉美人珠宝店在中间，玉美人服装店在左边，中玉酒楼在右边，后面有一个院落。

星江："大姐，你们先去珠宝店，我去把马拴在后院。"

星江把马牵到后院，中玉星先夫妇和小戴维进了珠宝店。

珠宝店分上下两层，上层是珠宝玉器、金银首饰，下层是古玩字画、文房四宝。钟岳的字画也挂在墙上，中间一幅《天女散花》赫然入目。星先将父亲在画上的题诗，向丈夫和小戴维介绍了一番。

她们看完了字画来到楼上，星江拴好马也跟了上来。

星江:"大姐、大姐夫、小戴维,你们挑几样珠宝带回去吧。"

小威廉对妻子说:"咱们用伦敦街上的房子开连锁店,就按这个样子,好吗?"

星先:"那你就多拍几张照片。"

小戴维:"我也拍几张照片给爸爸、哥、嫂看看,我们也在瑞士开连锁店。"

小威廉和小戴维边看边拍照片,星先和星江挑选首饰作礼物。

她们从珠宝店出来后到了服装店,这里除了服装还专营玉美人骑士装,男女骑士装俱全。

星江:"大姐夫、小戴维,选一套吧?"

小威廉和小戴维非常喜欢骑士装,每人选了一套试了又试,一人选中了一套。

星江吩咐伙计:"把这两套包好,我拿着。"

中午,中玉星先四人在酒楼雅间落座。伙计们已备好美味佳肴,每个人的面前放着一壶烫好的二锅头。

星先:"今天高兴,我也陪你们喝一壶。"她先给每人斟满一杯,然后举起酒杯,"来,大家干一杯!"

四个人碰杯说:"干!"同时一饮而尽。

星江:"明天咱们去打猎吧?玉泉山的野鸡、野兔可多呢!"

小戴维一听打猎高兴地眉飞色舞,说:"去打猎!好,我也用飞镖打兔子!"

星先对小威廉说:"咱们什么时候去采访?《世界文化》专栏还等着咱们的稿子呢。"

小威廉:"咱们明天先去打猎吧,后天再去采访,来得及。"

大家推杯换盏正喝得高兴,忽然房门被人推开,进来三个捕快,手里拿着画像对着每个人观看。其中一个满脸横肉,长着一对三角眼的捕快举着画像说:

"认识画像上的人吗?这是朝廷通缉的要犯,前天打伤了我们三十多个官兵!"

中玉星江厉声训斥:"看什么看,中国人外国人分不清吗?男人女人分不清吗?有你要找的人吗?"

小戴维:"什么像?看我像吗?没看见我们在喝酒吗?出洋相,真没有礼貌!"

捕快冲小戴维连连鞠躬,说:"对不起,洋大人,小的眼拙,多有冒犯,告退,您几位接着喝。"说完关上房门走了。

小威廉:"别管他,咱们接着喝,来,再干一杯!"四个人继续喝酒。

一个星期平安无事,姐妹们带着小威廉和小戴维去打了两次猎。中玉星先和小威廉把采访稿件发回伦敦。钟岳夫妇为防不测,把郝大人留下的银票和家里的积蓄都汇往了瑞士,全部存进了二女婿大戴维的银行。

这天下午,孩子们外出还没有回来,钟岳老觉着心里不踏实,他带着钟飞羽在后院里转悠。飞羽看见了拉西瓜的小驴车,说:

"老爷,我看这驴车目标太大,这几天官兵在挨家挨户搜查,咱们把小驴车拆了当柴烧吧,拉东西有大马车呢。"

钟岳:"你找人拆了吧。"

钟飞羽:"把小毛驴杀了送到酒楼去吧?"

钟岳:"你去办吧。"

钟岳吩咐完后回到前厅。钟飞羽在后院找人拆车、杀驴,足足忙活了两个多小时。钟飞羽把两件事都办妥帖了,到前院找老爷交差。

钟飞羽刚来到前院,只见大门口有人吵着要进来,看门人拦也拦不住,钟飞羽赶紧上前答话。原来是魏提督带着几个捕快上府搜查。这个魏提督魏忠全负责京城治安,为人阴险狡诈,一肚子坏水儿,是军机大臣袁世凯麾下的得力干将。

钟飞羽:"原来是提督大人,多有怠慢,敢问大人有何吩咐?"

魏提督:"快带我去见你家老爷,我奉命捉拿朝廷要犯,找钟大人有事请教!"

钟飞羽:"大人请,我给大人前面带路。"

钟飞羽带着魏提督一行去往前厅,老远就喊:"老爷!有贵客,魏提督魏大人前来拜访!"

钟岳闻听一惊，忙起身出来相迎，说："不知魏大人大驾光临，有失远迎，失敬失敬！"

魏提督："想必钟大人知道，有反贼在京城大闹郝宅之事，下官奉命缉拿要犯，拉大网在全城搜捕，这些天全城已经翻了个底朝天，仍无半点踪迹。下官负责搜查三品以上大员府邸，今天查到贵府，打扰之处还望见谅！"

钟岳："魏大人公务在身，本官理当协助。飞羽，你带捕快四处去看看，我陪魏大人在客厅喝茶。"

钟飞羽带着捕快去搜查，魏大人坐下喝茶等候。

魏提督："我有几个问题请教，请大人不要见怪。"

钟岳："请问。"

魏提督："听说钟大人与郝大人生前交情甚厚？"

钟岳："我在朝为官，处处与人为善，从不与人为敌。"

魏提督："郝府一案何人所为，是何动机颇有蹊跷。第一没有伤及性命，可见罪犯并非革命党；第二没有盗窃财物，可见罪犯不是草莽贼人；第三郝家称未见任何人进府，可见罪犯与郝家同谋。不知钟大人可有见教？"

钟岳："不在其位不谋其政，本官愚钝，百思不得其解。"

魏提督："我分析作案之人，第一不想与朝廷为敌；第二是熟人所为；第三是京城之中有飞镖背景的豪强势力所为。"

钟岳听着不由得身冒冷汗："魏大人所言似乎有些道理。"

魏提督："下官一直想不通的是作案之人的动机。郝夫人矢口否认有人曾进出郝府，必然是在保护作案之人。保护作案之人不是目的，目的是在保护自己的人，自己有什么人需要保护呢？"

钟岳："魏大人所言似乎弦外有音，本官愚钝还请明示。"

魏提督："钟大人身居要职，官位显赫，乃当朝重臣，自然明白事理，下官也不必遮掩。"

钟岳冷冷地说："如此最好。"

魏提督："因有王命在身，恕下官直言。京城之中谁人不知神镖玉美人？玉美人身边有六个如花似玉的女儿个个能镖打飞鸟，十八般武艺样样精通，人人以一敌百。下官冒昧欲请尊夫人指点迷津，何许人氏能做郝宅大案？"

钟岳："夫人刚刚分娩，身体多有不便，恕本官爱莫能助。"

这时，钟飞羽带捕快来到大厅，捕快向魏提督禀报：

"大人，没有发现可疑情况！"

魏提督："全府可都看过？"

捕快："除了内宅，其余全部看过。"

魏提督："刚才听钟大人说夫人临产，不知钟夫人生的是男孩儿还是女孩儿？"

钟岳："龙凤胎。"

魏提督："据下官得到的密报，郝夫人怀得是龙凤胎，不知何故只生下一女。太医说尊夫人却不曾有双胞胎诊断，竟然生下龙凤胎，莫非其中另有隐情？"

钟岳愠怒："魏大人在暗中调查我不成？怎么说的话越来越远了！"

魏提督："可否让下官看看这天降龙凤？"

钟岳："不可！"

魏提督："那就恕下官无礼了，下官要验亲生！"

钟岳："你可带有圣旨？"

魏提督："下官奉口谕查办钦命大案，文武百官不得拦阻！"

钟岳站起身说："既无圣旨，竟敢私闯当朝一品大员府邸，真乃胆大妄为！飞羽送客！"

魏提督也站起身来说："捕快，一人去叫军队，其余守住府门，任何人不准出入！"

钟岳拔出左轮手枪，大声喝道："魏大人目无朝纲，胆敢造次，即来得走不得，谁敢动我就打死他！"

钟飞羽也早有准备，见钟岳动手，立刻从腰中掏出手枪大声喊：

"把你们手中的家伙都给我放下！快放下！"

魏提督和捕快们仗着人多势众，刚想动手，不料一个个同时感到手腕刺痛，只听见一片"哎呀！"之声。

"何人敢在我家撒野？莫非活够了！"只见神镖玉美人从内室闪出，柳眉立竖，凤目圆睁，口中大喝贼人。嗖嗖嗖，双手齐发飞镖，咣当当，来人刀械纷纷落地。

这阵势让刚刚打猎回来的孩子们撞了个正着，呼啦啦蜂拥而上，三下五除二把这帮不速之客捆绑起来。

钟岳："飞羽，带人把这几个恶奴关在后院柴房，好好看管，一刻也不能离人！"

魏提督："钟岳！你敢造反！快放了本官，本官饶你不死！"

三姑娘上去啪！啪！上面两个大嘴巴，咣！咣！下面两脚，厉声呵斥：

"看你还敢嘴硬！乖乖的饶你不死！"打得魏提督再也不敢吱声，乖乖地跟着去了柴房。

钟岳对余梅仁说："多亏了夫人，快坐下，别累着！"紫坤放好椅垫和靠背，扶夫人坐下。

余梅仁："我在屏风后面听你们说话已多时了，看到魏提督要撒野，我岂能容他！"

星先："这是怎么回事？莫非郝府之事暴露了？"

钟岳："听魏提督言词，郝宅一案他们已经有了初步判断，只是还没有确凿的证据。"

星先："爸、妈，咱们现在怎么办哪？"

小威廉："究竟发生了什么事？大家不要着急，可以想想办法。"

钟飞羽把刚才发生的事叙述了一遍，大家听了顿时感到事情严重，孩子们神情紧张，看着父母拿主意。

钟岳："我们其实早有准备，只是事情来得突然，只能速做决断。"

余梅仁："你们跟你爸都到国外去发展吧，正好完成你爸多年来的心愿。我在家里如无意外，就守着我们的家，守着是中玉家族的根。"

钟岳："我已把大量资金汇到瑞士，这笔资金足以成就大事。慈禧把我作为大清在欧美布置的百万雄兵，只要我们离开了中国，朝廷就不会为难你们的母亲。我们马上出国，越快越好！"

六姑娘星人搂着妈妈说："妈妈和我们一起走！"

余梅仁："我就不走了，如果一起走，我和这两个刚出生的孩子都受不了旅途劳累，反而会拖累你们。老三、老四、老五、老六和你们的爸爸一起走，不管国外有多好，记住你们的祖国，记住你们的家！"

小威廉伯爵不慌不忙地说："爸爸、妈妈，您们不用着急，事情虽然严重，但并不可怕。我是英国伯爵，受英国皇室保护。英国和大清签有条约，要保护英国公民在大清的一切安全，当然包括保护亲属的一切安全，更何况是英国皇室伯爵亲属的安全？爸爸是威廉公爵的好朋友，是受英国皇家尊敬的绅士，英国的上层社会，包括英国大使馆都非常敬重爸爸，因为爸爸在英国是著名学者，是一位杰出的人物，不仅仅是大清帝国的使臣。我这就给英国大使馆打电话，请求他们出面保护。"

小威廉伯爵拿起客厅里的电话，拨通了英国使馆，请大使接电话。

小威廉："您好，您是大使阁下吗？我是小威廉伯爵！"

英使："您好，我是英国驻清大使，您是小威廉伯爵？您有什么吩咐吗？"

小威廉用英语和大使交涉，说说停停，大约二十分钟，最后说"谢谢，非常感谢！"然后放下电话。

小威廉："大家放心吧，一切都办好了。大使馆会派士兵来我家把守，一直到确保安全后撤离。今天夜里天津港口有一条英国商船离港，大使已经给我们联系好，搭船离开中国。晚上十点使馆派车护送我们上船，同时把犯人押解到使馆，然后由大使和清朝政府交涉。现在大家抓紧时间，准备出发！"

余梅仁高兴地夸小威廉："我的大姑爷真有本事，这么大的事就一个电话，天下太平了！"

钟岳："小威廉，我代表全家，谢谢你！"

小威廉："爸爸、妈妈，这是我应该做的，主要是爸爸在英国有威信，大家都愿意出力。"

小戴维对小威廉说："你真有办法，我佩服你！"

四姑娘星山说："大姐夫，你说的把什么犯人押解到大使馆？"

五姑娘星树说："你说的不是我们吧？"

三姑娘星江说："你们真笨，就是关在柴房里的魏提督和捕快。"

六姑娘星人说："大姐夫，是不是还有人给我家站岗，保护我妈妈和七弟、七妹？"

小威廉："是，这样咱们大家就放心了！"

大小姐星先："小威廉，你太让我高兴了！"

余梅仁："紫坤，你去告诉厨房，做一桌好菜给大家践行！"然后对孩子们说，"你们快去准备吧，多带几身衣裳！"

晚饭后，大家齐聚在客厅。从郝府逃出来的丫环彩云在照顾七少爷、七小姐，紫坤守候在大门口。

姐妹们穿上了大姐买的衣服，华贵之中透露着英气。钟岳叔侄又换上了西服革履，小威廉和小戴维显露出欧洲贵族的绅士本色。

余梅仁叫老三拿出来一只皮箱，打开一看里面全是湘绣手帕。

余梅仁拿出一块手帕说："这手帕上绣着你们的父亲一生的追求'十字星图'，还有我勉励你们的一句话'修身立业，耕耘家园'。老大，你把手帕分给大家带着，睹物思人，这是咱们中玉家族的信物。"

彩云把七弟、七妹抱出来，一家人拍了一张"全家福"。

英国人真是准时，晚上十点钟整，有三辆汽车停在府门口。是一辆吉普车和两辆军车，二十名全副武装的英军士兵跳下车来站在车前待命。

使馆武官向小威廉伯爵敬礼待命，小威廉就任了临时指挥官。他先叫武官派了八名士兵守卫钟府，然后让钟飞羽带着其余的士兵去后院柴房押解"犯人"。

魏提督和捕快们看到对自己的"礼遇"大感不解，没等明白过味儿来眼已被蒙上，嘴也被堵上，稀里糊涂地被塞进了军车。

钟岳一行和夫人依依惜别后上了汽车，在使馆武官的护送下离开了钟府。余梅仁眼含泪花，率阖府家人目送三辆汽车消失在夜幕星空下。

次日早朝，英国大使携武官觐见慈禧。

殿宣："宣英国使臣觐见！"

英使和武官大步走进宫殿。

英使："拜见尊敬的太后陛下。我大英帝国皇室威廉伯爵的亲属，在贵国受到人身伤害，生命安全得不到保障。为此我代表大英帝国向贵国提出强烈抗议，要求贵国惩办以'魏忠全'为首的一干罪犯。这是我使馆的

照会。"

慈禧:"这还了得,这不反了天了吗?庆亲王,接过照会。请贵国放心,对破坏中英关系的罪犯一定严惩不贷!"

庆亲王奕劻接过照会交给慈禧,没等慈禧打开细看英使便说:

"罪犯我们已经带来了,就押在殿外,请你们派人接收。大英帝国皇室威廉伯爵的亲属在没有安全保障之前,我使馆将派士兵昼夜保卫!太后陛下公务繁忙,我们就不打扰了,告辞!"不等慈禧答话,英使和武官昂首阔步走出大殿。

一连数日,钟府门前有八个英军士兵,一连二十四小时轮流站岗。

朝廷接二连三派员来抚慰钟夫人,魏提督被军机处撤职调离,钟府门匾上挂上了光绪御笔"如朕亲临",客厅正中央挂上了慈禧御笔"大清的百万雄兵"。

第四章　沃土生金

万里之行始于足下
参天大树根在瑞士

钟岳一行乘坐着一辆中巴行驶在瑞士的土地上。中玉星先和小威廉因为编辑《世界文化》亚洲专版先期离开大家，回到英国剑桥大学。

远远望去，阿尔卑斯山横空出世。一座座白雪皑皑的山峰，如一个个身披轻纱的少女亭亭玉立；一片片镶嵌在群山之中的湖泊，像一面面镜子供少女们梳妆。高耸入云的少女峰傲立苍穹，她是瑞士人民圣洁无瑕的象征。

汽车驶进伯尔尼，伯尔尼位于瑞士高原中央山地，莱茵河支流阿勒河在这里形成一个U字环。走进克拉姆大街，有趣的场景夺人眼目，一群人围在一座钟塔下观看。只见大钟的下面打开了一扇小门，从小门里走出来一个小丑拿小锤敲打头上的钟，紧接着时间老人弹奏起美妙的音乐，一只公鸡翩翩起舞，一排可爱的小熊绕着圈欢快地奔跑。

小戴维自豪地说："那是报时的一座钟塔，到现在已经有三百多年的历史了，至今还分秒不差。里面用机器带动的小丑、时间老人、公鸡、小熊，一小时出来一次，它们是全世界至今为止，工作时间最长，最守时，最坚守岗位的报时机器人。"

六姑娘："真好玩！"

小戴维："明天我带你来玩。"

三姑娘："瑞士真是太美了，我喜欢这个国家。"

小戴维："那你就留在这儿别走了，天天教我练飞镖。"

三姑娘："美得你！"

钟岳："小戴维，到你家还有多远？我们吃完中午饭再走吧？"

小戴维："就快到了，到阿勒河边就到我家了。刚才我爸爸在电话里说，让咱们到家里吃午饭，他们已经准备好了。"

中巴汽车停在戴维庄园的大门前，门前用瑞士语、英语、德语、法语四种语言写着"戴维庄园"。大家下了车，车开走了。

戴维庄园临阿勒河而建，这里空气清新，风景秀美，庄园建筑是哥特式城堡别墅，一条长廊直通阿勒河边的一个园亭，亭子周围是花草树木。

伯尔尼的七月，迷人的季节。蜜蜂围着鲜花绕，清风送来百花香，群山银装映碧水，安居百姓逍遥忙。

二姑娘中玉星河和丈夫大戴维早已在庄园门前等候，看见父亲一行下车立刻迎上前来，中玉星河快步跑到父亲的面前，接过父亲面前的提箱，一连串地问：

"爸爸好！妹妹们好！我妈好吗？七妹好吗？我大姐、大姐夫怎么没有一块儿来？"

钟岳："好，好，都好，都好！你和大戴维都好吗？你大姐、大姐夫回剑桥大学了。"

大戴维接过中玉星河手中的提箱说："我们都很好，谢谢爸爸！"

大家相互问候之后进了庄园，星河帮助安顿好各自的房间。老戴维已经在河边的园亭里准备好丰盛的午宴，亲自过来请钟家父女。

老戴维热情地和钟岳拥抱："老朋友，老亲家，欢迎你！欢迎你们哪！"

钟岳："谢谢，你最近身体好吗？给你添麻烦了！"

老戴维："不用客气，我们是亲人吗，瑞士是一个友好亲善的国家，我很愿意为你们效劳！"

大家来到凉亭围餐桌坐下，午餐准备得十分丰盛。有中国菜肴和瑞士涮火锅，有日内瓦湖新鲜的鲈鱼和鲑鱼，有洛桑的高级白葡萄酒。主食准备了奶酪火锅和切成小块的烤面包、煮土豆。

酒过三巡，菜过五味。老戴维对钟岳说："钟兄，你先后三次汇来的钱都收到了，这么大的款项在瑞士也算是大富豪了。你来信说想开银行，我家在市中心正好有闲置房产。小戴维去中国考察，想和他大嫂开珠宝店、服装店和中国餐馆，如果钟兄想开银行，就先依钟兄用。"

钟岳："亲家，我多年研究'四律三力'，一直有付诸实践的夙愿，想以瑞士为基础开始实行。因为瑞士是一个中立国家，国泰民安。难得亲家鼎力相助，让我们共同努力，携手耕耘我们的家园吧。"

老戴维："钟兄的学识和胸怀我一直很钦佩，只要你有事需要我，我愿意全力以赴。"

钟岳："我开银行所得利益分为四块。第一，百分之十用于经营者的奖励；第二，百分之三十用于投资者的收益；第三，百分之三十用于扩大发展；第四，百分之三十用于社会基金。社会基金目前用于'园丁学校'的办学费用，为社会培养有用之才。"

老戴维："听老兄这一说我更加义不容辞了。"

钟岳："所得利润的第四项基金旨在抛砖引玉，呼唤有识之士共同参与，拿出一部分资金用于社会，来调节社会平衡。"

老戴维："拿出一部分资金调节社会平衡，你这个题目太大了。"

小戴维接过来说："爸爸，我知道四个平衡规律，伯父在大西洋上给我们上过课，哪天有空我也给您上一课。"

钟岳："亲家，我还有一事相求。"

老戴维："什么事，你尽管说。"

钟岳："我有一副玉雕版画，想作为银行印鉴，需要分割保存。久闻瑞士工匠技艺精湛，可否能找人分割？"

大戴维："这事简单，我陪岳父去办。"

星河对父亲说："您这次来给我们学校讲一堂课吧？我们都想听听'十字星图'的平衡规律。"

钟岳："好啊，就明天上午吧，还是请大戴维当翻译。"说完后钟岳起身向老戴维敬酒，"亲家，感谢的话我就不说了，我代表我们全家敬你！"

老戴维站起来："来，咱们大家一起干杯！"

两家人共同举杯欢庆。

中玉星河夫妇办的学校在戴维庄园的西侧，紧靠着阿勒河畔。学校的建筑设计虽称不上规模宏大，却非常整齐坚固、幽静素雅。校内四处都有天然林木，教室周围花团锦簇，真是一个读书的好地方。这是根据钟岳的提议创办的一所半公益性质的寄宿学校，对于孤儿和贫困子女提供免费食宿教育，开办三年来受到社会上的广泛赞誉。钟岳从办学宗旨到办学资金全都倾力承担，给学校命名"园丁职业学校"，意欲培养地球家园的园丁。

第二天上午，钟岳来到园丁学校给全校师生上课。

钟岳向师生们问候之后开始上课。他拿圆规在黑板上画了一个大圆，说：

"这个大圆代表太阳系，"然后又在大圆中心画了一个小园，"这个小圆代表地球，"他用十字星把大圆和小园连接起来，"这就是十字星图。"

黑板上出现了十字星图。

钟岳说："我们今天讲课的题目是《十字星图的四大平衡规律》。"

钟岳讲完在大西洋伊丽莎白号船上讲过的要点后，开始讲具体内容。

钟岳说："人类的行为会破坏第一平衡规律，即大自然的平衡规律。人类赖以生存的地球经过若干亿年的变化，迄今已趋于稳定状态。由于人类放任地占有欲而导致贪婪无度地攫取地球资源，将会制造出自然规律新的不平衡。地球也是一个有生命的天体，她也有心脏，有血液，有神经。她也会不舒服，也会生病，也会舒展一下身体，也会发出呻吟。于是就会产生山摇地动，水漫田园，瘟疫肆虐，火灼赤野。于是人类将会失去新鲜的空气，将会失去干净的饮水，将会失去立足的净土。

"第二大平衡规律是人类社会的平衡规律。这里主要讲人与人之间在生活方面的基本平衡，在供需之间的基本平衡。帝王和平民之间怎么会平衡呢？亿万富豪和躬耕布衣之间怎么会平衡呢？会的。试想，将来的某一天，人们不再忧患于衣食住行，人们通过对社会的贡献得到基本生活的需要，工作之余有时间同亲友去游山玩水。全社会所有的人民劳有所得，生有所乐，病有所医，老有所养。这样的生活和帝王、富豪之间是不是有一种基本生活需要上的平衡？帝王、富豪也不能同时穿十件衣服，用十个人的饮食，睡十张床，乘十辆车。帝王是很辛苦的，每天既要考虑国家大事，又要提防乱臣贼子，劳心劳神，不能长寿。人们对帝王的评判，到头来十有八九不是暴君就是祸国殃民，有几个是有好结果的？富豪也是一样，万贯家财创业何其艰难？四处风险，八面猎杀，朋友反目，兄弟成仇。到头来培养些纨绔子弟，逐臭之夫！哪有安居乐业的平民百姓自由快活！

"第三是和平与战争不等式平衡。第三个不等式平衡规律受第二个平衡规律的制约。当人类社会平衡规律遭到破坏，大多数人民达不到快乐生活的平衡点，基本的衣食住行得不到保证，这时有人振臂一呼，于是群起响应，战争就爆发了。战争爆发的另一个原因是统治者的庞大占有欲。统治者为了实现自己的帝王思想，利用手中的权力和被愚弄的军队，肆意践踏山河土地，涂炭生灵百姓，是侵略者发动的战争。战争争权利，民贼奸民意，一人成霸业，万骨荒冢泣；你为口中食，我为身上衣，丰衣足食日，地球和平时。

"第四，思想与现实的平衡规律。人类之信根植于历史，人们信奉的神灵，是数千年以来的小说、故事、民间传说、童话、神话演变至今。每一个国家都会有成百上千个受人崇拜的历史人物，全世界二百多个国家又有多少？中国禅宗六祖慧能说'人人皆升西天，则西天将人满为患'。一生都想修炼到天堂极乐世界的鼻祖尚有如此悟性，我等更需大彻大悟了。还是那句话，'十字星图绘自然，天上瑶池建人间'。上天堂入地狱，不是死后，而是生前。不是祈求于上天，而是取决于自己。"

钟岳讲完了十字星图平衡规律，人们都在静静地聆听，深深地思考。老戴维也站在窗前听得入神，不知什么时候室内和窗外挤满了人。突然爆发出潮水般地掌声，是人们从内心发出的共鸣。

戴维父子把位于伯尔尼闹市的商铺拿出来给钟岳开银行，银行的字号大家一致同意叫"瑞士中玉银行"。开业的那一天，钟岳和戴维两家人都来庆贺，鞭炮齐鸣，礼花满天。

经钟岳提议，中玉星河担任"瑞士中玉银行"董事长，大戴维担任总经理，其他人在银行挂职实习锻炼。在"瑞士中玉银行"会议室，钟岳拿出"天女散花玉雕印鉴"，说：

"这两天我和大戴维请人把'天女散花玉雕印鉴'平均分割成九块，除去玉首一块留作银行印鉴，玉尾一块留给你们七弟，其余七块每一块上面有一个仙女，头上有四个字，我把印鉴分别交给我的七个女儿保管，每人可以凭印鉴支取个人名下的收益，只有合起来才能动用银行的本金。"

钟岳很严肃地问女儿们:"你们都听明白了吗?"

中玉星河:

中玉星江:

中玉星山:"听明白了!"

中玉星树:

中玉星人:

钟岳:"中玉星河!"

中玉星河:"是,爸。"

钟岳:"第三块给你。"

中玉星河:"谢谢爸。"中玉星河接过第三块印鉴。

钟岳:"中玉星江!"

中玉星江:"爸。"

钟岳:"第四块给你。"

中玉星江:"谢谢爸。"中玉星江接过第四块印鉴。

钟岳:"中玉星山!"

中玉星山:"在,爸。"

钟岳:"第五块给你。"

中玉星山:"放心吧,爸。"中玉星山接过第五块印鉴。

钟岳:"中玉星树!"

中玉星树:"是,爸。"

钟岳:"第六块给你。"

中玉星树:"放心,爸。"中玉星树接过第六块印鉴。

钟岳:"中玉星人!"

中玉星人:"爸爸。"

钟岳:"第七块给你。"

中玉星人:"谢谢爸爸!"中玉星人接过第七块印鉴。

钟岳:"第二块我到伦敦交给你们的大姐,第八块第九块我回北京交给你们的妈妈,暂时替你们的七妹、七弟保管。玉鉴是中玉家族的传家之宝,你们要世代相传。"

姐妹们深感荣幸与责任,如负万钧,一种神圣的使命感油然而生。

第五章　游凤戏龙

四小姐镖惊四座
五姑娘马跃群雄

一九〇九年六月的一天清晨。美国纽约。自由女神像雄视着大西洋。

一辆出租马车停在曼哈顿区唐人街街口，车内坐着男子穿戴的四姑娘中玉星山和五姑娘中玉星树。

彪悍的西部牛仔装束的车夫跳下马车，勒住缰绳说：

"先生们，唐人街到了，请下车！"

中玉星山："去玉美人珠宝店！"

车夫原地未动，又说了一遍："唐人街到了！"

中玉星树从车厢里探出头来，挥着钱包说："去玉美人珠宝店，另加小费！"

中玉星山用手指轻轻一点马臀，说："伙计，辛苦，乖乖往前走。"

马车继续往前走。

远远望见玉美人珠宝店和中玉酒楼的牌匾，中玉星山身轻如燕跳下车来，抢先来到珠宝店门前，一边敲门一边大声喊：

"飞羽哥，开门！"

里面应声开门，钟飞羽边穿衣服边招呼伙计："伙计们，快起来！四小姐、五小姐到了！"

店里的伙计都出来迎接，看见二位小姐齐声高喊：

"四小姐好！五小姐好！"

四姑娘、五姑娘看见出来迎接的伙计们都是北京老店里来的熟人，十

分高兴,说:

"都是咱北京老店的人,太好了!快去人付车钱,帮忙搬东西!"

钟飞羽和四小姐、五小姐来到楼上经理室,伙计们把大小提箱放下后,中玉星山问:

"我妈和家里人都好吗?"

大家纷纷抢着说:"家里人一切都好。自从你们走了以后,英国使馆派兵日夜守护,一直到光绪皇帝派人送来御笔钦书的'如朕亲临',慈禧老佛爷又派人送来'大清的百万雄兵',下面的官兵谁敢造次?"

"七小姐和七少爷都好,可招人了!"

"夫人为了老爷和小姐们在国外创业,新招了北京店里的员工,随时可以派人来支援!"

"光绪帝和老佛爷都驾鹤西游去了,新登基的小皇帝叫宣统,还尿炕呢!"

众人大笑。

钟飞羽边倒水边说:"好了,好了,你们先下去吧,我和小姐们说点儿事。"

伙计们辞别二位小姐后离开了经理室。

中玉星树:"我爸最近好吗?他还在华盛顿?他经常来这里吗?"

钟飞羽:"老爷很好,大清的使馆在华盛顿,老爷不经常到这里来。"

中玉星山:"我爸说最近来纽约,什么时候来?这里的生意还好吧?"

钟飞羽:"老爷说六月份来纽约办事,要来店里看看。美国人有钱,咱们的生意可好了。你们在瑞士待了有小一年了吧?"

中玉星树:"可不,天天学英语,我们的英语说的就像美国人了,我三姐和小戴维都结婚啦。"

钟飞羽:"三小姐和小戴维在北京就有意思,我早就看出来了。"

中玉星山:"这么急着叫我们来做什么?"

钟飞羽:"老爷叫你们来照看这里的生意,我跟老爷要去法国办外交,老爷说下个月就走。"

中玉星树:"四姐,先说好了,你当酒店的老板,我当珠宝店的老板。"

中玉星山:"可着你挑,我也先说好了,咱俩一年一换。"

中玉星树:"当姐的还这么小气,一年一换就一年一换,先干着再说。"

伙计们送上来两盆洗脸水,钟飞羽拿出来两条新毛巾递给小姐们,说:

"这里的赛马可热闹了,赛马的大奖足够开两个珠宝店。咱们买了一匹纯血好赛马养在赛马场,雇了一个骑手,总是跑第八名,拿不到奖。"

中玉星树:"真笨!我和他们去比,准保拿第一!"

钟飞羽:"老爷说这匹马就是给五小姐预备的,再过三天就要比赛了,你去贝尔蒙特海员俱乐部找查理上尉,他是海军航空兵的飞行员,是咱们的兼职骑师。"

星树:"咱们今天就去,四姐跟我一块儿去!"

星山:"行,我跟你去!咱们先干正事,先看看这两个店,别光想着玩!"

星树:"我拿了大奖咱们也办一个学校,像二姐那样,让爸高兴高兴。"

这时电话铃响了,钟飞羽拿起话筒,话筒里面传来了老爷的声音:

"是飞羽吗?"

"是。"

"老四、老五今天该到了吧?"

"已经到了,老爷。"

"是吗?让她们接电话。"

星山接过电话,听到爸爸的声音高兴地说:"爸爸,是我,我是老四,我和老五刚到店里。你身体好吗?我们都非常想你……"

星树抢过电话说:"爸,我是老五,你什么时候来曼哈顿?我想你!"

"我下月去法国之前要到纽约去一趟,我在纽约金融街买了一套商铺,正在装修,准备开'瑞士中玉银行曼哈顿分行',很快我们就能见面了!"

星山又抢过电话说:"爸,您好好照顾自己,别太累了,我们等您来纽约!"

钟岳父女通完电话后，钟飞羽又嘱咐四小姐、五小姐说：

"纽约这个地方外来人很多，这是个开放的城市，为了安全，你们外出最好还是女扮男装，平时要穿当地流行的时装，说当地的方言。"

中玉星山、中玉星树来纽约的第二天晚上，姐妹俩在后院练功。两人先赤手空拳练了一阵对打，然后又舞剑对练。夜色中两团白光上下翻飞，剑锋相撞发出的声响清脆悦耳。

"看镖！"中玉星山发镖把前来偷看的钟飞羽头上的帽子打落在地。

"四小姐手下留情，是我！"钟飞羽边说边捡起地上的帽子。

两姐妹停下来，剑入鞘。

钟飞羽："五小姐，今天在贝尔蒙特马场练得怎么样？"

星树："真是一匹好马，还有一个响亮的名字叫'公爵'。'公爵'和我可亲呢！"

星山："公爵'可是西方国家的大官。"

星树："多大的官也是本姑娘的胯下坐骑！"

钟飞羽："查理上尉高兴吗？"

星树："高兴着呢！我请他吃饭，请他喝酒，我得了奖请他吃大餐！"

钟飞羽："店里怎么管？有什么打算？"

星山："我有个想法，工资一个星期一算账，工资加奖金，挣得多多分，挣得少少分。"

星树："我和四姐商量好了，在纽约算账，在北京老店发工资，直接送到伙计们的家里，让大家安心在这里工作。"

钟飞羽："二位小姐真高，比我管理强多了，真有办法。唉，我差点儿忘了，刚才查理来电话，让你们'哥俩'明天下午两点到贝尔蒙特海员俱乐部去找他，说下午五点开始赛马。早点儿歇着吧，五小姐明天还比赛呢！"

曼哈顿的夜空深沉而凝重，仿佛蕴含着力量的源泉，大智大勇的强者会从中汲取无穷无尽的力量。

周六的下午两点，中玉星山和中玉星树来到贝尔蒙特海员俱乐部。餐厅还在营业，客人们喝得醉醺醺的，一切都显得杂乱无章。

中玉星树很快找到了查理上尉，他坐在飞镖比赛场地的一张圆桌前，聚精会神地观看两个人比赛。

中玉星树惦记着下午的赛马，急着催查理："尊敬的查理上尉，这里也没你什么事，咱们去马场吧！"

查理："不急，还早着呢。怎么没我的事？斯恩少校和巴顿少校赌飞镖，每人一百元赌资压在我这儿，我是裁判。斯恩马上就要赢了！"

中玉星树看了一会儿不耐烦地说："一对臭手，还比赛呢，比我四哥差远了，连我玩儿得都比他们好！"

中玉星山："待在一边儿看，别吱声！"四姑娘说完站到前面去看热闹。五姑娘耐着性子坐在查理旁边，双手托腮看着斯恩少校投镖。

眼看两人的比赛已成定局，只剩斯恩把手中的最后一镖发出去，一百元赌金就到手了。人们已无心再看，慢慢地散开。突然，有两个孩子窜了出来，两个孩子在玩儿皮球。只见后面跑得孩子举球向前面跑得孩子扔过来，前面的孩子没接住，皮球正巧打在斯恩投镖的手臂上，飞镖直向人群飞过来。

说时迟，那时快，四姑娘早已拔地而起，一个腾空转身，快似闪电流星，势如飞鹰捉兔，伸手抓住飞镖，顺势轻轻一甩，飞镖正中靶心。

众人先惊后诧再呆，真使人大开眼界！好！好！好！山呼叫好，掌声雷动。

眼前这个英俊的"小伙子"令军中男子汉无不折服，大家众星捧月般地举起了四姑娘。

查理上尉手挥着赌金高声喊："他叫中玉星山，是我的好兄弟，以后谁要见咱们的好兄弟跟我联系！我宣布，今天的比赛斯恩少校和中玉星山共同获胜！我们还要去赛马，就先告辞了！"

斯恩少校和查理、四姑娘、五姑娘来到赛马场。斯恩少校一直握住四姑娘的手不放，唯恐失去了挚爱的珍宝，弄得四姑娘脸色绯红，用力挣脱开斯恩的手。斯恩对四姑娘说：

"好兄弟，今天要不是你出手相救，我险些伤人。晚上我请客，你这个兄弟我交定了!"

查理:"一百元请客,我作陪!"

五姑娘:"还有我!"

斯恩:"当然,我们是四兄弟!"

四姑娘:"这算不了什么,举手之劳,你们想喝酒我来请客。"

斯恩:"兄弟好性格,我喜欢。"

查理:"中玉星树快去准备吧,时间不多了。今天有二十二匹纯血赛马参赛,冠军有二十万元奖金,亚军十万,第三名五万。咱们的'公爵'成绩排名在第八名,前三名有奖金,第四名以后没有奖金。"

五姑娘:"瞧好吧,这两天我和'公爵'配合得非常默契,我对'公爵'有信心!"

查理:"比赛规则都记住了吗?"

五姑娘:"放心吧,都记住了。"

贝尔蒙特赛马场人山人海,观众超过了十万人,人们像过节一样,热情地来观看这一年一度的赛马盛况。

四姑娘、斯恩少校、查理上尉在看台上焦急地等待。钟飞羽和店里的伙计们也前来助阵,他们特意穿上了玉美人骑士装站在终点处,十分引人注目。纽约市市长坐在主席台正中央,海军军乐队奏乐。快到下午五点时,十万人的赛马场突然鸦雀无声,万籁俱寂,安静得像曼哈顿熟睡的夜空。

发令员举起发令枪,倒计时,十、九、八、七、六、五、四、三、二、一,"砰"!枪声响了。二十二匹骏马像二十二只脱弦利箭冲向跑道。顿时,呐喊声、欢呼声潮涌般响彻赛马场。十万人双手挥舞,十万人举旗摇曳,热情奔放的人们把鲜花抛向空中,把帽子抛向空中,人们用各种方式表达自己的热情,宣泄自己狂热地兴奋。

五姑娘并没有跑在前面,可能是没有大赛经验,起跑速度有些慢,排名在后。但是在二十二名骑师之中,在二十二匹赛马之中,最引人注目的就是五姑娘!就是'公爵'!鲜艳夺目的骑士装如星中明月,小巧玲珑的五姑娘贴在'公爵'背上浑然一体,一个一个越过前面的骑手,赛程过半时已经跑在前面第四名,并且还在不停地超越、超越,不停地向前、向前，一直到前面只剩下了终点线！

接踵而来的是排山倒海地欢呼。

钟飞羽和伙计们兴奋地呼喊："五姑娘万岁！"

四姑娘、斯恩、查理欢呼雀跃，从看台上跳下来，向终点跑去。

纽约市市长高兴地说："我要亲自为冠军颁奖，这个'小伙子'太棒了！"

主席台上主持人高喊："现在举行颁奖仪式，请前三名走上主席台领奖！"

五姑娘和第二、第三名骑手走上主席台领奖，市长亲自为五姑娘颁发冠军奖杯和二十万元现金支票。全场再一次响起雷鸣般地掌声，再一次用欢呼表示热烈的祝贺。

主持人："请冠军发表获奖感言！"

五姑娘："我能得冠军真是太高兴了，因为我太想得这二十万元奖金了。我想得这二十万元奖金是想完成我爸爸的一个心愿，我要用这二十万元奖金在纽约建一所公益性的学校，帮助那些需要帮助的孩子们，让他们有机会学习，长大了建设我们的家园。谢谢大家！谢谢市长！谢谢纽约！"

市长对五姑娘说："小伙子，你能有这个想法使我非常感动，我会全力以赴地支持你。今天晚上我就请有关人士，在市政府宴会厅和你见个面，看看怎么帮助你完成这个美好的愿望。"

五姑娘："谢谢市长，冒昧地问一句，和我一起来的还有三个哥哥，能不能和我一起去？"

市长："当然可以，我最喜欢优秀的年轻人了，晚上八点钟，我在市政府宴会厅设宴等你，请你和你的兄弟们准时赴约。"

晚上，斯恩开着军用吉普送五姑娘去市政府赴宴，四姑娘和查理陪同前往。

查理对五姑娘说："我真佩服你把到手的钱捐出来办学，放着富翁不当去做公益事业。"

五姑娘："小心眼儿，美国的赛马比节日还多，再有赛马我还去参加，在美国当个百万富翁也很容易。"

斯恩："我们两兄弟认识你们两兄弟太幸运了，干脆我们结为亲兄弟吧？用你们中国人的话说叫拜哥们儿。"

四姑娘："好啊，以后我们在曼哈顿就有亲人了。两位大哥可以照顾我们'小兄弟'了。"

查理："客气，你们的父亲是中国的大官，比纽约市长还大呢，还是请你们多多关照。"

斯恩："就这么定了，我是大哥，查理是二哥，中玉星山是三弟，中玉星树是四弟，从现在起我们就是'纽约四兄弟'！"

大家高兴地喊："我们是'纽约四兄弟'！"

"纽约四兄弟"越说越投机，不知不觉汽车已开进纽约市政府。

晚八时，纽约市长率有关人士已在宴会厅前迎候，见到"四兄弟"立刻迎上前来。

斯恩抢先一步和市长打招呼："叔叔您好！"

市长："臭小子，你交了个好朋友！"

查理和四姑娘、五姑娘说："市长是斯恩的叔叔。"

市长："我来给你们介绍，"他先介绍教育局长，"这是教育局汤姆局长，"汤姆和大家握手致意，"这是民政局巴玛局长，"巴玛和大家握手致意，"这是公益基金会长洛克博士，"洛克和大家握手致意，"斯恩，你来介绍你的朋友。"

斯恩立正敬礼："海军航空兵斯恩少校！"

查理立正敬礼："海军航空兵查理上尉！"

斯恩介绍四姑娘："我的三兄弟飞镖王中玉星山！"

斯恩介绍五姑娘："我的四兄弟赛马冠军中玉星树！"

宴会厅里，大家欢聚一堂。

第六章　剑拨云霭

走马灯政府军阀总统
北美欧银行中玉林立

一九一二年二月初，家家都在准备鱼肉菜蔬，迎接春节。皇宫内却是一片混乱，宣统退位，百官罢黜，大小人等如丧考妣，惶惶然不可终日。

此时，魏忠全魏提督的官邸张灯结彩像是在大办喜事。现在已是"中华民国"警察总署署长的魏忠全，俨然一幅革命党的架势，走路说话都彰显出革命领导人的威仪。魏忠全正在客厅给侦缉队长金大立布置工作：

"小金子。"

金大立："在，署长。"

魏忠全："奉袁大总统口谕，民国初建，军阀四起，我们要利用一切可以利用的资源保卫胜利果实，加强政府的军事实力。我们的一个重要任务是，要对钟岳在国外的大量资金采取有力地行动。大清朝的钟岳是慈禧这个老娘儿们在国外的百万雄兵，是大清朝的孝子贤孙。慈禧曾经给过钟岳一千万两白银，作为斡旋各国权要的经费。据我所知，钟岳乃一介书生，舍不得花大把的银子去送礼。钟岳这些年就是用这些钱，在国外创业发展，他现在的资金富可敌国。大总统命令要想尽一切办法，将钟岳的资金用来购买军火，为革命效力。你跟过英国买办，会说英语，懂洋务，这个光荣的任务就交给你了。"他深吸了一口烟，然后又狡黠地说，"另外，咱们还可以用这笔钱做点儿赚钱的买卖。"

金大立："署长，可否具体明示大总统口谕，'想尽一切办法'都是些什么办法？"

魏忠全:"蠢货！就是所有的办法，具体地说就是'办了就是法'！"

金大立狡诈阴险，善解上峰旨意:"属下明白，属下这就去办。有一个事请示署长，钟岳常住西洋大国，弟兄们跟踪办案需要大笔经费，还劳烦署长亲批。"

魏忠全:"批个屁！你就是个猪脑子，哪个殷实富贾过去不串通反动朝廷？你是侦缉队长，手握生杀大权，还用得着我去给你筹办经费？你等都是'中华民国'的栋梁，理应自行为国家排忧解难！"

金大立:"谢署长训斥，属下立刻去办！"

钟府。午饭后，余梅仁安顿好老七兄妹午睡，自己在卧室里看照片。大女儿最懂得妈妈的心事，把父亲和妹妹们的照片，在背面写上时间、地点、当时的环境，每个月都和《世界文化》杂志一起给寄来。余梅仁把看照片视为极大地享受，经常拿出来观看。

大女儿、二女儿、三女儿都有了小宝宝，看着外孙、外孙女的照片着实令余梅仁疼爱。

有一张大照片是四女儿和斯恩，五女儿和查理，在纽约大教堂同时举行婚礼的结婚照，那庄严宏大的场面让余梅仁感到非常欣慰。

从六女儿和银行世家罗格的结婚照上看也是在教堂，外国人结婚就是文明，没有中国人的繁文缛节，虽然简单，却是郑重而神圣。

这时，紫坤来报:"夫人，民国政府来了两位官员，说要见夫人。"

余梅仁放下照片问:"什么事？"

紫坤:"不知道。"

余梅仁:"请他们去客厅。"

紫坤带着两位官员来到客厅，来人正是侦缉队长金大立。金大立身着黑色毛料西服，脚穿白色三接头皮鞋，头戴镶边礼帽，上衣口袋外露一串金表链熠熠放光，鼻梁上架一幅金丝眼镜，镜片后一双狡黠的小眼睛一眨一个心眼儿。

金大立见到余梅仁恭恭敬敬深施一礼，说:"在下能见到名震京城的钟夫人十分荣幸。"

余梅仁:"先生过讲，敢问先生大名？"

金大立："敝人金大立，新任'中华民国'驻美国公使馆财务部主任，特来拜访夫人。"

余梅仁："金主任请坐。"余梅仁又问另一个来人，"这位是……"

金大立："他叫刘顺，新任'中华民国'驻美国公使馆的侍卫长。我们都是钟大人的部下，还请夫人多多关照。"

余梅仁："你们太客气了，都改朝换代了，我家老爷还不知道何去何从呢。"

金大立："承蒙大总统抬爱，钟大人官职不变。我这次就是带'中华民国'公文去美国见钟大人，顺便问问夫人有什么吩咐？"

余梅仁："辛苦你们了，我正有一些东西要带。据我所知，我家老爷只是替政府斡旋庚子赔款事宜，并未担任公使职务，怎么敢称是先生们的上司呢？"

金大立："夫人谦虚，钟大人可是大人物，官职、待遇、威信均在驻各国公使之上，各国政府都买钟大人的账，可谓无冕之王，现在外交上也是'中华民国'的百万雄兵啊！"

余梅仁："金主任取笑了，你们什么时候走？"

金大立："下周三，夫人带的东西请提前准备好。"

余梅仁："那就请你们走前再来一趟。"

金大立："夫人放心。听说夫人的六个女儿都在国外，六个乘龙快婿都是欧美的豪门贵族。钟家在瑞士开的中玉银行分支机构遍布北美、西欧，哪里有中玉银行哪里就有玉美人珠宝店和中玉酒楼。夫人好福气，在下真是佩服得五体投地呀！"

余梅仁："我家老爷一心想要做点善事，还仰仗着大家帮忙。"

金大立和刘顺起身告辞："我们走前再来一趟，夫人留步，我们就不打扰了。"

余梅仁："二位慢走，老爷那里凡事还请多费心。"

余梅仁亲自把金大立和刘顺送出府门。

一九一四年秋。美国纽约曼哈顿郊区中玉庄园。四姑娘中玉星山和斯恩，五姑娘中玉星树和查理，在这片民主与自由的土地上经过五年的辛勤耕耘，结出了累累硕果。中玉银行在美国的分行遍布纽约五区，玉美人珠宝店、服装店、中玉酒店与分行并肩皆立。以中玉星树命名的牧场闻名遐迩，牧场里养着几十匹在各个赛区历次赛马得过前三名的纯血名马。中玉星树赛马场像牧场一样夺人耳目，每周六的赛马使人们享尽了愉悦。最令人欣羡的是中玉星树赛马拍卖行，拍卖所得资金使无数个穷苦孩子走进了学校。今天，中玉星树赛马拍卖行有名马拍卖，前来参加竞拍的人正在陆续进入拍卖会场。拍卖会场是一个大宴会厅，拍卖前人们可以围坐在桌前享受咖啡、茶水、时令鲜果，拍卖后亲朋好友举行宴会。

钟岳一家在拍卖行门前，四姑娘星山和斯恩给大家分发门票。

五姑娘："四姐，你看四姐夫，一步没拦住，在我的拍卖行还用你们买票？"

四姑娘："虽说是你开的拍卖行，咱们也得守规矩不是？"

钟岳："老四说得对，自己的拍卖行自己更要带头守规矩。"

钟岳一家进入宴会厅后围坐在后面的一张圆桌旁。

查理示意不用服务生服务，自己亲自给大家沏茶，边沏茶边说：

"爸爸，您能来曼哈顿我们太高兴了。您教育的孩子都这么优秀，我都不知道怎么来表达我对您的崇敬之心！"

大家抢着沏茶、削苹果、剥香蕉。

钟岳："我对孩子们用得心血比起她们的妈妈来差得远了，我的孩子都是好孩子，都知道要强，响鼓不用重锤敲。过几天我和老六、罗格去法国，今天赶过来和你们聚一聚。"

六姑娘星人说："四姐、四姐夫、五姐、五姐夫，你们'纽约四兄弟'的传闻，我们在瑞士都听说了。"

六姑爷罗格说："刚开始听说时真让我仰慕，没想到我们成了一家人，真是太好了。"

五姑娘："我四姐夫，也是我大哥斯恩，现在已经是海军航空兵斯恩上校了，离将军只剩一步之遥了。棒吧？"

斯恩："五妹不要取笑我，五妹夫到地方才两年多，现在已经是曼哈顿警察局大名鼎鼎的查理局长啦！五妹更是纽约知名人士，第一名女富豪，以后还请多多关照！"

四姑娘："飞羽哥，你回去和紫坤结婚，怎么这么快就回来了？"

钟飞羽："夫人有事，不放心老爷，让我快点回来保护老爷。"

五姑娘："什么事这么急？"

钟飞羽："夫人一直对驻美国大使馆的金大立有怀疑，经查得知，金大立的秘密身份是警察署长魏忠全手下的侦缉队长，来美国的目的就是冲着老爷来的，想把老爷控制的一千万两白银，用于给北洋军队购买军火。魏忠全就是曾经陷害郝大人的原清朝魏提督，和我家有积怨。夫人十分担心，命我速速回来告知老爷早做防备。"

四姑娘："你说的警察署长魏忠全，就是我们送到英国使馆的那个魏提督？"

钟飞羽："正是。"

五姑娘："爸爸，您来中玉庄园住吧，您在使馆我们不放心。"

钟岳："没事的，你们放心吧。我负责交涉庚子赔款，美国率先表示要将庚子赔款退还中国，这是多么好的事情，我岂能半途而废？我和他们初步议定，退赔银两第一要建造一所清华学堂，第二要建造一所协和医学校，第三要每年资助一百名中国赴美留学生。如果资金不够还有洛克基金赞助。我控制的一千万两白银分文未动，连同这些年的利息，也全部纳入投资预算之中，这笔钱只能用于'中华民国'国民的教育与健康，焉能用于军阀混战，用老百姓做炮灰来满足军阀的贪婪私欲？为了国家根基大业，我绝不能退缩！"

查理："爸爸您放心，您办的是大事，我们支持您。中玉银行在纽约，既然您掌握的钱已经纳入了美国财政预算，有人敢动就是触犯了国法，在纽约我可以保证司法安全。"

四姑娘："在北京我们还可以刀枪之下救出七弟，在纽约更容不得金大立伤害爸爸。飞羽哥，你要多加小心，发现有什么不对立刻到中玉银行找我！"

六姑娘："我和罗格跟爸爸去法国，换回三姐和三姐夫，让三姐来纽约坐镇，还怕什么金大立？"

钟岳："这次把老六和罗格调往法国中玉银行，让老三和小戴维来美国，正是要共同对付金大立。"

这时，拍卖师高喊："大家肃静，现在拍卖开始！"

拍卖会场顿时鸦雀无声，人们开始准备竞拍。

拍卖师："今天拍卖的纯血赛马是，一九０九年获得贝尔蒙特赛马冠军，'公爵'的后代'小公爵'，'小公爵'的起价是十万美元。竞买价每次最少递增一万美元，现在竞拍开始！"

有人举牌竞买："十一万美元！"

拍卖师："十一万美元，第一次。"

有人举牌跳叫："十五万！"

拍卖师："十五万，第一次。"

又有人举牌跳叫："十八万！"

拍卖师："十八万，第一次。"

…………

"五十五万！"

"五十五万第一次。"

"六十万！"

"六十万第一次，六十万第二次，六十万第三次，成交！"

拍卖师六十万美元落锤。

拍卖师："受'小公爵'的主人，我们尊敬的中玉星树女士的委托，今天拍卖所得六十万美元全部捐献给园丁教育基金！"

全场鼓掌。

拍卖师："拍卖结束，谢谢大家，请大家开始用餐！"

午宴开始。

法国巴黎。钟岳、钟飞羽、中玉星人、罗格一行坐车穿过香榭丽舍大街，去往坐落在大街西侧的巴黎中玉银行。

塞纳河是巴黎的母亲河。巴黎，这座美丽的城市像女儿一样躺在塞纳河的怀抱。有着近二百年建筑历史的巴黎圣母院，和现代化建筑的埃菲尔铁塔相得益彰，凸显出古典高雅和现代时尚的和谐。多如繁星的文学巨匠使这个近代文学艺术的摇篮光彩照人。巴黎人不断涌动地新的社会思潮，像塞纳河水拍岸一样时刻撞击着人们的灵魂。

中玉巴黎分行是一座典型的哥特式建筑，造型凝重典雅，结构坚固永恒，气势高傲恢宏。坐落在旁边的玉美人珠宝店和中玉酒楼，占的位置虽然不大，却是每天顾客盈门，高朋满座。

接到电话，三姑娘中玉星江和丈夫小戴维已站在银行门前迎候，看见爸爸和六妹、罗格后赶紧跑过来。

中玉星江："爸爸好，飞羽哥好，六妹、六妹夫好！"

中玉星人、罗格："三姐、三姐夫好！"

小戴维边帮忙拿东西边说："爸爸、飞羽哥、六妹、六妹夫，把东西放好，先去吃饭吧，你们都饿了吧？"

钟飞羽："可不，都饿得前胸贴后背了！"

钟岳："大家都饿了，咱们先去吃饭吧。"

大家来到了中玉酒楼，酒楼早已准备好丰盛的酒菜，人们刚坐下酒菜已经摆好。

小戴维把拿破仑红葡萄酒给大家斟满，钟飞羽看到奇特的美人瓶饰，好奇地问：

"这酒瓶怎么还是个大美人？"

小戴维："那是拿破仑的妻子约瑟芬，这酒可好喝呢。"

钟岳："老三，告诉他们饭菜一起上吧，大家都饿了。"

三姑娘应声说："是，爸。"然后下去安排。

不一会儿，中玉老北京酒楼的传统面食"手擀卤面"端了上来。炸酱、西红柿鸡蛋、蒜薹木耳肉三样卤，大家每人一碗边吃饭边喝酒。

钟飞羽："这拿破仑红酒真好喝。"

罗格："这约瑟芬酒瓶更好看。"

三姑娘："法国人就是聪明，拿法国皇帝和皇后做广告，这酒卖得可好了。"

钟岳："拿破仑说的话才好听呢，拿破仑说'中国是一头睡狮，一旦醒来必将震撼世界'。"

六姑娘："三姐，我们来的这一路上都是军队，法国人这是在和谁打仗呀？"

小戴维："这是一次世界大战，战争的可怕后果现在还远未可知。"

钟岳："但是战争的升级却更可怕。冷兵器时代的战争，虽然尸横遍野，血流成河，却能肥沃土地；火药炸弹不断升级的战争，不但能毁灭人类，还将破坏自然平衡，甚至毁灭人类赖以生存的地球家园。"

六姑娘："人们为什么喜欢打仗呢？有事不能坐下来好好说吗？"

钟岳："老百姓只要能安居乐业，就没有人愿意去打仗。是那些有帝王思想的战争狂人，利用老百姓的愚昧，发动战争来满足个人贪婪地欲望。"

罗格："我在瑞士园丁学校听过爸爸的讲演，就是十字星图中的和平与战争的平衡规律。我记得有保持平衡的动力。"

钟飞羽："是老爷说的保持平衡规律的三大平衡动力。"

三姑娘："第一平衡动力是货币调节。"

小戴维："第二是法律约束。"

六姑娘："第三是信仰引导。"

罗格："我就是对法律约束不理解。"

钟岳："一个家庭，一个团体，一定的范围要有制度约束；一个国家要有法律法规约束；诸多国家之间要有协约来约束。法律约束要全面、具体，不能有盲区；要精确，不能有弹性。一个条文不能这样也行，那样也行。法律约束要受信仰引导的制约。"

罗格："信仰引导我也不太理解。"

钟岳："信仰引导实际上非常简单，经过五千年的过程就复杂化了。一个人首先要做一个好人，其次要作一个对家庭负责任的人，最后做到对社会有贡献的人。家庭、集体、国家、地球家园都是由人组成的，身在其中，谁也不能允许公开去破坏她吧？信仰就是每一个人都要维护从自己到地球家园的利益。"

三姑娘："爸，我和小戴维也办了一所园丁学校，您有时间也给我们学校讲一堂课吧？"

钟岳："好啊，我准备了一些书画册想给孩子们，书画册里还没有法国的名人故事，像中国的'孔融让梨'、'岳母刺字'、'孟母三迁'，法国有很多对世界有影响的名人，我想搜集一些小故事，作为孩子们的课外读物。"

小戴维："爸爸，我帮您去找，我认识巴黎图书馆，这件事交给我办吧。"

钟岳："好，过一段时间小戴维和老三去美国曼哈顿，管理纽约中玉银行，巴黎中玉银行交给罗格和老六管理。"

星江给大家都斟满了酒，举起酒杯说："咱们共同敬爸爸一杯酒，祝爸爸身体健康！"

大家举杯祝愿钟岳身体健康。

伦敦《世界文化》杂志社。中玉星先正在校对稿件，电话铃响了，中玉星先拿起电话：

"喂。"

对面是伦敦中玉银行经理室小威廉："星先，我是威廉，刚才大伯来电话问，爸爸说要来伦敦，这两天就该到了吧？"

中玉星先翻看台历上的记事，台历上是一九一六年六月六日，上面写着七日上午十点一刻爸爸到达伦敦港。

中玉星先："明天上午十点一刻到，晚上你去接孩子吧，我这里还要忙一篇稿子。"

小威廉："知道了。"

一九一六年六月七日上午十点一刻，一艘客船长鸣汽笛停靠在伦敦港。中玉星先和小威廉带着儿子约翰在码头等候。一同前来的还有钟岳的老朋友，威廉公爵也亲自来码头迎接。

钟岳和钟飞羽走下船，钟飞羽提着箱子，钟岳看见了前来迎接的威廉公爵赶紧迎上前去。

钟岳和威廉两个老朋友热烈地拥抱。

威廉："老朋友，你好吗？你可老多了。"

钟岳："好好，我想你呀！我的老朋友，你最近身体还好吗？"

威廉："最近有些小毛病，你这一来就全好了！"

钟岳："那就对了，我这次陪你多待些日子。"

中玉星先领着约翰说："约翰，来，快叫姥爷！"

约翰："姥爷！"

小威廉："问姥爷好！"

约翰："姥爷好！"

钟岳抱起外孙子："好好，我的宝贝外孙好！"

中玉星先从父亲怀里接过孩子："约翰，快下来，别累着姥爷。"

钟飞羽和大家相互问候后，大家分乘两辆汽车离开了伦敦港，钟岳和威廉坐在一辆汽车上。

威廉公爵："老朋友，我没有看错人，你这些年可做了很多大事，好事。"

钟岳："人过留名，雁过留声，我只是尽人本分，不想留下遗憾。你能屈尊大驾当伦敦园丁学校的校长，才真正令我佩服。"

威廉公爵："我还要谢谢你，因为有你的资金支持，我退休后才当了园丁学校校长，我现在的生活充实多了。"

钟岳："我带来了茅台酒，今天中午咱们老哥俩到中玉酒楼好好喝一杯。"

威廉："今天为你接风，理应我请客，到伦敦大酒店。"

钟岳："咱们是一家人，肥水不流外人田，还是到咱们的中玉酒楼吧。"

威廉："我想起一件事来，今天早晨我有事到外交部，部长和我说就在昨天，也就是六月六日中国的袁世凯死了。"

钟岳："怎么死的？"

威廉："病死的。"

钟岳："谁将继任大总统呢？"

威廉："黎元洪是第一人选。"

钟岳："反正都是军阀总统。"

威廉看汽车驶向中玉酒楼，着急地喊："错了，错了，往右拐，去伦敦大酒店！"

钟岳："对了，对了，就去中玉酒楼！"

两个国度，两个老人，两个志趣相投的老朋友说说笑笑，有着无穷无尽的话题……

美国华盛顿的一家小酒馆，金大立、刘顺和清朝太监石公公在小单间里喝酒。金大立端起酒杯来敬石公公：

"来，刘顺，咱们共同敬石公公一杯，为石公公接风洗尘！"

刘顺："欢迎石公公来美国！"

三人碰杯，一饮而尽。

石公公："黎元洪大总统和段祺瑞府院相争，请张勋进京调解。鹬蚌相争，渔翁得利，就看谁的枪杆子硬了。魏忠全魏大人现在是黎元洪的警察署长，张勋派康有为游说，密谋进京后推翻黎元洪，复辟大清帝国，扶助溥仪皇帝复位。魏大人派我来美国就是找你们筹办资金，购买军火，加强张勋大帅的军事实力。到时候你们可都是辅政大臣、王公贵族！"

金大立："愿为清朝皇帝效命，为张大帅效命！"

刘顺："既然有魏大人的命令，凡事请石公公吩咐，在下万死不辞！"

石公公："魏大人说钟岳手中有一笔巨款，还是慈禧老佛爷所赐，理当为清廷所用。你二人一直在跟踪此笔巨款，此款若能用于购买军火，武装张大帅，二人功高盖世，我敬二位一杯！"

金大立："久闻石公公是大内高手，皇帝的贴身护卫，凡事还要仰仗石公公。"

石公公："这次我带了三个武功高手，来配合我们的行动，都是经过魏大人亲自挑选的，就安排在刘顺的使馆卫队里。只是事不宜迟，国内军情紧急，瞬息万变，要尽快动手。"

金大立："钟岳现在英国，事不宜迟，我借口国务院来人查账，速调钟岳回华盛顿使馆，到时候我们大家见机行事。"

刘顺："我们就按魏大人说的办，办了就是法。可以绑架、可以抢劫、可以杀人，一切为了大清国！"

三人共同举杯："为了大清国，干！"

纽约中玉银行。钟岳、钟飞羽走进银行大厅，大厅墙壁上挂钟的时间是，一九一七年七月五日晚上十点十分。

二楼经理室里灯火通明，中玉星江夫妇、中玉星山夫妇、中玉星树夫妇都在等候钟岳。看见父亲走进来，大家起身迎接。

大家落座后星江问："爸爸，国务院什么人来了？金大立难为您了吗?"

钟岳:"我还没看见国务院派来的人。"

钟飞羽:"我没让老爷进大使馆,我先去和他们打了个照面,说老爷有点不舒服。我看国务院来的人一个个贼眉鼠眼并非善类,其中还有一个石公公,他原来不是溥仪的贴身护卫吗,怎么变成黎元洪的部下了?"

钟岳:"我们先回来和你们商量商量。"

小戴维:"岳父,您先不要去,叫他们到这里来,来到这里我们就有办法了。"

查理:"我和华盛顿的同事早就打过招呼,他们说这个金大立不仅和军火商往来频繁,还和毒枭有勾结,我们只是还没有抓到证据。"

钟岳:"金大立是在等资金,有了资金金大立就会有行动。"

斯恩:"岳父把大清朝的资金,已经纳入了美国计划筹建中国学校和医院的补充专用基金,不能挪用。这一千多万两白银也可以视同美国国家预算的补充资金,如果挪作他用是要触犯国法的。"

钟岳:"我们现在来制定一个计划,原则是这笔钱只能用在中国人民的教育和医疗项目上。"

三姑娘:"还有一个原则是保证爸爸的绝对安全。"

四姑娘:"三姐,你有经验,还是你来指挥。"

五姑娘:"我们姐妹在曼哈顿再显身手。"

小戴维:"这次可要带上我。"

大家开始认真研究保护中国人民财产的"曼哈顿擒贼计划"。

"中华民国"驻纽约领事馆,一辆纽约市医院的急救车停在院内。

二楼钟岳的办公室,钟岳躺在一张床上正在准备输液。三姑娘、四姑娘、五姑娘身穿白大褂装扮成医护人员,钟飞羽到华盛顿去接"国务院调查小组"。

三姑娘:"老五,你会输液吗?别给爸输坏了。"

五姑娘:"本姑娘是纽约市红十字会特聘形象大使,曾经接受过专业训练,参加过红十字会组织的救护工作。大病保证治不了,打针、输液小意思。给爸输点儿葡萄糖、营养液,有病治病,无病健身。"

三姑娘："老四，你带的这个大照相机是'x光'照相机？"

四姑娘："像检查身体用的'x光机'吧？其实就是一台照相机。查理不是说取证用吗，这就是专为取证用的'先进仪器'。"

钟岳："我们的目的是取金大立他们的犯罪证据，你们要见机行事，刀不血刃而驱敌之兵。"

三姑娘看见院内开进来两辆汽车，立刻吩咐："他们来了，快做好准备！"

三姐妹戴上大口罩，戴上宽边太阳镜。三姑娘把听诊器挂在胸前，四姑娘准备好"x光机"，五姑娘给父亲输营养液。

刘顺安排随行人员在楼下警卫，钟飞羽在前带路，金大立、石公公、刘顺带着两个随从走上楼来。钟飞羽边走边高声喊：

"老爷！金科长、石组长到！"

金大立没进门就说："钟大人，听说您病了，我们特来看望，"他进门后先介绍石公公，"这位是国务院派来的调查组石组长，"随后又介绍两个打手，"这二位是随行人员。"

石公公："久仰钟大人威名，知道钟大人病了，在下因公务在身，不得已来打扰钟大人，还望钟大人见谅。"

钟岳："恕不能起身迎接，诸位请坐。"

五姑娘用曼哈顿方言说："这位先生重病在床，有事请你们快说。"

钟飞羽翻译："医生说钟大人病很重，有事情你们快说。"

金大立用英语说："钟大人得的是什么病？"

三姑娘用英语说："病人得了急性肺炎，是一种传染性疾病，我是主治医师，我们正在采取急救措施。"

石公公："我是'中华民国'国务院调查小组组长，我们有重要公务要办，事出紧急，请医生配合。"

金大立翻译。

四姑娘用标准的纽约话说："我们是医生，给病人看病也是我们的重要公务。等我们用'x光机'检查后，如果病情严重，还要送病人去纽约市医院住院治疗。"

金大立："各位医生，石组长代表'中华民国'国务院，来找钟大人办理重要国事，请你们协助，不要妨碍我国公务。"

三姑娘："什么院我不管，我就代表医院，我只对医院负责。"

金大立和石公公到旁边窃窃私语，然后金大立说："请医生暂时回避，我们和钟大人有重要公事要办。"

三姑娘："不行！你们什么公事我不管，我们不能离开病人！"

钟飞羽翻译。

石公公心急如火，想到办了就是法，竟然脱口而出："真是敬酒不吃吃罚酒，这是我们的领事馆，我们说了算！刘顺，带医生们去里屋！"

刘顺和随从们闻令掏出手枪，强迫三姐妹去里屋。三姑娘用听诊器轻轻一碰，刘顺的手枪险些落地，局势顿时紧张起来。

三姑娘："这位先生太没有礼貌了，怎么能用枪指着医生呢，我要向警察局投诉！"

钟飞羽翻译。

五姑娘用针头一晃，吓得跟前一个拿手枪的随从直往后躲。

五姑娘："我胆儿小没见过世面，真是太可怕了。"

钟飞羽翻译。

钟岳："金科长，石组长，不许胡来。美国是一个讲法制的国家，你们不要闹事。医生又听不懂中国话，有什么事你们就赶快说吧。"

还是金大立处事圆滑："钟大人言之有理，石组长，医生该看病看病。为防止泄露国家机密，这间屋子暂时戒严，你看这样如何？"

石公公："也好。刘顺，你带人警戒，在事情没有办好之前，这间屋子任何人不得出入！"

刘顺和随从们用枪指着钟岳、钟飞羽、三姐妹，金大立、石公公开始问话。

金大立："钟大人，慈禧老佛爷可曾给过你很多白银做经费？"

钟岳："不错，此事已有九年，已经换了两个朝代了。"

石公公："现在是第三个朝代了。六月十四日张勋大帅进京，七月一日辅佐溥仪复位，今天是一九一七年七月十日，吾皇溥仪临朝已经是第十天了。"

钟岳："石组长好像是黎元洪麾下的调查组长。"

石公公："我和钟大人都是大清朝的老臣，是我们报效朝廷的时候了，我带了张勋大帅的亲笔书信，来美国为大帅筹办武器，辅佐大清朝，钟大人应该是首当其冲。"

钟岳："此款是大清交给我专用，是为了调停战端，斡旋庚子赔款，改善与各国关系的交际经费，与你们并无干系。"

石公公："这是中国的钱，我们现在代表国家。"

金大立："都用完了？"

钟岳："非也，分文未动。"

金大立："还有一千万两白银？"

石公公："太好了！"

钟岳："加上利息是一千五百万两。"

金大立："我们可立了大功了！"

石公公："不，是钟大人立了大功了！"

钟岳："这笔款和美国退赔的庚子赔款，一并纳入了美国财政经费预算，筹建北京协和医学校、清华学堂和'中华民国'赴美留学生经费。"

石公公："我有溥仪圣旨，专为调取此款而来，钟大人就交给在下去办吧。"

钟岳："这可是纳入了美国补充财政预算的钱。"

石公公："中国的钱中国人自己说了算。"

金大立："圣命难违，军令如山，谁敢抗命？"

钟岳："这是美国，侵占或者挪用财政预算可是要杀头的。"

石公公："不怕杀头！"

金大立："杀不了头！"

四姑娘在仔细地选择角度，咔咔咔地拍照，边拍边说：

"闪开，闪开，'X光'，先进仪器，检查身体。"

钟飞羽翻译。

钟岳："不交不行？"

石公公："不行！"

金大立："立刻就交！"

钟岳:"没有手续不能交。"

石公公:"这好办,我早有准备。"说着从公文包里掏出几张盖着大印的空白公文纸,有盖黎元洪民国政府大印的,有盖张勋大帅印的,有盖清朝溥仪大印的,应有尽有。

钟岳:"既然如此,我说,你写。"

石公公趴在桌子上,准备好笔墨,正襟端坐,说:

"钟大人,您请说。"

钟岳:"'中华民国'政府、溥仪、张勋,一式三份。"

金大立:"钟大人高见。"

钟岳:"兹有筹建'中华民国'北京清华学堂、协和医学校、'中华民国'赴美留学生经费等专用款项一千五百万两白银,交由金大立督办,不得侵占、挪用、截留。移交人钟岳。"

石公公:"怎么没有我的名字?"

钟岳:"我不知道石组长的大名。"

石公公:"石林。"

钟岳:"好,交由石林、金大立督办。有劳石组长用不同印鉴纸分别抄写三份,你们二人签上字,按上手印,我给你们开支票。"

石公公很快抄写完毕,金大立、石公公签好字按上手印。石公公:

"请钟大人开支票吧!"

钟岳走下床,三姑娘在旁边搀扶,五姑娘高举着输液瓶,四姑娘胸前挂着"x光机"在跟踪拍照。

钟岳仔细看完了三张移交款字据,把移交款字据放进保险柜,然后从保险柜里拿出支票,坐在桌前准备开支票。

石公公:"钟大人,一百万两一张开十五张。"

金大立:"不,一百万两开十张,五十万两开十张。"

钟岳开支票,枪手在后面胁迫,金大立、石公公在前面指挥,四姑娘用"x光机"连续抢镜头。

四姑娘边拍边喊:"你们,旁边靠一靠,别挡住病人。从'x光机'看,这位先生的病已经很严重了,需要马上住院!"

钟飞羽翻译。

石公公把十张一百万两的支票放在怀里，把十张五十万两的支票交给了金大立后，立刻凶相毕露，恶狠狠地厉声说：

"事情没办好之前谁也不准离开这间屋子！刘顺，你带人看守。金科长，押着钟飞羽去取款！"

金大立、石公公押着钟飞羽，带人去银行取款。钟岳又躺回了床上，刘顺带着两个枪手看着三姐妹父女。

五姑娘对刘顺和两个枪手说："你们坐下歇会儿吧，别太紧张了，我们又不想跑。"

四姑娘："别老站着了，坐下喝点儿水。"

钟岳翻译。

刘顺和枪手也许觉着眼前的这四个人用枪是多余，坐下来把手枪放在桌子上。

三姑娘过来倒水，把暖壶顺势往刘顺怀里一塞，用标准的老北京话说：

"抱住了，乖乖地别动！"

没等刘顺三人反应过来，已被三姑娘点了穴，刘顺抱着暖壶，两个枪手端着水杯，直愣愣看着三姐妹发呆。

五姑娘给父亲撤了输液瓶，扶着父亲下了地。三姐妹脱掉白大褂，摘下口罩和眼镜。

查理带着曼哈顿局里的警察跑上楼来，看到眼前的状况松了一口气，高兴地说：

"可担心死我了，没想到你们这么利落，果然厉害！"

四姑娘指着照相机说："这里全是他们的犯罪证据。"

五姑娘："查理，你叫人把这里看起来，保护好爸爸，咱们一起去银行！"

三姑娘："对，咱们快点儿去吧，小戴维对付他们没经验。"

钟岳："你们多加小心，按原计划行事！"

查理叫一部分警察留下来，其他警察跟随查理和三姐妹去了银行。

小戴维在纽约中玉银行二楼经理室坐卧不宁，他一会儿走出去一会儿走进来，一会儿走到窗前看看窗外，一会儿坐在椅子上机械地整理办公用品。大门敞开着，像是在等什么人。银行助理露丝小姐进来问：

"经理，您有事需要帮忙吗？"

小戴维："对，等一会儿有人来立刻通知我。"

露丝助理："是，经理，有事请您吩咐。"说完去了大厅。

小戴维坐回椅子上把电话往跟前挪了挪，露丝助理又走了进来说：

"经理，是董事长她们回来了。"

小戴维长舒了一口气说："哦，好，好。"

三姑娘和查理走进二楼经理室，三姑娘对露丝说："你去外面把守，从现在起任何人不能进经理室！"

"是！"露丝助理到外面去把守。

查理："刚才接到华盛顿警察局的报告，警局跟踪的两伙儿歹徒已经到了曼哈顿。一伙儿是军火走私犯，一伙儿是毒贩。这两伙儿歹徒正在和金大立、石林谈交易，估计他们谈完交易后，马上就会到银行来取款。"

三姑娘："我作为经理助理坐在小戴维的外屋办公室，老四、老五在大客户室。露丝把金大立他们引到二楼后，由我们三姐妹负责收拾他们。华盛顿来的歹徒和金大立带的人，由查理你们警方负责收拾。有什么问题没有？"

查理："我们怎么联络？"

小戴维："我们事成之后马上拉警报通知你们。"

查理："就这样决定，事不宜迟，马上分头行动！"

三姑娘把露丝叫过来，说："露丝，你去组织保安，保护好员工们的安全！"

很快一切就绪，就等请君入瓮。

露丝助理领着金大立、石公公、钟飞羽走上二楼，石公公托着钟飞羽的臂膀做人质。

露丝和三姑娘说："这几位先生是大客户，需要戴维行长亲自签单。"

三姑娘："客户进去，其他人在门外等候。"

金大立："我们是一起的，不用留在门外。"

三姑娘："不可以，这是制度。"

石公公对金大立说:"你先进去办吧,我们在外面等你,你办好后我再办。"

金大立独自一人进了行长室,掏出支票递给小戴维。十张五十万两白银支票背书上已转给了毒贩。

小戴维:"你先到大户室审核,盖章后再来找我签字。"

金大立一边走出行长室一边嘟囔:"真啰唆,去大户室。"

三姑娘:"露丝领客户去大户室,其他人在这里等候。"

金大立掏出几张美元塞给三姑娘,说:"帮帮忙,带我们一起去。"

三姑娘推开金大立递钞票的手,说:"砸我饭碗?你们办不办?露丝,不办带他们下去!"

金大立:"办,办!我先去办,石组长和钟飞羽在这里等我。"

三姑娘:"露丝,你带这位先生去大户室。"

露丝带着金大立去了大户室,石公公押着钟飞羽在外面等候。

金大立来到大户室,四姑娘、五姑娘郑重其事地坐在里面办公。

金大立掏出支票:"办理转款。"

四姑娘接过支票:"先填单子。"

五姑娘:"你坐下填,一式五联,别填错了。"

金大立坐下规规矩矩填表,五姑娘趁他不注意,掏出手铐把他的双手铐上。金大立张开大嘴刚要喊,四姑娘把一条毛巾塞进他的嘴里,然后把他拖到里屋铐在水管上。

五姑娘:"露丝,去带下一个!"

露丝从大户室出来叫石公公:"那位先生叫你进去!"

石公公右手托着钟飞羽的臂膀,跟着露丝往大户室走,三姑娘看机会来了,抬手一支飞镖打中了石公公的右手,石公公疼得"哎呀"大叫一声,钟飞羽趁机脱了身。石公公转身用左手来抓钟飞羽,三姑娘扬手又一支飞镖打中了石公公的左手。嗖,嗖,又接连两支飞镖发过去,石公公"扑通"跪倒在地上。

小戴维看到擒住了金大立和石公公,立刻摁响了紧急警报。曼哈顿和华盛顿的警察听到警报立刻动手,楼下的歹徒持枪抵抗,枪声响成一片。警察把一名有命案的大毒枭当场击毙,其余歹徒全部捉拿归案。

第七章　仁心早成

救危难以小搏大
扶正义虽弱犹强

一九二〇年夏末。北京天桥市场。七姑娘中玉星园和七哥中玉星家在放学回家的路上，路过天桥市场。两兄妹一边走一边背唐诗。

七姑娘："锄禾日当午，

　　　　汗滴禾下土，

　　　　谁知盘中餐，

　　　　粒粒皆辛苦。"

七哥："日照香炉生紫烟，

　　　　遥看瀑布挂前川，

　　　　飞流直下三千尺，

　　　　疑是银河落九天。"

七姑娘在一个卖糖葫芦的面前停下来，招呼七哥：

"七哥，你想吃糖葫芦吗？"

七哥："想吃。"

七哥、七妹一人买了一串糖葫芦，二人边走边吃。

天桥市场热闹非凡，耍把式卖艺的，拉洋片卖唱的，还有各种鲜果小吃，引得七哥、七妹边走边看，边看边玩儿，走走停停。

钟府宅邸，钟岳夫妻坐在餐厅，等候两个老七放学回家吃午饭，边等候边观看钟岳从国外带回来的照片。

余梅仁问钟岳："你今天去国务院有什么事？"

钟岳："他们给了我一份国务院参议的任命，主要工作还是协调几个国家庚子赔款的退赔，筹办留学生经费，清华学堂和协和医学校的补充经费。"

余梅仁："你这次回来住多长时间？"

钟岳："大约一个月，如果清华学堂和协和医学校经费不足，还要提前回美国找洛克基金会和园丁基金会想办法。"

余梅仁不放心孩子，吩咐彩云："彩云，你去迎迎孩子们，怎么到这时候还不回家？别是在路上贪玩，不知道老爷回国还不到两天？"

彩云答应着出府去找少爷、小姐，钟岳拿着照片一张一张的和夫人边看边说。纽约领事馆的一张照片引起了夫人的注意，三个持枪歹徒站在钟岳的身后，拿枪指着钟岳，钟岳在枪口下填写支票。

钟岳笑着说："这是故意安排的，为的是取金大立、石公公他们的犯罪证据。"

于是，钟岳给夫人详细地讲述起当时的经过。

七兄妹各拿一串糖葫芦来到一堆人面前，只见大家围着路边一个小姑娘哀叹欷歔，七哥七妹挤进去看热闹。

这个小姑娘身披重孝跪在路边，虽是蓬头垢面却难以掩饰天生丽质。她胸前挂着一个纸牌，上面写着"卖身葬母"。大家看她可怜，关心地询问她的身世。这个女孩说家里遭了饥荒，父亲不幸身亡，母亲带她出来逃难，欲到北京投奔大舅。不料亲戚没有找到，母亲又因冻饿身虚，染病不治而亡，只剩下孤苦伶仃的女儿。为埋葬母亲，这个可怜的小姑娘情愿卖身葬母。

七姑娘看她说话有气无力，一定是饿坏了，便和七哥说：

"七哥，你看她多可怜，咱们先给她买点儿东西吃，然后把她送到咱家的园丁学校去读书。"

七哥："好，七妹，刚才我看见有卖驴肉馅的缸炉烧饼，挺好吃，咱们给她买几个。"

七哥、七妹去买了五个驴肉烧饼和几个西红柿，捧回来准备给小姑娘。

这时，挤进来几个彪形大汉，为首的一个像个阔少爷，长得一脸猪头肉，脖子上拴一条金链子，两只手上都带了大大的扳指儿，一双三角眼色眯眯地打量着眼前的这个小姑娘，然后撇着大嘴吩咐手下：

"这个小姑娘我要了，把她带回府里！"

几个凶神恶煞般的打手扑向小姑娘，不由分说，像老鹰抓小鸡，拉起就走。

小姑娘苦苦地哀求："求大爷们先发发慈悲，葬了我的妈妈，我做牛做马，再跟你们走行不？"

一个敞胸露怀的打手厉声说："不行！我家少爷看上你是你的福分，以后让你穿金戴银，吃香的喝辣的，享不尽的荣华富贵！"

光头打手横眉立目喝道："快跟我们走！别不识相，什么卖身葬母，别沾了晦气！"

猪头恶少连连挥手，示意手下把小姑娘快快带走，然后欲转身离去。

七姑娘看在眼里，怒从心生，不由得柳眉立竖，凤目圆睁，大喝一声：

"住手！本姑娘有话要说！"

恶少一看挡横儿的是一个吃糖葫芦的小女孩，十二分地不屑一顾，连眼皮都没抬，大猪嘴也不张，只是用鼻子"哼，哼"了两声，举起大巴掌往前一摆，抬腿就走。打手们拽着小姑娘，横着膀子往外拱。

七姑娘大怒："朗朗乾坤在上，光天化日之下，竟敢强抢民女，真是一群吃人饭不干人事的畜生！先一人给个烧饼吃吧！"

七姑娘说完把手中的五个烧饼像抛铁饼一样甩过去，堵住了恶少和四个恶奴的嘴。随手又把吃剩下串糖葫芦的竹签甩过去，只听见"哎哟"一声尖叫，竹签扎在抓小姑娘的恶奴手上，疼得恶奴顿时撒开手，小姑娘趁机脱了身。

众人见状唯恐祸及自身，立即四散开来，围了一个大圆圈儿，中间只剩下七姑娘中玉星园和七哥中玉星家，恶少和四恶奴，卖身葬母的小姑娘。

这时，彩云正在沿途寻找小姐、少爷，看到人群聚集，便向这边走来。

七姑娘顺手从卖擀面杖的货摊上抄起两根擀面杖递给七哥，自己又拿了两根，兄妹二人四根擀面杖和五个歹徒打了起来。周围的老百姓人人都为两个孩子捏把汗，在旁边纷纷叫喊：

"别打了，要伤人了！"

"五个大人不要欺负两个孩子！"

"快去叫警察，这儿要出人命了！"

开始，歹徒并没有把两个孩子放在眼里，却不料这两个孩子身轻如燕，左躲右闪，辗转腾挪，上下翻飞，擀面杖所到之处，便有"哎哟"喊叫之声。十几个回合过后，两个孩子毫发无损，五个歹徒竟然人人带伤，个个挂彩。

彩云看到这里围成一团，挤进人群观看，见此情景大惊失色，自知力所不及，又不敢惊扰小姐、少爷分神，遂奋力挤出人群，发了疯般地跑回去叫夫人。

恶少急红了眼，从怀中拔出来两把短刀，四个恶奴见状也纷纷拔出双刀。

恶少高喊："今天我要不砍了这两个小兔崽子我就不姓魏！小的们！一条胳膊五块大洋，一条大腿十块大洋，给我上！"

五个歹徒手持短刀，眼放凶光，团团围住两兄妹。

七姑娘高声大喝："慢！我妈告诉我们，不到危急关头不要动手伤人，七哥，今天算不算危急关头？"

七哥："七妹，我看现在就是妈说的危急关头！"

七姑娘："众位叔叔婶婶，大爷大妈，请大家做个见证。今天这几个恶奴要伤我兄妹，我兄妹不能给我爸妈丢人，随意动手伤人，但今天已到危急关头，本姑娘要撒野了！"

说时迟那时快，两兄妹手中的四根擀面杖抛出，正中四个恶奴眉心，十二支飞镖寒光闪过，十把短刀咣当当落地。有两支飞镖打在魏恶少的两条腿上，魏恶少"扑通"跪倒在地。此时有三只小鸟飞过来，七姑娘高喊：

"七哥，叠罗汉！"

七姑娘一个鹞子翻身立在七哥的肩上，抬手抖腕，嗖嗖嗖三支飞镖发出，三支飞鸟应声落地。众人看得呆了，惊诧之后齐声叫道"好身手！"

七姑娘立在七哥的肩上大声说："恶徒！服不服？难道你们还比得过飞鸟？惹恼了本姑娘，轻则让你们今生看不到光明，重则取了你们的狗命！"

人群外跑来了几匹快马，最前面一匹快马上正是神镖玉美人！

余梅仁见此情景，示意后面跟上来的钟岳、钟飞羽、彩云不要声张，四人远远地站在一旁观看。

人群之中议论纷纷：

"这两个孩子是神镖玉美人的一对儿龙凤胎！"

"是玉美人的七少爷、七小姐！"

七姑娘："正是！明人不做暗事，大家说得不错，本姑娘和我七哥双双排行老七，神镖玉美人正是家母，圣手中岳玉便是家父！"

众人闻听一片沸腾，呐喊声、叫好声不绝于耳：

"自古英雄出少年！"

"忠良之后，侠肝义胆！"

"将门虎子，仁心早成！"

"这几个歹徒太欺负人了，打他们！大家一齐打！"

有人带头将一只生鸡蛋砸过去，沸腾的民众群起响应。霎时间，生鸡蛋、西红柿、西瓜皮、砖石瓦砾像下冰雹般地落在五个歹徒身上。四恶奴急忙忙搀着魏恶少如丧家之犬狼狈逃窜。

余梅仁和钟岳说："咱们的两个小孩子也见过世面了。"

钟岳："夫人带得好，孩子长大了。"

余梅仁："孩子明事理。"

钟岳："我们怎么办？"

余梅仁："飞羽，你带钱去把那个小姑娘的母亲葬了，然后把她送到咱们的园丁学校。彩云，你把小姐、少爷接回家。"

钟飞羽和彩云走进人群，钟岳夫妇回府静候。

第八章　凤舞合凰

承先命喜做乘龙快婿
继大业甘当螟蛉义子

春暖花开，杨柳吐翠，大地生机盎然。

钟府。星期天，七哥中玉星家和七妹中玉星园商量好一起去沙河边放风筝。七妹拿着风筝在府门前等七哥，七哥提着背篼跑过来。

余梅仁和紫坤在浇花，高声叮嘱两兄妹："下午早点儿回家，别在外边惹事！"

七姑娘："知道了！"

七哥："妈，您放心吧，保证不惹事！"

两兄妹答应着跑出府门。

七妹："七哥，你背的什么东西，这么一个大背篼？"

七哥："中午的野餐，好吃的。"

七妹："快点走，等了你有半点钟。"

七哥："还有一个人和我们一起去，她在前面路口等着咱们呢。"

七妹："还有谁？你怎么没跟我说？"

七哥："金铃，忘了跟你说。"

七妹："这些日子你总找金铃玩儿，背了一大背篼好吃的是给金铃的吧？"

七哥："净瞎说，你不吃？"

金铃就是去年夏天被七兄妹解救的小姑娘，一直在园丁学校读书。兄妹俩对金铃非常关心，经常给金铃送吃的、穿的、用的。金铃把兄妹俩当成自己的亲人，尤其对七哥中玉星家，表现出由衷地仰慕和依赖。七哥也非常喜欢金铃，像小妹妹一样照顾她。

金铃在前面的路口看到两兄妹，赶紧跑过来拿背篓。

金铃："七哥、七姐，快把背篓给我背。"

七哥："不用你，我自己背。"

金铃又抢着帮七姐拿风筝。

七姑娘："金铃，七哥背篓里有好吃的，你自己去拿。"

金铃："七姐，我不吃，我帮你拿风筝。"

金铃从七姐手里拿过来两个风筝，三个人蹦蹦跳跳很快来到了沙河边。

沙滩上三三两两都是踏青的人，孩子们光着脚在沙滩上嬉戏玩耍，各形各色的风筝飞满了天空。

七姑娘的风筝是一只小山鹰，一会儿便钻入云端。七哥的风筝是一只大蜜蜂，一会儿就成了一只小蜜蜂。金铃的风筝是一只大蝴蝶，怎么放也飞不起来。

七哥把自己的小蜜蜂交给了金铃，拿过来金铃的大蝴蝶，大蝴蝶很快飞了起来，不一会儿就变成了小蝴蝶。

三个孩子跑前跑后，收线放线，开心地玩耍。

不知不觉到了中午，七姑娘喊七哥："七哥！我肚子饿了，把背篓拿过来，咱们吃午饭！"

七哥："唉，金铃！过来吃午饭！"

金铃从来没有这么开心过，舍不得放下风筝，说：

"七哥、七姐，你们先吃吧，我再玩儿一会儿！"

七姑娘搬过来一块大石头压住线拐子，任山鹰自由飞翔。七哥先把自己的线拐子绕在小枣树上，然后又帮金铃把她的小蜜蜂拴好，三个孩子坐在沙滩上吃午餐。

午餐很丰盛，一只烧鸡两只熏鸽，五香花生仁，豆片卷大葱，西红柿、嫩黄瓜，十个驴肉缸炉烧饼，还有一大瓶水。

七哥给七妹和金铃一人掰了一只鸡腿，自己掰了一只熏鸽腿。

金铃："七哥，我不吃，鸡腿给你吃。"

七姑娘:"七哥不爱吃鸡腿,你快吃吧。还有驴肉馅的缸炉烧饼,前年在天桥市场七哥给你买过你没吃上,今天你尝尝,可好吃了。"

望着蓝天白云,迎着和煦地春风,七哥倏然有了灵感,竟然诗兴大发:

"以眼前的景物为题,咱们三人合作一首诗,一人一句。如何?"

金铃:"我可不会作诗。"

七哥:"打油诗,顺口溜,很简单。"

七妹:"我先来,我先说题目'放风筝'。"

七哥:"春风吹绿沙河边,"

七妹:"风筝飞上白云端。"

七哥:"顽童嬉戏沙滩上,"

七妹:"不时收线和放线。"

七哥:"风筝飞上白云端不如风筝飞上彩云间。"

七妹:"不好,不好,哪有带色的云彩呀?"

金铃:"我不懂作诗,我也觉着七姐说得好。"

七哥:"好,好,就白云端。"

三个孩子说说笑笑,心旷神怡如上云端。

夕阳西下。余梅仁看孩子们还没有回家,心里有些发慌,招呼紫坤:

"紫坤,老七他们该回来了,你去迎迎他们。"

紫坤:"夫人放心,我去迎迎他们去。"

余梅仁:"等等,咱俩一块儿去,我在家也不踏实,我和你一块出去走一走。"

余梅仁带着紫坤刚出大门口,远远望见三个孩子有说有笑走过来,问紫坤:

"旁边那个小女孩是不是金铃?"

紫坤:"是,就是前年少爷、小姐救的那个小姑娘。"

余梅仁:"你把她送到园丁学校,别让她一个人回去。"

余梅仁看见孩子放了心,自己回到餐厅等孩子们回来吃饭,紫坤去送金铃回园丁学校。

餐桌上余梅仁问:"今天金铃和你们一起去放风筝了?"

七少爷:"是,妈。我和七妹一起带金铃去玩。"

余梅仁:"好,金铃是个苦孩子,你们平时要多照顾她。"

七姑娘:"我们都挺喜欢金铃的,我七哥对金铃照顾得可好了。"

余梅仁:"星家,你喜欢金铃?"

七少爷闻听一愣,一时不知怎么回答。

余梅仁:"妈老了,你们都十五岁了,孩子长大了,妈都没上心。"

七少爷:"妈,您说什么呢?妈不老。"

七姑娘:"妈,您怎么了,您没事吧?"

余梅仁:"紫坤,吃完饭你把彩云从珠宝店叫回来,老七你们一块到书房来,妈有事跟你们说。"

晚饭后,七哥、七妹来到书房,妈妈已经坐在书房里等候,写字台上放着一个带把儿的食盒特别引人注目。

七姑娘:"妈,这是咱家的食盒?"

余梅仁:"又是,又不是。"

七少爷:"妈,这食盒我以前怎么没见过,里面装的什么呀?"

余梅仁:"你见过,那时你还小,不记事。这就是我今天要告诉你们的往事,你们别动,先看看书。"

书房外紫坤和彩云走了进来,只听见紫坤在吩咐家人说夫人晚上有事,不要叫人来打扰。

彩云推门进来,一眼就看见写字台上的食盒,十五年前的往事涌上心头,伤心的泪水立刻流了下来。

余梅仁:"彩云,你忍着点,你别这样。"说完自己也禁不住落下泪来。

紫坤:"彩云,你不要这样。"紫坤也掏出手绢来擦眼泪。

两个孩子莫名其妙,七姑娘掏出手绢替妈妈擦眼泪,七少爷掏出手绢递给彩云,说:

"彩云姐姐,你怎么了?"

彩云一把搂过七少爷,再也忍不住悲痛之情,泪如泉涌,失声痛哭。一边哭一边说:

"郝夫人哪，您和老爷的小公子长大了！"

紫坤："彩云，你忍住，夫人有话要说。"

余梅仁："你让她哭吧，哭出来好受些。"

霎时间，书房里传出众人的哭泣声、呜咽声，声声撕心裂肺。

良久，余梅仁用手绢擦干眼泪，说："彩云，孩子长大了，你把当年的事告诉他吧。"

彩云搂着七少爷，抽泣着说不出话来。

余梅仁："星家，你到妈这来，妈先和你说。"七少爷来到妈妈身边，妈妈拉着星家的手说，"星家，你不是妈的亲生，你的亲生父亲是清朝大学士，叫郝宗。你的亲生母亲和我是同乡，我们两家志趣相投，亲如一家，你和七妹指腹为婚。"

七少爷惊呆了："妈，您说什么呢？这不是真的！"

余梅仁："妈说的是真的。你生父当年受奸臣陷害，随时都有生命危险。你生母怀有双胞胎，还未及分娩，你生父就锒铛入狱。你生母被囚禁府中，只等分娩后便满门抄斩。"

彩云："我本是你生母郝夫人的贴身丫环，郝夫人先生下你姐后生下你，危急之中命我谎称去请接生婆来向钟夫人求救。"

余梅仁："妈见了彩云后当机立断，立刻安排救人。妈当时怀着你的七妹，也即将分娩，不能亲身前往。是你的五个姐姐和飞羽哥，在千钧一发之际铤而走险，从朝廷禁军的团团围困之中救出了你。"

彩云："为保你性命，郝夫人谎称只生下你姐姐一个人，可怜你那刚刚出生的姐姐为救你没了性命。你出生的第二天，夫人全家就被满门抄斩。"

紫坤："救出你之后，朝廷来钟府搜捕，钟大人父女一行九人亡命天涯，漂洋过海谋生，至今已有十五年了。"

这突如其来的变故犹如晴天霹雳，使中玉星家五脏俱裂，一头栽进余梅仁的怀里号啕大哭。余梅仁紧紧抱着星家，说：

"孩子，哭吧，大声哭吧，把你心中的苦水都倒出来吧。"

七妹抽泣着说："七哥，别哭了，都已经过去了，你永远都是我的亲哥。"

中玉星家慢慢止住哭声，要看食盒里的东西。

余梅仁从食盒里拿出一封血书，说："这是你生母临终前给你写的血书，你看看吧。"

彩云："这是郝夫人生下你之后，拖着虚弱的身体，咬破食指，滴血写成，然后用血书盖住了你的身体，把你放入食盒之中。"

中玉星家颤抖的双手捧起血书，上面写着："吾儿，为娘泣血与儿绝笔。钟郝两家指腹为婚，钟大人夫妇就是儿的再生父母，儿要好生尽孝。儿的父亲郝宗为官清正，光明磊落，叹世道不公，遭奸人陷害。盼儿长大以后有所作为，但使天下无辜免遭涂炭。母泣血绝笔。"

中玉星家手捧血书扑通跪倒，口中呜咽："母亲，孩儿记下了！"

七妹赶紧过来搀起七哥："七哥，起来吧。"

余梅仁："星家，如果你愿意，从今天起你的名字就叫郝家玉。看你伤心过度，你回房好好歇息去吧。彩云这两天就不要到店里去了，你陪陪星家。这两天你就和紫坤一起睡吧。"

七妹扶七哥回房歇息，彩云到紫坤的房里去睡，余梅仁收拾血书和食盒。

一连数日，中玉星家躺在床上望着屋顶发呆。七姑娘一日三餐送饭送菜，每次和他说话时他都是不停地流泪，一言不发。七姑娘眼里噙着泪珠，一遍一遍地给他换洗湿巾。

彩云这几天经常坐在七少爷的床边，给他讲述生身父母的家事。

七姑娘来找母亲想办法："妈，您想个办法吧，七哥不能老这样，这样下去会出事的。"

余梅仁："你七哥是个明事理的孩子，不会出事，他总要闯过这一关，他会自己站起来的。"

第五天早晨，七姑娘去送早饭，七哥开了口："七妹，告诉妈和彩云姐姐，今天我想自己待一会儿，叫她们谁也不要来打扰我，你没事也不要来了。"

七姑娘赶紧去找妈汇报，余梅仁听后笑了笑说：

"他这一关就要过去了，你七哥很快就会自己走出来了。"

晚饭后，余梅仁找出郝宗夫妇生前的照片，放在食盒的前面，然后坐在书房里等星家。

知子莫过母，果不出余梅仁所料，不一会儿，七少爷推开书房门走进来。

七少爷进来后冲余梅仁跪倒在地，说："妈，孩儿不孝，让您担心了。"

余梅仁："孩子，站起来说话。"

中玉星家不但没有起来，反而大礼参拜。

中玉星家："妈，第一拜，感谢爸、妈和姐姐们的救命之恩，至今为我亡命天涯。"

余梅仁："孩子，都是过去的事了，理应如此。"

中玉星家："第二拜，感谢爸、妈十五年来的养育之恩，对我视如己出，让我感受亲人的温暖。"

余梅仁："一家人，理应如此。"

中玉星家："第三拜，赐七妹做我的未婚妻，天底下再也找不出第二个这么好的女孩儿。"

余梅仁："这孩子，说的什么话，自己夸自己。"

中玉星家："第四拜，感谢妈深明大义，允许我改姓郝，为郝家传宗接代。"

余梅仁："君子所为，天经地义，理应如此。"

中玉星家："第五拜，感谢爸、妈赐我中玉姓氏。我主意已定，仍然叫中玉星家，"七少爷边说边掏出来一幅字，"原由就是我抄写的爸爸这首诗。"

余梅仁拿过字幅，扶起中玉星家，边看边念：

"姓氏乃信仰，

古今唯中玉。

地球是家园，

中玉做园丁。"

余梅仁心中大喜，高兴地说："好孩子！真不愧是钟郝两家的好孩子，深明大义，是我两家自立姓氏中玉家族的传人！"

一直在书房外面偷听的七姑娘、紫坤、彩云冲进书房，高兴地团团围住中玉星家。

余梅仁对七兄妹说："星家、星园，你们过来给郝大人、郝夫人叩头。"

七哥、七妹双双跪在郝宗夫妇的遗像前，给郝宗夫妇叩头。

七姑娘："公、婆大人在上，我永远都会和七哥在一起，请公、婆在天之灵保佑我们。"

七哥："父母大人，承先命儿和七妹永结同心，共创钟郝两家之中玉家族。尊母亲大人血书遗言，儿立誓，为了天下无辜生灵免遭涂炭，追随钟家父母耕耘家园。祈祷父母在天之灵保佑儿和七妹。"

余梅仁焚香礼拜，说："郝大人、郝夫人，你们都看见了，也都听见了吧？咱们的孩子长大了，孩子们都非常明白事理，你们可以放心了。"她把中玉星家抄写的字幅烧掉，"这是星家写的，你们看看吧，星家的心思都在上面，这样的好孩子一定能干成大事。'姓氏乃信仰，古今唯中玉。地球是家园，中玉作园丁。'让我们天上人间共同来保护他们吧。"

第九章　普天一梦

力量小资金少天天去做
天地大时间多人人动手

巴黎近郊。园丁小学校。学校门前张贴着招聘教师的广告，上面写着：招聘通晓汉语兼晓初级法语的兼职语文教师，每周六课时。

钟岳在校长室伏案作画，他正在认真地制作小型连环画册，内容是中国东汉文学家孔融四岁时的小故事《孔融让梨》。整个小画册画完后，钟岳又用小楷给每一页书写叙述文字。

门外钟飞羽来报："校长，有三个中国来的留学生应聘兼职教师。"

钟岳："请他们进来。"

钟飞羽领进来三个年轻人："这是我们的钟校长。"

三个年轻人一一自我介绍：

"我叫周尚德，是中国来的留学生。"

"我叫朱平，我们三个人一起从中国来法国勤工俭学。"

"我叫李永春，广告上写招聘通晓汉语兼晓初级法语的兼职语文教师，我们想来应聘。"

钟岳："欢迎欢迎，你们三位请坐。"

三个年轻的留学生坐下后，钟岳问："你们来法国多久了？住在哪里呀？"

周尚德："上星期刚到法国，在一个同学那挤在一起住，这几天一直在找工作。"

钟岳："我们这所园丁学校都是一些孤儿，学校免费提供教育食宿。

还有一些想上学又上不起学的孩子，也送到我们学校来免费学习文化。学校经费来自于园丁教育基金。"

朱平："没想到在法国还有这样的学校，学生很是钦佩。"

李永春："钟校长也是中国人？真乃中国人的楷模。"

钟岳："过讲，我们都是中国人。我们已经在五个国家建立了七所园丁学校，深受民众的欢迎。我们要让知识唤醒民众，共同来耕耘我们的地球家园。"

周尚德："这正是普天之下老百姓的梦想。"

朱平："校长，虽然我等势薄力单也要人尽其力。力量小，资金少，天天去做。"

李永春："说得好！天地大，时间多，人人动手。"

钟岳："小学校是启蒙教育，品学兼优，以德为本，有本才能成才，终为大用。我为学校编纂了一些小画册，就是中国的小人书，题材是各国名人成长的小故事。如我刚才完成的中国东汉《孔融让梨》这样的小故事，通过这些小故事教育孩子，养成从小谦恭礼让，关心他人，服务社会的良好品德。请你们来是给孩子们上德育课，学校里有一部分巴黎唐人街的中国儿童，自然可以用汉语上课。要求教师有初级法语水平，就是教育小学校里的法国儿童。"

周尚德："钟校长的开阔胸怀令晚辈折服。"

朱平："到法国能听到前辈教诲，不虚此行。"

李永春："校长有什么事需要学生尽力的，学生当全力报效。"

钟岳："你们三个人一周十八节课，你们可以自行安排调整上课时间，不要影响了你们的学业。薪水虽然不多，足可以保证你们的留学费用。你们如果不嫌弃学校宿舍简陋，还可以在学校免费食宿。"

周尚德："能在这里食宿，学生感激不尽。晚辈是来求学，怎敢贪图安逸？"

钟岳："那好，飞羽，你去给三位老师安排食宿。"

周尚德、朱平、李永春看完教材后去校园熟悉环境，钟飞羽去给三个年轻人安排食宿。

一天上午，巴黎近郊的园丁小学校课堂上传来朗朗地读书声。突然，校园里涌进来三十多个孩子，个个蓬头垢面，人人衣衫褴褛。

钟岳和钟飞羽正在菜园里摘黄瓜，看见孩子们涌进校园立刻走过来。

钟飞羽："二叔，新来的这群孩子有三十多个，我们的宿舍已经搁不下了。"

钟岳："先把他们带到大餐厅，再想办法。"

餐厅里，饥肠辘辘的孩子们瞪大一双双渴盼的眼睛，看着钟岳，像是在看着面包、衣服和希望。

钟岳："孩子们，是谁让你们到这里来的？你们的父母呢？"

一个小女孩站起来答话："我们的爸爸去打仗就一直没有回来，妈妈也没有了。我们听别人说，这里是没有父母的孩子们的天堂，我们就找到这里来了。"

一个小男孩："我们走了一个多月，人越走越多，大人都说到这里就有我们的爸爸、妈妈。"

这时，下课铃响了，餐厅里进来一些学生和老师。周尚德、朱平、李永春也跟了进来。

钟岳："飞羽，你先去安排伙房做饭，然后把三楼宿舍打开，让孩子们住进去。我通知老六，让服装店派人来学校给孩子们做衣服。看来我们还要抓紧盖校舍，不然再有人来就安排不下了。"

周尚德："战争使多少无辜的孩子无家可归。"

朱平："战争破坏了别人的家园，也破坏了自己的家园。"

李永春："战争的受害者归根结底还是老百姓。"

钟岳："尽我们的微薄之力来修补家园吧，但愿有一天，大家都来耕耘家园，而不是毁灭家园。周老师、朱老师、李老师，你们帮助了解一下孩子们的情况，给他们编班学习。"

经过一天紧张地忙碌，校园里又恢复了往日的平静。钟岳叔侄在校长室计算这一天的花销。

钟飞羽："这些日子的开支过大，巴黎中玉银行、珠宝店、服装店、饭店提取的园丁基金已经没有了。"

钟岳："建新校舍的钱先从瑞士总部的园丁基金账户调拨。"

钟飞羽:"学校的经费开支呢?"

钟岳:"让老五先从纽约支援一下吧。"

钟飞羽:"这样下去也不是办法。二叔,咱们扩大巴黎的连锁店经营吧?"

钟岳:"好啊!我早有此意,那咱们就动用发展资金,开办连锁店。"

钟飞羽:"员工可以补充,但管理人员不够。"

钟岳:"大胆起用年轻人。"他停了一会儿,望着钟飞羽,"飞羽,你喜欢巴黎吗?"

钟飞羽:"喜欢。巴黎这座城市不仅漂亮,而且富有活力。我尤其喜欢这座城市的人民,他们崇尚自由、平等、博爱,这不正是我们现在所做的吗?"

钟岳:"拿破仑说中国是一头睡狮,醒来后必将震撼世界,可惜她现在还在沉睡之中。你让紫坤来巴黎,你们在这里定居吧。"

钟飞羽:"那当然好了,可二婶还需要紫坤陪伴。"

钟岳:"你和紫坤负责管理巴黎的连锁店,我打算和夫人去瑞士住一段时间,统筹安排调度园丁基金,保证各国园丁学校的经费开支。"

钟飞羽:"让紫坤来巴黎协助六妹和罗格管理连锁店,我还是跟二叔在一起。"

钟岳:"也好,就这样定吧。"

外面周尚德来敲门:"校长,您有时间吗?我们想和您待一会儿?"

钟岳:"是周老师吗?请进!"

周尚德、朱平、李永春一块儿走进校长室,坐了下来。

周尚德:"我们听说钟校长研究了一个'十字星图',很有普遍意义,想来请教学问,不知校长能否赐教?"

钟岳:"探讨学问,好。学问学问,边学边问,学而不问,是非难分。'十字星图'是名称,其中内容是四大平衡规律和三大平衡动力。想听吗?教学相长,我们去教室讲吧,教室有黑板,可以写字画图。"

周尚德:"晚辈辛苦校长了!"

钟岳在教室把'十字星图'讲完,已经到了深夜十二点了。钟飞羽端来了几碗汤面,请大家吃夜宵。

周尚德："校长的平衡理论学生深有启发，获益匪浅。"

朱平："特别是三大平衡动力，对掌握平衡规律给出了方法。"

李永春："如此有价值的理论应广为传播，造福人类。"

钟岳："这就要靠你们年轻人了，年轻人才是人类的希望，是世界的未来。"

钟飞羽："大家边吃边谈，面汤都凉了。"

周尚德："那晚辈就不客气了。"

钟岳："不用客气。"

几个人边吃边谈。

周尚德："听说校长现任'中华民国'的国务院参议，主管协调庚子赔款退赔，可否给学生们讲讲庚子赔款退赔的一些事情？"

钟岳："俄国成立了苏维埃社会主义共和国以后，即宣布停止庚子赔款索赔。美国用援建清华学堂、协和医学校和公费留学生的方式，陆续退赔。其他国家也纷纷效仿苏、美的作法，唯有日本没有退赔的表示。"

朱平："先生斡旋，功不可没。"

李永春："先生各国奔走游说，劳苦功高。"

钟岳："由于日本的态度，使有的国家也持观望态度。为了防止发生变化，我还要去做工作，争取所有的国家都来效仿苏、美。"

钟飞羽："太晚了，大家休息吧，明天还有很多事情要作呢！"

大家回去休息。

一九二五年三月。北平。钟府客厅。余梅仁正在整理丈夫刚从国外带回来的衣物，从一本厚厚的相册中可以看出，钟岳父女在欧美大地上辛勤耕耘一年又一年，已经整整二十年过去了。一所又一所园丁小学校、园丁职业学校在纽约、在伦敦、在巴黎、在伯尔尼，在一个又一个城市里建立。从园丁学校走出来的学生是小草，给大地披上绿装；是火种，把温暖带给人间；是园丁，辛勤耕耘地球家园。而钟岳父女就是地球家园的拓荒牛，不停地开垦、播种、耕耘……

这时，钟岳从外面回到家里，进了客厅后和夫人说：

"刚才参加孙中山先生的告别仪式，真是令人感动。孙先生为'中华民国'的建立，付出了毕生的心血，临终还念念不忘嘱托后人'革命尚未成功，同志仍须努力'，真乃国人之楷模。"

余梅仁："只可惜军阀混战，民不聊生，何时能成一统，天下太平？"

钟岳："夫人说的是，眼下时局动荡，百姓疾苦，政令不一，盗匪猖獗，中华大地竟无安静乐土。"

余梅仁："老七的婚事如何办是好？孩子们都想回来参加，我也想趁此机会和孩子们团聚。只是担心到处都是战火纷飞，唯恐发生事端。"

钟岳："孙先生刚刚去世，国丧期间不宜大办婚事。咱们都到美国去吧，老四、老五计划举办一次大型义演，邀请姐妹们参加，为筹办'纽约园丁职业大学'集资。咱们趁此机会一家人团聚，同时举办老七的婚礼，你看如何？"

余梅仁："老四、老五可有能力？"

钟岳："老五现在是纽约名人，明星首富，老四、老五的中玉庄园大得很！"

余梅仁："既然如此，你做决定吧。"

钟岳："你定好时间，我给孩子们发电报，全家人团聚曼哈顿。"

余梅仁："好。"

五月的曼哈顿，百花争艳，草木迎春。中玉庄园一片喜气洋洋，大红灯笼从庄园大门口一直挂到七姑娘的新房，大红喜字贴满了窗前廊下。

庄园客厅金碧辉煌，鸡血石的地面上铺着红地毯。钟岳全家正在拍照全家福，钟岳夫妇端坐在大厅中央，女儿、女婿、孙子女、钟飞羽、紫坤围坐在两旁。

拍照完全家福后，余梅仁拉着四姑娘、五姑娘的手，说：

"老四、老五，这一次给你们添麻烦了。"

四姑娘："妈，您这么说，折杀孩儿了。"

五姑娘："妈高兴，我就高兴，什么我都不在乎。"

斯恩："妈，您的到来，用中国话说，给我们增光添彩，使我们蓬荜生辉。"

查理："妈，四姐夫多会说话，这里是斯恩的将军府，用中国话说，这叫锦上添花。"

斯恩："妈,查理现在是纽约市警察局长,他比我可厉害多了。"

五姑娘："大哥,取笑我们,我们可是'纽约四兄弟'!"

余梅仁："你们都不要打嘴仗了。我们已经来了好几天了,也玩了好几天了,我看大家还是商量一下你们七弟、七妹的婚事吧。"

四姑娘："妈,什么都准备好了。"

五姑娘："您发话,今天就可以举行婚礼!"

余梅仁："让你爸说。"

钟岳："明天就要举办大型义演,孩子们都要上场表演,我看还是义演之后再说吧。"

大小姐："爸说的对,我们今天再排练一次,演出之后我们再给七弟、七妹举办一场隆重的婚礼。"

威廉伯爵："我的枪法还要练练。"

二小姐："我有二十年没骑马了,老四、老五拉鸭子上架,我可别从马上摔下来。"

大戴维："我就只能摆摆样子了。"

三小姐："二姐说笑话,昨天比我骑得还好呢。"

小戴维："二嫂那叫谦虚。我不谦虚地说,我和夫人学的飞镖还可以,可惜没有我投飞镖的表演。"

六小姐："我在巴黎好几年没时间骑马了,我可要好好练练。"

罗格："我学二姐夫,骑在马上不动。"

七姑娘："姐姐、姐夫们都谦虚完了,我和七哥就不用谦虚了。"

七弟："我比起姐姐、姐夫们差得远了。"

大小姐："还是我七弟会说话,谁不知我们的七弟、七妹,十三岁就打倒了五个拿刀的彪形大汉!"

紫坤："和你们的姐姐们一样,也是名震京城啊!"

约翰："七舅、七姨,我小时候就听爸、妈常说你们街头救孤,当时你们是怎么打的,给我说说吧!"

一群孙子女围住了七少爷、七小姐,要听七舅、七姨当年救金铃的故事。

钟飞羽把孩子们招呼过来,说:"让七舅、七姨去跟你们的爸爸、妈妈排练,听大舅给你们讲七舅、七姨打坏蛋的故事,好不好?"

"好!"孩子们高兴地回答。

钟飞羽和紫坤把孩子们领到花园讲故事,五姑娘领着大家到赛马场去排练,钟岳夫妇也一同去观看。

曼哈顿郊区。五姑娘的赛马场。上午九点。今天的观众超过了一九〇九年贝尔蒙特举办的赛马,那场赛马五姑娘勇夺冠军。主席台上坐着现任纽约市长,原纽约市长老斯恩也坐在主席台上。洛克公益基金会的会长小洛克,坐在老市长斯恩的旁边。钟岳夫妇坐在主席台前排,大家纷纷握手致意。

主持人是一位漂亮的纽约小姐,她说:"尊敬的市长和夫人,尊敬的老市长斯恩先生,尊敬的洛克会长和夫人,尊敬的来自中国的钟岳先生和夫人,尊敬的各位来宾,女士们,先生们。今天举办完赛马之后,还要举办大型马术舞蹈表演,演出的节目是'天女散花',这是中国历史上美丽的传说,是由我们纽约市耀眼明珠,一直为公益教育事业做出巨大贡献的,中玉星园女士和她的家人同台演出!特别值得提出的是,今天的所有收入,全部捐献给园丁教育基金,用来筹建'纽约园丁职业大学'!"

全场欢呼。

赛马场上骑手们奋勇争先,个个都跑出了好成绩。纽约市长、老斯恩先生、小洛克会长为前三名颁奖。赛马结束之后,七姐妹开始表演马术舞蹈"天女散花"。

七姐妹开场表演的是"长袖舞"。她们化妆成传说中的七仙女:

高耸云髻闪珠光,

花容月貌婀娜妆。

飘曳裙带长袖舞,

七仙神女下西洋?

七姐妹忽而高髻锦簇如鲜花吐蕊,忽而团团旋转似百花盛开,忽而袖带摇曳犹祥云飘逸,忽而长袖相连像空中彩虹。

这时,小威廉伯爵率领七个女婿牵着七匹骏马走上场来,他们分别把骏马送给妻子。七姐妹翻身上马，骑在马上更显飒爽英姿。七个骑士牵来七匹骏马给七个女婿，七个女婿身穿玉美人骑士装，胯下宝剑，肩扛步枪，上马后排成一排站立一旁。

七姐妹飞马驰骋，身后七彩袖带飘曳，场面缤纷壮观。全场观众站起来喝彩。

忽然，七姐妹开始散花，把千百个气球抛向空中，气球之中装满花瓣，气球下面挂满鲜花，顷刻之间鲜花布满了天空。七姐妹甩飞镖打破半空中气球，七个女婿举枪打破高空中的气球。鲜花飘落，花瓣飞扬，赛马场的天空成为鲜花的世界，蔚蓝色的晴空百花绽放。

第十章　余音传世

中岳玉做园丁烛尽泪干
玉美人伴圣贤玉殒香销

钟府演武场。余梅仁正在教孙子诗华练功。现在的演武场已经有大半都盖起了园丁职业学校，主要课程有烹饪和服装裁剪。

七姑娘的大儿子中玉诗华今年六岁，小儿子中玉诗夏今年三岁，两个孙子都是奶奶的掌上明珠。

从府门前传来汽车的马达声，一会儿，金铃从前院走过来，余梅仁边看孙子练功边和金铃说话。

余梅仁："金铃，老七回来有事？"

金铃："是七姐开着南苑机场的吉普车回来拿药箱，说是有飞行员吃东西中毒了。"

余梅仁："这倒好，老七骑马去机场找她七哥，马不骑了，迷上开汽车了。"

金铃："七姐多大本事，又会开车又会看病。夫人，您也教教我看病吧？"

余梅仁："好啊，你真想学，我就教你，你也勤问问你七姐。金铃，你今年有二十四、五岁了吧？你到我家都十多年了，也该结婚了。"

金铃："夫人，我不结婚，我就守着您一辈子。"

余梅仁："咱们饭店的张杰怎么样？跟你年龄相当，为人也厚道，还有手艺，一辈子饿不着。"

金铃："夫人是嫌弃我了吧？怎么总想让我走？"

余梅仁："你可别误会，你成了家，你就住紫坤和飞羽的房子。现在飞羽和紫坤在巴黎定了居，房子就是你的了，你想走我也不让你走。"

金铃："我就伺候您一辈子。"

余梅仁："我哪能总让你伺候呀，你在园丁学校还有事做，是个忙人，我就是舍不得你走。你七哥去了航空学校，非要学开飞机，我就是太宠他了。你七姐忙得整天不着家，外边的事都得她操心，整天看不见影。我家老爷把命都豁给公益教育了，这不，又到伯尔尼办职业大学去了，其余六个女儿都不在身边，撇下我老太婆一个人看着这个家。我最近感觉身体越来越差，老爷这次回来，我就不让他出去了。"

余梅仁说到伤心之处，掏出手绢来擦眼泪，弯着腰不停地咳嗽。

金铃赶紧过来帮余梅仁捶打后背，说："夫人，您是大富大贵之人，中玉家族子孙满堂，您已经四世同堂了。您和老爷挣得钱，多少辈子都花不完，你们是在行善积德，菩萨都会保佑您的！"

余梅仁："是啊，现在已经是四世同堂了，大外孙子都有孩子了，我的身体一天不如一天，我也老了。"

大孙子诗华说："奶奶，您说错了，我还没有孩子呢，您不能老！"

余梅仁："你瞧，大孙子不干了，是，我的宝贝孙子还没娶媳妇呢，奶奶不能老！"

祖孙四人开心地大笑。

伯尔尼园丁职业大学校长室。已经到了晚上十点多，钟岳还在伏案备课，准备第二天上午的演讲。

二姑娘中玉星河和丈夫大戴维来给父亲送夜宵，星河端着一壶刚刚煮好的热咖啡，大戴维端着一盘巧克力面包片。

灯光下钟岳面目倦怠，根根白发都随着声声咳嗽在颤抖。

二姑娘："爸，您刚从纽约讲课回来，老四、老五来电话说您的身体在纽约就不太好，让您住院您也不住，别累坏了，明天讲完课住院全面检查一遍吧。"

大戴维："爸，要不明天就不要讲了，我去通知学校。"

钟岳："不行，通知已经发下去了，大家都来听课，怎么能失信于人呢？明天讲和平与战争的平衡规律，这是一门新课，先在伯尔尼大学试讲，然后再到纽约、伦敦、巴黎去讲，所以我要认真备课。你们先去休息吧，我备好课就睡在校长室。"

二姑娘和大戴维离开了父亲，校长室的灯光一直亮到第二天清晨。

上午九点，伯尔尼园丁职业大学的阶梯教室座无虚席，钟岳正在给学生们上课。

钟岳边在黑板上写提纲边讲："今天给大家讲的题目是《和平与战争的平衡规律》。和平与战争的发展规律也就是人类社会文明的发展过程，共有四个阶段。一、和平的武装力量＜战争的武装力量；二、和平的武装力量≤战争的武装力量；三、和平的武装力量≥战争的武装力量；四、和平的武装力量＞战争的武装力量。第一阶段是人类社会文明发展的初级阶段，第二、第三阶段是人类社会文明发展的中级阶段，第四阶段是人类社会文明发展的高级阶段。和平与战争的平衡规律如果遭到破坏，将同时破坏十字星图的其他三大平衡规律。人类社会文明发展的初级阶段，战争不会破坏自然平衡规律。随着人类社会文明发展，战争使用的武器在升级，战争的规模在升级，和平武装力量和战争武装力量之间的性质在转化，战争就会直接破坏自然平衡规律。消灭战争或者说制止战争，只有在人类社会文明普遍发展的高级阶段才能够实现。战争的发展变化在武器上从升级到降级，在规模上从多国战争到局部战争，在战争性质上从掠夺到制止。消灭战争必须综合利用三大平衡动力。首先，人类应该保证安居乐业，也就是人类要具备赖以生存的经济基础；其次，必须制定严格的法律约束，一个国家要有保证本国和平安全的法律制度，多个国家要有保证多个国家乃至世界的联合法律约束；最后，人类要有一个统一的信仰，这是一个普遍规律。空气不分国界，流水不分疆土。世界殊途同归，人类福祸同兮。我们每一个人都在这个家园里生活，从总统到平民，我们都是地球家园的园丁，我们都要耕耘自己的……"

钟岳晃了两晃，手中的粉笔掉在地上摔碎了。一直守在旁边的星河和大戴维赶紧跑过去抱住了父亲，失了声地高喊：

"爸爸！爸爸！您怎么了？"

钟岳用尽了一生最后的力气坚持讲完了最后一课：

"……家园。"

曼哈顿中玉庄园。四姑娘、斯恩、五姑娘和查理四人齐聚在五姑娘和查理家的客厅，听到父亲去世的消息无不黯然神伤。

五姑娘："我刚才接到电报局的电话，说有瑞士发来的电报，电报一会儿就送过来，先来电话告诉我爸爸去世了。"

斯恩："我正在飞运航空公司办事，二姐夫把电报发到公司，叙述了爸爸去世的经过，我赶紧通知了星山回家。"

查理："我接到星树的电话就赶紧回家了，怎么这么突然？"

四姑娘："斯恩，二姐夫是怎么说的？"

斯恩："昨天夜里，爸爸备课到天明，今天上午讲完课后，疲劳过度昏倒在讲台上，医院诊断是患急性脑出血猝死。"

五姑娘："爸爸临终有没有遗言？"

斯恩："二姐发现了爸爸的遗嘱，原来爸爸生前已经有了准备，爸爸说死后葬在瑞士。"

这时，门外传来摩托车的轰鸣声由远而近，五姑娘迎出门去，电报员把电报递给五姑娘。

电报上写着："四妹、四妹夫、五妹、五妹夫，九月二日上午十一点十一分，父亲突发脑出血不幸辞世，望速来瑞士告别。二姐、二姐夫泣告。"

五姑娘接到电报后眼泪夺眶而出，进门后把电报递给四姑娘。四姑娘看后，姐妹俩抱头痛哭。斯恩和查理拿过电报，也禁不住潸然泪下。

斯恩止住泪水，说："发生的事不能挽回，我们商量一下怎么去瑞士吧。"

四姑娘："七弟在北平南苑机场，他们也一定知道了消息。妈年纪大了，心脏又不好，知道消息后怕受不了。"

斯恩："我刚才一着急忘了说，二姐夫已经通知了七弟，告诉他先瞒着妈，只说爸爸病重。最好不要让妈去瑞士，如果妈一定要去，嘱咐我们到瑞士之前一定要瞒着妈，让我们设法平安护送妈妈到瑞士。"

五姑娘："如果妈要去瑞士，用我们的飞机去北平接妈和七弟、七妹。"

斯恩："我告诉七弟两小时以后在南苑机场等我回话。美国飞运航空公司协助中国航空公司办民航,有一架运输机去北平南苑机场运送仪器设备,最迟明天下午就能到北平。妈和七弟、七妹可以搭乘运输机来纽约,我们再一起坐五妹的飞机去瑞士。"

查理:"这样安排最好。"

四姑娘:"运输机上条件好吗?"

斯恩:"这是一架大型运输机,飞机性能非常好,很安全。机上有休息室,机长是我的老部下。"

五姑娘:"什么时候可以回到纽约?"

斯恩:"大约三天。"

四姑娘:"就这样吧,你马上去飞运公司安排吧。"大家一致同意斯恩的意见,斯恩立刻驾车去飞运公司安排。

美国飞运公司的大型运输机,从北平南苑机场起飞,飞往纽约。机务员休息室里很舒适,七弟、七妹和母亲一同前往瑞士。余梅仁已经有所察觉,执意要一同去瑞士,谁也拦不住。一路上余梅仁一言不发,只是默默地不停地流泪。钟岳生前出口成章的诗句,妙笔生花的书画,深邃睿智的思维,开创先河的姓氏,园丁基金的善举,十字星图的构想,四律三力的著述,地球家园的夙愿……一件件往事一幕幕出现在余梅仁的眼前。

七姑娘削了一个苹果递给母亲,说:"妈,您吃个苹果吧,您都一天没吃东西了。"

余梅仁推开七姑娘的手,没有说话。

七哥端着一杯水说:"妈,您喝一口水吧?"

余梅仁推开家玉的手,依然没有说话。

七哥、七妹看着母亲悲痛欲绝的表情,转过身去,伤心的泪水扑簌簌洒落在万里长空。

五姑娘的座机从曼哈顿起飞,径直向伯尔尼飞去。机舱里坐着老四、老五、斯恩、查理和七弟、七妹,大家众星捧月般地围在妈妈的身边,六双焦虑的眼睛目不转睛地盯着妈妈。

余梅仁终于开口说话了："快到了吧?"

"马上就到了,妈。"

"妈,您吃点东西吧?"

"妈,您想开些,吃点东西好有精神。"

余梅仁接过来五姑娘端着的一杯牛奶,喝了下去。四姑娘双手捧着一盘面包片,上面蘸着果酱,送到母亲面前。

余梅仁推开四姑娘的手,看着大家说:"好孩子,妈让你们担心了,妈想自己待一会儿。"说完,又合上了双眼。

飞机降落在伯尔尼机场。已先来伯尔尼的中玉星先夫妇、中玉星人夫妇和中玉星河夫妇、中玉星江夫妇都在机场迎候,老戴维也由人搀扶着在机场迎候。没有寒暄,没有问候,只有默默无语地悲痛。大家分别乘车来到了戴维庄园,老戴维告别大家后回到了自己的住所,其他人在中玉星河夫妇的寓所停下。

大家进了客厅,余梅仁问:"你们的爸爸呢?"

二女儿说:"您先休息一会儿,咱们这就去医院。"

余梅仁:"不用休息,我这就要见你们的爸爸。"

二女儿:"您先坐下,我慢慢和您说。"

余梅仁什么都明白了,一切迹象都表明,孩子们的爸爸已经永远地离开了自己。

余梅仁:"你们的爸爸得的什么病?他临终可有嘱托?"

孩子们知道瞒不住妈妈了,但谁也不愿意自己把这噩耗告诉给妈妈。

余梅仁看着二女儿说:"你说!"

二女儿呜咽着说:"我爸刚从纽约讲课回来,为了准备第二天的新课,来不及休息,备了一夜课,劳累过度。第二天上午讲课快结束时突发脑出血,当场倒在讲台上就再也没有醒过来。"

孩子们扶妈妈坐下,二女儿把爸爸的遗嘱递给妈妈。

钟岳在遗嘱上写着:生死规律,时不我测,自撰遗嘱,以备不虞。吾一生致力于"十字星图"四大平衡规律、三大平衡动力研究,并身体力行，携家小作园丁，辛勤耕耘地球家园。地球始然，人之乐土，地域无疆，本无国界。城市、国家乃区域发展、社会管理之需要，虽有从愚昧到文明之历程，但终将回归于天下百姓之乐土。为缩短这一历程，吾将"天女散花"玉刻印章名下教育基金，委托夫人余梅仁更名为园丁基金。瑞士乃率先达到地球之理想家园，人类乐土。吾辞世后身葬瑞士，头枕和平。

钟岳　即日

余梅仁看完后，说："给我一支笔。"

大戴维递给岳母一支笔。

余梅仁接过笔，在遗书"钟岳"签名下面签上"余梅仁"。然后说："这也是我的遗嘱，你们要记住，中玉家族的子子孙孙都要记住。"

余梅仁把遗嘱交给中玉星先，说："老大替爸、妈办吧。"

中玉星先含泪接过爸、妈的遗嘱。

余梅仁："带我去见你们的父亲。"

伯尔尼医院里的一间"特殊病房"，室内摆放着鲜花松柏，钟岳安详地躺在中间。医院为这位受人尊敬的地球园丁准备了最好的设施，让他安静地等待亲人的到来。

余梅仁看见躺在鲜花翠柏之中的钟岳，突然挣脱开孩子们的搀扶，快步来到丈夫床前，紧紧握住丈夫的手，像握住胜利凯旋的勇士，没有眼泪，没有悲伤，只有久别后深情地凝望。

余梅仁轻轻地说："人们都说世界上没有完人，他们都说错了，你一生都是我心中的完人。但是有一件事我一直想对你说，一直不得空，一直拖到今天，我们不能总是聚短别长，要到什么时候才能长相厮守？现在好了，我不说也如愿以偿了，你终于可以永远守在我的身边了，我们永远都不会分开了。"说完扑倒在丈夫的身上，慢慢地合上了双眼，脸上现出了满意的笑容。

站在旁边的医生赶紧上前查看，过了一会儿，医生悲伤地说："夫人去世了。"

伯尔尼公墓。钟岳夫妻的墓碑。

墓碑的正面上方中间镌刻着十字星图：

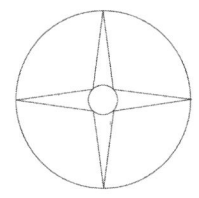

中间用大字写着：

钟　岳 ·中岳玉
余梅仁 ·玉美人　之墓

下面写着：

子：中玉星家　　媳：中玉星园
女：中玉星先　　婿：威　廉
　　中玉星河　　　　大戴维
　　中玉星江　　　　小戴维
　　中玉星山　　　　斯　恩
　　中玉星树　　　　查　理
　　中玉星人　　　　罗　格
　　中玉星园　　　　中玉星家

墓碑的后面写着：园丁之墓

中间是钟岳题诗：

　　　　　　姓氏乃信仰
　　　　　　古今唯中玉
　　　　　　地球是家园
　　　　　　中玉做园丁

下面一行是余梅仁的手帕绣字：

　　　　　修身立业　耕耘家园

第十一章　蹂踏家园

文明倒悬狼烟起
规律失衡战火燃

曼哈顿中玉庄园。七哥、七妹向四姐、四姐夫，五姐、五姐夫辞行。

七妹："谢谢四姐夫给我们联系好飞机，又给四姐夫添麻烦了。"

斯恩："飞运公司今天晚上给北平南苑机场运送最后一批仪器设备，你们顺便搭机，很快就可以到家了。我和机长说好了，很方便，晚上我去送你们。"

五姐："七弟、七妹，你们回去以后安排安排，带着孩子来美国吧，中国正处在多事之秋，日本已觊觎中国多时，战争一触即发，黎民百姓必遭涂炭。爸爸说，从愚昧到文明乃必由之路，你们来美国，我们共同努力，来缩短这一历程，实践爸爸的遗愿。"

七妹："谢谢姐姐的好意。妈说过，北平是中玉家族的根，我和七哥还是回家守住中玉的根。"

四姐："还是看事态发展吧，有姐姐们在，七弟、七妹随时可以来美国定居。"

查理："我们晚上去送你们，你们可要经常给我们写信，免得我们惦记。"

北平魏府。魏忠全死后魏大少魏少柱整日游手好闲、吃喝嫖赌，几年来坐吃山空、挥霍殆尽。这天魏少柱正躺在床上想歪点子弄钱，金大立来魏府寻找狐朋狗友。金大立被美国当局遣送回国后，主子魏忠全已到阎王殿去报到，金大立经常来找魏大少干些偷鸡摸狗的坏事。

魏大少见到金大立高兴地说："大哥，多日不见，哪阵风把你给吹来了？"

金大立："当然是东洋春风了！"

魏大少："大哥，有财大家发，有啥好事快给兄弟说说。"

金大立："日本关东军雄视东三省，虎踞华北。纵观天下局势，以日本国的军事实力，建立大东亚共荣圈，改朝换代已成定局。识时务者为俊杰，我们兄弟何不联手投靠日本，以求东山再起，共享荣华富贵？"

魏少柱："知小弟者，大哥也！不瞒你说，我已暗中和北平日军上层接触，只等时机成熟就马上行动。我想送一份大礼给龟田大佐，只是手头没钱，正憋着法儿想辙呢！"

金大立："眼下正有天赐良机！"

魏少柱来了精神："大哥快说！"

金大立："近闻钟岳这个老东西归了西了，全家前往瑞士奔丧，钟府可是个金库，金银财宝，什么没有？"

魏大少："抢？钟家俩老七可厉害！"魏大少下意识地缩缩两条腿，想起当年的情景犹心有余悸。

金大立："瑞士离北平有多远？没俩月她们也回不来。咱们装成盗匪夜入钟府，神不知鬼不觉，你不去说谁知道？！"

魏大少："对！马上就是皇军的天下了，一朝天子一朝臣，胆小不得将军做，抢！"

金大立："你的人手可够？"

魏大少："没问题，都是我多年喂出来的小兄弟，一呼百应！"

金大立："你这几天好好准备准备，什么时候动手，我等你回话。"

魏大少一拍大腿，说："好！"二人相互逐臭，狼狈为奸，挖空心思策划怎样抢劫钟府。

风高月暗，夜半丑时，七八个蒙面黑衣人手持刀械，潜入钟府后院马厩墙下，为首恶匪正是魏少柱、金大立。

贼人惊动了院内的苏格兰牧羊犬，远远地朝贼人狂吠，向主人报警。

两个贼人挥刀拦住牧羊犬,魏大少带领其余匪徒进了前院,和钟府值夜的家人打了起来。

突然,从前庭廊下飞出来两条黑影,手执双剑,身形矫捷。只见道道白光飞舞,剑光所到之处,若不手下留情,无疑非死即伤。

魏大少吓得出了一身白毛冷汗,连连高喊:"哎哟!七爷爷,七奶奶,我的活祖宗,快撤!"

原来是七哥、七妹傍晚刚回到家中,该着魏大少倒霉,遇到了克星。匪徒们连滚带爬往外逃命,七姑娘等人在后面追赶。

七少爷:"下次再来,小心狗头!穷寇勿追,放他们去吧!"

七姑娘:"人可以走,刀械留下!免得再去害人!"说完,十几只飞镖发出,匪徒们的刀械悉数落地。

众匪徒顾不得疼痛,惶惶然逃命如丧家之犬。有的匪徒翻墙时竟被牧羊犬咬掉了鞋、裤。秋风瑟瑟,匪徒们破衣烂履,狼狈逃窜。

寒冷的冬季,朔风劲吹,天空中纷纷扬扬飘落着鹅毛般大雪。天近晌午,中玉星家从南苑机场回来,进门就说:

"南苑机场倒闭了。"

七姑娘:"兵荒马乱的,还有谁坐飞机来北平?不倒闭等什么?"

七哥:"为躲避日寇,机场要南迁昆明。"

七姑娘:"你也去?"

七哥:"飞行员都去,其余的人可以留下。"

七姑娘:"你离开北平也好,等战争结束后再回来。"

大儿子中玉诗华听到爸爸要去昆明,说:"妈,咱们也一块儿去昆明吧?"

小儿子中玉诗夏说:"我不去,我和妈妈在一起,妈妈在哪我在哪。"

七哥:"我看时局动荡,短时间内难以恢复。孩子们的安全要紧,就听四姐、五姐的,把孩子送到美国去吧。"

七姑娘:"也只能这样办了,你在昆明,孩子在美国,我在北平。这该死的战争!"

七哥:"你也一同去美国吧,等和平后再回来。"

七妹:"我哪也不去,这里还有园丁学校的孩子们呢,我就守着咱们中玉的家,守着咱们的根。"

大儿子:"我守着妈妈。"

小儿子:"我也守着妈妈。"

这时,金铃走进来,站在门口说:"七哥、七姐,今天我们家张杰赶上饭店歇班,让他炒几个菜端过来吧?"

七姑娘:"好啊,金铃,你和张杰一块过来,咱们很长时间没在一起了。"

七哥:"用不用我们帮忙?"

金铃:"哪能让你们动手呢,我去帮忙。"

一会儿,饭菜做好,七姑娘一家和金铃、张杰一起在餐厅吃午饭。

吃着饭七姑娘说:"我在乡下买了三套房,金铃和张杰一套,彩云姐和王掌柜一套,我留一套。日本鬼子进城以后,咱们搬到乡下去躲一躲。"

张杰:"七姐对我们太好了,就听七姐的,大恩不言谢,我和金铃心领了。"

七姑娘:"这就对了。"

七哥:"谢什么,咱们是一家人嘛。"

七姑娘:"你们这些日子去收拾收拾,修建一个地下室,我有些东西要放起来。记住,找外地的工匠。"

张杰:"七姐放心,我们去办。"

七姑娘:"我和王掌柜说了,你们也张罗着,我想把珠宝店和服装店关了,珠宝首饰能兑就兑,兑不了就放起来,不能留给小日本鬼子。"

张杰:"是,七姐。"

七哥:"干脆把饭店也关了吧?"

七姑娘:"留着饭店有用,如今也找不着工作,职业学校关了以后,还有园丁学校收留的孤儿,孩子们吃饭离不开这个进货渠道。"

不久,七哥先带着孩子去了上海,托人把两个儿子送到曼哈顿,然后只身去了昆明。彩云一家搬到了乡下。金铃和张杰仍然住在钟府。珠宝店和服装店关了门,重要物品全部转移到乡下。中玉酒楼勉强维持营业,支撑着园丁学校的生活来源。

战争的阴云笼罩着中华大地，北平的空气中弥漫着血腥的气息。七姑娘孤身一人坚守着中玉家族的根，等待云开雾散，等待北平晴朗的天空。

这一天，七姑娘正和金铃给园丁学校的孩子们分发午饭，每个孩子一份饭，两个菜，一个汤。孩子们吃得正香，府外大街上一阵大乱，人们背包握散，四散奔逃，边跑边喊：

"卢沟桥开战了！二十九军和小日本鬼子打起来了！"

七姑娘和金铃赶紧跑出去观看，只见大街上难民如潮，涌向城外。

金铃："这小日本鬼子不在家好好待着，漂洋过海地跑到中国捣什么乱？"

七姑娘恨恨地说："强盗！畜生！祸害别人的家园！"

金铃："七姐，要不咱们也到乡下去躲一躲吧？"

七姑娘："孩子们怎么办？看看再说。咱们的二十九军不是正和鬼子打着呢吗？"

金铃："七姐，我听你的，我跟着你！"

七姑娘："金铃，咱们下午给孩子们上课，就讲我爸爸编的画册《岳母刺字》，岳飞《精忠报国》这一课。"

金铃："唉！"

一九三七年七月七日，中日战争在卢沟桥爆发了。中玉酒楼主动担负起给前线将士做饭的任务，七姑娘亲自指挥把馒头、大饼、肉包子装上军车。

送饭的军车已装好，开车的司机负伤后流血过多昏过去了，其他的人又不会开车，132师的赵军需急得直跺脚。

赵军需："前线的弟兄们还饿着肚子呢，这可咋办哪？"

七姑娘："赵军需，你派人把受伤的司机送到医院去，我来开车。"

赵军需："你会开车？"

七姑娘："我在南苑机场吉普车、卡车都开过，和骑马差不多。"

赵军需："我们132师的防区不让老百姓进啦。"

七姑娘："这好办，你给我找身军装。快点吧！前线的将士们饿着肚子怎么打仗啊？"

赵军需:"那可太谢谢你了,回去我给你请功,又给我们送吃的,又帮着我们开车。"

赵军需派了两个士兵送司机去医院,给七姑娘找了一身合适的军装。七姑娘穿上军装、系上镖带更显英姿威武。

赵军需问七姑娘身上系的镖带:"这是什么?"

七姑娘:"防身用的。"

七姑娘开着卡车进了132师的防区,前面的枪炮声响成一片,卡车停在部队的前沿,中日双方的军队正在激战。

大家把车上的食品搬进战壕里,然后趴在掩体后面观看战况。战场上大约有八、九百个日本鬼子,端着刺刀正在往前冲锋,132师的战士们挥舞着大刀和日本鬼子展开了肉搏战,双方一场鏖战难分胜负。日本兵的后面人头攒动,看来正在调动接应部队,如果不迅速打败战场上的日本兵,敌我力量马上就要发生变化。

赵军需和送饭的战士们看着这紧急状况急红了眼,手握着大刀站了起来,只听赵军需大声喊:

"弟兄们,好男儿为国捐躯,大家跟我冲啊!"战壕里的士兵跟着就冲了上去!

七姑娘此时血往上涌,从负伤的战士身上顺手抄起一把大刀,跃身跳出战壕跟了上去。战士们哪有七姑娘身手敏捷,几个箭步就窜到了前面。七姑娘身处乱军之中,如入无人之境,左手发镖,右手挥刀。嗖,嗖,嗖!十几只飞镖射过去,十几个鬼子应声倒地;唰,唰,唰!大刀寒光闪过之后,七、八个鬼子人头落地。

小鬼子哇啦哇啦一阵骚乱。

我的妈的妈,我的姥姥!这是人吗?这是什么武器?小鬼子纳闷,张口结舌傻了眼!

一支支锋利的飞镖顺势射入了一个个鬼子的咽喉,吃了铁枣的鬼子还没尝出啥滋味,稀里糊涂地就被132师的战士们砍了头。

小鬼子顿时乱了阵脚,哇哇乱叫:"魔鬼大大的,铁枣的厉害,快跑地干活!"腿快的活了命,腿慢的为大日本天皇尽了忠。

这般不可一世的日本鬼子,自从八国联军进北京就没吃过这么大的

亏,今天在七姑娘的飞镖加大刀面前吓破了胆!让132师的大刀吓破了胆!

七姑娘被兴奋的战士们抬起来举过了头顶。赵军需高喊:

"她是为我们送饭的老百姓,是中玉酒楼当家的!"

有人知道七姑娘的来历:"她就是当年威震京城的七姑娘!"

"她就是神镖玉美人的七姑娘!"

战士们闻听群情激奋:

"七姑娘万岁!"

"七姑娘万岁!!"

"七姑娘万万岁!!!"

第十二章　利剑出鞘

日本兵施淫威烧杀抢掠
七姑娘显神勇怒斩群魔

二十九军终于抵挡不住日寇的飞机大炮，北平沦陷了。

钟府大门紧闭。七姑娘关闭了店铺，备足了给养，阖府上下当教师，教园丁学校的孩子们念书、识字、学文化。

咣！咣！咣！有人敲钟府大门。

金铃："七姐，有人敲门。"

张杰："听敲门的声音就不是什么好人。"

七姑娘："走，看看去，你们把随身的武器带好，看我的眼色行事！"

七姑娘带着金铃、张杰走到前院，七姑娘吩咐门卫："把门打开！"

门打开后，横着膀子闯进来几个人，为首的正是那魏少柱。魏少柱摇头晃脑地神气十足，斜背着王八盒子，头顶大礼帽，没说话脚先颤，一身绸缎跟着抖。

魏大少："七小姐，还认得你家魏大爷吗？"

七姑娘："呦，改朝换代了？这是替哪个衙门办差呀？"

魏大少："本大爷替大日本天皇当差，奉龟田大佐的命令，关闭的商家店铺一律开业，以彰显大东亚共荣之繁华。家家户户悬挂日本国旗，以示国泰民安。"

七姑娘："原来是东洋小日本国的官差，外国官差不识路，走错门了，这里是中国北平钟府。"

金铃："我说东洋老爷，你们可不知道我们中国人当亡国奴的滋味，外面成天价响枪响炮，吓得我们大门都不敢出。"

魏大少气得脸上一块青一块紫，说："管他妈东洋西洋，快掏大洋！现在是你魏大爷说了算，把国旗给她们，五块大洋！"

张杰接过来日本旗："这就是你们国的旗？这不是武大郎卖烧饼用的幌子嘛，在我们国家，这样的烧饼旗五块大洋可以做一车。"

七姑娘："金铃，给他们五块大洋，叫他们赶紧走吧，咱们还得给孩子们上课呢！"

魏大少叫手下接过五块大洋，悻悻地说："你们还别不待敬我，你们现在就是我饭桌上的一碟菜，我想什么时候夹就什么时候夹，先撂着你的，搁着我的，本大爷现在公务繁忙，什么时候闲着了，什么时候再来。咱们骑驴看唱本走着瞧，走咧！去下一家！"

七姑娘扬起胳膊掸了掸土，吓得魏大少连连后退，贴着墙根赶紧溜了。

过了一段时间，为了拿到粮食、副食品供给证，保证园丁学校的伙食，中玉酒楼开业了。

一九三八年，日寇占领了东三省，占领了华北。侵略者成为主人，北平成为占领者歌舞升平的天堂。有压迫就有反抗，全国抗日战争爆发了。

八月十五这一天中午，汉奸魏少柱为博得主子欢心，领着宪兵队鸠山队长一行二十多个鬼子，到中玉酒楼寻欢作乐。

物资供应紧张，七姑娘和金铃费尽心思在家里给孩子们准备鲜果。张杰在酒楼里张罗，王掌柜带着女儿翠花也来帮忙。

小鬼子喝得尽了兴，唱起东洋歌曲。有几个鬼子脱了上衣放在旁边的枪架上，光着膀子划拳行令。

魏少柱斟满一杯酒，站起来敬鸠山："鸠山队长，我敬您一杯，祝您步步高升，祝您万寿无疆！"

鸠山端起酒杯来，说："呦西，你的皇军的大大的朋友，干杯！"

魏少柱瞟了一眼站在柜台后的翠花，动起了坏心眼儿，张开臭嘴招呼：

"你！小姑娘，过来给皇军斟酒！"

王掌柜闻听赶紧走过来，说："孩子小，不懂事，不会伺候人，让小的来给皇军斟酒。"说完，端起酒壶给小鬼子倒酒。

魏大少狗仗人势，故意在主人面前抖威风，抡起大巴掌就给了王掌柜一个大嘴巴，嘴里还骂骂咧咧地说：

"谁要你个老东西，滚一边去！真没眼里见儿，快叫小姑娘过来！"

小鬼子叽里呱啦起哄：

"花姑娘的斟酒，花姑娘的好！"

"花姑娘的过来，花姑娘快快的！"

一个鬼子把翠花拽过来给鸠山斟酒，两个鬼子把王掌柜赶走。

张杰看到苗头不对，跑到楼上去给七姑娘打电话。

嘀铃铃铃铃……

金铃拿起电话："喂……"

话筒里传出来张杰急促的声音："金铃，快！快去告诉七姐，酒楼里来了二十多个日本鬼子，现在缠住了翠花，我看要出事，让七姐快来！"

金铃听了电话慌了神，七姑娘问："什么事？"

金铃："酒店里来了二十多个鬼子，正在欺负翠花，张杰说要出事！"

七姑娘闻听急了眼，说："快去给我备马，带上我的双剑！"

七姑娘拿过电话说："张杰，告诉大家，不要乱动，我马上就到！"

金铃眨眼备好快马，拿来双剑。给自己也备了一匹快马。

七姑娘穿好紧身衣，系好镖囊，斜背双剑，翻身上马。说：

"你不要去，看来难免有一场恶战。你立刻去乡下找彩云姐，让她们做好准备。府里不能待了，我们都去乡下，这里交给赵老师照顾。"

七姑娘说完，骑着快马风驰电掣般去了酒楼。

酒楼里，翠花吓得脸色煞白，战战兢兢给鸠山倒酒，鸠山一饮而尽。翠花又给鸠山斟满，鸠山色迷迷地盯着翠花说：

"你的，一起喝！"

魏大少："鸠山队长抬举你，陪队长喝一个。"

翠花左躲右闪："我不会喝酒。"

鸠山："你的，不给面子？"

魏大少把酒杯塞到翠花手里，说："活腻歪了？快陪皇军喝酒！"

翠花捂住嘴唇，不肯喝酒，顿时惹恼了鸠山。鸠山兽性大发，双手用力"欻！"地撕开了翠花的上衣，翠花酥胸裸露，双手抱肩瑟瑟发抖。

鸠山淫笑着对鬼子们说："去，大门的关上，今天的过节，你们的花姑娘的享用！"

两个小鬼子"咣当！"把大门关上，赶快跑了回来。王掌柜见状舍命抄起一把菜刀，朝鬼子发了疯地乱砍，当时被鬼子击毙。

鬼子们色狼般地向翠花扑过来，翠花不受凌辱，拼命挣脱了鬼子，头撞厅柱自尽。

魏少柱冲着伙计们大叫："晦气，你们快把尸体抬走，别搅了皇军雅兴！"

张杰对伙计们说："大家不要乱动，七姑娘马上就到。"

这时，七姑娘已到后院，听到了楼上的枪声，她顾不得拴马，箭步来到楼上。眼前的情景使七姑娘怒从心头起，火从肝胆烧。

七姑娘站在走廊上，冲着一楼大厅的日本鬼子大声喝道：

"小鬼子们听着，我让你们活得糊涂死得明白，卢沟桥上的七姑娘在此，明年的今天就是你们的祭日，在你们死前，本姑娘赏你们一人一颗铁枣的尝尝！"

鬼子们闻听立时吓得醒了酒，全都抬头看着七姑娘。说时迟，那时快，七姑娘双手发镖，如流星阵雨，似烟花怒放，先摸枪的先死，后摸枪的后亡。骄横跋扈的大日本皇军在生命的最后一刻，还有幸欣赏到了中国历史上美丽的传说"天女散花"。

没死的日本兵钻到桌子下面不敢露头，七姑娘拔出双剑，一个鹞子翻身轻轻落在一楼大厅的桌子上，双剑翻花左刺右削，刺中的是咽喉，削掉的是脑袋。还有一张桌子下面有人在动，七姑娘一脚蹬翻了桌子，下面露出了魏大少。

魏大少浑身颤抖像筛糠，磕头犹如鸡鹐米，哆哆嗦嗦地说：

"是我，魏少柱，中国人，七奶奶饶命！"

七姑娘怒斥:"呸!中国人渣,猪狗不如的畜生!二十年前本姑娘一念之差错留你一条狗命,如今焉能再留你祸害人间!"说着手起剑落,魏大少身首异处。

张杰率领伙计们打扫战场,帮助所有的天皇武士都归了位。

七姑娘把大家叫在一起,说:"张杰,你把店里的钱都给大家分了,大家喜欢什么拿什么,把小日本打跑了再回来。"说着又掏出一张银票递给张杰,"这是一百块大洋,买两副上好的棺材把王掌柜父女葬了,剩下的钱给大伙儿分了。外面店门就这样关着,你们忙完后谁也不要回来了。"

七姑娘找了一张纸,写上"皇军宴会,暂停营业"八个大字,贴在酒楼大门上。张杰和伙计们把王掌柜父女装进了两个麻袋,叫了一辆三轮车拉走。一切拾掇停当后,七姑娘锁好后院大门,骑上快马去乡下找金铃。

第十三章 和平飞鸽

和平力量大于战争力量
同盟武装战胜轴心武装

曼哈顿中玉庄园。斯恩驾车停在五姑娘别墅门前，四姑娘和斯恩下了车一同走进客厅。五姑娘和查理正坐在客厅里等候。

大家落座后斯恩说："老七的事迹在各国的报纸上都刊登了，卢沟桥大战，酒店斩魔。老七在美国的报纸上是中国的七仙女，日本报纸称她七魔女，中国报纸叫她七姑娘。"

查理："七妹太给咱们脸上增光了！"

四姑娘："七妹离开北平了吗？小日本不会放过七妹的。"

五姑娘："七妹现在在哪里？她会不会有危险？"

查理："去年，我的战友麦克上校赴任美国住北平领事馆领事，咱们特意为他践行，托她照顾七弟、七妹，咱们找他想想办法吧？"

斯恩："我已通过外交部和麦克联系上了，麦克答应竭尽全力保护老七。"

五姑娘："老七现在可能躲在乡下，和她小时候救过的金铃在一起，找到金铃就能找到老七。"

四姑娘："老七办的园丁学校可能会有线索，日本人怎么也不会关闭学校吧？"

五姑娘："没准，日本鬼子什么事干不出来？"

斯恩："我马上就去和麦克联系，告诉他七妹的线索。"

查理："告诉麦克要绝对保密。"

四姑娘："给麦克带点儿七妹的东西。"

斯恩："你们准备吧。七妹的两个儿子学习好吗？"

五姑娘："可聪明了，孩子懂事，学习知道用功，不用操心。"

四姑娘："这个礼拜天两个孩子该去我家了，到时候我们来接。"

查理："就在我家吧，两个孩子和我可亲了。"

斯恩："不行，说好了一对一个星期，我太喜欢这两个孩子了，时间长了我看不见孩子可不行！"

五姑娘："你看四姐夫，斤斤计较。"

四姑娘："别争了，就按说好的办。咱们还是想办法营救老七吧！"

查理："说得对，我和斯恩一起去外交部和麦克通话。"

大家起身，斯恩和查理一起开车去外交部和麦克联系。

北平。中玉酒楼对面的一个小茶馆。国民党军统北平站站长韩风和共产党北平除奸队队长薛飞，两人坐在二楼单间喝茶。

韩风宽鼻阔脸，脑满肠肥，谈吐之中彰显大党风范：

"薛队长，我们和贵党是第二次合作了，希望你我精诚团结，共同抗日。"

薛飞眉清目秀，仪态凛然："国难当头，匹夫有责。中国政党，相煎何急？国共两党应一致对外，不辜负中山先生的遗训。"

韩风深吸一口香烟，从鼻孔喷出两团白雾："共产党地下组织的重大行动，还请薛队长及时通报。"

薛队长端杯品茶，轻弹烟灰："军统北平站的除奸计划也请及时通知我，我们也好配合行动。"

韩风："除奸名单上第一个就是金大立，你能如此积极配合行动，金大立就交给你们除奸队了，有困难吗？"

薛飞："好吧，金大立就由我来除掉。你约我到这里来一定还有别的事吧？"

韩风："对面中玉酒楼的情况你了解吗？"

薛飞："七姑娘的大名谁不知道哇，日寇悬赏十万大洋买她的人头。怎么，你有她的消息？"

韩风："奉委座和夫人的命令，要我们北平站不惜任何代价保护七姑娘的安全。七姑娘的事迹夫人甚为感动，多次在重要场合号召向七姑娘学习，言称七姑娘不仅是妇女界之骄傲，更乃国人之楷模。"

薛飞："我们也接到上级命令，要全力营救七姑娘。我党重要领导人早期留法勤工俭学，有多人曾受到中玉家族的帮助。已故钟岳老先生是欧美华裔著名人士，中玉家族继承老先生遗志，一直在为社会做着大量的公益活动。"

韩风："可是我们连一点七姑娘的线索也没有，干着急，没办法。贵党擅长发动群众，你们除奸队的眼线多，能否帮帮忙？"

薛飞："你太客气了，这本来也是上级交给我们的任务，我当然义不容辞。"

韩风站起来，说："一言为定，你我通力合作保护七姑娘，有消息马上通知我。"

薛飞跟着站起来，说："好。"

钟府对面的街上新来了一个摆摊的年轻中医，行头十分简单，一张八仙桌，一把藤条椅，一个小圆凳。桌上摆着一副号脉用的棉垫，一个药箱，开药方用的纸墨笔砚。旁边戳着一根竹竿，上面挂着一个幌子"祖传名医，悬壶济世"。

医生看上去三十多岁，身穿黑缎长袍，头戴呢子礼帽，一副美髯须，鼻梁上架一副金边水晶石墨镜。

医生看病望闻切诊颇具耐心，有钱的给看，没钱的也给看，前来求医的不断，生意很是红火。

钟府门前站上了日本鬼子，金大立带着一队汉奸协助把守，钟府大门许进不许出。金大立出了坏点子，要把园丁学校的孩子们全部卖掉。钟府大门旁边贴出来告示：查钟府反贼作乱，勒令遣散园丁学校。有谁愿领养孩子，每个孩子交付保证金五十元大洋。落款是"北平宪兵队治安大队"。

医生背后临街有一个茶馆，因为新来了看病的医生，这些日子喝茶的人明显增多。临窗的两个桌子上坐着五、六个人，其中的一张茶桌上正是韩风和薛飞。

韩风："薛队长，这么巧，你也到这里来喝茶？"

薛飞："和你一样，来喝茶。金大立当了宪兵队的治安大队长，我们的人跟了他好几天了，今天准备干掉他。"

韩风："金大立这些日子就在钟府，刚才我看见他带人出去了。"

薛飞："我已派人跟去了。我还接到情报，说钟府对面新来了一个街头医生，对园丁学校的孩子很感兴趣。"

韩风："是啊，薛队长，你不觉得这位先生有什么不同之处吗？"

薛飞："我也注意多时了，凡是去钟府买孩子的人都到这位先生这里来说几句话，有一次好像是钱没带够还到这里来取钱。"

韩风："这位先生是冲着园丁学校的孩子们来的。"

薛飞："不错，他和园丁学校的孩子们一定有关系，别人不会这么做。如果没有其他的原因，他可能就是乔装改扮的七……"

韩风："你分析得不错，这年月兵荒马乱的，有谁会对一群孤儿感兴趣？这位先生就是七姑娘。为了怕发生意外，我亲自带人保护七姑娘已经好几天了。"

薛飞："为什么没有惊动她？"

韩风："我派人跟踪孩子们的去向，被解救出来的孩子都上了火车。还有一些孩子没有解救出来，孩子没有解救出来七姑娘是不会走的，我们只能在暗中保护。"

薛飞："这些孩子都去了哪了？"

韩风："南方。"

薛飞："金大立可能也有所察觉，今天带人去了车站。"

韩风："会发生情况吗？"

薛飞："可能，但不会发生意外。我派去的人很精干，我告诉他们如果有情况，立刻把金大立的人全部干掉，不要留下任何痕迹，保证七姑娘的安全。"

韩风："安排得好！"

薛飞："看来只有把孩子们都救出来，七姑娘才肯罢休。虎穴夺子，真是太危险了。"

韩风："不是亲眼所见，断然不敢相信，这才是艺高人胆大，令我等大丈夫汗颜。"

薛飞："真乃有胆有识有义，要不怎么叫七姑娘呢！"

两个人边喝茶边悄悄谈话。这时，只见茶馆外面开来一辆美式吉普车，停在看病的先生面前。一个佩戴着美军上校军衔的军官下了吉普车，坐在桌前的小凳子上，伸出手来让先生号脉。两个全副武装的美军士兵端着冲锋枪站在旁边警卫，其他人赶紧散开了。

韩风和薛飞顿时紧张起来，握枪的手紧扣着扳机。

韩风："美国人来干什么？"

薛飞："来看病？"

韩风："美国人是朋友，来人是美国领事馆领事，麦克上校。"

薛飞："没错，不像有恶意。"

韩风："看看再说。"

薛飞："万一有情况不能手软。"

来人正是美国领事馆的领事麦克上校。麦克的司机刚刚接到准确情报，麦克立刻前来解救七姑娘。

麦克："医生，我最近总是咳嗽，流鼻涕，您给看看是什么病？"

医生给麦克号完脉，说："先生，您很健康。"

麦克上校慢慢地掏出玉美人刺绣手绢，双手张开手绢露出"修身立业，耕耘家园"八个大字，然后擦了擦鼻子。

医生摘下墨镜，望着麦克手中的手绢，眼眶里瞬间噙满了泪水，随即医生也慢慢地掏出和麦克一样的手绢擦眼泪。

麦克上校："七妹，我叫麦克，是美国驻北平领事馆领事。斯恩将军和查理局长让我来接你，你先跟我去美国领事馆。这两天我去重庆，你和我们一起走，然后送你去美国。"

七姑娘："我姐、姐夫都好吧？"

麦克："都好，他们都很惦念你。"

七姑娘："今天把最后的几个孩子救出来，我在北平也就没有什么牵挂了。但是我不能去美国，我要去昆明，我七哥在那里。我已经把园丁学校的孩子们都陆续地送去了昆明，我相信日本人迟早是要离开中国的，到那时我们再回来。"

麦克："你先跟我去重庆吧，去哪里然后再说。北平太危险了，日本人用十万大洋悬赏要你的人头，马上离开这里！"

七姑娘："好，我先跟你去重庆。"

麦克上校站起来命令士兵："请这位医生上车，医生要到领事馆给我看病。"

美国兵护卫七姑娘上了吉普车，吉普车开走了。

茶馆里韩风说："美国领事麦克上校亲自来解救七姑娘，七姑娘安全了。"

薛飞："我们的首长说，中玉家族在欧美颇有声望，只有七姑娘留在中国。今天亲眼目睹，果然名不虚传。"

韩风："我们的任务完成了，我可以向重庆复命了。"

薛飞："我的任务还没有完成，我们今天一定要除掉金大立。"

两个人走出茶馆，目送着远去的吉普车，一直到再也望不见了。

陪都重庆机场。下午6点，一架从北平飞来的美国专机徐徐降落。宋美龄站在前来迎接的人群中间，这位抗战期间的中国第一夫人，其仪态及内涵毫不逊色于她的身份，令天下拥有至高无上权力的人们无不心悦诚服。

麦克上校走下专机，七姑娘身穿美式军服紧随其后，镁光灯在七姑娘的面前频频闪烁。

宋美龄向前迈步同美国朋友一一握手寒暄，当走到七姑娘面前时，握住七姑娘的手上下端详。

麦克向宋美龄介绍说："夫人，您知道七……"

宋美龄张开双臂紧紧地抱住了七姑娘："七姑娘，我的好妹妹，我已接到你脱离危险的情报，你可让姐姐担心死了！"

七姑娘："夫人，不敢当，我要折寿的。"

宋美龄拉着七姑娘的手向大家说："各位朋友们，这就是咱们国家的大英雄——七姑娘！我向大家宣布，从今往后，七姑娘就是我的亲妹妹，是我宋美龄心悦诚服地好妹妹！"

七姑娘激动得热泪盈眶，叫了宋美龄一声"姐姐"，全场热烈鼓掌，所有照相机的镁光灯再一次快速闪烁。

宋美龄拉着七姑娘上了自己的汽车，宋美龄和七姑娘并排坐在了汽车的后面。

宋美龄："妹妹，晚上设宴招待你们，你姐夫也来参加，他最近经常对你赞不绝口，言称'国人皆如七姑娘，何愁不能把日本人赶回东洋？'"

七姑娘："都是姐姐抬爱，妹妹愧不敢当。"

宋美龄："今后你就留在姐姐身边吧？"

七姑娘："不行。"

宋美龄："你要去美国？我知道，你的六个姐姐在欧美可都是赫赫有名的大家族。"

七姑娘："我要去昆明，我七哥在昆明，和我四姐夫的部下陈纳德中校在一起组建飞虎队。我把园丁学校的孩子们也都送去了昆明，这是我父母留下的事业，我不能放弃。"

宋美龄："我听戴笠汇报，已故的中岳玉老先生和玉美人老妈妈是妹妹的先人，自然也是姐姐的先人。二老一生致力于公益教育事业，而且首先培养教育了自己的七个好女儿，数十年辛勤耕耘，受世人敬仰。我能有七姑娘做妹妹心满意足了。正巧，过两天我去昆明，参加组建飞虎队的一次重要活动，姐姐亲自把你送到昆明。"

七姑娘："谢谢姐姐。"

宋美龄："姐妹之间不要说谢字。"

七姑娘："是，姐姐。"

宋美龄："好妹妹，这就对了。"

昆明国民党航校机场。美龄号专机停在航校狭窄的跑道上，宋美龄和七姑娘走下专机。美军飞行教官陈纳德中校和中玉星家走在欢迎队伍的前面。

陈纳德和中玉星家向宋美龄敬礼问好："夫人好！"

宋美龄身穿空军军服，更显巾帼英姿。她还了一个军礼说：

"你们不应该叫我夫人，我是中国航空委员会秘书长，可以说是你们的空军司令，是你们中间的一员，是战士！"

陈纳德、中玉星家二次敬礼："司令好！"

宋美龄听了非常高兴，又还了一个军礼，说："同志们好！"

七姑娘仍旧身穿美式军服，先向陈纳德问好："长官好！"然后叫了一声，"七哥！"

宋美龄过来握住中玉星家的手，风趣地说："这就是'董永'，我的七妹夫吧？好小伙子，叫姐姐！"

中玉星家看着七妹不敢张嘴，七妹说："我和夫人已经结为姐妹，你当然应该叫姐姐啦！"

中玉星家红着脸叫宋美龄："姐姐。"

宋美龄高兴地答应："唉！"然后说，"我这次来没有通知昆明省府，第一是送我七妹，第二是来看看组建飞虎队的进展情况。我先看你们的军务，然后集合全体同志，我要给你们讲话。"

陈纳德："是，司令！"

宋美龄饶有兴致地绕着航校转了一圈，边看边问，十分认真。最后走到校园的西北角，看到有十几个孩子坐在一间教室里读书。宋美龄问：

"这里怎么还有孩子？"

中玉星家："这是七妹刚刚从北平救出来的园丁学校的孩子，第一批到了十几个。"

七姑娘："姐姐，还有五十多个孩子都在来昆明的路上。我马上就去外面找房子。"

宋美龄走过去抱起来一个孩子，很有感情地说：

"可恶的日本鬼子，让我们的孩子受苦了。"她放下孩子又说，"你们去和省政府说，就说是我说的，让他们协助在航校扩建园丁学校校舍，今后的一切费用都在航校开支。七妹要办的事就是我的事，但是航校要和园丁学校分开，便于管理。"

陈纳德："是，司令！"

中玉星家："谢谢司令！"

七姑娘："是，姐姐！"

航校阶梯大教室。中美两国军人为了一个共同的目标——和平，坐在教室里听宋美龄讲话。

宋美龄："同志们，战友们！讲话之前请允许我先向大家介绍我的七妹。七妹，你坐到前面来！"

七姑娘走到主席台前，向大家敬礼后坐在台前。宋美龄接着说："我七妹从北平飞到重庆，又从重庆飞到昆明，背井离乡为了什么？为了和平。我七妹随二十九军大刀队，在卢沟桥浴血奋战刀砍鬼子兵百余人，在中玉酒楼剑削鬼子头二十多个。一个姑娘家，不顾性命打打杀杀为了什么？为了和平。我七妹在日寇的眼皮子底下，冒死救出六十多个孤儿，为了什么？为了和平。我们两个国家的军人撇家舍业万里迢迢来到这里，坦然地去面对死亡，壮烈地去面对牺牲，为了什么？还是为了和平！我七妹是一只战火中的飞鸽，是一只和平飞鸽，战友们驾驶的飞机就是和平飞鸽。正是因为有你们这些和平飞鸽守卫着蓝天，我们的亲人才能睡得安详，大地才会有开心地歌唱。我作为你们的同志，作为你们的战友，作为你们的亲人，向你们郑重宣誓，为了和平，我要和你们一起同生死，共存亡！"

飞行员们被宋美龄的讲话感染了，激动地高呼：

"同生死，共存亡！"

宋美龄接着说："为了筹建空军飞虎队，我今天主要说三件事。第一，我代表'中华民国'航空委员会，担任飞虎队的名誉司令，飞虎队司令由陈纳德担任。我已向中美两国国防部提请，任命陈纳德为少将，中玉星家为上校。第二，任命中玉星园担任我的私人秘书，代表我常驻飞虎队，负责协调空军基地的物资保障工作。第三，财政部调拨购买飞机的资金严重不足，不足以购买大量的飞机以形成强大的战斗力。我们要动员一切民众力量，不仅是中国社会上的民众力量，而且包括欧美社会上的民众力量慷慨解囊，发动一次代号为'和平飞鸽'的义捐活动，组成中国战场上代表和平力量的强大空军，用先进的武装消灭战争！"

宋美龄富有激情地讲话再一次赢得了全场飞行员的热烈掌声。

晚上，七哥、七妹躺在床上，七妹握着七哥的手说：

"美玲姐对咱们太好了，但我不能当她的私人秘书，我可以做事，但不会做官。"

七哥："现在是战争时期，先当着宋美龄的秘书，等打完仗再辞掉，这样我们就可以在一起了。"

七妹:"美玲姐说的三件事有两件都需要钱,让我协调物资没有钱,买飞机更是没有钱。"

七哥:"空军没有飞机怎么打仗啊?我们是不是可以拿些钱出来,起个带头作用?"

七妹:"我也是这样想,咱们在瑞士中玉银行股东的钱这些年一直也没用过,和二姐说说,咱们给飞虎队买一架飞机。"

七哥:"咱们是两股,用园丁基金买一架飞机应该没问题。没有和平就不能办教育,有了和平才有其他。"

七妹:"行,就这么办。我明天就和二姐联系。"

七哥:"还是我来发报吧,顺便动员姐姐、姐夫们,让她们也给飞虎队买一架。"

七妹:"问问诗华、诗夏两个孩子最近好吗?"

七哥:"四姐夫来电报说两个孩子上学可聪明了,大家都很喜欢。"

七妹:"可怜孩子小小年纪不在爸、妈身边。"

七哥:"什么时候没有了战争该多好啊。"

七妹:"睡吧,明天我还要给孩子们上课呢。"

··········

一九四三年十一月二十六日,埃及开罗。具有埃及生命之源的尼罗河流贯穿开罗市区,金字塔脚下的米娜豪斯大酒店周围戒备森严,方圆二十公里茂密的树林里埋伏着重兵,密如蛛网的高射炮筒直指云霄。在二楼"鲁拜集"饭店会议室,正在举行人类社会的历史性会议。参加这次开罗会议的有美国总统罗斯福,英国首相丘吉尔,中国战区最高军事长官蒋介石偕夫人宋美龄,苏联斯大林是开罗会议中未到场的当然参加人。这是第二次世界大战具有历史性转折的一次重要会议,史称代表和平阵营同盟国的"四巨头"会议。

上午,会议的主要议题已经基本结束,草拟的"开罗宣言"及附件需要等候斯大林的意见。美国驻苏大使哈尔曼和罗斯福的特别助理霍普金斯,就"开罗宣言"及附件草稿去和斯大林特使商榷,罗斯福、丘吉尔、

蒋介石和宋美龄在楼下花园的杏树下休息闲谈。

花园的杏树下放了一张圆桌，上面有刚沏好的咖啡，旁边摆着几把藤椅，丘吉尔聚精会神地坐在圆桌旁看杂志，喝咖啡。罗斯福坐在花丛边的轮椅上，蒋介石和宋美龄站在罗斯福的旁边，一边赏花一边和罗斯福闲谈。

宋美龄："总统，昨天晚上的感恩节过得愉快吗？"

罗斯福："太愉快了，可惜你们夫妻没有大驾光临。今天早晨我特意吩咐，把从美国带来的火鸡交给餐厅，中午请你们也尝一尝。"

宋美龄："多谢总统美意。你们明天就去德黑兰？是不是太紧张了？"

蒋介石："辛苦你们了，请代我向斯大林问好。"

罗斯福："我也想在开罗多住几天，看看埃及的金字塔，可是希特勒不允许，东条英机也不准假，没办法，已经安排好在二十八号举行德黑兰会议，会议的主要内容就是和斯大林讨论一下在欧洲开辟第二战场的时间。"

宋美龄："总统，我们也过去喝杯咖啡？"

罗斯福："好啊，我们也过去和丘吉尔喝咖啡。"

罗斯福、蒋介石、宋美龄过去围坐在圆桌旁，宋美龄给大家倒咖啡。

蒋介石："我不喝咖啡，我只喝白水。"

宋美龄先给罗斯福倒上咖啡，再给蒋介石倒了一杯白水，然后把丘吉尔的残羹倒掉，倒上了一杯热咖啡。

丘吉尔："谢谢夫人。"

宋美龄："不用客气。首相看的什么书，这么吸引你？"

丘吉尔把杂志放在圆桌上，喝了一口咖啡说："《世界文化》杂志，这本杂志在我国很受欢迎，主编还是你们中国人呢。"

宋美龄拿起杂志，看到丘吉尔翻开的那一页，上面一行题目吸引了她：《和平飞鸽——两代人捐献三驾飞机》。

丘吉尔："《世界文化》的主编是英国伯爵夫人中玉星先，中玉星先一家两代人捐献了三驾飞机。是我们英国人民和平力量的象征。"

罗斯福："首相说的是中玉家族？在美国也办了很多善事，中岳玉老先生的思想我很佩服。"

宋美龄颇为自豪地说:"这正是我在同盟国阵营发动的'和平飞鸽义捐'。你们说的正是我七妹家的事,我七妹叫中玉星园,她的六个姐姐都在欧洲。我们这次来参加会议就是我七妹夫和陈纳德将军开飞机送来的。"

罗斯福:"中国历史传说有个七仙女,美国传闻现实中的中国七仙女是一个武艺高强的姑娘。"

丘吉尔:"看来你们都很了解中玉家族,你们知道中岳玉老先生的哲学思想吗?"

宋美龄:"什么哲学思想?"

罗斯福:"当然知道,中岳玉老先生有很多深邃睿智的思想,不知道你问的是哪一个?"

宋美龄问心目中博学多识的丈夫:"达令,你知道中岳玉的哲学思想吗?"

蒋介石被问得蒙头转向,沉默是最好的选择。

罗斯福:"首相,你可知道我们准备建立联合国安理会的理论基础是什么?"

丘吉尔:"法律约束。"

罗斯福:"这就是中岳玉老先生的一个哲学思想。"

蒋介石:"总统一定是熟谙我国中老先生的哲学思想了?"

罗斯福:"不对,是认真地研究了他的哲学思想。我们美国是一个开放的国家,建国虽然只有二百多年,靠的就是吸收人才,当然包括吸收先进的思想。老实说,你们中国人的先祖有很多好东西,中岳玉的哲学思想就使我们获益匪浅。可惜,中国这个古老的国家封建王朝思想严重,老百姓是奴仆,不管是非,唯上是从,社会很难健康发展。"

蒋介石和宋美龄很是尴尬,自己的好东西自己丢弃了反被别人所用,心里总不是个滋味。

这时,霍普金斯和哈里曼来汇报。

霍普金斯:"总统,首相,蒋先生和夫人,斯大林基本同意开罗宣言及附件的内容。"

罗斯福:"噢,基本同意就是还没有完全同意?"

丘吉尔:"斯大林怎么说?"

哈里曼看了看蒋介石，欲言又止。

丘吉尔："你只管说。"

哈里曼："斯大林担心日本国的管理问题。"

丘吉尔："斯大林的担心有道理，战争结束以后，要不要中国也作为一方来管理日本。"

罗斯福："这个问题再议，你们二位先去吧。"霍普金斯和哈里曼走后，罗斯福接着说，"主要由我们来管理日本，中国可以协助我们，中国这样一个大国应该发挥她的作用，安理会中不能没有中国。"

丘吉尔："拿破仑说过，中国是一头睡狮。"

罗斯福："拿破仑还说过，它醒来时必将震撼世界。"

丘吉尔："它毕竟还在睡觉。"

罗斯福："那就让我们一起来唤醒它。"

丘吉尔："可惜蒋先生并非一头雄狮。"

罗斯福："他目前代表中国。"

丘吉尔："我担心他以后能否代表中国。"

罗斯福："中国人很聪明，以后是他们自己的事。"

丘吉尔："中国是否也参加管理日本，下午正式开会时再讨论吧。"

罗斯福："好吧，刚才是闲谈，不算数。"

蒋介石虽然听不懂他们在说什么，可是当听到斯大林和自己的名字时，意识到是在议论自己，看到夫人面有愠色，便问：

"他们说什么？"

宋美龄："斯大林同意开罗宣言，他们说看你现在似乎像是在睡觉。"

大家听了宋美龄巧妙地翻译，禁不住哈哈大笑，蒋介石也随着嘿嘿地傻笑，宋美龄陪着自嘲地讪笑。

宋美龄为了扭转这尴尬的局面，举起咖啡杯站起来说：

"开罗会议今天就结束了，明天你们还要去德黑兰会见斯大林，让我们以水代酒，祝罗斯福总统和丘吉尔首相身体健康，永远健康！"

蒋介石也举杯站了起来，说："让我们为了开罗宣言，干杯！"

罗斯福高高地举起杯说："为站在我们身后的善良的人们，干杯！"

丘吉尔左手举杯站了起来，习惯地伸出右手食指和中指，说：

"为了这些善良的人们的伟大贡献,为了胜利,为了世界和平能有持久的法律约束,干杯!"

四个人举杯,共同庆祝这具有历史意义的一刻。

第十四章　平衡动力

挣钱不为钱货币调节
当官不为官信仰引导

一九四四年的大年三十。战场上的双方都在欢度佳节，所以节日期间无战事，交战双方有了短暂的和平。

上午八点多钟，七姑娘来到飞虎队的办公室，现在已是美国第十四航空兵司令部。七姑娘见七哥和陈纳德中将还在研究作战地图，便说：

"陈纳德将军，今天放假，你们别忙了。趁你们都在，叫人去问问大家，今天晚上吃饺子，都想吃什么馅地告诉我，我叫中玉酒楼去做，大年三十的饺子我请你们司令部的客，把老飞虎队的飞行员都叫上。"

陈纳德："多谢七妹，你想得真周到。中玉星家上校……不，是中玉星家将军去登记吧，我爱吃羊肉大葱的，先给我登记上。"

七哥："先别这么叫，我的少将军衔还没有正式宣布呢。好，我去登记。我先登记上，我要茴香猪肉的。"

陈纳德："七妹，中午请我到你们酒楼去喝酒吧？你们酒楼的饭菜真好吃，不仅把园丁学校的经费都解决了，还经常给我们改善生活，中午我要好好敬你们夫妻几杯！"

七姑娘："好！七哥，中午你把司令部的人都叫上，我这就去准备酒菜，中午喝茅台酒！"

中玉酒楼在昆明市省政府西侧。七姑娘没要宋美龄的钱，为了解决园丁学校的经费，七姑娘把中玉酒楼从北平迁到了昆明，因为是百年老店，生意很是红火。

中午，陈纳德将军带着司令部的人来中玉酒楼过节，大家都很尽兴，喝了一箱茅台酒。送走司令部的人后，中玉酒楼的全体员工马上动手包饺子。七哥带来的菜单上写着二三十种馅儿的饺子，大家七手八脚，揉面的揉面，和馅儿的和馅儿。

张杰说："今天的饺子是我见过的各种馅儿最多的饺子。"

金铃："是啊，我可开了眼了。我敢打赌，就馅儿的种类来说，咱们可算是天下第一了。"

彩云："七姑娘心眼好，待人那是实心实意的。"

赵老师："让外国人吃完后一辈子都记着咱们中国的饺子。"

七姑娘："人家不远万里来到中国，为咱们中国人卖命，咱们不就是一顿饺子吗，大过年的，尽点儿心意。只是让大家受累了。"

金铃："七姐，千万别这么说，虽说咱们是主仆，咱们可都是过命的关系，您办的事都是对的，只要是您吩咐的，我们都愿意做。"

彩云："样儿多样儿少还不是一样包？都是包饺子。"

张杰："就像做菜一样，都是一盘一盘的炒，菜样儿多了顾客能挑着样儿吃，生意才能红火。"

七姑娘："咱们酒楼的主食要都是各种各样馅儿的水饺，顾客一定爱吃。"

赵老师："那肯定是受欢迎，就等于是饺子宴，能包揽众人的口味。"

金铃："七姐，这主意不错，咱们就办一个饺子宴？"

彩云："好主意，咱们新添主食饺子宴。"

张杰："饺子就酒，越喝越有，肯定能火起来！"

七姑娘："大家说得好！咱们就开一个中玉饺子宴！"

金铃："七姐，我觉着干脆就叫七姑娘饺子宴。"

彩云："这名儿听着水灵，能招人儿。"

赵老师："七姑娘影响力大，吃了咱们的饺子能打日本鬼子。"

张杰："七姑娘是咱们招牌，保证受欢迎。"

七姑娘："既然大家都说好，那就只有把我豁出去了？"

金铃、张杰、彩云、赵老师齐声学七姑娘的口头禅：

"这就对了！"

七姑娘:"好,就七姑娘饺子宴!"

年后,中玉酒楼新推出了七姑娘饺子宴。饺子宴在原有菜系的基础上,新添了各种各样馅儿的水饺。大家群策群力,共推出海三鲜、肉三鲜、素三鲜等三十几种口味,很快便座无虚席,天天爆满。来吃饭的人都是提前预约,排队等候。

昆明园丁学校紧挨着第十四航空队的机场,赵老师正在给学生们上课。战争使无家可归的孤儿越来越多,三四个学生挤在一张小课桌前。孩子们的年龄参差不齐,最大的有十七八岁,每一间教室都是满满的,窗前每天都有衣衫褴褛的孩子探头张望,看起来已经是人满为患。

七姑娘带着张杰在学校转了一圈后来到办公室,赵老师跟在后面。

大家坐下后赵老师说:"中玉校长,您都看见了,现在的难民每天都在增加,学校连住宿都已经很困难了,赶紧想个办法吧。"

七姑娘:"我今天来就是想听听你们有什么好主意,咱们商量一个好办法。"

赵老师:"学校还有空地,还可以盖校舍。"

张杰:"七姑娘饺子宴再开几家分店,年龄大的可以安排到分店工作。"

七姑娘:"饺子宴可以扩大,设立连锁店,我的姐姐们就是这样发展起来的,昆明满了可以去重庆。战争马上就要结束了,后方的城市也没有以前那样乱了,只要是条件好的城市我们都可以去开设连锁店。学校可以办厨师培训班、服务员班、经理班。挑年龄大的先培训,然后给连锁店输送员工。"

张杰:"在大中城市我们还可以开旅馆。"

赵老师:"这样太好了,我们恢复园丁职业学校,孩子们都可以有去处了。"

张杰:"就只剩下资金了,这得多少钱哪!"

赵老师:"是啊,中玉校长已经捐了飞机了。"

七姑娘:"我这里还有一些钱,你们先盖职业学校的校舍,选连锁店的位置。我就去美国取钱,我也要看看我的两个儿子了。从今天起,赵老师就是园丁职业学校的校长，张杰就是昆明饺子宴总店的总经理，昆明的事就交给你们了。"

张杰："七姐，您放心去吧，我有信心办好。"

赵老师："中玉校长，您永远都是我的校长。中玉校长放心，我也有信心办好。"

在第二次世界大战胜利之日，中国战场上的硝烟还没有散尽，人们生活的土地上就响起了内战的炮声。七哥、七妹不愿意看到中国人打中国人，他们没有等待享受胜利的果实，双双挂印封金。七哥辞去空军少将军衔，七妹辞去宋美龄私人秘书的官职，夫妻二人来到北平机场候机大厅，正在等候去往美国的飞机。

七姑娘："七哥，你的将军服一次没穿就不要了，你可不要后悔。"

七哥："我不后悔，我高兴着呢，我现在的感觉是解放了，自由了。我不愿意去做我不愿意做的事，我更不愿意中国人去杀中国人。以后我们终于可以去过老百姓的太平日子了。"

七姑娘："你就不会先斩后奏，先去美国后递辞呈。我可没敢公开向美玲姐辞职，我只是说要去美国看看儿子。"

七哥："大丈夫做事光明磊落，我是认真地向陈纳德将军辞的职，陈纳德将军很开通，还给我举办了欢送宴会呢。"

七姑娘："七哥，老实人吃亏，可我就喜欢你这实诚样儿。"

七哥："有多少人都想当将军呢，他们不会非要逼着我去打内战吧？"

突然，国民党保密局北平站站长韩风带人出现在七哥、七妹面前。

韩风热情地向七哥、七妹打招呼："中玉将军、七姑娘，你们好！这是要去哪里呀？"

七哥："去美国。这不是韩站长吗？幸会，韩站长有何公干？"

七姑娘："我和七哥去美国看儿子。韩站长不会是专程来送我们的吧？"

韩风："哪里，在下公务在身，特意专程赶来传达上峰的命令。国防部没有批准中玉将军的辞呈，命令中玉将军即刻返回部队。"

七哥一愣，然后说："怎么会呢，还是不要这样吧，我们已经买好了机票，务请韩站长包容，即便归队，我也要先陪夫人去美国看完儿子后再回来归队。"

韩风不容置疑地说："不可以，军令如山。"

七姑娘闻听用眼睛的余光一瞥韩风，冷冷地说："是吗？韩站长，您是代表保密局还是代表国防部？劳您驾，麻烦您跟我去给美玲姐打个电话。"边说边起身边迈步边示意韩风不容置疑地跟着走。

韩风乖乖地跟在七姑娘后面去打电话。

七姑娘拿起电话，拨通了专线，说："我是七姑娘，我有急事，请美玲姐接电话。"

宋美龄在电话里说："七妹，你这是在哪里呀？这么快就到美国啦？"

七姑娘："姐，我和您妹夫在北平机场，北平保密局的韩风站长拦着不让我们上飞机，说是国防部有命令，让星家立刻归队。姐，您给七妹说说情，有什么事等我们从美国看完孩子回来后再说行不？"

宋美龄在电话里说："是吗？竟敢有人欺负我七妹？这还了得？韩风在旁边吗？让他接电话！"

七姑娘把电话递给韩风："给，夫人让你接电话！"

韩风双手捧过电话，低头弓背弯腰，边听边连连称是：

"是，是，小的不敢，小的照办。"

宋美龄挂了电话。

仲夏一个周末的傍晚，曼哈顿机场，一架美国飞运航空公司的国际航班徐徐降落，七哥、七妹走下飞机。

斯恩和查理带着诗华和诗夏在机场出口迎候，七哥、七妹放下手中的提箱和四姐夫、五姐夫热烈拥抱。

斯恩张开双臂紧紧抱住七哥说："欢迎我们飞虎队的大将军！"

七哥："四姐夫、五姐夫好！"

查理和七妹说："七妹，名震二战战场的七姑娘，我们为你骄傲！"

七妹："四姐夫好，五姐夫好！"

斯恩拉过来诗华和诗夏，说："七弟、七妹，快来见见你们的好儿子。"

七姑娘紧紧地抱住了诗华和诗夏，眼睛里含着泪花。

诗华和诗夏也眼噙着泪花说："妈妈，我们想您和爸爸！"

七姑娘："好儿子，都长大成人了。"

两个孩子又一齐投向爸爸的怀抱："爸爸，你们可来了。"

七哥："想妈妈、爸爸了？"

诗华、诗夏眼睛里的泪花滚落下来："想，天天想。"

七哥把两个儿子搂在怀里，说："好孩子，不许哭，男儿有泪不轻弹。"

查理："七弟、七妹，你们来了就好了，你们的两个儿子多出息，老大是纽约建筑学院的高材生，老二是哈佛大学的高材生。"

斯恩："七弟、七妹，我们把诗华和诗夏可是当儿子养的，现在可以完璧归赵了。"

查理："还说呢，说好的一对一个星期，四姐和四姐夫一到星期日就跟我和星树抢孩子，总想沾我们便宜。"

一家人高兴地大笑。

斯恩："咱们走吧，我和七弟、七妹坐警察局长的车，你姐和孩子们都在酒店等着呢。"

一家人来到停车场，诗华和诗夏帮助爸爸、妈妈把提箱装进警车后备箱，查理开车。诗华和诗夏开车跟在后面，两辆车一直开往曼哈顿中玉大酒店。

曼哈顿的夜景尽显纽约国际大都市的繁华，鳞次栉比的高楼大厦一望无边，每一幢大楼那流光溢彩的灯饰都各有特色。打开车窗，迎面吹来赫德森河流上惬意的风。

斯恩："七弟、七妹，这一次你们就不要走了，七弟已经辞去军职，就和我一起创办航空公司吧。"

七弟："那可太好了，我就喜欢蓝天，干别的我也不熟悉。"

查理："斯恩什么都准备好了，就等七弟来开业了。七妹就管理曼哈顿中玉大酒店吧！"

七妹："可以呀，你们可要帮着我，不然我可干不好。"

查理："那是当然，我们是一家人吗。中玉大酒店是中玉公产，你们可是占着两股呢。"

斯恩："筹建的航空公司也是中玉公产。就老五家的私产多，是纽约的大富豪。"

查理："我们可是把中玉庄园都分给你们和老七了，还不满意？"

斯恩："满意，当然满意，谁叫我们是'纽约四兄弟'呢。七妹，你五姐把别墅都给你们准备好了，还是你和七弟原来的新房呢，可漂亮了。"

七妹："谢谢五姐、五姐夫。"

七弟："你们这些年太不简单了，创下这么大的家业。"

斯恩："是爸爸、妈妈底子打得好。"

查理："爸爸、妈妈永远都是我们心中的圣贤。"

汽车来到了中玉大酒店，斯恩、查理领着七弟、七妹、诗华和诗夏，来到二楼十六人台的豪华包间，查理慢慢地推开房门，一家人都在包间里等候。

四姐、五姐过来双双拉住七妹的手，好像第一次见面，不停地上下打量，怎么也看不够。

四姐："七妹，你可让姐姐担心死了，你怎么就那么大胆？都超过你的姐姐们了。"

五姐："你可给姐姐争脸了，真不愧是我家的七姑娘，妈的飞镖有传人了。"

七妹："都是小日本鬼子给逼的，逼上梁山嘛。"

查理："大家都坐下，边吃边说。七弟、七妹坐中间，四姐一家坐右边，我们家坐左边。"

七哥："不可以。四姐、四姐夫坐在中间，五姐、五姐夫坐在右边，七妹和我坐在左边。孩子们坐在我们的下边。"

七妹："我们中华民族是礼仪之邦，长幼有序，就按我七哥说得坐。"

五姐："对，就按七弟、七妹说得坐，以后吃饭咱们也这么坐。"

一家人坐下后，四姐说："七弟、七妹，我先给你们介绍我的孩子。老大是儿子，叫中玉诗自，和儿媳在旧金山管理中玉公产，今天来的是大孙子中玉乃斯；老二也是儿子，叫中玉诗然。在华盛顿管理中玉公产，今天来的是二孙子中玉乃恩；老三是女儿，叫中玉诗美。"

中玉乃斯、中玉乃恩、中玉诗美站起来施礼。

中玉诗美："七姨好，七姨夫好。"

中玉乃斯："七爷好，七奶好。"

中玉乃恩："七奶好，七爷好。"

七妹："好，你们好！"

七哥："好，好，快坐下。"

五姐说："我们也是三个。老大是小子，叫中玉诗和，在海军航空兵，今天来的是大孙女，叫中玉乃文；老二是闺女，叫中玉诗曼，和诗然一起在华盛顿中玉银行，今天来的是二孙女中玉乃明；老三还是小子，叫中玉诗平。"

中玉乃文、中玉乃明、中玉诗平站起来问好。

七哥："你们好，都是一表人才！好，好，真好！"

七妹："快坐，快坐，多好的孩子！四姐、五姐，孩子们怎么都是中玉家的姓，欺负我姐夫着吧？"

斯恩："我们知道中玉家的规矩，男随父姓，女随母姓。我和你四姐商量，男的也随中玉家的姓，这样可以使中玉家族发展壮大，代代相传，完成爸爸、妈妈的事业。中玉姓氏是我们全家所立，中玉家族也就有我的位置了，我就是名副其实的第一代传人了。"

查理："有四姐夫做榜样，我和你五姐当然也不能落后。有咱们大家的努力，中玉家族一定会兴旺发达，爸爸、妈妈的事业就能后继有人。我们生在一起，死在一起，我们永远是一家人，我们永远都不分开！"

姐妹团聚，叙不完的亲情别离；酒浓菜香，道不尽的美好憧憬。

第十五章　域民封疆

世界沧桑亲骨肉天各一方
地球家园海内外不相往来

一九四五年八月十五日，日本国正式向同盟国投降，第二次世界大战以同盟国获得胜利，轴心国彻底失败而宣告结束。随着城市光复，中玉酒楼、七姑娘饺子宴如雨后春笋，在南京设立，在上海设立，在北平设立，在全国大中城市纷纷设立。

北平钟府里又传来了朗朗地读书声。金铃正在指挥着几个学生在钟府的大门口挂牌，一块是"园丁小学校"，另一块是"园丁职业学校"。

彩云招呼着工人们往府里搬家具，彩云冲着金铃说：

"金铃，七少爷、七小姐说要从美国回来，什么时候回来有准日子吗？"

金铃："七哥、七姐说正和四姐夫办航空公司，航空公司和北平通航后就回来，大概快了吧？"

彩云："七少爷自己开飞机回来吗？"

金铃："那可没准，说不定一高兴就自己开回来了。"

彩云："七小姐有一年多没回来了，光汇钱。现在好了，不用她汇钱了，咱们的中玉酒楼和七姑娘饺子宴越来越火了。"

金铃："七姐真有办法，在美国就能把中国的事情办好。"

彩云："那是当然，那是咱们的七姑娘，咱们到哪办事都给面子。金铃，你忙活完喽帮我去拾掇拾掇七少爷、七小姐的房间。"

金铃："好，我这就去。"

曼哈顿中玉大酒店总经理室，七姑娘正在看一封封从国内的来信。这时，电话铃响了。七姑娘拿起电话，对面是七哥的声音：

"七妹，我们待会儿去参加诗华的毕业典礼，我现在就去接你，十分钟到，你在酒店门前等我。"

七姑娘："给诗华的营业执照办好了吗？"

七哥："办好了，在我这里。"

七姑娘："你把它带好。"

七哥："知道。"

七姑娘："好，过十分钟我在楼下等你。"

七姑娘把来信收拾好，告诉总经理助理中玉诗美自己要出去，然后下楼等七哥。

七妹上了七哥的车，两人来到了纽约工程建筑职业学院，这是用园丁教育基金投资的学院，非常受社会欢迎。中玉诗华正在和同学们一起拍毕业照，七哥、七妹边等边浏览学院的宣传橱窗。

橱窗里中玉诗华的毕业建筑设计赫然入目，那是一座名为《梦园》的多功能商务娱乐建筑，获得了纽约市金手指奖。

中玉诗华拍完了毕业照，跑过来和爸爸、妈妈合影留念。

七哥问中玉诗华："诗华，什么时间举行毕业典礼？"

诗华："下午四点。爸爸、妈妈，咱们坐下来等一会儿吧。"

三个人坐在校园的长椅上等候举行毕业典礼。

诗华："刚才，我收到诗夏从哈佛大学给我发来的电报，祝贺我顺利毕业，拿到硕士学位。"

七哥："好啊，你弟弟想得很周到。诗华，你上学早，中间还跳班，毕业也早，你真是爸爸妈妈的骄傲。"

诗华："院里想让我留校，很多单位给我发来了聘书。"

七姑娘："好孩子，本来想让你学法律，可你喜欢建筑。你有什么打算？"

诗华："我不知道，我非常喜欢设计，喜欢建筑一座座好看的大楼。"

七哥："你这几年一直在房地产公司打工，也有了一些工作经验，如果让你去盖楼，你有信心吗？"

诗华："有信心。"

七哥："让你去管理房地产公司呢？"

诗华："我会尽全力做好。"

七姑娘："诗华，我和你爸已经商量好了，准备送给你一件毕业礼物。七哥，你把礼物拿出来给孩子吧。"

七哥从提包里拿出来房地产公司的营业执照，递给诗华，说：

"这是爸爸、妈妈送给你的毕业礼物。"

诗华接过纽约市中玉房地产开发公司的营业执照，一股热流油然而生，激动地说：

"谢谢爸爸，谢谢妈妈，谢谢爸爸、妈妈这么信任我，我一定会给中玉家族增光！"

七姑娘："诗华，这是咱家在美国的第一份私产，你一定要做好，爸爸妈妈都会帮助你的，记住，拿出30%的利润用于园丁基金，这是你爷爷、奶奶定下的规矩。"

诗华："记住了，利润的30%用于园丁基金，30%用于扩大经营，30%用于个人支配，10%用于奖励。"

七哥："听说国共两党正在打仗，这刚刚和平，又打内战。"

诗华："爸、妈，你们不是要回国吗？什么时候走？去多长时间？"

七姑娘："国内来电、来信邀请我们参加政府工作，我们不愿意做官，怕回去以后不好推辞，所以一直拖着没有回国。"

七哥："宋美龄那儿怕不好说。"

七姑娘："我已回信婉言谢绝，说这里离不开。"

七哥："听说共产党擅长发动群众，群众基础好，民可载舟。"

七姑娘："国民党官吏腐败，不得民心，民亦可覆舟。"

七哥："老百姓只是想建设好国家，过好自己的日子。"

七姑娘："修身立业，耕耘家园。"

诗华："什么时候不打仗了，我也回北平，回祖国做园丁。"

七哥："诗华，毕业以后你就进入社会了，记住爷爷、奶奶的话，先学会做人，然后才会做事。"

七姑娘："首先要强大自己，然后才能够帮助别人。"

诗华："我记住了，妈妈。毕业典礼马上就开始了，我们进会场吧？"

三个人走进了大礼堂，五姑娘中玉星树坐在主席台上，毕业典礼开始了。

曼哈顿中玉庄园。七姑娘别墅。星期日。午休之后，七哥、七妹身穿睡衣，躺在卧室床上。

七哥："你有身孕，北平你就不要去了。听说国民党守不住北平，等时局稳定以后看看再说吧。"

七妹："诗华的梦园已经封顶了，装修、添置设备、开业需要大量资金。梦园是咱家的私产，我不好意思向姐姐们张口。这几年中玉公产迅速发展，一直没有分配利润。国内中玉酒楼和饺子宴连锁店效益很好，虽说眼下战乱，也没有受到太大的影响。我想回去调一些资金过来给梦园。这两年美国中玉大酒店连锁店发展也很快，需要大批员工，也需要从国内派遣。这两件事都必须马上要办，而且非我去不可。七哥，人总是要有一点牺牲精神的，为了解放他人，地藏佛说'我不进地狱谁进地狱？'"

七哥："也是眼下航空公司有三条国际航线要通航，我离不开，否则我就是办不了事也能陪着你。诗华的梦园一天也离不开人，诗夏正在写博士论文，真是想不出更好的办法来。"

七姑娘："这就对了，谁能担此重任？唯我七姑娘莫属。赶紧起来吧，正好诗夏这几天在家搞社会调查，咱们带着诗夏去梦园看看诗华有什么需要帮助的，诗华已经有二十多天没回家了，我明天就走了也有些不放心。"

离开别墅前，七姑娘给中玉大酒店打电话，让中玉诗美预备一个食盒，路过时带着，准备海滨晚餐。

七哥、七妹带着小儿子诗夏开车离开中玉庄园，去梦园工地看诗华。路过中玉大酒店时，诗美站在门前等候，交给诗夏一个食盒。

梦园位于曼哈顿海滨，主体结构已经完成。诗华看上去已多日不修边幅，显得有些疲倦。

曼哈顿海滨夜色旖旎，海边有供游人休憩的圆桌圆凳，七姑娘一家人围坐在圆桌前共进晚餐。

七姑娘:"诗华,梦园主体工程已经起来了,你要注意身体,看你脸色不好,别太劳累了。"

诗华:"妈,你不用担心,我身体好,没事的。"

诗夏:"哥,身体发肤受之父母,不得损伤。别太拼命,爸爸、妈妈不放心。"

七哥:"诗华,你还有什么困难?我们帮你想办法。"

诗华:"梦园主体已经完工,附属设施也已到位,剩下的主要困难就是装修的资金不足。"

七姑娘:"我这次回国,一是解决纽约中玉大酒店连锁经营的员工问题,第二就是回去调动资金。国内中玉酒店和饺子宴连锁店效益很好,可以解决梦园的资金问题。"

七哥:"国内正在打仗,国共两党谁胜谁负还不太明朗,我担心你身陷险境难以脱身。"

七姑娘:"这件事非我去不能解决,刚才我不是说过,为了解放他人,地藏佛说,我不入地狱谁入地狱?国共两党都是中国人,我是回家,你们不用担心,我不会有事的。"

诗夏:"妈妈,我们合个影吧,你带在身上,保佑你一路平安。"

七姑娘:"好啊,我们一家人很少有机会聚在一起,合个影吧。"

诗夏请来拍照快像的摄影师,一家人照了一张全家福。

七哥在照片后面题上字:

　　　　冷风刚吹惦君寒,
　　　　小雨初下思君沾。
　　　　日日思君不见君,
　　　　夜夜相会枕函边。

七哥把题上字的照片递给七妹,说:"七妹,早去早回,把我的思念放在你的身边,把咱们一家人的思念放在你的身边,保佑你一路平安。"

英国伦敦。《世界文化》杂志社主编室。中玉星先接过秘书手中退回来的邮件,那都是寄给中国北平七妹的邮件。

中玉星先拿起电话，拨通了小威廉："威廉，和中国的通讯彻底中断了，寄给七妹的信和杂志都退回来了，你问问大使馆，究竟发生了什么事？"

威廉伯爵："你别着急，我这就跟大使馆联系，请他们帮忙。"

中玉星先："我等你电话。"

不一会儿，中玉星先办公桌上的电话响了，是威廉伯爵的电话："噢，我是威廉。大使馆说中国现在国共两党正在激战，共产党已经占领了北平，国民党就要战败了。现在一切通讯都中断了，等战争结束以后再联系吧。"

中玉星先："看来只能如此了，问问四妹、五妹她们有办法联系吗？"

威廉伯爵："好吧。"

法国巴黎。七姑娘饺子宴开业。宴会上，中玉星人、罗格、钟飞羽、紫坤向大家敬酒。敬完酒回到座位上，六姑娘中玉星人问：

"飞羽哥、坤姐，我七妹真的就回不来了吗？你们回来时七妹还好吗？"

钟飞羽："六小姐，你和罗格刚从瑞士回来，我们还没来得及和你们细说。老七这几个月在中国调集资金，挑选员工，因为到处都在打仗，事情很不好办。好不容易把资金聚齐寄给七少爷，员工招齐交给我和紫坤，让我们带回，老七劳累过度，提前小产，生下了一个女儿。"

紫坤："好在七小姐母子平安，只是产后身体虚脱，医生让留院调养。有金铃和彩云照顾，七小姐让我们先走，唯恐发生变故。"

钟飞羽："当时北平时局紧张，每天飞机都可能停飞。我们带着几十个厨师，不敢久留，匆匆离开了北平。我们离开后，一切通讯交通都中断了。"

罗格："瑞士是中立国，瑞士在中国的大使馆不可能关闭，我通过瑞士驻中国使馆问问，看看能不能联络一下七妹。"

六姑娘："只能是这样了，罗格，你赶紧去联系吧。"

瑞士伯尔尼。瑞士中玉银行正在召开董事会。参加董事会议的有：大小姐中玉星先和丈夫威廉伯爵，二小姐中玉星河和丈夫大戴维，三小姐中玉星江和丈夫小戴维，四小姐中玉星山和丈夫斯恩将军，五小姐中玉星树和丈夫查理局长，六小姐中玉星人和丈夫罗格，七弟中玉星家。

大小姐中玉星先主持会议："今天我们召开瑞士中玉银行全体董事会议，主要议题有两个。第一，选举董事长、副董事长、常务董事。第二，讨论七妹的股份利润分配问题。根据公司章程，董事长由持股人最多的董事担任，七弟中玉星家股权最多，由中玉星家担任瑞士中玉银行董事长，同意的请举手。"

大家一致举手说："同意。"

中玉星先："好，全体通过。七弟，第二个议题由你主持。"

中玉星家："大姐，还是由您主持吧。"

中玉星先："好，我受董事长委托，现在说第二个议题。根据公司章程，七妹的股权利润已有10%作为奖励支出，30%作为公司发展支出，其余的30%个人利润和30%园丁基金，因为没有七妹的签字一直存在账上，请大家提出分配意见。"

中玉星河："由七弟签字办理吧。"

中玉星江："我同意二姐的意见。"

威廉伯爵："我也同意。"

其余董事均表示同意中玉星河的意见。

七弟中玉星家："我看还是等七妹处理吧，我相信这种封疆域民的局面不会长久，我们一家人迟早要团聚，把利润分配权留给七妹。中国屡遭战乱之苦，我们的祖国将来一定需要这笔资金支持，请姐姐、姐夫们坚定信念，七妹总有一天会坐在这里的。"

中玉星山："就听七弟的，我们等七妹。"

中玉星树："听七弟的留给七妹，留给祖国。"

中玉星人："留给七妹，留给北京。"

大家众口同声："留给七妹，留给北京！"

曼哈顿自由女神像前。一九五七年九月八日，星期日，七姑娘的生日。月光下，七哥和两个儿子面向大西洋，迎着海面上吹拂的东风，遥望

着祖国,中玉诗华、中玉诗夏大声呼喊:

"妈妈!今天是您的生日,我们在自由女神面前和您说话,您听见了吗?自由女神,发挥你拯救人类的力量吧,让我们一家人早日团聚吧!"

在月光的映照下,七哥滴落的泪珠像一颗颗闪光的寒星。七哥昂首向着遥远东方的亲人大声呼唤:

"七妹!今天是你的生日,也是咱们中国传统的节日——中秋节。中秋节是团圆节,战争却使我们一家人不能团圆。我祈求自由女神,发挥你那至高无上的力量,敞开你那博爱善良的胸怀,帮助我们一家人万里之遥的心灵团聚。我托东风再一次把我的思念送到七妹的耳边,七妹!你可听好:

"冷风刚吹惦妹寒,
　小雨初下思妹沾。
　隔洋相望不见妹,
　为何亲人不团圆?"

第十六章　扫街的人

三十载春夏秋冬
九重度冰火炎凉

北京。一九五七年九月八日，星期日，阴历八月十五。

清晨，永定门大街上一位中年妇女带着一个十来岁的小女孩在扫大街。中年妇女拿着一把大扫帚正在认真地清扫，小女孩握着一把小笤帚跟在后面打扫余垢。中年妇女正是当年威震京城的七姑娘，后面跟着的小女孩是七姑娘的小女儿中玉诗翔。晨风轻轻地吹动着落叶，晨风中一缕花絮在七姑娘的耳边柔柔地飘动。七姑娘停下来，望着淡淡的月光里星空中的启明星若有所思。

诗翔："妈妈，您怎么了？"

七姑娘："今天是中秋节，中秋节是团圆节。"

诗翔："妈妈，您又想爸爸和哥哥们了吧？我也想，我还没见过爸爸和哥哥们呢，我都不知道爸爸和哥哥们长得什么样呢。"

七姑娘："我听见他们在和我们说话呢。"

诗翔："我怎么听不见呢？他们说什么了，快说给我听听。"

七姑娘："你爸爸和哥哥们在大声喊，他们也在想我们。"

诗翔："妈妈，您不是说爸爸和哥哥们住在地球的那一边吗，那么远能听得到吗？"

七姑娘："只要用心听就能听得到，心有灵犀万里通。"

诗翔："是吗？妈妈，我用心念一首诗给爸爸和哥哥们听吧？"

七姑娘："好啊，你告诉爸爸和哥哥们，我们也非常非常地想他们。"

诗翔拿着小笤帚对着万里星空大声说："爸爸，我是您的小女儿，大哥、二哥，我是你们的小妹诗翔，你们说的话妈妈都用心听到了。你们也用心听着，妈妈说你们正在大声地喊我们，我知道你们是在想家，我用心给你们背一首想家的诗，'床前明月光，疑是地上霜。举头望明月，低头思故乡'。爸爸，大哥，二哥，你们都听到了吧？我和妈妈起得早，你们也早早起来了吗？我们正在永定门大街上扫街，妈妈说今天是团圆节，我是小孩子，不明白大人们为什么不让咱们一家人团圆，我和妈妈非常非常地想你们！"

天渐渐亮了，路上的行人也渐渐地多了起来，认识的人纷纷和七姑娘打招呼。

行人："七姑娘，早晨好！"

七姑娘："早晨好！"

行人："七姑，早晨好！辛苦了！"

七姑娘："不辛苦，早晨好！"

行人："七姐，歇着干，别累着。"

七姑娘："不累，上早班？"

行人："今天待礼拜天，我去天坛公园晨练。"

七姑娘："噢，今天是礼拜天，我都过忘了。"

扫完街之后，七姑娘母女扛着扫帚回家。钟府门前挂上了"北京市崇文区天坛小学校"的牌子，七姑娘母女住在钟府的演武场，现在是天坛小学校的操场。学校操场旁边是一排平房，七姑娘母女住在最靠里边的房间。房子是里外间，外间是厨房兼餐厅，里边是卧室。

七姑娘先给女儿打扫身上的尘土，然后又给自己打扫。小诗翔给妈妈倒上洗脸水，放上毛巾，说：

"妈妈，您先洗吧。"

七姑娘："你先洗，我今天想洗洗头。"

诗翔洗完脸去准备早饭，七姑娘在洗头，母女二人梳洗完后坐下来吃早饭。早饭很简单，昨天晚上剩下的小米粥，两个馒头，一碟咸菜。诗翔从锅里拿出来两个煮鸡蛋放在妈妈的面前，说：

"妈妈，今天是您的生日，我给您煮了两个鸡蛋，您趁热吃了吧。"

"噢，"七姑娘很受感动，"你还记着妈妈的生日。"

小女儿说："今天是九月八日，星期日，妈妈的生日，正赶上中秋节。每年金铃阿姨她们都来，拿很多好吃的。"

七姑娘递给女儿一个鸡蛋，说："一人一个，和妈一块吃，吃完后我带你去菜市场，我们好好过一个中秋节。"

诗翔接过鸡蛋说："谢谢妈妈。"

七姑娘母女吃完早饭收拾停当，关上房门准备去菜市场。诗翔远远看见金铃和张杰骑着自行车向这边走来，自行车上驮满了东西。

诗翔："妈妈，金铃阿姨来了。"

金铃远远地向这边高喊："七姐！别关门，我和张杰看您来了！"

七姑娘打开房门让金铃夫妻进屋，说："今天你们两口子都不上班？"

张杰："七姐你多有福，今天是八月十五，阳历九月八号，七姐的生日，又是星期日，都在这一天。我们放一天假，来给七姐过生日。"

七姑娘："难得你们还惦记着我的生日，你们能来我就很高兴，每次还带这么多东西。"

金铃："您是我的亲姐，我就这么一个亲人，您能吃我的东西我高兴。"

诗翔过来帮助拿东西："阿姨好，姨夫好。"

金铃："孩子都长这么高了，真是书香门第，将门之后，真懂事。"

张杰从提兜里拿出来围裙套袖，穿戴整齐，说：

"今天我当厨师，你们都歇着，我给你们做一桌好菜。"

七姑娘："张杰现在是饮食公司的经理，是大领导了，哪能让你造厨呢？"

金铃："七姐，寒碜我们，张杰的经理还不是您给的吗？给七姐做什么我们都乐意！我给张杰打下手，我来洗菜。"

七姑娘："金铃现在也是国营饭店的经理了，还是让我来洗菜吧！"

金铃："七姐，您千万不要动，就坐在那和我们说话，我们今天实心实意伺候您，您要动手就是瞧不起我们，拿妹妹当外人。"

张杰："七姐，您就听金铃的吧，要不她难受。我们今天带的东西都是半成品，在家都拾掇好了，一会儿就得！"

屋里正在说笑，屋外又来了客人。彩云和儿子大虎来看七姑娘，在路上和园丁学校赵校长相遇后，三个人一同来看七姑娘。

彩云："做什么好吃的呢？怎么这么香，准是咱们饮食公司的大经理造厨呢！"

赵校长："这叫来早了不如来巧了！"

七姑娘推开屋门，迎大家进屋："彩云姐，赵校长，大虎，快进屋！"七姑娘拍着大虎的肩膀，又说，"大虎该娶媳妇了吧？"

彩云："可不，今天来给七小姐过生日，顺便来道喜，大虎要娶亲了！"

大家纷纷向彩云道喜。

金铃："今天是八月十五，我们大团圆了。"

张杰："今天给七姐过生日，让我们大家好好高兴高兴！"

诗翔过来打招呼："阿姨好！叔叔们好！大虎哥好！"

赵校长把两瓶茅台酒放在桌上，又掏出来一支钢笔送给诗翔："诗翔，叔叔送给你一支钢笔。"

诗翔："谢谢叔叔！"

金铃："你赵叔叔现在是教育局局长，是大干部了，大干部就得有大样儿！"

赵校长："笑话我！还不是因为七姐以我的名义把园丁学校无偿献给了国家，在七姐的面前我永远是小学生。"

七姑娘："你们真会说话，竟逗我开心。"

午饭很丰盛，赵校长打开了茅台酒，给每人倒上一杯。金铃把生日蛋糕放在七姐面前，又点上生日蜡烛，说：

"七姐，许个愿吧。"

七姑娘双手合十，闭上眼，心里默默地祷告："七哥，诗华、诗夏，我和诗翔想你们，祈求上苍让我们一家人早日团聚吧！"然后在大家"祝你生日快乐"的祝贺中吹熄了蜡烛。

金铃："让我们共同举杯，祝七姐生日快乐！"

大家举杯齐声祝福七姑娘："生日快乐！"然后干杯。

七姑娘亲自给大家斟满酒，说："今天你们能来我太高兴了，在座的现在有教育局长，饮食公司经理，饭店经理，都是共产党的领导干部，依然有情有义，这就叫'路遥知马力，日久见人心'。我谢谢大家，我敬大家一杯！"

大家共同举杯，一饮而尽。

赵校长端起酒杯，站起来说："我敬七姐一杯。"

七姑娘："今天咱们坐着喝酒，谁也不许站起来，赵校长，你坐着说。"

赵校长："七姐的为人谁都知道，把钟府献给国家作学校，推辞说自己年纪大，跟不上形势，辞去政府任命的副区长。同时推荐我参加了政府的工作。我什么都不说了，我的心情都在酒里了，我敬七姐一杯！"

七姑娘："谢谢，我也敬你。"

七姑娘和赵校长同饮。

金铃："七姐，您对我们的大恩今生是报不了了，大恩不言谢。张杰，咱俩一块敬七姐，七姐生日快乐，心想事成！"

七姑娘："谢谢，我也敬你们。"

七姑娘和金铃、张杰同饮。

彩云："七小姐，啥也不用说了，你为我家仗义疏财，舍生忘死，这么多年照顾我和大虎，使大虎长大成人。我和大虎敬你，愿你好人有好报！"

七姑娘："谢谢，应该的。"

七姑娘和彩云、大虎同饮。

七姑娘："大虎要娶媳妇了，我送大虎一件礼物，把我乡下的那套房送给大虎作新房吧。"

彩云："这怎么可以？七小姐现在也不容易，我们不能要。"

七姑娘："怎么不可以？我现在挺好，就这样定了。"

张杰："彩云阿姨，您还不了解咱们七姐？说话一言九鼎。大虎快谢谢七姨！"

大虎："谢谢七姨！"

七姑娘高兴地还是用那句口头语说："这就对了。"

张杰："七姐，我有个好消息告诉您，"张杰边说边给七姐倒酒，"您把咱们全国五十多家饭店全部献给了国家,不要一分定息,使资本主义工商业改造一步到位,都成为国营企业,成为全国工商业改造的模范。然后自谋生路,自愿选择了扫街工作。为了表彰您的功绩,根据您的贡献和社会影响力,接上级领导通知,任命您为全国政协委员,考虑到您的要求,不驻会,享受驻京厅级巡视员工资待遇。"

诗翔:"妈妈,以后我们就不用早起扫街了吧?"

七姑娘:"张杰刚才说的,前几天政协也通知我了,街道也要替我找新的扫街工。我和他们说,不要替我找新的扫街工,我喜欢这个工作,扫街让我感觉到踏实,让我感觉到自己在过一个老百姓的生活。我不会放弃这个工作,回头看看自己身后干净的道路,我真的非常喜欢,就像我和你们在一起么高兴。来,不说他了。我敬大家,感谢你们能来和我欢度佳节,让我感受到亲人的温暖,我祝大家节日快乐!"

大家举杯庆祝这个快乐地好日子。

春暖花开,杨柳飞翠,南燕北归,耕牛奋蹄。崇文区街道上,七姑娘仍然带着小女儿中玉诗翔,在淡淡地星光下扫街。七姑娘的衣服上打着补丁,身体依然矫健。诗翔脖子上系着红领巾,左臂上佩戴着少先队三道杠的臂章。

盛夏酷暑,鸟啼蝉鸣,百花怒放,菽醇稻香。七姑娘和女儿数年一日般在晨扫。七姑娘身上的小补丁换成了大补丁,但神采依然。诗翔胸前佩戴团徽,虽然衣着简朴,却掩盖不住少女玉容,如同年轻时的七姑娘。

暮秋残月,风吹落叶,大雁南飞,苍穹肃杀。扫街的七姑娘身上的衣服补丁上面擦着补丁,却更显神色泰然。诗翔身穿绿军装,臂套红卫兵袖章,拿着比妈妈手中更大的扫帚奋力地打扫落叶,面目表情一片茫然。

马路两侧的墙壁上书写着红色大字:伟大领袖、伟大导师、伟大统帅、伟大舵手毛主席万岁!势将无产阶级文化大革命进行到底!打到走资本主义道路的当权派!横扫一切牛鬼蛇神!马路东侧的高音喇叭里面唱着"大海航行靠舵手",马路西侧的高音喇叭高喊:"与天斗其乐无穷,与地斗其乐无穷，与人斗其乐无穷！"

马路中央浩浩荡荡走来了革命队伍，群情激昂地造反派押解着一群戴高帽子的人游街示众。七姑娘母女赶紧退到路边观看。

一个个高高耸立的大尖帽子上写着不同的罪行："地主、富农、资本家"，"大右派、反动学术权威"，"内奸、特务、现行反革命分子"，"走资本主义道路的当权派"。每个人胸前挂着大牌子，上面写着姓名，姓名上面打上大大的红"×"。更有甚者，女演员的脖子上挂着一串破鞋，剃着光头，帽子上的罪名是"大破鞋"。"黑帮"队伍里走过去的人，不乏七姑娘熟悉的身影——饮食公司经理张杰，教育局赵局长，原北平地下共产党领导薛飞……

数九寒冬，北风劲吹，天飘大雪，万物凋零。马路两侧的宣传标语又有了新的内容：我们也有两只手，不在城市吃闲饭！农村是一个广阔的天地，在那里是可以大有作为的！屯垦戍边，寓兵于农。高音喇叭里又传来女播音员高亢的声音："到农村去，到边疆去，到祖国最需要的地方去，接收贫下中农的再教育，很有必要！"

七姑娘在卖命地铲雪，身上打满补丁的旧衣服又绽开了新絮。她用毛巾不停地在擦拭，分不清是汗水？是泪珠？是冰霜？是雾霾？七姑娘的旁边是小女儿诗翔在下乡前最后一次帮妈妈扫雪，路边放着行李、挎包和水壶。女儿一会儿就要和同学们一起去农村了。

诗翔："妈，您歇歇吧，瞧把您累的。我这就要走了，您还有什么嘱咐的吗？"

七姑娘："要说的话妈昨天晚上都跟你说了，你是咱们中玉家族留在中国的根，总有一天要发芽。"

薛飞从公安部离休后，被街道作为大特务揪了出来，革命造反派安排他和七姑娘一块儿扫街。

薛飞："七姑娘，你可以不让女儿走。"

七姑娘："薛司长，你不要开玩笑。你有什么好主意，快说说看。"

薛飞："本来我不应该跟你说，据我所知，你是国家重点保护对象，国务院领导亲自拟定的保护人员名单里就有你，几个国家的大使馆联名保护你，估计有纪律不让你知道。你仔细想想你的姐姐们和哪个大使馆有联系，你可以去找他们。"

七姑娘："谢谢你，薛司长，这样眯着挺好。连巡视员工资都给我停了，没整我就念阿弥陀佛了。还是不要去引火烧身，万一弄巧成拙，我怕我到时候压不住火会惹出大事。看看再说吧，让孩子去锻炼锻炼不是坏事。"

诗翔："妈，您放心，不要担心我，不要为我去招惹麻烦。我走后您要注意身体，歇着干活，别累着。"

七姑娘："孩子，你放心去吧，天塌不下来，等等看，有妈在，一切都会好的。"

薛飞："真不愧是中玉家的人，真不愧是当年威震京城的七姑娘，大丈夫能屈能伸，大事当头方寸不乱！"

路上的行人渐渐多了起来，一辆辆大卡车正在接送上山下乡的学生。

一九七六年初，街道两旁墙壁上的大红字标语又有了新的内容："对资产阶级实行全面专政"。"抓革命、促生产"。"批林批孔批周公"。

街道上的扫街队伍日益壮大，七姑娘作为"老扫街"，被街道革命委员会任命为组长，负责领导这些"黑帮"的扫街业务工作。"黑帮们"各扫门前雪，最后在十字路口会师。

七姑娘作为组长，率先垂范，带着大孙女最先扫完自己的辖区，来到十字路口。时光如水，岁月如梭，大孙女是诗翔的大女儿，今年已经八岁了。

大孙女："奶奶，咱们扫完了早点儿回家吧，我的两个妹妹还在家里呢。"

七姑娘："一会儿就回家，奶奶和他们说点事。"

四路扫街大军会合后大家互相打招呼。

薛飞："老七，听说你的两个孪生孙女也来北京了，哪天带来让我们看看？"

七姑娘："我正为这事发愁呢，孙女们都到了上学的年龄了，我想让孩子在北京读书。"

薛飞："大孙女乃金上小学了吧？"

大孙女中玉乃金说:"我在天坛小学上一年级,再开学就上二年级了。"

七姑娘:"赵局长被造反派解放后,亲自找到天坛小学校,这才破格录取。"

薛飞掏出来伍斤粮票递给七姑娘:"老七,这是我攒的伍斤粮票,给孙女们用。"

二爷:"我这还有三尺布票,别嫌少。"

三姑:"组长,这是二斤豆腐票,顶不了大事,一点儿心意。"

七姑娘:"叫什么?骂我。农村困难,闺女没辙,孙女小,没办法。我先谢谢老哥、老姐了。我先用着,改日一定涌泉相报。"

二爷:"见外了不是?这年月没票儿活不了,平时您净照顾我们了,谢您还来不及呢。"

三姑:"平时我们都没少得您的好处,难得您用得着我们,大伙帮衬着,不能屈着孩子。"

薛飞:"什么谢不谢的,有事你就说话。"

七姑娘:"薛司长,你当过大干部,见多识广,你给拿个主意。我的三个孙女想留在我身边,没有户口,吃饭、穿衣、上学都困难,有什么好办法?"

薛飞:"要说别人想办这事,说什么也办不到。老七,你却能办得到。有上、中、下三策供你选择。上策,去找瑞士大使馆;中策,去找全国政协;下策,我去公安部想想办法,因为你是公安部特勤的保护对象。"

七姑娘:"就听你的,我先走上策。"

当天下午,七姑娘带着三个孙女,来到了北京市朝阳区三里屯瑞士驻华大使馆。

大使馆警卫:"这里是瑞士驻华大使馆,请问您找谁?"

七姑娘:"我叫中玉星园,我找大使。麻烦您通知一声,就说瑞士中玉银行股东中玉星园求见。"

警卫:"您稍等。"

警卫到里面去通报,很快从里面走出来一位官员,上前和七姑娘握手：

"您好！欢迎您光临瑞士驻华使馆，我叫克立金，是使馆参赞，很愿意为您服务。听说您是瑞士中玉银行股东？"

七姑娘："瑞士中玉银行股东中玉星园，多有打搅。"

克立金："请您先到客厅。"

克立金参赞把七姑娘和三个孙女带进使馆客厅，客厅的茶几上摆满了水果。

克立金："请先用水果，然后咱们再慢慢说。"克立金给七姑娘和三个孩子每人剥了一个香蕉，"您就是七姑娘吧？戴维兄、弟委托大使馆在北京寻找您已经很多年了，我从瑞士到北京工作以后，大使曾专门交办过此事。中玉家族在瑞士很有名望，我想问您几个问题，请您别介意。"

七姑娘："应该的，您请问。"

克立金："您的父亲？"

"钟岳，也叫中岳玉。"

"您的母亲？"

"余梅仁，人称玉美人。"

"您在瑞士都有什么亲人？"

"二姐中玉星河、二姐夫大戴维，三姐中玉星江、三姐夫小戴维，六姐中玉星人、六姐夫罗格。"

"您还记得中岳玉老先生的十字星图吗？"

"四大平衡规律，三大平衡动力。四大平衡规律是自然、人类社会、和平与战争、思想与现实。三大平衡动力是货币调节、法律约束、信仰引导。"

克立金："您稍等，我去取点东西。"

克立金参赞起身出了客厅，不一会儿提了一只大皮箱进来，皮箱上印有十字星图标识。克立金参赞打开皮箱，从里面拿出来一幅画，七姑娘看他慢慢地打开画卷，那是父亲画的《天女散花》。

克立金："您还记得上面的题诗吗？"

看见父亲留给女儿们的画，那是父亲对女儿们的心血和希望，七姑娘眼里禁不住流出苦涩地热泪，于是掏出妈妈刺绣的"修身立业，耕耘家园"手绢擦眼泪，然后说：

"爸爸题的诗，我们姐妹一生都在做，哪能不记得呢？开姓氏历史先河，创女子半壁江山。立基金百年树人，使耕耘地球家园。"

克立金激动地站起来和七姑娘再次握手，说："中玉星园女士，我们可找到您了。据我们了解的情况，您把全部家产都献给了国家，连同自己的住宅。您清楚，中国这些年来的情况很复杂，一句话很难说明白，是我们没有做好，使您受苦了！"

七姑娘："我早就应该来找你们，因为总想再看一看，等一等，拖一拖，一直拖到现在。"

克立金："需要我做什么，您请吩咐。"

七姑娘："我的小女儿上山下乡去了农村，生活很困难，我把三个孙女接到北京，由我来抚养。三个孩子没有户口，吃饭、穿衣、上学都有问题。我只是需要孩子基本生活的权利，想请大使馆出面协调，解决粮食购买本、副食品票证、布票、上学这些孩子的基本生活需要。"

克立金："按照瑞士国家法律，您作为瑞士中玉银行的股东，是当然的瑞士国籍，您现在生活在中国，可以享受双重国籍。瑞士使馆有义务保护您的权益，包括您的子女。您和孩子可以继续留在中国，也可以随时返回瑞士。只是目前中国的情况还比较复杂，搞不好会适得其反。"

七姑娘："我明白，您说现在怎么办好？"

克立金："先给您和三个孙女办理大使馆的瑞士护照，由大使馆办理生活必需品票证，解决燃眉之急。然后由使馆协调学校，解决孩子上学。您如果想给孩子上北京户口，再容我们想办法慢慢解决，或许您和孩子愿意回瑞士？"

七姑娘："就按您说的办，去不去瑞士以后再说。"

克立金："好，我去叫人给你们办护照。"

克立金走出客厅。过了十几分钟，克立金和一个漂亮的瑞士小姐抬着一个大皮箱走了进来。

克立金介绍说："这是维娜小姐。"

维娜小姐彬彬有礼，说："我叫维娜，是大使馆的翻译，兼克立金参赞的秘书。请你们跟我去梳洗化妆，然后拍照，拍完照后就可以拿护照了。"

七姑娘看看自己和三个孙女的装束，面露赧颜，向克立金说：

"改天再照吧，我们回去准备准备。"

克立金打开大皮箱，里面全是衣物，说："中玉女士，这里有您和孩子的衣服。这是您丈夫中玉星家董事长带给您的衣物，放在使馆已经好多年了。"

七姑娘走到打开的大皮箱面前，上面盖着妈妈亲手刺绣的手绢，手绢下面是七哥给自己和女儿精心挑选的服装，春夏秋冬，一年四季的衣服应有尽有。睹物思人，七姑娘的眼睛湿润了。

克立金说："中玉女士，让维娜小姐带您和您的孙女先去梳洗、换装，拍照，起护照。我让厨师准备晚饭，吃完饭后我送你们回去。"

七姑娘："给您添麻烦了。"

克立金："能为您服务，这是我的荣幸。"

七姑娘和孙女们选好自己的衣服，跟着维娜小姐去梳洗、换装、拍照。克立金去餐厅安排晚饭。

晚饭前，维娜小姐给七姑娘和孙女们起好了瑞士护照。七姑娘和孙女仍然穿着刚来时的衣服，把脱下来的新衣服整整齐齐叠好放进皮箱里。克立金把两个大皮箱放在七姑娘面前，然后递给七姑娘一个皮夹。

克立金对七姑娘说："皮夹里有我从使馆的配给中，给您准备的一些粮票、商品票等生活必需品票证。你们的护照我去办理临时户口，登记配给，联系学校，办好后再给你们。您用款可以随时到使馆支取，使馆在瑞士中玉银行有账户，只要有您的签字，用多少钱都可以从您的银行划转。"

七姑娘打开皮箱，把七哥一封封书信，七哥和儿子们的照片，六个姐姐、姐夫们的照片，姐姐们给自己的家书认真地整理好放在皮箱里。然后把皮夹里的存折递给克立金，说：

"克立金参赞，粮票和商品票我拿着，我不会来使馆支取现金，至于衣物还是放在大使馆保管。一是您知道中国的情况特殊，避免招来灾祸。二是中玉家的人必须具备生存的能力，钱有了，能力没有了，最后什么都没有了。还有，拜托参赞，我们的关系请严格保密，有事我们来大使馆，您不要去找我们。"

克立金："我明白，您放心，就按您说的办。耳听为虚，眼见为实，真不愧是中玉家族的人，您的态度使我非常钦佩。"

晚饭后，七姑娘没有坐使馆的车，和来时一样，带着三个孙女乘坐公共汽车，在天坛下车后走回了家。

第十七章　卖浆的人

七姑娘引车卖浆
三姐妹平衡动力

七姑娘躺在床上已经一个多月了。大孙女中玉乃金、孪生姐妹二孙女中玉乃法和三孙女中玉乃信，左臂上套着黑袖箍围在旁边。一九七六年真是多灾多难的一年，中国现代史上的三位巨人相继去世，唐山大地震夺去了二十四万人的生命，政治舞台上妖魔作舞，中国人民面临着空前的危机。七姑娘的小女儿中玉诗翔和在开滦煤矿工作的丈夫，在地震中双双罹难，这一沉重地打击使金刚般的七姑娘躺倒在床上。

乃金端来一碗粥送到奶奶的嘴边："奶奶，您喝一口粥吧，您都一天没吃东西了。"

乃法："奶奶，您吃点东西吧，您老是这样我们害怕。"

乃信："奶奶，我们的爸妈已经不在了，您也不管我们了？"

这时，外屋的门开了，金铃和张杰风风火火地跑进来，金铃进门就喊：

"七姐！"看到眼前的情景，金铃的眼泪扑簌簌地往下流，"我的老天爷，这是怎么了，天塌地陷的，还让人活不活了！"

七姑娘看到金铃和张杰，终于忍不住悲痛地泪水，说：

"可怜我的小女儿，还没有见过她的爸爸和哥哥们，她的爸爸和哥哥们连她长什么样，叫什么名字都不知道，年轻轻地就走了。原本不应该是这样的，不应该呀！剩下我们老的老小的小，让我白发人送黑发人，我这心里不好受！"

金铃帮七姐擦完眼泪后又给自己擦眼泪:"刚才听说您都躺了一个多月了,七姐,想开点,人死不能复生,活着的人还得好好活着不是?您不能老是这样,还有孙女们呢,还有我们呢。"

张杰:"七姐,您什么事没经过,您是我们心中依靠的大山,您怎么能倒下呢!"

七姑娘:"我是后悔,我小女儿上山下乡时,薛司长曾经提醒过我,可以去找瑞士大使馆,可能有机会不走。我怕惹麻烦,没有努力去争取,才有了眼前的灾祸。为了中玉家族的荣誉,为了守着中玉家的根,为了中玉家的尊严,我失去了自己的女儿。你们放心吧,我不会倒下的,我只是心里难过。痛定思痛,我这些年为什么变得如此软弱?软弱地甚至保护不了我的家人?这还是我爸、妈的老七吗?这还是我当年的七姑娘吗?我是躺下来静静地想一想今后应该怎么办,今后应该怎么活?"

金铃:"七姐这么说我们就放心了,这怎么能怪您呢,您别这么想。地震谁能阻止得了,这不就是老爷说的自然规律吗?张杰,咱们赶快去做饭,让七姐起来好好地吃一顿。"

张杰:"七姐先起来洗洗脸,我和金铃去做饭,待会儿吃饭时我有个好消息告诉您。"

金铃夫妇精心做了一桌饭菜。吃饭时七姑娘问张杰:

"张杰,你有什么好消息告诉我?我已经有些年头没听到过什么好消息了。"

张杰:"特大喜讯,今天上午听到准确的消息,王洪文、张春桥、江青、姚文元四人帮反党集团被一举粉碎了!"

金铃:"中国人的噩运终于结束了!"

七姑娘:"好哇!东方睡狮睡得太久了,也许唐山地震震醒了东方睡狮,我的小女儿可以瞑目了。"

金铃:"七姐,您也睡了三十年,该开始做事了吧?"

张杰:"有事就吩咐,趁我们还不算太老。"

七姑娘:"我这些天一直在想,我是中玉家留在中国唯一的根,我不能就这样沉沦下去,失去这么多年时光的代价实在太大了。这一天终于来到了,我们等这一天等得太久了。"

金铃："我和张杰都有退休工资，七姐和孩子们的生活就放心吧。我的孩子们在外地，生活条件都很好，也不用我们操心。您留在农村的财产从来也没有动过，彩云姐去世以后，大虎在农村一直看守财产，现在到了该用的时候了。"

七姑娘："我哪能累着你们，大虎现在干什么呢？"

张杰："大虎现在当生产队长，很受社员拥护。他们生产队有一个豆腐坊，生产的豆制品专门供应市里，效益很不错，社员得了很大实惠。"

七姑娘："有豆浆吗？"

张杰："豆浆、豆腐脑、豆腐、豆片，品种齐全，豆制品供应我们饮食公司，质量不错。"

七姑娘："你们和大虎商量商量，我存的那些财产生产队想用就用。我还有一些钱也可以做本钱，让他供应我豆浆、豆腐脑，我带着孙女去卖豆浆。"

金铃："这可不行，七姐哪能去卖豆浆呢？"

七姑娘："怎么不行？扫大街我也扫了三十年，在哪块儿能卖得好我心里都有数。只是不知道让卖不让卖？"

张杰："以生产队的名义应该没问题，还给生产队扩大了收入。只是我不明白您为什么要去卖豆浆？再说孩子们还小，吃不了这个苦。"

七姑娘："我们要享福就去瑞士了，我就是想让孩子们从小多吃苦，长大了才能有出息，不然这三十年的坚守岂不是毫无意义？中国醒了，我也醒了，醒了总得先活动活动不是？就这么定了，你们去找大虎说吧！"

乃金："我听奶奶的，我不怕吃苦。"

乃法："奶奶，我也不怕吃苦。"

乃信："我也跟着奶奶去卖豆浆。"

暖冬。残月高挂，天上的星星还在闪烁。一辆手推车出现在崇文大街上，车上装满了桌凳，七姑娘带着三个小孙女推着车。她们一路走一路背诵唐诗，仍然是七姑娘开头。

七姑娘："朱雀桥边野草花，"

乃金："乌衣巷口夕阳斜。"

乃法:"旧时王谢堂前燕,"

乃信:"飞入寻常百姓家。"

七姑娘:"离离原上草,"

乃金:"一岁一枯荣。"

乃法:"野火烧不尽,"

乃信:"春风吹又生。"

七姑娘:"白日依山尽,"

乃金:"黄河入海流。"

乃法:"欲穷千里目,"

乃信:"更上一层楼。"

淡淡的月光下,依稀可见马路两侧墙上的大红字标语已更换了新的内容:"解放思想,实事求是"。"实践是检验真理的唯一标准"。

一个初夏的清晨,启明星高挂。崇文大街上,七姑娘带着三个孙女又推着车走过来。三个孩子已经长高了,依然是一边走一边背唐诗。

七姑娘:"唐诗三百首你们都会背了,你们太爷爷的'女儿当自强'都会背了吗?"

乃金:"会背。"

乃法:"我也会背。"

乃信:"我先背!"

七姑娘:"还是从老大开始。"

乃金:"女儿柔,女儿情,女儿是月亮,女儿当自强,柔情似水伴儿郎;"

乃法:"女儿容,女儿忍,女儿是海洋,女儿当自强,善良仁慈宽心肠;"

乃信:"女儿血,女儿泪,女儿是甘泉,女儿当自强,心血流淌润家乡;"

乃金:"女儿坚,女儿韧,女儿是大山,女儿当自强,风吹雨打不变样;"

乃法:"女儿天,女儿地,女儿是主人,女儿当自强,半壁江山肩上扛;"

乃信:"女儿美,女儿丽,女儿是鲜花,女儿当自强,天女散花世界靓;"

乃金:"女儿家,女儿园,女儿是园丁,女儿当自强,地球家园换新装;"

乃法:"女儿火,女儿热,女儿是太阳,女儿当自强,人间大地洒阳光。"

七姑娘:"背得好!咱们快点走吧,天快亮了。"

天渐明。马路两边墙上的标语清晰可见:"科学技术是第一生产力"。"改革开放一百年不动摇"。

夏日早晨七点多种,喝豆浆的小桌上坐着一男一女非常引人注目。男的是五十岁左右仪表不俗的海外华人。女的是个美国人,看上去四十多岁,穿着打扮和容貌一样雍容华贵。两个人一人要了一碗豆浆,一碗豆腐脑,一根油条坐在那里慢慢地吃,好像是在等什么人。远远地停着一辆使馆车。

每天这个时候,金铃都来帮忙,替换三个孩子去上学。

金铃:"孩子们,下班了!快换衣服上学去吧,别迟到啦!"

乃金、乃法、乃信:"谢谢金奶奶!"

三个孩子脱去围裙,摘下套袖,露出里面的少先队服。孩子们系上红领巾,乃金戴上三道杠大队长臂章,乃法和乃信戴上两道杠中队长和中队委臂章,三个孩子背上书包和奶奶告别:

"奶奶再见!金奶奶再见!"

七姑娘:"快走吧,路上小心!"

金铃:"从小看大,三岁看老,瞧这三个孩子长大了准有出息,还是七姐教育有方。"

豆浆、豆腐脑已经卖完了,吃早点的人就剩下海外华侨和美国女士。

金铃边收拾东西边和七姑娘说:"七姐,我看那个华侨总觉着似曾相识。"

七姑娘早已经注意多时了,说:"何止是似曾相识?"说着,大声问,"金铃!张杰怎么没有来?"

机灵的金铃立刻回答:"七姐,我怕您的孙女中玉乃金、中玉乃法、中玉乃信上学晚了,就自己先来啦!"

七姑娘猜得没有错,还在慢慢喝豆浆的两个人,正是前来寻母的大儿子中玉诗华和妻子梯丽。

听了两位老人的对话,中玉诗华霍地站了起来,对妻子说:

"梯丽,这就是咱们的妈妈!帮妈妈干活儿的是金铃阿姨!"说完,两个人同时冲着妈妈掏出来奶奶玉美人的刺绣手绢。

七姑娘看到妈妈的手绢,一边掏出时刻带在身边的妈妈的手绢擦眼泪,一边喊出期盼了三十多年的呼唤:

"诗华,我的大儿子!"

"妈妈!"中玉诗华和妻子梯丽跌跌撞撞扑伏在妈妈的膝下,母子们抱头痛哭。三十多年牵肠挂肚地思念,三十多年苦辣心酸地等待,三十多年撕心裂肺地期盼一齐涌上心头,母子无言,只有泪如泉涌地倾泻。

回家的路上,诗华和梯丽帮妈妈拉车,七姑娘和金铃在后面推车,美国大使馆的汽车跟着后面。

七姑娘问大儿媳:"我大儿媳长得很漂亮,你叫什么名字?"

梯丽:"妈妈,儿媳叫梯丽。"

诗华:"妈,听说中国以前不允许存在私有经济,包括卖豆浆、豆腐脑。"

七姑娘:"咱们一直和生产队合作,生产队的人炸油条,咱们卖豆浆、豆腐脑。"

金铃:"诗华,你还记得彩云阿姨吗?彩云阿姨的儿子大虎是生产队长,豆浆、豆腐脑都是生产队的人给送过来。"

梯丽:"妈妈在国外可是大富豪,是瑞士中玉银行的董事长。咱家的梦园在世界各地就有几十个,更不用说中玉家族的公产。看着妈妈卖豆浆真是很心酸。"

七姑娘:"梯丽,你说什么?诗华,你爸爸呢?他怎么没有来?他不是瑞士中玉银行的董事长吗?"

诗华被问得一愣,闪烁其词地说:"是,是,爸爸忙,没有来。"

七姑娘:"你爸爸身体好吗?他现在在美国还是在瑞士?"

诗华:"在瑞士,我这次来就是接您去瑞士看爸爸,他有事来不了。"

七姑娘:"你爸爸病了吗?不然他一定会跟你们一块儿来的。你弟弟可好?他现在在干什么?"

诗华:"都好,都好。弟弟和弟妹现在都在瑞士中玉银行,他们都请您这次务必跟我们一起去瑞士。"

金铃:"七姐,您就和诗华他们一起去吧,我来照顾三个孙女。"

诗华:"是我妹妹的孩子吗?我妹妹好吗?她现在干什么?"

七姑娘："是你妹妹的三个女儿，老大叫乃金。老二和老三是孪生姐妹，老二叫乃法，老三叫乃信。你妹妹的事我回家再跟你们细说。"

梯丽："三个侄女的名字起得太好了，是爷爷的三大平衡动力，货币调节、法律约束、信仰引导，妈妈，我说得对吗？"

金铃："真不愧是中玉家族的人，冰雪聪明。"

七姑娘："梯丽，你说得对。你金铃阿姨夸你聪明，我考考你们，你们知道我为什么带着你们的三个外甥女卖豆浆吗？"

诗华："我奶奶从小教我背唐诗，练功，叫我扫院子。奶奶说，从小吃得苦中苦，长大才有甜上甜。"

梯丽："从小修身，长大立业，学好本领才能耕耘家园。妈妈，我说得对吗？"

七姑娘："你们都说对了。诗华，你给妈妈找了一个好儿媳，妈妈喜欢。"

金铃："这叫不是一家人不入一家门，七姐就是这么想的。"

七姑娘："你们什么时候来的北京？住在什么地方？"

诗华："昨天到京，住在北京饭店。使馆的人知道您在卖豆浆，我们早晨就出来找您了。"

梯丽："诗华是美中友好协会副会长，主管商务。我们这次来中国是应官方邀请，来北京进行商务考察访问。这是中国制定了改革开放的政策以后，第一个美国商务访问团。昨天中国外交部、商务办、侨办、美国使馆都有人去机场迎接我们，把我们安排在北京饭店总统套房。"

诗华："妈妈也是访问团的成员，代表曼哈顿中玉银行。"

金铃兴奋地说："诗华有出息了，真给你妈作脸，我听着都高兴！"

七姑娘："这一天我终于等到了。"

大家不知不觉已经到了天坛小学校的大门前，中玉诗华停下来，望着阔别四十多年的钟府，百感交集，脱口而出：

"少小离家老大回，
　携妻扶母乐得归。
自家门前钟府第，
　怎是学堂校园徽？"

第十八章　东方醒狮

五千年文化底蕴
十亿人奋发图强

北京饭店。总统套房。星期日上午，七姑娘和儿子、儿媳在客厅说话。乃金、乃法、乃信在旁边写作业。

七姑娘："诗华，今天中午我请了金铃、张杰、赵校长，还有彩云的儿子大虎，你要安排得好点儿。"

诗华："放心吧，妈，已经安排好了。"

梯丽："妈妈，前天从家里来到饭店，我和诗华一夜都没有睡觉。昨天早晨起来我就带着美国使馆的人去了外交部、侨办、侨联、商务办、中美友协等部门，向他们介绍了妈妈的情况，把诗华作的诗'少小离家老大回'念给他们听，请他们协调解决妈妈的生活问题，他们表示马上出面协调解决。"

诗华："妈，我们还是想请您去曼哈顿安度晚年，三个外甥女也和您一起去美国上学。"

七姑娘："我老了吗？我还不想这么早就去享清福。"

诗华："您愿意继续工作可以住在曼哈顿，经常到瑞士中玉银行看看，我弟弟在瑞士主持银行的日常工作，您可以监督指导。"

七姑娘："我不去美国，也不去瑞士，要去我早就去了，我要留在中国，我要守着中玉家的根。你的三个外甥女可以跟着你们去美国上学，学点本领，长长见识，学成以后一定要回来，她们是咱家留在中国最后的根了。"

这时，大堂经理上来通知："中玉会长，外交部、侨办、侨联、商务办、中美友协的领导在大厅等候，说是有事专程来拜访中玉会长，问您是否可以上来面谈？"

中玉诗华："当然，快请！"

七姑娘盼咐孙女，说："你们到里屋去写作业，没事不要出来。"

三个孙女收拾收拾书包到里面的房间去了，服务员进来送水果，沏茶水。

大堂经理领进来五个人，大家一一握手，自报家门。

外交部欧美司司长："中玉会长好，我姓朱，是外交部欧美司司长。"

中玉诗华和朱司长握手，说："您好，美中友协副会长中玉诗华。"

梯丽："你们好！我昨天和大家都见过面了。我来给大家介绍吧。侨办李主任，侨联王主任，商务办周主任，美中友协冯会长。"她扶着七姑娘和大家说，"这是我的妈妈中玉女士，中玉银行董事长。"

大家一一握手问好分别落座。

朱司长："我代表外交部欢迎美中友好协会来中国进行商务考察访问，你们是改革开放以后第一个来我国进行商务考察访问的美国代表团，感谢你们对我国改革开放的支持，我相信你们也会在中国这个大市场得到满意的回报。"

周主任："我国人大刚刚通过立法，明确了中外合资企业的合法性，以后还将出台外商独资企业的相关法规，正如朱司长所说，中国是一个非常大的市场，在这里有很多商机可以选择。希望中玉会长利用这个很好的机会在我国投资创业，一方面支持我国的改革开放，另一方面能够在投资中获得收益。"

李主任："今天能有这个机会，和美中友协代表团的主要领导见面感到很荣幸。特别是接到了接待任务，对代表团的成员了解以后，更使我对中玉星园女士深感钦佩。中玉星园女士少年英雄，街头救孤，京城传诵。卢沟桥事变前线杀敌，在自己的饭店刀劈鬼子兵。抗战时期捐献飞机，资本主义工商业改造将全部产业献给国家。真不愧是民族英雄，国家功臣。由于特殊的历史原因，我们没有照顾好您，使您蒙受了巨大地委屈。但是您能够一直留在祖国，和人民同甘苦，共患难，真是难能可贵。"

七姑娘："都是过去的事，不提也罢。"

中玉诗华："听了朱司长、周主任、李主任的话，我也愿意为中国的改革开放出一份力。中玉星园女士是我的妈妈，我来到北京就是回到了家。我家的情况你们大家可能有所了解，我的爷爷、奶奶、父亲和六个姨、姨父都在国外，只有我的妈妈和妹妹留在中国，我妈说中国是她的根，也是我的根，为了我们中玉家族的根，我愿意投资。如果我妈妈愿意，我们用中玉家的私产投资一亿美元，就委托周主任帮忙注册一个梦园置业公司吧。"

中玉星园："我同意，就先用中玉银行在我名下的园丁基金向国家投资吧。"

朱司长、周主任、李主任、王主任和冯会长一起鼓掌表示欢迎。

梯丽："各位领导，这次商务访问，来前有投资意向的主要是我们一家人，一是因为中国政治体制的问题，为了确保同业的安全，由我家先来投资，如果效果好，用中国的一句成语来说叫做抛砖引玉，代表团其他成员也会投资；二是来寻找我们的妈妈，当我们看到妈妈和小侄女们在早摊上卖豆浆时，我们的心情大家可想而知。今天你们专程来会见我家，冒昧地问一句，我昨天和各位领导谈的问题可有了答复？"

七姑娘："梯丽，这是在谈公事，咱家的事不要在这里说。"

中玉诗华："梯丽，妈不让说就不要说。"

梯丽一席话，使现场友好的气氛一时有些尴尬，前来拜访的五个人面面相觑后，同时点了点头，然后冯会长说：

"中玉家族在欧美影响很大，在中国不同时期都做过巨大的贡献，党和政府是不会忘记的。就梯丽女士提出的问题，昨天上午十一点，有关部门负责同志召开了紧急会议，并报请上级批准，今天委托我们先来向你们口头传达具体精神。第一，恢复并重新明确中玉星园同志全国政协常委驻京巡视员身份，享受副部级待遇。第二个事情就请王主任说吧。"

王主任站起来从兜里掏出来一串钥匙，走到七姑娘面前，递到她手里。

王主任说："这是西四一套住宅的钥匙，作为国家对中玉星园同志的补偿。昨天国务院机关事务管理局的同志说，正巧有一位领导调离北京，腾出了一套房子，他们连夜收拾，配齐了新家具，我们来北京饭店前才把钥匙交给我。"

王主任说完又从文件包里拿出房契，递给了七姑娘，说："这是房契，您收好。"

七姑娘手里拿着钥匙和房契，激动地说："谢谢领导的关心，我来付房钱。"

中玉诗华："妈妈，我来付房钱，我带来了中国银行的支票。"

王主任："忘了告诉你们，这套住宅是国家分配，不用你们付房钱，门前有机关事务管理局安排的警卫员站岗。"

梯丽："原来领导们这么快就办好了，想得多周到，我还在提，显得我多不好。"

众人闻听开怀大笑。

北京西四北头条副九号，一座原清朝王府四合院，门前有警卫站岗。午饭后，七姑娘一家人和金铃、张杰、赵校长、大虎一同来看房。

聪明的警卫向七姑娘敬礼："请问，您就是政协常委中玉首长吧？"

七姑娘："什么首长，不要这样叫。小伙子，你叫什么名字？"

警卫员："报告首长，我叫杨小兵，机关事务管理局派我负责这里的警卫。"

七姑娘："小兵，没事不要老在门口站着，到里面去玩。以后不许叫我首长，叫我七奶奶。"

杨小兵："是，以后不叫首长，叫您七奶奶。"

大家进了院子，拿钥匙打开了所有的房门。院子很大，房子也很多，前后两层院落，旁边是耳房，前院大树遮阴，后院百花争艳。

七姑娘："院子这么大，我们也住不了，金铃和张杰也搬过来吧？"

金铃："那敢情好，我又可以和七姐做伴了。"

张杰："说着说着就来了，七姐就这么一说。"

七姑娘："张杰，我可是认真的，可不是说着玩，我怎么不让赵校长搬过来，他的房子好，家里人口多，离不开。你和金铃的孩子在海南岛部队，在家也没事干，过来陪我我还巴不得呢！"

诗华："我妈高兴，就这么定了。金姨，您就搬过来吧！"

金铃："张杰，咱们就搬过来陪七姐，行不？"

张杰："哪还用问，就听七姐的。"

七姑娘："这就对了。"

大家满院子转了一圈，房里屋外家具、用具一应俱全，机关事务管理局都已经给全部配齐，进行了登记造册，只需要按登记的物品价值每月交一些折旧费，从七姑娘的工资里扣。

七姑娘："金铃，还是由你来安排房间，管理大院杂务。咱们得给咱们的新家起个名字，叫什么好呢，我一个老太婆带着三个孙女，就叫凤园怎么样？"

"凤园！我们的凤园！"

大家齐声叫好，乃金、乃法、乃信蹦起来欢呼雀跃。

凤园餐厅，七姑娘一家人正在吃晚饭。美中友好协会商务考察代表团圆满结束商务考察访问，明天返回曼哈顿，金铃夫妇、赵校长、大虎也来参加晚宴，给中玉诗华夫妇践行。

中玉诗华和梯丽给大家斟满酒，举杯答谢。

中玉诗华说："我和梯丽明天就回曼哈顿了，我走之后拜托大家照顾好我的妈妈，我和梯丽满饮此杯，感谢大家！"

大家陪同一饮而尽。

金铃："放心吧，我的命都是七姐救的，还用说啥呢？看看在座的各位，哪一个和七姐不是一辈子的过命交情？七姐有事，谁都会挡在前面。"

七姑娘："眼看就放暑假了，要不我就跟他们一起去曼哈顿了。等到放了暑假，我就把三个孙女都送到曼哈顿去读书，我也要去看看我的亲人，我和她们已经有很多年都没有见面了。"

梯丽："妈妈，到时候我们来接您。"

七姑娘："不用你们来接，我们还能走丢了？我和孙女们也得自己出去见见世面不是？"

王大虎给中玉诗华斟满酒说："诗华，我敬您，您看我们生产队现在改了村，正在发展村办经济，您帮帮哥，让我这个小村长也露露脸！"二人干杯。

张杰："大虎这个村长可厉害了，手下几千号人，上千亩地，紧靠着皇城根儿。国务院、北京市、区政府、村长，名副其实的第四级政府领导。我敬你，王村长！"

诗华："我和姨夫一块敬，感谢大虎哥在我妈困难的时候帮助我们，每天派人送豆浆、豆腐脑。投资的事和我妈商量，如果我妈同意，就把梦园建在你们村。"

七姑娘："我同意！我们一块来敬大虎！"

金铃："对，敬大虎！"

赵校长："敬大虎！"

乃金、乃法、乃信："敬大大！"

大家举杯，共享欢乐。

第十九章　福祸同兮

空气不分国界
流水不分疆土

　　清晨。伯尔尼机场，七姑娘带着三个孙女走下飞机。七姑娘的二儿子中玉诗夏和妻子博露在机场门口迎候。

　　按照提前约定，七姑娘和三个孙女一行四人用的提箱有十字星图标识，乃金、乃法和乃信身穿玉美人骑士装。中玉诗夏和博露穿着瑞士中玉银行行服，服装上面有十字星图标识。

　　母子天性，心有灵犀，七姑娘和诗夏远远地就开始四目对视。诗夏不顾一切地分开前面的旅客，扑过去抱住了母亲。

　　诗夏眼含热泪说："妈妈，您受苦了！"

　　七姑娘抱着儿子说："诗夏，别哭，见着就好！"

　　博露跑过来向七姑娘施礼："妈妈您好！我叫博露，是您的儿媳妇，我和诗夏是同学，美国人。"

　　七姑娘抱住了博露，说："博露，多好听的名字，人长得更好看！"

　　七姑娘拉过来三个孙女，说："这是你们的三个外甥女，你妹妹的女儿，乃金、乃法、乃信。"

　　乃金、乃法、乃信上前施礼，一起说："二舅好！二舅母好！"

　　诗夏搂住孩子们说："好孩子，你们好！"

　　博露过来一个个亲了孩子，说："好孩子，舅妈喜欢你们！"

　　一辆加长劳斯莱斯汽车停在大家面前，一个英俊的小伙子从驾驶室里跳出来。

诗夏向妈妈介绍:"妈,这是我儿子乃瑞。"

博露招呼乃瑞:"乃瑞!快过来见你的奶奶和妹妹!"

中玉乃瑞向大家鞠躬行礼:"奶奶好!妹妹们好!"

乃金、乃法、乃信一起说:"乃瑞哥好!"

七姑娘拉着乃瑞的手说:"这就是我的孙子乃瑞?真是我们中玉家的人,长得一表人才,多大了?现在干什么呢?有对象了吗?"

乃瑞:"研究生毕业以后在中玉银行学管理,今年二十八岁,我的女朋友是我的大学同学。"

大家把行李放好上了汽车,乃瑞开车,诗夏坐在副驾驶座,七姑娘和儿媳博露坐在前排,三个孙女坐在后排。

诗夏:"妈,您不是先要去美国吗?怎么突然直接来了瑞士?我刚刚接到国内金铃阿姨的电话,都没有时间准备。"

七姑娘:"妈厉害吧?不给你们时间编瞎话骗我。诗夏!你爸爸呢?他怎么没有来接我们?你爸爸不是在瑞士吗?他是不是出事了?"

博露:"妈妈,您一路辛苦啦,咱们先回家休息吧。"

诗夏:"妈,您旅途劳累,咱们先回玉露庄园。"

七姑娘:"不用。我要先去瑞士公墓看我的爸爸、妈妈。乃瑞,去中玉墓,奶奶要去看你们的太爷爷、太奶奶。"

乃瑞:"奶奶,咱们先回玉露庄园,下午我再拉您去。"

七姑娘:"不行!刚见面就惹我生气?听我的,去中玉墓!"

诗夏:"乃瑞,去公墓,听奶奶的。妈,您别生气,我们都听您的!"

七姑娘:"这就对了。乃瑞,开快点!"

夏日的瑞士公墓,苍松翠柏,花团锦簇。汽车停在陵园门口,大家步行来到中玉墓前,儿子和儿媳紧紧搀扶着母亲,唯恐发生不测。

中玉墓修葺一新。清朝大学士钟岳又名圣手中岳玉,夫人余梅仁又名神镖玉美人夫妻合墓,各有墓志铭记载生平。

中岳玉设计的十字星图赫然居中,四大平衡规律、三大平衡动力镌刻青史。玉美人相夫教子,用心血浇灌七女一子,个个身怀绝技,侠骨柔肠。更有"修身立业,耕耘家园"警示后人。

七姑娘推金山,倒玉柱跪在墓前,声音虽然哽咽却不失铿锵:

"爸爸，妈妈，你们的老七来了！"

苍天有知，大地有情，一阵清风送来了片片花瓣撒落在墓前。

钟岳、余梅仁的后面是大女儿中玉星先和丈夫威廉伯爵的墓碑；中玉星先旁边是钟飞羽又名中玉星飞和夫人紫坤；中玉星先后面依次是二女儿中玉星河和大戴维；三女儿中玉星江和小戴维；四女儿中玉星山和斯恩将军；中间留有空穴，空穴后面是六女儿中玉星人和罗斯；最后面有一块新的墓碑，墓碑上的名字刻着中玉星家。

七哥的墓碑解开了七姑娘的疑窦，七姑娘心里明白，七哥只有躺在这里才不会去北京看她。今天，七妹来了！七哥等这一天已经等得太久了！

七哥墓碑后面的铭文是一直寄不出去的那首诗，一直到生命的最后一刻还嘱托将来的今天要给七妹看：

> 小雨初下思君沾，
> 冷风刚吹惦君寒。
> 为何世上至亲人，
> 隔洋相望三十年？

七姑娘再也抑制不住自己的泪水，张开双臂抱住墓碑，大呼一声："七哥！七妹来了……"

"好恼！"七姑娘从曼哈顿归来，一路上自言自语。北京西四大街，杨小兵开车。金铃去北京机场接回七姑娘，上午九时，汽车开进了凤园。

张杰、赵校长、大虎上前迎接，大家纷纷帮着拿东西。两只牧羊犬高兴地摇着尾巴。

庭院里经过悉心地布置，随处可见的"钟府"的摆设并没有引起七姑娘的注意，七姑娘径直走进了自己的住室，脱下风衣，依然在喃喃自语："好恼！"

金铃参着胆子心怀忐忑地问："七哥好吗？他怎么没有和您一块回来？"

七姑娘："七哥和爸爸、妈妈在一起。"

大家听后方释疑窦，心情沉痛，面面相觑，默默无语。

金铃："七姐，想开点，和老爷、夫人在一起多好，他们都在看着我们呢，我们高兴他们就高兴，我们不高兴他们也不高兴。"

七姑娘："我生气，气自己优柔寡断，任人宰割，一直在等待中度日，没有采取任何行动，及时赶到七哥身边，我应该可以避免这一切悲剧的发生；我恨，恨世界上那些人模狗样儿的政治流氓，恨那些嗜血成性的战争狂犬，搞什么热战冷战，挂什么钢幕铁幕，域民封疆三十年！"

金铃："那些人都是疯子，犯虐待狂，有精神病！让他们遭国人所指，受世人唾骂！"

七姑娘："说得好，这就对了！"

七姑娘从提箱里拿出来两幅字，一幅是七哥写的《思君》，另一幅是父亲的《福祸同兮》：

空气不分国界，

流水不分疆土。

世界殊途同归，

人类福祸同兮。

七姑娘："把这两幅字挂在墙上。"

金铃："七姐，你走的这些日子我把大虎家地下室藏的东西全搬过来了，您看，全是原来钟府的模样。"

七姑娘："好，这就对了！我要去舞剑，清醒清醒！"

七姑娘换上骑士装，手持双剑随金铃到后花园舞剑，张杰、赵校长在客厅挂字画。

后花园东南角收拾出一块场地供七姑娘练功，东南院墙上挂着十个练飞镖用的木靶。七姑娘虽年过七旬仍不减当年英武，先练拳后舞剑，舞到第三趟剑法时只见一团白光罩身，引得众人拍手叫好！突然七姑娘剑交左手，右手发镖，十个标靶全部镖中靶心。又是一片喝彩之声。

杨小兵给七姑娘搬来一把椅子，金铃过来给七姑娘擦汗。七姑娘握剑坐在椅子上，大家坐在对面的长条椅上，两只牧羊犬半蹲在地上，睁大眼睛看着七姑娘。

赵校长："七姐，没想到您这么多年不练，功夫仍不减当年。"

七姑娘："谁说我不练？我天天练。能坚持这么多年，说起来还得感谢天天早起扫街、卖豆浆，先练功后干活儿，谁也看不见。"

金铃："七姐，你真行。"

七姑娘："不痛快的事就让他过去吧，想不开也没有用，时光不能倒流，日子还得过，活着的人还得好好活着。我们已经虚度了这么多年，现在要开始抓紧时间干事了，这些日子你们考察了哪些项目？"

张杰："通过咱们园丁学校的学生，还有咱们中玉酒店的老人儿做工作，目前谈好的各大城市位置好、面积大，适合开饺子宴和涮羊肉的饭店已有五十多家。管理人员和厨师还用咱们老人儿，需要培养大批的年轻人做服务员。"

赵校长："海淀区有一所校舍准备整体出租，场地设施都非常好，就是价钱高了点，适合做培训学校。"

大虎："我们村离市中心近，是北京的东大门，可以说是城中村，干什么都行，我听七姨一句话。"

七姑娘："我这次从瑞士中玉银行，把我名下的园丁基金全部带回来了，资金不成问题。先用一亿美元注册一个中外合资的凤园置业公司，合作的中方就放在大虎他们村。"

赵校长："我问了周主任了，他说人民币五千万以上就可以注册国家级公司，不用加区域名称，各地连锁店可以设分支机构，总核算在北京总部。一亿美元按现在的汇率计算，不算大虎他们村的资产，可以注册十八个国家级的公司。"

七姑娘："这只是一小部分。赵校长把海淀区的培训学校租下来，作为园丁职业学校基地，给凤园置业公司培训员工。大虎在你们村选一块地方，先报批各种手续，盖一个梦园，图纸参照曼哈顿梦园的建筑设计。"

金铃："七姐，是诗华的曼哈顿梦园吗？那得有多大呀？"

七姑娘："和两个老北京饭店差不多吧。你们都知道咱们的老政策，也是中玉家的规矩，10%作为大家的奖励，30%作为发展基金，30%作为园丁基金，剩下的30%才是投资收益。投资收益我都留在公司，用于扩大发展，大家都听清楚了吗？"

张杰："听清楚了，七姐放心吧。"

赵校长："我马上就去办。"

大虎："七姨的话就是圣旨！"

金铃："老将出马，千军万马！"

七姑娘："我们办事要稳一点，不要太张扬，要依靠政府，凡事多沟通。还是和从前一样，我当董事长，张杰当凤园总经理，赵校长当园丁职业学校校长，大虎当梦园筹建处主任，金铃当总管，新名词叫什么来着？对，叫总监。好，就这样吧，我有点饿了，咱们喝酒去！"

凤园餐厅，大家如同即将出征的勇士，开怀畅饮。

一天下午，七姑娘坐在客厅看孙女们从曼哈顿寄来的信和照片，看看这几年孙女们成长的照片，七姑娘很是欣慰。

忽然有人敲门，是杨小兵站在门前喊："报告！"

七姑娘："是小兵吗？快进来！"

杨小兵进来后吞吞吐吐地说："七奶奶，我有事想和您说说。"

七姑娘："坐下说，有事就说，不用客气！"

杨小兵坐下来，说："七奶奶，我要转业了。"

七姑娘："不是刚提干？怎么这么快就要转业了呢？"

杨小兵："机关缩编，我们干外勤的都要转业回地方。"

七姑娘："哦，是这样，那你是怎么想的？"

杨小兵："我不想回地方，我不想离开北京，我想留在七奶奶身边。"

七姑娘闻听，想起当年自己孙女留京时的艰难，顿生怜悯之心，说："你可以留在我身边，给我开车，管管办公室什么的。但你的媳妇要来北京的话，需要安排工作和住处。让我问问赵校长，看看他们那里是不是可以办得到？"

杨小兵听了高兴地说："谢谢七奶奶！我爱人慢慢再想办法。先办我的关系行不行？"

七姑娘："行，你先去办吧。"

杨小兵乐得合不上嘴，立刻说："谢谢七奶奶，我明天就去机关办理转业到凤园的手续！"

七姑娘："去办吧。你去准备汽车，咱们出去转转，晚上不在家里吃饭。顺便叫一声你金奶奶，让她和咱们一起去。"

杨小兵答应着站起来，出去叫金奶奶，然后去发动汽车。

七姑娘来到车库前，金铃和杨小兵已经在车库前等候。杨小兵开出来一辆合资企业黑牌照的奔驰轿车，这辆车是中玉诗华送给妈妈的生日礼物。

七姑娘："咱们不坐奔驰，坐桑塔纳，今天是微服私访，越简单越好。"

杨小兵把奔驰放回车库，开出桑塔纳，三个人上了汽车。

金铃："不管官多大，都坐桑塔纳。七姐，去哪？"

七姑娘："去海淀区凤园饺子宴，咱们上次去顾客反映不好，换了经理以后看看怎么样？"

金铃："北京现在有六家凤园饺子宴，有六家凤园涮羊肉。海淀区凤园涮羊肉的胡经理接管凤园饺子宴以后，一人管两家，听张杰说很有起色。"

杨小兵："我听战友说过，大家反映都说不错。"

七姑娘："耳听为虚，眼见为实，今天晚上咱们就去海淀区凤园饺子宴吃饺子。"

杨小兵把汽车停在凤园饺子宴门前，七姑娘和金铃下车后进了饭店，服务员很快迎了上来，热情地打招呼：

"您好！几位？"

金铃："三位，楼上雅间。"

七姑娘："不用，咱们就在门旁边那个小桌！"

服务员过来倒上茶水，摆好餐具，拿来菜谱请顾客点菜：

"您喜欢吃点什么？"

七姑娘："金铃、小兵，你们先点。"

金铃："我就想吃猪肉茴香馅的饺子。"

杨小兵："牛肉大葱的。"

七姑娘："羊肉香菜的。"

服务员："我们店新推出的烤兔腿可好吃了。"

七姑娘："金铃，点几个菜！"

金铃翻看着菜谱说："麻香芋头，红烧鲽鱼身，再来一个凉菜拼盘。"

杨小兵："煮花生。"

七姑娘接过菜谱，认真地看了看，说："饺子可以要半盘的吗？"

服务员："我们店新改的规定，半盘的也可以。"

七姑娘："好，好，来一个水煮基围虾，三个烤兔腿，再来一个素三鲜馅的饺子，饺子都要半盘的。给我们烫两壶二锅头，小兵开车不能喝酒，给小兵来一杯西瓜汁。"

杨小兵："七奶奶，我不喝西瓜汁，我就喝茶水。"

七姑娘："西瓜汁不要了，饺子和菜一块上！"

不一会儿，饺子和菜都上齐了，七姑娘和金铃面前每人放上一壶二锅头。

金铃："上菜够快的。"

杨小兵："咱们来得早，再晚来一会儿就没座位了。"

七姑娘："来，先碰一杯！"

热酒下肚，很是舒服。三人边喝边观察周围顾客，顾客盈门，欢声笑语。

七姑娘："兔子腿烤得不错，香嫩脱骨。"

金铃："饺子味儿鲜。"

杨小兵："鲽鱼身烧得好。"

七姑娘高兴，端起酒杯："金铃，干一杯！"七姑娘和金铃碰杯一饮而尽，说，"好酒！"

金铃："七姐，要不要叫胡经理到这儿来？"

七姑娘："不要。明天上午九点，通知张杰、胡经理、赵校长、王大虎到园丁职业学校开会。"

第二天上午九点，园丁职业学校办公室。参加会议的有七姑娘、金铃、张杰、赵校长、王大虎和胡经理。

七姑娘说："昨天晚上，我们去了海淀区凤园饺子宴，很是不错，今天把大家请来跟你们说四件事。第一，请张总安排宣传推广胡经理的经验，并给胡经理加薪。第二，学校定期举办厨艺大赛，前三名给予重奖。学校在培训厨师时，把各店的拿手好菜教给大家，在凤园形成统一的菜系。第三，由张总带队，组成巡视小组，到各地去检查指导。第四，我们

的发展目标是,县市(市区)级以上的城市设立凤园分店,省会城市设立园丁职业学校,修建梦园。

听完七姑娘一席话,大家无不欢欣鼓舞。

光阴荏苒,又是一个星期六的下午一点半,七姑娘按惯例到梦园大厦听汇报,金铃和杨小兵已在车库门前等候。

金铃:"七姐,下午三点开会,时间还早,您再多睡一会儿吧?"

七姑娘:"早点去,别晚了。"

汽车刚开出了大门口,一辆特快邮递摩托车停在车前,投递员拿着一个包裹下了摩托车。

投递员:"曼哈顿的特快专递,中玉星园收。"

杨小兵接过邮件递给七姑娘,是孙女们从曼哈顿寄来的VCD录像带。

七姑娘签收完邮件说:"孙女们的录像,先放在车上,晚上回来再看,咱们先去梦园。"

从凤园到梦园大约半个小时的路程,路上很顺利,汽车两点整到了梦园。七姑娘的董事长办公室在梦园的顶层,七姑娘喜欢站在办公室的落地窗前,眺望北京城的美景。

离开会的时间还早,七姑娘想起了孙女们的录像带,于是叫金铃:

"金铃,咱们看看孙女的录像带,叫小兵把录像带送上来。"

金铃去叫杨小兵,小兵上来把录像带装好,七姑娘和金铃坐在办公室观看孙女们从美国寄回来的录像带。中玉乃信首先出现在电视屏幕上:

"奶奶,孙女长大了,我正在学习写作,学习摄影,这是我拍的几个镜头,您看好不好?"

五姐和五姐夫出现在屏幕上,两位老人相濡以沫,共同走到了炫目夕阳,虽是满头金发,却依然精神矍铄。五姐、五姐夫一起说:

"七妹,你好!"

然后五姐说:"七妹,你带了三个好孩子,是咱们中玉家的传人。我知道别的我也帮不上什么忙,每天早晚在我的马场教她们练练功,骑骑马。一来可以保护自己,保护家人。二来还能强身健体,延年益寿。为了适应新的社会,新的环境,我研究了一种硬币飞镖,不仅随身可取,还不算利器，是一种防身的好镖，我已经交给了孩子们，她们回去后你给指导指导。七妹，记着，你有时间一定要来看我们！"

查理局长："七妹，我心目中的大英雄！我听说你又要干一番大事业了，这才是我们的七妹！我太喜欢你的三个孙女了，她们一定能成为你的好帮手。有事你可要说话，咱们是一家人。你五姐说让你最近一定要来看我们，你再不来我们就去看你了！"

乃金："奶奶，我马上就要拿到经济管理博士学位了！我还有一个秘密，到时会给您一个惊喜！"

乃法："奶奶，我想您。我想回北京继续读中国法学第二博士学位，欧美法学和中国法学有一些区别，二者兼学才能学以致用，因为我终将报效祖国，应该了解中国法律。"

乃信："奶奶，这些镜头都是我拍的，猜出我想干什么吗？我想办一个影视公司。我正在整理中玉家族历史，我想拍一部电视连续剧，五奶奶给我讲了很多咱家的故事，每次我都感动得流泪。奶奶，我也交朋友了，他叫麦克，名字很熟悉吧？他是小麦克，他可好了，是我在博士研究生院文化传媒系的同学。下面一个短片就是麦克给我们拍的。"

屏幕上是五姑娘的马场，乃金、乃法、乃信身穿骑士装先舞剑，再发硬币飞镖，后策马狂奔，活脱是当年中玉家七姐妹！

七姑娘看着自己的三个孙女，高兴地直擦眼泪。金铃递给七姑娘一条毛巾，自己也擦着喜悦的泪珠说：

"我早就说，从小看大三岁看老，七姐您教育的好，您瞧仨孩子多有出息！"

七姑娘："孩子们长大了，我爸爸、妈妈的事业有接班人了。"

屏幕上出现了大儿子和大儿媳。大儿子诗华说：

"妈妈，您最近身体好吗？乃金、乃法、乃信都快毕业了，孩子们都很争气，您都看到了，中玉家族的事业在祖国后继有人了。您今年的生日来曼哈顿过吧，到时我去北京接您，我五姨、五姨夫可想您了。"

梯丽："妈妈，您好！您要多注意身体，千万不要太累了。您还是来曼哈顿住吧，来和五姨、五姨夫做伴，您的孙子、孙女们都非常想您！妈妈，您准备好，八月底我和诗华去北京接您，来曼哈顿过生日，到那时乃

金、乃法、乃信也都毕业了，咱们一家人一齐来庆祝！"

乃信最后又出现在屏幕上："奶奶，我听了五姨姥讲的太爷爷、太奶奶的故事后，用太爷爷的诗作开头写了一首《园丁之歌》，您听听好不好？"

乃信开始郑重其事地朗诵：

"园丁之歌

空气不分国界，
流水不分疆土，
世界殊途同归，
人类福祸同兮。
地球有生命，
地球有身躯，
地球有心脏，
地球有血液。
大地哺育了母亲，
母亲哺育了儿女，
地球是人类的母亲，
地球是人类的家园。

山崩是母亲在疼痛，
地裂是母亲在颤抖，
赤潮是母亲被感染，
冰熔是母亲高烧的汗水。
如果人类无视母亲的病痛，
继续扩大环境的污染，
如果人类疯狂地发动战争，
继续无度地毁灭资源，
母亲不堪重负，

过早地撒手人寰,
母亲怀抱子女同归于尽,
人类从此在太阳系消失。

醒来吧,
人类的兄弟姐妹,
从总统到平民,
我们都来做园丁,
去耕耘。
收起你操纵导弹的手指,
捡起你撒落地上的废屑,
留住大自然的和谐,
留住太阳的光辉,
让我们辛勤耕耘自己的家园,
让母亲永葆美丽的青春。"

录像带放完了,七姑娘仍然沉浸在幸福之中。这时,张杰进来说:
"七姐,人都到齐了,您还等一会儿吗?"
七姑娘:"走,开会去!"
七姑娘、金铃、张杰一起到会议室去开会。

九月中旬的一天上午,凤园府内忙忙碌碌,金铃指挥着杨小兵夫妇在收拾房间。

金铃:"小兵,我和七姐说说,你们两口子搬过来住吧,乃金、乃法、乃信马上就回国了,我年龄也大了,我和张杰也该搬回去住了。让林莺过来帮帮忙,都是家里人,我离开了也放心。"

杨小兵的妻子林莺说:"那敢情太好了,真是太谢谢您了金奶奶,麻烦您和七奶奶说说,我们可不敢说。"

小兵:"林莺,可不敢瞎说,咱们怎么敢搬过来住呢?听说七奶奶是去参加大小姐和三小姐的婚礼,姑爷们都要跟回来呢。"

金铃："七姐和孙女、孙女婿们住在中间这一排，前院后院还都有闲房，我们搬走了就更宽绰了。你们放心吧，等七姐回来我和她说。"

林莺："我在培训学校学了好多拿手好菜、饭，我过来了做给七奶奶吃。"

小兵："成不成我们都谢谢金奶奶！"

金铃："不用谢，瞧这孩子，多会说话。"

这时，电话铃响了，金铃拿起电话："喂！"

电话里传来七姑娘的声音："金铃，我们明天下午六点到北京机场，六个人，三个孙女、大姑爷、三姑爷和我。晚上在梦园大厦吃饭，叫上张杰、赵校长、大虎、小兵，大家见见面。"

金铃："知道了，七姐，您放心吧，我来安排。"金铃放下电话，"七姐明天晚上六点到北京，小兵，你安排车去机场，明天晚上在梦园吃晚饭。"

北京机场。七姑娘带着大孙女乃金和丈夫、二孙女乃法、三孙女乃信和丈夫走出机场出口，张杰、金铃、赵校长、王大虎和杨小兵迎上前去一边打招呼一边帮助拿东西。

金铃："七姐，你这一去就是一个月，可想死我们了。这都是谁呀？快给我们介绍介绍！"

七姑娘："这是两个新姑爷，让孩子们自己说。"

乃金拉着丈夫的手说："这是我的先生，美国人，中玉乃国博士。"

相貌堂堂且温文尔雅的乃国用流利的中国话说："你们好！对我的名字觉得奇怪是吧？以后有时间我再和你们慢慢说。"

乃信挽着丈夫的胳膊说："我的同学、同行、先生麦克博士。"

麦克一副军人姿态，充满青春活力，胸前挎着摄像机，就像随时要抢镜头。麦克的中国话毫不逊色于中玉乃国：

"大家好！以后还请多多关照！"

七姑娘："他就是老麦克上校的孙子，他爷爷当年是北平的美国领事，曾经救过我。"

张杰："七姐，咱们回去再说吧，先去梦园吃饭，吃饭时再慢慢说。"

七姑娘："好，先去梦园吃饭。"

司机把车开了过来。七姑娘和金铃、乃法一辆车，张杰和乃金夫妇一辆车，赵校长和乃信夫妇一辆车，王大虎和杨小兵开一辆面包车拉行李。大家先去梦园大厦吃晚饭，大约一小时左右，四辆车鱼贯而入开进梦园大厦。

晚宴很丰盛，主食依然是各式各样的水饺。快吃完饭时，大家一边吃着水果，喝着茶水，一边聊天。

七姑娘："今天的人很全，我有些事和大家说一说。张杰、金铃、赵校长和我年龄都大了，也该歇歇了。现在不是时兴顾问吗，我们都当顾问，把事情交给年轻人去干。我以后就把梦园交给我大孙女和乃国来管，法律法规、管理制度交给二孙女，园丁职业学校交给我三孙女和麦克来管。"

乃金："我和乃国都是学经济管理的，我还兼修了建筑设计专业。这次回来我们带来了纽约华夏置业公司文书，计划投资建造半公益住宅小区，引进一些先进的理念引导这个行业。"

乃国："让我用一首中国诗来替乃金解释，'安得广厦千万间，黎民百姓俱欢颜，家园幸福天下安，战争从此离人寰。'"

王大虎："大姑爷真了不起，你这一说我就明白了，你的中国诗作的比我们中国人都强。我还有一事不明白一直想问，你为什么起了个中国名字，而且还是中玉家的姓？"

乃国："说来话长，我爷爷是一个孤儿，小时候被中岳玉老先生在美国创办的园丁学校收留，中岳玉太祖赐我爷爷中玉姓，到我这一辈已经是第三代了。"

乃金："我还有一事相求，我刚回国，还需要了解适应一段时间，首先是要先到一家房地产开发公司去熟悉业务，有没有合适的公司帮我联系？"

赵校长："我的大儿子刚从部队回来，在房州市一家房地产开发公司当办公室主任，离凤园开车不到一小时的路程，你愿意去我和他问问？"

乃金："那太好了，注意不要暴露身份，就说去打工。"

赵校长："你放心吧，我知道。"

乃信："奶奶，我和麦克回国可是要开影视公司的，我们在曼哈顿已经注册了华夏影视公司，这次回国我们还带回来很多影视设备。这几年五姨奶给我们讲了很多中玉家的故事，我要自编自演自拍一部咱家的电视连续剧，奶奶可要支持我们。"

七姑娘："支持！你们把华夏影视公司就放在园丁职业学校，顺便兼管着学校的工作。"

麦克："谢谢奶奶！《世界文化》杂志亚洲版编辑部我们也放在一起。"

七姑娘："好，放在一起，办公场地就由赵校长安排吧。"

乃法："奶奶，我是学法律的，我对中国的法学体系了解的还不够，中美互派留学生其中有我，我还要到清华大学法学系继续攻读中国的博士学位。我在美国已经取得了律师资质，在曼哈顿注册了一个'曼哈顿中元律师事务所'，想迁址北京，把这个事务所放在梦园大厦吧？"

七姑娘："太好了，就放在梦园大厦，看着咱们的企业，我们办事自己首先要守规矩。"

金铃："乃法，你刚才说的是什么事务所？"

乃法："中元事务所。"

金铃："中元是哪两个字？"

乃法："中国的中，公元纪元的元。"

金铃："中元节不是鬼节吗？"

乃法："金奶奶说得不错，过去是有这个说法，但是现代的词典里已经没有这种说法了。我太祖说过，人类的繁衍生息是大自然规律，人类只有死去的人和活着的人，其中包括我们的先人和我们自己。人类经过多少亿年世世代代的死死生生，活着的人占死去的人的比例能有几何？每一个活人的归宿都是死人，所谓死人的节日还可怕吗？明白了这个道理，我们还有什么可以畏惧的呢？我太祖说'慧能有悟性，不愿升西天，人人皆升西天，则西天将人满为患。'其中道理，不说自明。"

金铃："乃法太有学问了，这一席话说得连我都明白了，看来传统观念也不一定都是正确的。"

乃法："金奶奶真开明，传统观念有很多都是经不住推敲的，需要人们去不断纠正，就像哥白尼的日心说终将纠正地心说一样。"

赵校长说:"七姐,有话明天再说吧,今天太晚了,你们刚下飞机,还是早些回凤园休息吧?"

七姑娘:"好吧。"

大家纷纷站了起来,送七姑娘一行去凤园休息。

第二十章　负债之豪

骗财骗色骗人骗信骗政府
乱家乱业乱民乱心乱国法

早上八点钟，中玉乃金开车来到了房州市，她找到了房州市大世界房地产开发公司后，把车停在附近的停车场，然后徒步走回来问门卫：

"请问这位先生，我是来应聘的，听说你们公司正在招聘办公室文职人员，现在还招吗？"

门卫："正在招，您进去往里走，找办公室赵主任，办公室在一楼，门口有牌子。"

中玉乃金："谢谢。"

中玉乃金来到一楼办公室，乃金和赵校长的儿子赵主任昨天约好今天来面试，两个人装作不认识。

赵主任问乃金："您有事？"

乃金："听说你们正在招聘文职人员，我是来应聘的。"

赵主任："您请坐，先填一份履历表。"赵主任递给金玉一份履历表，"您带身份证了吗？留一份身份证复印件，有学历和资质证明也留下复印件。"

乃金填完履历表，只留下了身份证复印件和一份曼哈顿大学本科毕业证的复印件，那已经是鹤立鸡群了。

赵主任拿着乃金的履历表说："请稍等，我到楼上去请示夏总。"

乃金："您请。"

不一会儿，赵主任从楼上走下来，对乃金说："夏总请您上去。"

中玉乃金随赵主任来到二楼，一股呛鼻的气味令乃金很憋了一口气。这是一个多功能总经理办公室，客厅很大，分别连着卧室、卫生间、总经理室。客厅兼作餐厅，正面靠墙有一个特大长条高脚鱼缸，里面有成群结队不远万里的"贵宾"在畅游浅底。墙角餐桌上放着两瓶"国宴特供茅台酒"，有一瓶已经打开了盖，散发着"特供"特味儿。在客厅深处，有伟大舵手毛主席抬手指引航向的全身瓷像立在左边；有永生永世都在超度老百姓成佛成仙的释迦牟尼佛祖端坐在中央；有罗贯中笔下诞生的忠义仁勇的关二爷手提青龙偃月刀守护在右边。在这样一个登峰造极的气氛中，一定会产生出高密度的混合型气场。

中玉乃金跟随赵主任走进夏总夏晓三的办公室，夏总办公桌后面有两面国旗赫然入目，国旗上方墙上并排悬挂着马、恩、列、斯、毛领袖画像。夏总硕大的办公桌上摆着两部座机和三部手机，座机、手机铃声不断，夏总正在打电话，看来一时半会儿打不完。办公室的墙壁上布满了各种挂图，有世界地图、中国地图、房州市吴家屯城中村平改规划图，还有吴家屯《天都小区建筑设计鸟瞰图》。

夏总右侧有一个大橱窗格外引人注目，橱窗门紧锁，里面装满了出土文物，奇珍异宝：秦砖汉瓦恐龙蛋，明清字画唐端砚。彼得大帝身佩剑，菩提树叶做底垫。

夏总仰靠着宽大的高后背沙发转椅，赤脚蹬在转椅上，用下颚和肩膀夹着话筒打电话，左手扶着办公桌晃动着转椅，右手拿着手机看来电显示。

夏总对着话筒高喊："放心吧姨夫，您就是我的亲姨夫，您说的话就是圣旨，我马上落实，五星级大酒店，给大少爷预定婚宴一百桌。您说什么？太见外了，拿我当外人。姨夫！饭钱、酒水、车队、婚庆公司什么您都不用管，领导得抓大事，请您在百忙之中抽空吩咐部下，把大世界开发公司天都小区的施工许可证赶快签发了吧，外甥另有重谢！好，痛快，噢了。"

夏总刚放下电话，手机又响了："我是夏总，什么事？……兄弟，你真是猪脑子，这点事还摆不平？花钱哪，钱就是领导，明白不？钱能领导当官的，大方点，只要肯花钱没有办不成的事儿。哪个贪官不吃腥啊，贪

官就是一条狗,你给它肉吃它就向你摇尾巴,吃了你的肉它就听你的话,叫它干啥它干啥。"

夏总接完手机,电话铃声急促地响起来,夏总又拿起电话,听了一会儿,面部的表情渐显严肃,严肃到眼露凶光,面带杀气,恶狠狠地说:

"干!多带些人,下手狠着点儿,放心吧,公安局我都打好招呼了。记着,要钱找我,其他的我什么都不知道。"

夏总好不容易暂时安静下来,眯缝着小眼睛瞟了一眼金玉,倏地像被蜜蜂蜇了一样从转椅上弹了起来。夏总立在地上比坐在转椅上高不了多少,他扁圆秃顶的大脑袋上满脸笑容堆起了摺,看上去像个熟透了的黄褐色软柿子。

夏总绕过办公桌,三步并作两步走到年轻漂亮的金玉面前,伸出熊掌一样肥厚的手掌握着乃金的手说:

"欢迎欢迎,咱们公司就需要你这样有造型的大学生,站在钉子户百姓的面前,能够充分展示出公司的形象。赵主任,我的面试通过了。"他看了看赵主任递过来乃金的履历表,"美国留学生,好,好!中玉乃金,名字很响亮,好,好!我就叫你乃金吧!"

中玉乃金:"谢谢夏总,我应该先向夏总申明,过些日子我还要去美国。"

夏总:"可以可以,去去就回来。"

夏总西装笔挺,皮鞋锃亮,两手叉腰,手心向外,两只手活脱两只张开的翅膀,就像一只刚刚从母鸽身上跳下来的公鸽,带着交配完后的惬意和自豪,踱着怡然自得并带有节奏感地八字方步,在赵主任和中玉乃金面前洋洋得意,显露出旁若无人地傲慢,高昂着头边走边说:

"我大世界开发公司正在吴家屯开发的天都小区项目有五十万平米,按每平米八千销售就是四十个亿,去一半费用还剩二十个亿。在家靠父母,在外靠朋友,我有今天的成就全靠哥儿们弟兄帮忙。我们能在一起干是缘分,你们都是我的亲哥哥亲妹子,我以后不会亏待你们的!"

这时,从楼下传来哒哒哒清脆悦耳地走步声一直响到夏总面前,高跟响底皮鞋上面亭亭玉立一个大美人。

赵主任小声和乃金说:"这是夏总的第二夫人名叫夏日,是夏总同宗出了五代的四姑。"

只见夏日桃腮愠色，高抬纤纤两指从精致的手包里夹出来一张字条，厉声说：

"夏晓三你个'夏三滥'！你打得一千万欠条也该给我了，你现在是大富豪，说话不能总像放屁一样。我现在急等钱用，限你在一月之内打到我卡上，如果再骗我有你好果子吃，到时候你可别后悔！"

巧舌如簧的夏总一时语塞，叉腰的两手顿时耷拉下来，抬起右手要去抢欠条，同时柔声细气地说：

"好媳妇，你别急，你给我看看欠条是怎么写的，我马上给你办。"

夏日把欠条丢给夏总，说："别撕啊，那是复印件，撕了也没用。可惜我一个如花似玉的大姑娘，十八岁从田埂上走出来，没见过世面，一朵鲜花错插在你这牛粪上整整十年。'夏三滥'，你一撅屁股我就知道你要拉啥屎。谁是你媳妇？我是你四姑！你大媳妇在咱老家守身如玉，守着房子守着地守着户口本，守着你老爸、老妈、儿子、闺女，你三媳妇三天两头到你这来睡觉，你四媳妇住在这伺候你，哪天把小五、小六给四姑介绍介绍？"

夏总果然要撕欠条，一看是复印件，顺手把它扔在办公桌上，坐回转椅上悻悻地说：

"夏日，我知道你又傍上大款了，有人撑腰了。你还别拿武大郎不当神仙，不就是一千万吗，一千万在我面前算个屁，等房子开盘后我给你两千万。"

夏日："给我两千万？呸，你还想象哄三岁孩子那样哄我？你说的哪一句话是真的？你看看这间屋里的东西，你看看你身边的一切一切哪有一样是真的，除了巨额欠债是真的。你信这个佛信那个神，你就信钱，你说我傍大款？你是傍大仙儿，顶着大仙儿糊弄老百姓。你还敢每天舔着脸皮冒充亿万富豪到处招摇撞骗？我看对你来说把大富豪的富改成负债的负才是真的，你有亿万负债才是真的。'夏三滥'你个'大负豪'，你有钱没钱我不管，你坑蒙拐骗我也不管，你听好，下月的今天你再不还我的钱，你出了事可别怪四姑我没跟你打招呼。那是我的青春钱，那是我的血汗钱，那是我这么多年开夏日服装店挣得钱，那里还有我老爸的抚恤金！我不能便宜了你'夏三滥'这个大骗子、'大负豪'!"

中玉乃金在旁边听着心中有些不悦,悄悄地示意赵主任赶快离开,赵主任站起来问夏总:

"夏总,没有事我们可以下去了吗?"

夏总在下属面前被夏日闹得十分尴尬,他依然眯缝着眼,摇晃着脖子清了清喉咙,歪头撇嘴讪讪地说:

"可以,去吧。这几天你们就在工地,继续做刁民的思想工作,有情况及时向我汇报。你们去就知道了,今天先给刁民们点颜色看看,他们再不拆迁我就叫政府出面强拆,到时候看我怎么收拾他们!"

乃金和赵主任下楼回到办公室,乃金也想了解一下民情,于是和赵主任说:

"赵主任,吴家屯远吗?什么是钉子户?夏总不是让咱们到工地去做钉子户的工作吗,我刚才听夏总的话头有些不对,你现在有空就带我去看看吧?"

赵主任:"吴家屯是房州市的一个城中村,是大世界房地产开发项目天都小区的工地,离公司不太远。好,你想去咱们这就去。"他扭头招呼司机小牛,"小牛!拉我们去工地。"

路上,乃金的手机响了,是三妹的声音:"大姐,你在哪呢?今天是你考察房地产开发的第一天,关系到我们回国后如何选项,二姐和我都想了解些情况,我和麦克想去跟踪采访,行吗?大姐夫和二姐我们在一起,我们已经到了房州市,你不让去我们自己在房州市转一圈就回去。"

乃金:"我和赵主任正在去房州市城中村吴家屯的路上,我预感那里的'天都小区平改'今天要出事,你们来了正好,现在就去吴家屯找我们吧。"

眼前的吴家屯虽如震后废墟,仍有近半数的房屋傲然挺立。沿街横挂着白布黑字横幅标语:"捍卫国家法律,誓与房屋共存亡!"村民们三五成群手持锹、镐,守卫着自己的残垣断壁。路边停着拆迁公司的铲车和钩机,拆迁公司破坏了已经搬走了的村民住房,暂时与坚守阵地的村民保持着相持状态。

天都小区售楼处盖在村外路口显要位置，司机小牛把车停在售楼处门前，赵主任和乃金走进了售楼处。乃金高傲有度的气质显然没有引起村民的敌意，有几个村民代表跟了进来，大家想看看来者何人。

乃金说："叔叔、大爷们，你们好！我想了解一些情况，先和大家说清楚，我不代表任何人，只是想随便问问大家，给大家盖新房迁新居是好事，你们为什么不愿意搬迁呢？"

一位四十多岁的大叔手拄着镐把说："给我们建小区盖大楼谁不乐意？傻子才不愿意搬迁呢。旧房置换新房政府有明文规定，谁想超规定标准多要也办不到。关键是我们不放心，大世界开发公司的老板根本没实力，说句老实话，比我稍微强点儿的人就敢胡说盖几十万平米的大楼？想空手套白狼？我们是怕搬走了回不来！"

这时，一辆奔驰越野汽车停在售楼处前，乃法、乃信和大姐夫乃国、三妹夫麦克下车后也进了售楼处。麦克挎着摄像机一进来就开始摄像。

乃金示意妹妹们保持安静，一位戴眼镜的老大爷见到进来的几个人大有来头，于是点燃了一支烟，有板有眼地说：

"一看你们几个就是有身份的人，能够替我们老百姓做主，或者向上级反映一下情况也好。我姓吴，是我们村里的小学老师，当老师的应该为人师表，不能说假话。第一，大世界开发公司的老板官商勾结，暗箱操作。第二，开发商手续不全，立项报告、规划许可证不合法，土地证、拆迁许可证、开工许可证这三个手续一个也没有。第三，开发商没钱没信誉是个骗子，戳起售楼处就想收钱，这样的开发商我们不放心。"

乃法："吴老师，您说的这些都有证据吗？"

村委吴春生说："我是原村长，现在是村委，叫吴春生。我们新村长是贿选出来的。大世界老板家里开了一个夏日服装店，给我们村民每人发了一张夏日服装店的购物券，公布新村长的名单后，每人可以凭购物券领取价值五百元的防寒服。我们大家都后悔选村长时贪小便宜吃大亏，举错了手站错了队，没想到新任村长和开发商有勾结，新任村长跟开发商私下签订了开发合同，根本没通过村民代表大会。"

建筑公司吴经理说："我和大世界夏老板一块包过工程，夏老板是大包我是二包，结果工程款全部进了姓夏的腰包，这个黑了心的夏晓三找了

各种借口克扣了我们的工程款,我一辈子辛辛苦苦挣下的三百多万都赔进去了。我告到法院,他又贿赂法官,使这个案子到现在整整四年没有结果。他骗我我不能亏欠工人,可怜我一个六十多岁的老汉卖了汽车卖设备,垫付了了工人工资,还了拖欠的材料款,最后公司破了产。"

吴老汉说到伤心处,止不住辛酸地泪水夺眶而出。

吴老师说:"他们这是将生米煮成熟饭,让政府就范,让其他开发商不敢接,其手段何其毒也。"

村委吴春生:"大世界老板把拆迁包给黑社会,黑社会借用拆迁公司的营业执照,他们停水停电,堵门断道,砸玻璃拔烟囱,前两天还放出风来,扬言如果我们再不搬迁,就要给我们放血。"

乃金闻听一惊,连忙说:"果有此事?大家先不要说了,也不用问,你们赶紧回去通知乡亲们,让乡亲们早做防备。法玉,你懂法律,你设法通知公安局,请他们到这里来保护乡亲!"

售楼处里几个老乡闻听急忙忙刚走出去,村里就传来了打砸声。孩子的哭声,大人的叫声,棍棒的撞击声,刀械的铿锵声响成一片。

乃金:"老二、老三咱们姐妹赶快去救人,乃国马上给奶奶打电话,告诉她这里发生的事。麦克负责拍照取现场证据,赵主任联系公安局。大家注意安全,不要分开!"

姐妹等六人进了村,看见一百多个身上雕龙画凤的小伙子正在殴打村民。乃金立刻发出指令:

"老二、老三,用硬币飞镖,注意不要伤人性命,上!"

姐妹三人快步如飞冲进人群。一场斜风钱雨洒向纹身雕臂的恶人,被钱雨砸着的凶神恶煞一个个慌了神,手中的刀械棍棒纷纷落地,全都张嘴吐舌吓破了胆。

乃信边抛硬币边喊:"小子们!三姐给你们俩钱花花,快拿着回去买糖吃!"

乃法看到村民要还手,大声说:"乡亲们!大家不要动手,等政府来处理!"

中玉乃金一个鹞子翻身立在村中央的平房上,挥了挥手大声说:

"乡亲们!大家不要乱,天道自有公理,政府有办法解决。你们拆迁公司的人一个都不许走，乖乖地站在一边，等候政府处理，谁要乱动后果自负！"

姐妹三人围住了恶徒，等候政府来人处理。

旋即，大队警车呼啸而至，把吴家村围了个水泄不通。一辆闪灯鸣笛的警车来到村中央，从车上下来几个领导，为首的一个人来到刚从平房上跃下来的中玉乃金面前，握住乃金的手说：

"您就是梦园总经理中玉乃金博士吧？我是房州市市长高鹏，接到上级领导的电话我们马上就赶过来了，谢谢您帮助我们及时制止了一场恶性事件。"

高市长站在一块高台上，拿着话筒向乡亲们说："乡亲们！让你们受惊了！我们的工作没有做好，我作为房州市市长，代表房州市政府向乡亲们赔礼道歉！"高市长深深地向乡亲们鞠了一躬，"塞翁失马，焉知非福，你们知道今天解救你们的是谁吗？"高市长转过身叫中玉乃金，"这位女士就是北京梦园的中玉董事长，请把你的姐妹们叫过来。"等到中玉家姐妹过来后高市长又说，"刚才上级领导给我打电话，特别嘱咐我说，站在我们面前的是国内外赫赫有名的中玉家族，是中玉家族的五位博士！是中玉家族留在中国的最年轻有为的一代人，他们也有房地产开发公司。领导还说，他们公司有30%的利润用于园丁公益事业，大家说，我们是不是因祸得福啊？"

乡亲们掌声雷动，欢呼如潮："我们选梦园开发！梦园！！梦园！！！梦园……"

晚上，孙女、女婿齐聚在凤园的客厅，向奶奶讲述白天吴家屯事件的经过。

七姑娘："你们干得好，这就对了。我的孙女们也见过世面了，知道在外面怎么做事了，是我们中玉家族的传人，奶奶高兴！"

乃信："奶奶，是您给上级领导打得电话吗？"

七姑娘："我的孙女、孙女婿在外面受了委屈，何止我一个人在打电话？"

乃金："幸亏高市长及时赶到，要不然我们还不好收场呢。"

乃法："奶奶，中国的法制虽然有一些漏洞，总的来说还是比较健全的，只要是上级领导亲自抓，下面办事反应快，处理问题及时果断，执行政策不走样。"

乃国："奶奶，西方国家的宣传还是有些偏颇，我今天看到了中国政府应变的快速反应，据我所知，一般的国家都做不到。"

麦克："奶奶，今天我太高兴了，我和乃信搜集的现场素材非常生动翔实。如果说文学作品都是源于生活高于生活，也就是虚构，而我和乃信将来的作品就是真实的历史记录。"

七姑娘："你们别高兴得太早了，听你们介绍的情况，高市长已经表明让咱家去开发，可是咱们还没有准备好，你们下一步计划怎么去做呀？"

乃金："我还是那句话，衣食住行先有家，瑶池公寓安天下。就让我们中玉家族在房州市建造第一个瑶池公寓吧。但是今天有一件事让我很揪心，我在大世界开发公司看见夏老板的所作所为，在吴家屯听到老乡们反映的情况，中国政府的廉政建设不可忽视。"

七姑娘："用你们太爷爷的三大动力，什么事不可以解决呀？"

乃国："中国官员的工资和率先富裕起来的私有经济者收入不平衡，公务员利用权钱交易来满足自己的生活需要，寻求与自己地位相匹配的消费上的平衡，因此而产生腐败是不可避免的。"

麦克："全世界各个国家都一样，绝不仅仅是中国，这个问题联合国都没有办法解决。"

七姑娘："可我们是在中国，我们是在继续你们太爷爷的事业，我相信我的孙女们会把你们做的每一件事情都可以做好。"

乃金："高效高薪，简政养廉。保证公务员的生活水平，提高公务员的福利待遇。"

乃法："严肃法纪，莫伸手，伸手必被捉。"

乃信："全民信仰。"

七姑娘："那是总书记、总理的事，尽说些不着边际的，说些小的，说具体的，说你们要做的瑶池公寓。不涓溪流，无以成江海；不积细土，无以成高山。人人把小事都做好了，大事也就做好了。"

乃金："奶奶，您先别急，我和乃国讨论过这事，不过还不成熟。"

七姑娘："你们有什么想法说出来听听，让我们大家给你们参谋参谋。"

乃金："刚才奶奶说，解决公务员待遇问题那不是我们考虑的事，我们就从住宅小区做起。大家都知道房地产开发利润很大，我们又有30%的利润留给居民，但是这些钱再多也有花完的一天。如何让这些钱越来越多，永远也花不完，就需要有一个公司来管理。我们从离岗和退休的公务员队伍里招聘公司员工，享受公务员在岗待遇，使他们能拿双薪，可以提高公务员离岗或退休以后的生活水平。"

乃国："在我们开发的小区里，可以降低公务员买房按揭的首付款，可以延长公务员按揭贷款的年龄限制，公务员离岗或退休以后，不仅住进了将军级待遇的保险箱，还几乎可以得到一套廉价住宅。"

乃法："这是一个很不错的激励办法，但是应该有公司的规章制度来约束。到我们公司来是有条件的，来公司之前必须公开公示，而且是在公务员曾经服务过的领域和范围严格公开公示，这就给目前在岗的公务员一个约束，只有规范自己的本职服务，才有以后的幸福生活。"

乃信："公示落榜了多丢人，公示通过了有钱有房有体面，好，真好！可以先试点，然后向社会推广。我们抛砖引玉，争取社会其他行业效仿。整个社会都行动起来，何愁腐败不能解决呀？"

麦克早就在悄悄拍摄，听完后禁不住拍着手说："三大动力养廉，市场规律养廉，民众监督养廉，这个办法太好了。从今天上午到现在，我记录了人民力量真实的历史镜头，我拍的电视实况连续剧又有了一集了。"

七姑娘："小麦克真能创新，还整出来电视实况连续剧了。不错，我的孙女们也能担大任了，你们说的方法我都听明白了，就是你们太祖的货币调节平衡动力，法律约束平衡动力，信仰引导平衡动力，这就叫学以致用，融会贯通。"

第二十一章 天上人间

衣食住行住居首
天都瑶池百姓家

一个月以后的一天下午，清华园。乃信急匆匆地边跑边打电话：

"二姐，在哪个教室？……我可先声明，你让我替你可以，法律我可什么都不懂，我假扮你我还得假扮牙疼，一言不发。……咱们说好了，明天上午你陪着我和麦克去看马场。"

"大负豪"夏晓三没有如期还上夏日的欠款，夏日在和新婚丈夫出国定居之前，一气之下把夏晓三行贿的数起犯罪事实告到检察院。大部分证据都是夏日亲历亲为，所以一下子就做成铁案，夏晓三被检察院收审，大世界开发公司因巨额负债而倒闭，在房州市政府的协调下，华夏房地产开发公司接管了天都小区。三姐妹为了妥善解决大世界开发公司的善后事宜，出于人道主义精神，中玉乃法义务担当了夏晓三的辩护律师。今天上午，乃法约好去看守所探视犯罪嫌疑人夏晓三，了解案情，所以不能到清华大学去听课。清华大学法学院胡教授，今天在课堂上分析中玉乃法的新观点《论法律法规的自由裁量》。因为是自己写的论文，乃法可以不听课，但是不可以不到场，请来三妹代劳是最佳选择。

乃信坐在课堂上，嘴里含着一个大杏核，双手托腮，一看就知道是在牙疼。胡教授讲的是什么，乃信一句也没听进去，胡教授刚说完"同学们先休息，下节课接着讲"，乃信第一个跑出教室，来到离教室很远的一个小花园，赶紧吐出嘴里的大杏核包在手绢里，嘴里不含杏核的感觉真好。

乃信正想着下一节课不去上了，写个假条让谁送去，自己赶紧逃之夭天，迎面追过来一个男青年。这个青年满脸笑容，竟然冲着自己彬彬有礼地开了腔：

"中玉乃法同学，是我，田野。我看你不舒服，是不是牙疼？"

这位自称田野的小伙子显然是把乃信当成中玉乃法了，大老远地追过来，看得出来十分关心二姐之痛痒，所以给乃信的感觉不错。乃信再一打量来人，更加增添了良好的印象。田野就像那中央电视台年轻的节目主持人，令女孩子从目光到身心都被吸引。

乃信一时不知如何回答，托着腮说："是，谢谢。"

田野："我陪你到医院去看看吧，牙疼不算病，疼起来能要命。"

乃信："不用，谢谢，现在好多了。"

田野："你的这篇《论法律法规的自由裁量》写得太好了，有深度。不仅提出问题很尖锐，很全面，而且解决问题的办法具体实用，有普遍的现实指导意义，我很佩服。"

乃信凭直觉能看出田野对二姐有爱慕之心，想到二姐处事一贯循规蹈矩，错过了多少好姻缘，自己不妨做一回月下老帮帮二姐。

乃信："我哪有那么好，你的学识更令我钦佩，看问题有很深的洞察力，你以后可要多帮助我。"

田野听了激动得脸色绯红："你太谦虚了，冒昧地说一句，从你的学识到气质，你简直就是我崇拜的偶像。"

乃信："田野，这句话应该我对你来说，你才是我心中的偶像。"

田野非常高兴，试探地问："以后我们能不能多联系？"

乃信："当然，但是我不知道怎样去找你。"

田野："这个星期日我去你家找你，你也可以到我家来，如果你愿意，我们也可以约一个地点。"

田野从兜里掏出笔记本撕下来一页，写上自己的手机号码，住宅电话，家庭住址递给乃信。乃信也给田野留下了自己的手机号码和家庭住址，然后说：

"田野，咱们说好了，这个星期天先去我家。记住，西四北头条副九号。"

田野："乃法，你真爽快，你以前给我的印象是高不可攀，今天判若两人。"

乃信："真是开玩笑，邓小平说，实践是检验真理的唯一标准，咱们接触时间短，印象和现实当然是两个人，时间长了就是一个人了。"

田野："你的牙疼好了吗？我看不肿了，还要不要去医院？"

乃信下意识地摸摸腮，说："还有点疼，看见你就好多了。"乃信灵机一动，又说，"田野，我家附近有一个牙科诊所，医术很不错，我怕又肿起来，还想去看看。拜托你帮忙请个假，我不去上课了行吗？"

田野："我是班长兼课代表，你去吧，我准假了！"

乃信高兴地拍拍田野的肩膀，说："谢谢，够哥们儿，星期日去我家，别忘了，再见！"然后开车离开了清华园。

房州市看守所会见室。中玉乃法正在向夏晓三了解案情，质询证据，看来已经接近尾声。

中玉乃法："委托人，你还有什么话要说吗？"

夏晓三："律师，我大概要判几年？我也想好好盖房，就是小马拉大车，算了，不说了，你能不能替我辩护判虚刑？"

中玉乃法："你的犯罪事实证据确凿，数罪并罚，十年以上，量刑标准已经超过虚刑界限，只能实刑，除非你有重大立功表现。"

夏晓三："我怎么能立功？"

中玉乃法："你可以举报同案犯，或者检举其他犯罪嫌疑人。"

夏晓三："反正我也没好了，我就当一回刘胡兰，兴许还会有人救我。我求你件事，你救救我，我出去后给你几百万，我可以先给你打个欠条。"

中玉乃法："什么事？"

夏晓三："我说几个人，你帮我找找他们，这些人手眼通天，什么事都能办。"

中玉乃法："办什么事？"

夏晓三："帮我找找人，托托关系，说说情，你就是大慈大悲的观世音菩萨，你就是我的再生父母。"

中玉乃法冷冷地说："你还有什么事？没事我走了。"

夏晓三："算了，墙倒众人推，鼓破万人捶，锦上添花者众，雪中送炭者寡，我认栽了。"

中玉乃法："你自省吧。"

中玉乃法站起来离开了会见室，狱警把夏晓三押回牢房。

清晨，凤园后院习武场。七姑娘带着孩子们打拳、练剑、搏击、飞镖。

七姑娘说："孩子们，早点歇了吧，今天是星期天，上午我们商量天都小区的开发项目，大家回去做做准备。"

乃信悄悄地和二姐说："二姐，昨天你回来的太晚了，我还没来得及和你说。我给你相中了一个男朋友，我约他今天到咱家来玩。"

乃法闻听生气地说："老三，今天可不是愚人节，你开什么玩笑？"

乃信："二姐，你先别着急，这个人你认识，我看就像中央电视台的节目主持人，保你满意。"

乃法："谁？赵忠祥？最近离婚了？我有那么老吗？去去去，爱逗谁玩逗谁玩去！"

麦克听了走过来说："二姐，是真的，乃信昨天晚上和我说了，我认为也非常好，是你要等得那个人。"

听麦克这么说乃法有些半信半疑："瞎说什么呢，云山雾罩的？"

听到给二孙女找对象，七姑娘立刻来了兴趣："你们吵吵什么呢？怎么还有主持人赵忠祥啊，快说给奶奶听听。"

乃信把昨天怎么冒充二姐，怎么装牙疼，怎么抓住时机试探田野，怎么假扮二姐和田野迅速发展感情的经过说了一遍，直逗得大家捧腹大笑。

七姑娘听了非常高兴，说："老三真能整，我听着不错，老二，你说呢？"

乃法："田野也是校花，是男生校花，追他的女生成群结队，他是我们清华园女生崇拜的偶像。"

乃金："他不会是花心吧？"

乃法："那倒不会，他处事很稳重，有头脑，有思想，不跟风，不盲从，考虑问题有自己的主见。"

大姐夫说："你们听不出来？二妹同意了。"

乃法："瞎说，我只是说说自己的看法，我根本就没往那上想，从来没有过。"

乃信从口袋里掏出田野的通讯地址，说："二姐，田野的通讯地址你拿着，田野留的是我的手机号码，田野到咱家以前如果来电话我来接，到时候你可别把小妹卖了。咱们可先说好了，下午陪我们去看马场。"

乃法接过田野的通讯地址，说："放心吧，田野不来我也陪你们去。"

七姑娘："如果田野是咱家的人，老三可立了大功了。"

乃信："还是奶奶开明，那奶奶给我什么奖励呀？"

七姑娘："给奖励，一定要奖励，你们买马场的钱由奶奶出。"

乃信："那我们就买一个大大的马场。"

七姑娘："这丫头，猴精猴精的，自己去选场地，买个大大的。你们快回去准备吧，上午事还不少呢。"

吃完早饭，大家围坐在客厅，开始讨论天都小区开发项目。麦克照常打开摄像机开始摄像。

七姑娘："今天的会议还是由乃金主持，大家发表自己的意见。乃金，开始吧。"

乃金："天都小区项目现在还是沿用原大世界开发公司的名称，还需要换一个名字吗？比如瑶池公寓，和谐家园，和我们开发小区的目的一致，也可以说是名副其实。"

乃法："我认为天都的名字起得不错，比较含蓄，适合当前自由裁量原则。瑶池公寓或者和谐家园听起来直观，是我们房地产开发，达到平衡和谐住宅小区的目的，是能够使居民修身齐家安天下的安居工程。但是瑶池公寓或者和谐家园这样的名字过于外露，有广告宣传之嫌，因为社会上挂羊头卖狗肉者比比皆是，人们会认为是'狼来了'。"

乃信："我同意二姐的意见，就用天都公寓的名字，做瑶池公寓的事。到将来事情做成后，社会上争相效仿时，我们就做砖头，玉成美事，让给别人去盖瑶池公寓吧。"

乃国："我同意。"

麦克："我也同意。"

七姑娘："就叫天都公寓吧。"

乃金："天都公寓面积比较大，有先天的地理优势，利于我们搞试点。小区第一配套设施有学校、幼儿园、托儿所；第二配套设施有诊所、保安、车队、餐厅、花匠；第三配套设施有室内传呼网络、室外监控网络；第四配套设施有服务项目齐全的，室内高顶江南水乡花园式园中园；第五配套设施设立天都置业有限公司，负责小区的物业管理、服务管理、资金管理。"

这时乃信的手机响了，是田野打来的，乃信拿起手机说：

"喂，田野吗？我是乃法，我在家，你来吧，没关系，我的家人都想见见你。好，我在家里等你，不见不散！"

七姑娘："田野上咱家来了？太好了，大家快点儿，接着说，抓紧时间。"

乃法："小区搞得好主要是有可持续供应的资金来源，居民在外面必须要花的钱放在小区里消费，这是第一个资金来源。我们留下的30%利润用来再投资所产生的利润是第二个资金来源。对第二个资金来源我们要亲自操作，可以用这笔钱开发第二个天都小区，这样循环往复，连续发展，前面开发的小区就会有源源不断的资金流入了。"

乃信："衣食住行住居首，天都瑶池百姓家。如果所有的小区居民都能够平衡和谐，过着天堂一样的生活，谁也不会为了二斗米而折腰，甘愿冒生命危险帮着总统去抢邻国的高压锅了。"

乃国："乃信你说什么？还有人帮着总统去抢邻国的高压锅？"

麦克："我知道，她这是趣改姜昆的相声小品。寓意发动战争，掠夺资源。"

七姑娘开怀大笑："老三，你可逗死奶奶了！"

这时，杨小兵来报："七奶奶，门外有个学生叫田野，说是约好了来找乃法。"

七姑娘："乃法，你快去把这个田野请进来让我们看看。"

乃信："二姐，你等会儿，咱俩换换衣服，换换手机，别露了馅。"

乃法和三妹换了衣服和手机，然后出去接田野，大家赶紧收拾客厅，备好茶果，准备迎接乃法的男朋友。

乃法带着田野走进客厅，耳听为虚，眼见为实，田野果然是一表人才。

乃法："这是我的同学田野。"

田野施礼："大家好！"

乃法向田野一一介绍亲人，她先介绍奶奶："这是我的奶奶。"

田野："奶奶好！"

七姑娘："你好，快坐下说话。"

乃法介绍大姐大姐夫："我的大姐和大姐夫。"

田野："大姐、大姐夫好！"

乃金、乃国："都好，都好，快请坐。"

乃法介绍乃信和麦克："我三妹、三妹夫。"

田野看见乃信一愣："三妹好，三妹夫好！"

乃信："怎么，看着面熟吧？认识我二姐就认识我了，我和二姐是孪生姐妹，以后可别认错了呦。"

麦克扶田野坐下："你请坐，不要客气。我夫人喜欢开玩笑，以后还请多包涵。"

七姑娘："田野同学，我们正在讨论天都小区的开发建设，你要不要听一听？"

田野："那太好了，我也想学习学习。"

七姑娘："欢迎田野也来参加讨论。乃金，还是由你主持，我们开始继续讨论。"

乃金继续说："我们有充足的资金可以保证天都小区项目开发用款，可以保证完备的配套设施，可以保证有30%的利润留在天都小区使用，总之，我们可以保证在一段时间以内，天都小区居民在生活上达到相当水准的待遇。我们现在主要讨论能否保证他们永久性的福利待遇。"

乃法："我们掌握了货币调节平衡动力，有了资金基础，这还不够，还必须要制定永久性的规章制度。大家知道，全球经济在以前、到现在乃至永远都是市场经济，市场经济的驱动力是有限公司和股份公司，我们可以利用公司法来约束资金的运用，明确资金的权属、用途、可持续发展的唯一性制度。从美国洛克基金会开始，集中民间资金为社会做公益事业，已经有了一百多年的历史。在天都居民入住前，我们还有时间讨论，这个章程制度就交给我来制定吧。"

乃信："二姐刚才强调了法律约束平衡动力，说明公益事业不是从我们开始做，但是可以从我们开始做得最好，可以从我们开始引导大家做得更加效果显著，也许三十年，也许五十年，也许我们都能看得到，因为我们的努力，在信仰引导平衡动力的作用下，天都小区的运行模式，会在加速度发展的轨道上产生核裂变，全世界人人都来做园丁，每一个人都在辛勤耕耘着地球家园。"

田野参加了大家的讨论，他第一次感受到全新的理念和认识，感受到希望和憧憬，感受到和煦阳光下的明媚，感受到全身热血沸腾，感受到他愿为此而奋斗终生。

这时林莺进来问："七奶奶，都十二点多了，该吃饭了，我现在炒菜吗？"

七姑娘："可不，太投入了，都忘了点儿了，今天田野在这吃饭，多炒几个好菜，喝茅台酒，走，咱们吃饭去！"

很快，祖孙七人围坐在餐厅，林莺炒菜，小兵端菜，乃信给大家斟酒。

七姑娘："给小兵、林莺也倒上酒，让他们一块吃。"

小兵："七奶奶，你们先吃，我们忙活完了就来。"

七姑娘："来，我来领杯，大家共同举杯，第一杯，欢迎咱家的新成员田野，干杯！"

大家一饮而尽，麦克给大家斟酒。

七姑娘："第二杯，为了你们太祖父的三大动力在天都生根、开花、结果。干杯！"

大家共饮，乃法给大家斟酒。

七姑娘："我今天高兴，来，大家举杯，第三杯，老三让我太高兴了……"

乃信："第三杯，为了奶奶给我们买一个大马场，奶奶给我们花钱高兴！"

七姑娘："这个鬼丫头，对，就算是为了大马场，干杯！"

大家干杯，田野给大家斟酒，然后举杯站起来，说：

"我敬大家，感谢大家能够接纳我，祝愿奶奶身体健康！祝愿大家事业有成！我干了，代表我的心意。"

七奶奶："田野，你坐下喝，咱家喝酒都坐着喝。"

田野坐下一饮而尽。

乃信："田野，你应该单敬我二姐，来，我给你俩满上。"

田野端起酒杯对乃法说："乃法，我敬你。"

乃信："不行不行，田野得说两句，表示一下此时的心情。"

田野："乃法，你是我心目中崇拜的偶像。"

乃信："一时？一生？一杯酒的工夫？不行不行，我二姐早晨还夸你是有深度的人，你和我二姐说的这句话没深度！"

田野："乃法，你今生今世都是我心目中崇拜的偶像！"

乃法脸色绯红，和田野碰杯后二人一饮而尽。

乃信："田野，你可要一辈子都对我二姐好，大家都听见了，今生今世，还有麦克的摄像，我们都是你的呈堂证供。"

麦克："乃信，咱俩喝一杯，你也是我心中的偶像，永生永世！"

乃信："看着眼热，麦克，好，干！"

乃信和麦克碰杯同饮。

乃国对乃金说："夫人，我敬你。我爱你，今生今世，永生永世，我爱你一万年！"

乃金："美国人都爱凑热闹。"

乃金夫妇举杯共饮。

乃信："奶奶，你说要重奖我，我现在打报告申请，你们下午都陪我和麦克去看马场，马场旁边还有一块地，可以建一个高尔夫球场，顺便也把它买下来？"

七姑娘："行，我们下午都去看马场，顺便也看看旁边的高尔夫球场地。小兵！你负责安排汽车，她们酒喝多了，不能开车！"

小兵："您放心吧，七奶奶，我去安排。"

吃完午饭，稍息片刻，杨小兵开一辆中巴拉着大家去看马场。在紧挨着马场的地方，大家又选中了一块地建高尔夫球场。

第二年夏天，天都小区临近竣工的时候，凤园的电话接连不断。天都公寓早已销售一空，位于毗邻的市规划内拆迁小区找到华夏开发公司，要求帮助一并开发，于是开始了天都二期工程。知道天都公寓内情的人们想尽办法，托人找关系要买房，所以七姑娘的电话不断。这种状况使七姑娘很高兴，只要来电话，总是不厌其烦地做解释工作。

电话铃又响了起来，七姑娘拿起话筒："喂。"

话筒里传来了金铃的声音："七姐，我是金铃，您好吗？我可想死您了！"

七姑娘："金铃，你怎么不来看我？你说走就走了，凤园还给你留着房子呢！"

金铃："七姐，我就是想说房子的事。凤园我是不回去了，我这么大岁数了，不能给您添麻烦。儿子从海南岛回来了，我们想在乃金那买套房，在乃金开发的小区里住着踏实。"

七姑娘："天都小区在房州市，离北京远点儿，要不你等等，马上要在大虎他们村开发。"

金铃："房州市离北京不到一小时的路还算远？在北京动动就得一小时，房州市的房价还便宜，北京市的房价太高我也买不起，您就帮我找乃金说说吧。"

七姑娘："金铃，你骂我？找乃金买房别跟我提钱。"

金铃："七姐，您别生气，您这样说我就不买了。"

七姑娘："你气着我？明天早晨我就让小兵去接你和张杰，有什么事来了再说。"

金铃："是，七姐，明天我和张杰去看你。不用小兵接，我和张杰自己去。"

七姑娘："不行，小兵！……"小兵闻听立刻跑进来，"明天早晨，你去金铃奶奶家接金奶奶和张总，要早点去，七点就去，不要让他们自己来！没事了，你去忙吧。"小兵答应着出去了，"金铃，你听到了，我和小兵都说好了，明天见。"

金铃:"是,七姐,明天见。"

第二天上午不到八点,小兵就把金铃和张杰接到凤园。七姑娘正坐在客厅里等候,金铃仍然是老习惯,人未到声音先到。

金铃:"七姐,我又回家来了,我就知道,您这时一定是在客厅等我吧?"

七姑娘闻听迎出来:"你还知道回家?你就没把凤园当成家。"

张杰看到七姐说:"七姐,看您气色不错,身体也挺好,真是太好了。"

大家坐下后七姑娘说:"张杰,你做得不对,你怎么就不去梦园了呢?"

张杰:"孩子们都非常优秀,我怕帮不上忙反而添乱,对于我来说,我退下来就是最大的贡献了。"

七姑娘:"张杰,你真行,不管怎么说,你能这么想这么做真是难能可贵。"

金铃:"七姐,看着三个孙女这么有出息我都替您高兴,这才叫世代忠良,豪门望族之后,青出于蓝而胜于蓝。"

七姑娘:"大早起的糖吃多了?说正经的,你们想买房?"

金铃:"儿子一家从海南岛回来了,落不上北京户口,房州市离北京也很近,还可以上户口。听说是乃金在那儿开发呢,是福利性住宅,老百姓都抢疯了,这不是回家找七姐来了吗。"

七姑娘:"来找我这就对了,原来是这样。忘了问,你们吃过早饭了吗?"

张杰:"七姐,吃过了,我们到家还客气。"

七姑娘:"吃过早饭了你们就喝点水,咱们这就去房州市。"

杨小兵开车拉着七姑娘和金铃夫妇来到房州市,汽车停在天都公寓售楼处。售楼处门前挤满了人,天都一期工程已经销售一空,天都二期工程还没有开始销售,人们自发的排好了号,每天都来询问,唯恐错过了时机。

金铃："七姐，您没来过吧，瞧您多官僚，乃金的天都公寓一房难求吧，我还从来没有看见过这样买房的场面。"

张杰："我听都没听说过。"

七姑娘："老百姓拥护，就证明事情做好了。"

金铃："这就是老爷、夫人百年的心愿，让后代子孙完成了。"

七姑娘："还早呢，这才刚刚开始。"

七姑娘看到眼前的情况，掏出手机给乃金打电话：

"乃金，你在哪儿呢？你在梦园等着我们，金奶奶和张总我们在一起，我们一会就到。"她放下手机说，"小兵，送我们去梦园。"

七姑娘带着金铃夫妇来到了乃金的办公室，乃金赶紧迎上来，热情地打招呼：

"金奶奶、张总、奶奶，你们快坐下。张总，您怎么总也没来呀？"

张杰："你挺忙的，也没什么事，我来不是给你添乱吗。"

乃金："张总，您尽为我们着想，顾问办公室还给您留着呢，您来我们高兴。"乃金说着给乃国打电话，"乃国，奶奶和张总夫妇都来了，就在我办公室，你过来吧。"

七姑娘："乃金，你金奶奶想在天都买一套房子，你给选一套吧。"

乃金："为什么在天都选？离北京那么远，再等一等，我们在市内也有开发。"

金铃："我儿子一家人回北京了，落不上户口，天都可以落户口，离北京也不太远。"

乃金："给你们一套吧，就算是发给张总的顾问工资。"

张杰："不行，你们盖的是福利房，能买到就是恩惠我们了，给我们我们就不要了。"

这时乃国走进来，和大家打完招呼后说："刚才我听到了你们的谈话，我有办法解决张总的自尊心问题，张总还可以享受到经济补偿。"

七姑娘："乃国有办法，快说给我们听听。"

乃国："马上准备成立的天都置业股份公司，对离岗或退休的公务员实行廉政鼓励政策，双薪、降低按揭首付、延长按揭贷款年龄。张总和家人可以享受这个优惠政策。"

金铃:"我儿子是上校师副参谋长,军转干部,算不算公务员?"

乃金:"乃法制定的规章制度里面,公务员系列包括部队转业干部。"

张总:"还是年轻人,考虑问题全面,这么办什么问题都解决了。"

乃国:"张总、金奶奶,有些事还要说清楚,对不起,丑话说在前头,还有一个问题必须提前声明,天都公司录用员工前,需要在本人的服务范围内公开公示,公示合格后才能录取。"

张总:"这个条件我有把握,我的儿子我知道。如果公示不合格,你们放心,天都置业股份公司搞得是廉政鼓励政策,我们一定得支持,绝不能带头搞腐败。"

乃金:"奶奶,你们来看看天都的沙盘吧?"

七姑娘:"好啊,我们看看。"

乃金办公室的东侧是天都公寓建筑设计施工沙盘,大家围在沙盘前听乃金介绍。

乃金:"天都公寓是一个四方形封闭小区,外围是二层底商,全部对外出售。有东西南北四门,临四条交通要道。小区内是二十四层至二十八层高层住宅,小学校、幼儿园、托儿所是独体建筑,全部是地下车库。小区中心是园中园服务建筑,外园是三层建筑,一层是餐厅操作间和单间包房,二层是小区娱乐室、健身房、琴棋书画室,三层是天都置业股份公司的办公室、诊所、工作间。内园是三层悬空江南水乡花园式大餐厅,内园顶部是连接外园楼顶拱形轻体玻璃钢。"

乃国:"所有住宅内安装传呼网络,保安、医护、司机传呼二十四小时服务。小区各个角落安装监控探头,二十四小时监控服务。"

金铃:"这得多少钱哪。"

乃金:"天都一期工程利润留给天都置业公司六亿元,这笔钱已经投放二期工程,如果我们现在开始销售二期楼盘,给二期居民留下30%的利润后,可以马上收回双倍利润。"

乃国:"天都股份置业公司一年时间赚六个亿,我想小区居民怎么花也花不完。这样循环往复,小区居民的托儿所、幼儿园、小学校应该是免费的,物业、就诊也是免费的,住房维修、更换住房附属设备都是免费的。当然特殊的救助更是免费的。"

七姑娘："如此最好，这笔钱以后用好意义重大，天都一期居民入住之前公司应该成立起来，进入正常的运行状态。"

乃国："目前正在紧锣密鼓地筹建天都置业公司，房州市政府为了扩大影响，准备上报国务院有关部门，在钓鱼台国宾馆举行天都置业股份公司成立大会，届时请中央电视台录像。"

乃金："可是我们的法律约束制度还没有最后确定下来，怕奶奶着急，所以没有及时向奶奶汇报。"

七姑娘："今天是个机会，张总、金铃也来了，马上通知乃法、乃信、麦克他们中午到梦园来吃饭，下午两点在梦园会议室开会，研究制定天都公司的法律约束制度。"

乃金："是，我立刻通知。"

七姑娘："别忘了通知田野。"

乃金："知道。"

金铃："七姐，你们商量正经事，我们回去了。"

七姑娘："瞎说，中午我要好好陪你们喝两杯，下午要听你们的意见。"

张杰："我们听七姐的。"

七姑娘："这就对了。"

大家吃过午饭以后，稍事休息，下午两点齐聚在会议室开会。

七姑娘："会议例行程序，还是由乃金主持。乃金，开始吧。"

乃金："中午吃饭时大家已经有所了解，目前天都一期即将竣工，居民马上要入住，天都一期加上及时投入天都二期的回报利润，小区自有资金总额已经达到十二亿。货币调节平衡动力的第一阶段已经完成，今天研究制定法律约束制度。"

乃国："包括筹建天都公司的具体事宜。"

乃法："天都社区的法律约束制度按公司法制定。第一步，成立天都置业股份有限公司，股东是虚职，可以保证公司的资金不会被股东挪用，居民又没有权力支配，只能用于小区的福利事业，这样资金才会越来多，社区福利才会越办越好。第二步，及时组建天都公司实职领导集体，使之尽快展开工作。第三步，天都公司的资金及时投入到下一个开发项目。"

田野："天都公司的虚职股东应该是中玉家族实业和中玉家族成员，实职集体领导必须是天都小区居民，为了推行公务员廉政鼓励政策，优先从公示合格的离退休公务员中择优录用。我同意和房州市政府联合筹办天都公司成立的庆祝活动，这样可以给社会呈现一个良好的形象效果。"

乃信在低头写写画画，麦克转着圈给大家选镜头。

七姑娘："张杰、金铃，说说你们的看法？"

金铃："孩子们说得太好了，就这样办，保证没问题。"

张杰："金铃说得对，真是太好了，时间这么紧，还要制定具体的制度，都是为了社会平衡和谐，孩子们受累了。"

七姑娘："你们说话怎么这么客气，请你们是来提意见的，不是来夸他们的。麦克，别尽顾着拍摄，那不是还有摄像探头吗，说说你的意见。"

麦克："奶奶，摄像探头是固定的，还不能录声音，没有实况效果。大姐、大姐夫、二姐、二姐夫说的我都同意，我们乃信还没说呢，她说完我再说。"

七姑娘："乃信，低着头写什么呢？说说你的意见！"

乃信拿起一张纸，抑扬顿挫地念起诗来："天女散花先祖画，四律三力后世达。衣食住行住居首，天都瑶池百姓家。奶奶，这首诗写得怎么样？我刚才是在想具体的制度。虚职实业股东非我太祖创办的中玉银行莫属，个人股东就是在座成员，个人虚职吗，股份当然是越少越好，每人一元钱。效仿我太祖，做一枚玉刻方章，留给天都做镇宅玉玺。上面雕刻我太祖的天女散花，四面雕刻我刚才念的那四句诗，从东面开始是第一句，然后是东西南北顺着排。下面印鉴是'中玉银行'。奶奶，您看我设计的好不好？"

七姑娘："别看老三说话老没正形，说出话来数臭豆腐的，闻着臭吃着香，嚼着有滋有味。"

麦克："我附议夫人的意见，请奶奶明鉴。"

大家一致同意乃信的提议。乃信又说："我还有一个建议，举行天都公司庆祝仪式时，我们顺便把二姐和田野的婚事也办了。给他们一个神不知鬼不觉，只有我们一家人知道，既省事，又有趣，好不好？"

七姑娘："说着说着就没边了，这事得你二姐、二姐夫说了算。话说回来，反正也拉了结婚证了，就是一直没时间，我看正大光明地搭个车也未尝不可。今天先不定，等你二姐和二姐夫商量商量再说。"

钓鱼台国宾馆，天都置业股份有限公司成立庆祝大会。华夏房地产股份有限公司和房州市政府联合举办这一盛会，国务院有关部门的领导应邀参加，中央电视台现场录像。

庆祝大会正式开始，房州市市长高鹏和七姑娘热烈握手拥抱，然后高市长致开幕词：

"尊敬的各位领导，各位来宾，女士们，先生们，大家好！我代表房州市委、市政府、华夏房地产股份有限公司，欢迎大家怀着极大地热忱，参加天都置业股份有限公司成立庆祝大会！首先我向大家隆重介绍我们敬爱的七奶奶——中玉星园女士，这位叱咤风云近一个世纪的大英雄，少年街头救孤，青年英名威慑日寇，壮年继父业作园丁，辛勤耕耘地球家园，老年豪情愈热，继续在人间大地播撒阳光。谢谢您，七奶奶！您是我们政府公务员最好的朋友，您开创了公务员廉政鼓励的先河；您是当代企业家的领头羊，您甚至在世界上首创了名副其实的安居工程；您做得就是天都置业股份有限公司镇宅玉玺上的刻字'天女散花先祖画，四律三力后世达。衣食住行住居首，天都瑶池百姓家。'；您培养了高水平、高素质的孩子，您在中国的六个博士接班人，使您的园丁事业后继有人，源远流长……"

高市长讲得津津有味，台下的乃信悄悄地指挥亲友给二姐安排新婚庆典。电视台主持人袁月是乃信的好朋友，拉着乃信的手说：

"三妹，你放心吧，这点小事包在姐姐的身上，等庆祝大会一结束，新婚大典马上开始。"

乃信："婚礼要隆重、文明、简洁、喜庆。"

袁月："明白，三妹，我办事你放心。"

乃信："对，用我奶奶的话说，这就对了，你办事我放心。"

贵宾室里，乃法和田野已经准备好，乃金在帮助二妹整理服装。婚礼结束后，乃法和田野即刻去曼哈顿度蜜月，飞机票已经买好，杨小兵在门前等候开车送乃法和田野去机场。

乃金："二妹、二妹夫，婚礼结束后马上去机场，小兵在门口等着你们呢。到了曼哈顿替我们向五姨姥、姨姥爷问好，问大舅、舅妈好，问兄弟姐妹们好。"

乃法："是，我记住了。我们还想去一趟瑞士，看看二舅、二舅母，我们不多呆，很快就回来，家里的事大姐、大姐夫和三妹、三妹夫就多操心了。"

乃金："放心去吧，多玩两天，家里的事不用挂心，有我和三妹呢。"

会场上突然响起隆重地婚礼进行曲，只听主持人袁月说：

"现在，开始举行中玉星园博士和田野博士的新婚典礼，请新娘新郎……"

乃法和田野在婚礼进行曲中走进了大会堂，彩带飘动，花絮四溢，全场来宾用潮涌般地掌声为二位新人祝福。

第二十二章 以身施法

为官者安居乐业百姓景仰
当市长环境保护园丁躬耕

乃法和田野从曼哈顿回国以后,不久就拿到了清华法学博士学位,全国各大机关团体争相邀请,有些政府机关也发来了聘书,夫妻二人即将离开清华园,奔赴新的工作岗位。

星期日中午,七姑娘邀请田野的父母来凤园作客,乃金夫妻、乃法夫妻、乃信夫妻作陪。

田野的父亲是西城区人大常委会主任,叫田秋景。母亲是北京师范大学教授,叫郗珍。夫妻二人都是国家干部,田野是他们的独生子。

七姑娘:"你们夫妻教子有方,我代表中玉家感谢你们,我敬你们一杯酒。"

田秋景:"不敢,老前辈,我们夫妻应该感谢您。是您教育出乃法这么优秀的孩子,美国、中国双博士,凤毛麟角呀!"

郗珍:"七姨,您德高望重,我和秋景敬您,祝您高寿。"

三人同饮。

乃法和田野共同举杯敬奶奶和父母,乃金夫妻、乃信夫妻共同举杯敬奶奶和田野父母。

七姑娘:"过些日子我去曼哈顿参加我五姐的百年大寿,你们谁跟我去呀?"

乃国:"乃金要照顾孩子,公司又离不开,我们不能跟奶奶去了,让二妹、二妹夫去吧。"

乃法："我和田野正在等待分配，我们恐怕也离不开。乃信即将分娩，医生检查是双胞胎，也不能去。我们在曼哈顿时我大舅、大舅妈说要来接奶奶。"

乃信："我和麦克陪奶奶去，美国的婴儿福利待遇高，我去曼哈顿生小宝宝，享受一下美国婴儿的福利待遇。我也想五姨姥、姨姥爷了，麦克也想回家看看。"

乃金："胡闹，这怎么能行！"

七姑娘："车到山前必有路，到时候再说吧。"

田秋景："田野、乃法，你们已经毕业了，毕业以后有什么打算？"

田野："我已应聘法制日报社编辑部主任，隶属司法部，同时被聘为司法部司法委员会委员。"

郗珍："从事本专业工作，学有所用，不错。"

田野："我之所以应聘这个岗位，是想从舆论和立法上尽最大努力，去解决法玉的研究课题《论法律法规的自由裁量权》。"

乃法："我已应聘燕山市政府面向全国公开招考，隶属燕山市的一个县级市'南湖市市长'，考试和面试都已经通过了。"

田秋景："你可以留在国家大机关，这样起点高，发展快，为什么要去燕山从政呢？"

乃法："一方面是我的父母双双在燕山脚下震亡，我想为那里的父老乡亲们干一些实事。另一方面是我想亲力亲为，从基层做起，在我太爷爷太奶奶的燕山祖籍，我要去做燕山女儿，在工作实践中检验'法律约束平衡动力'的作用。当然，如果没有大姐的货币调节平衡动力和三妹的信仰引导平衡动力配合，我绝对是孤掌难鸣。"

乃金："燕山是我们姐妹的出生地，乃法去那里尽力是我们姐妹的共同心愿，我保证积极配合。"

乃国："那里是我们的祖籍，还有我们的爸爸、妈妈，乃法是替我们去尽孝，我们当然要全力以赴地支持。"

乃信："我和麦克一星期去一趟，跟踪实况拍摄，偶尔冒充二姐当当市长也过把官瘾。"

乃金、乃国、麦克会心一笑。

乃法心领神会，赶紧说："我是去服务，不是去做官，说话没正形。"

麦克："大姐夫说得对，燕山有我们的爸爸、妈妈，我们必须应该经常去看看。我们可以投资拍摄《燕山大地震》，尤其是震后的变化，废墟上的凤凰涅槃。"

七姑娘："乃法从政的想法，是传承我爸爸《法律约束》的理论，我的孙女去身体力行，名副其实，我很欣慰。特别是乃法提到要去做燕山女儿的想法，奶奶很受感动。乃法去当南湖市长，奶奶支持，总得有人去替老百姓干实事。看来我的三个孙女都这么忙，奶奶也不能闲着，奶奶负责照顾重孙子，做好后勤保障工作。"

乃信："我们中玉家族在中国已经有了三个接班人了，就剩我二姐了。二姐夫，你们有了孩子是不是继承传统衣钵，'孟子曰不孝有三无后为大'呀？"

乃国："我知道这句话的含义，就是传宗接代是大孝。"

麦克："我也知道中国的传统习俗是有了儿子才算有了后代，女儿不算后代。"

乃信："男子为后，女子为育后机器。"

郗珍："刚才乃信的话虽然尖刻，却不无道理。田野结婚前都和我们说好了，生下男孩姓田，生下女孩复姓中玉。我和秋景不封建，我们也商量好了，今天表个态。生儿育女是为家，更要为国，先国后家。传宗接代要优生优育，养儿防老须国富民强，中玉家族做的事是千秋大业，需要后世传承，将来他们的孩子生男生女都姓中玉，我们老了显然绝无后顾之忧。"

田秋景："郗珍刚才表明了我们夫妻的态度，这也是现代文明的体现，是符合宪法的。婚姻法规定，子女可以随父姓，也可以随母姓。我们这样做往大说是为了国家，往小说也是为了自己。"

麦克："我的爸爸、妈妈早就告诉我和乃信了，我们的孩子也都姓中玉，用中国一句成语叫英雄所见略同。我的爸爸、妈妈说，我家和中玉家是世交，这样做既为自己也为了地球家园。"

乃信："我和麦克闲暇时趣说姓氏，偶有谬论，并无考证。有多少人自己被钉在历史的耻辱柱上，后人大可不必为先人陪绑。奸人之后应该改换门庭，另立门户。姓孔的有孔子绚烂的光环照耀，姓刁的代表人物，就只有大家较为熟知的沙家浜里面的汉奸刁德一，姓笪的也只有文学家笔下的哈巴狗二鬼子笪润田。人们应该聪明一点，秽口的姓氏并非个人专利，很可能是历史上专横的统治者让被征服者背负的羞辱，受羞辱的后代大可不必代代背负羞辱的印记。不要自觉地去甘当他人笔下的流氓汉奸哈巴狗之称谓。"

田野："婚姻法关于取得姓氏的权利人界定是监护人，对监护人的姓氏没有规定。有很多名人、艺人、伟人、潜伏地下的革命者都是自立姓名，如果他们愿意，他们自立的姓氏就传给了被监护人。"

乃信："还是法学博士有学问，如果世人觉醒，我中玉家族已立家谱二十代，我中玉乃信自愿担任天下需要接受保护的孩子们的监护人。"

大家哈哈大笑。

七姑娘说："别听她的，她刚才说了，全是趣谈。田野爸爸、妈妈的话让我很受感动，我代表我的爸爸妈妈，代表中玉家族敬你们夫妻！"

七姑娘和田秋景、郗珍干杯。

七姑娘又说："田野妈妈，我的三个孙女，咱们女人共同举杯，敬咱们的男子汉，真正的大丈夫所为，因为咱们是一家人，咱们做的是一件事！"

一家人举杯畅饮。

又逢每月第一个星期一的上午八时，在梦园大厦会议室，按中玉集团的规章制度，中玉所属法人公司照例举行高管办公会，七姑娘每次都来参加会议。外地不能到场的参加视频会议，麦克打开视屏，调整好摄像机的角度。

中玉乃金主持会议："人都到齐了，奶奶，可以开始了吗？"

七姑娘："开始吧。"

乃金："咱们开始吧，和以前一样，按咱们办公会议规定的顺序说，我管理的华夏置业股份有限公司放在最后。"

梦园大厦兼凤园连锁店总经理中玉乃国说："根据中玉集团在省会以上城市筹建梦园大厦的发展战略，这几年，我们陆续在上海、天津、重庆、深圳建成梦园大厦并开始营业，资金总额扩大了五倍，利润增长了十倍。省会、计划单列城市正在石家庄、郑州、济南、南京、成都、广州、沈阳、哈尔滨、大连、青岛等十个城市兴建，筹建资金充足，进展顺利。在县级以上城市设立凤园饺子宴、凤园肥羊火锅连锁店的发展战略，目前在全国已经发展到五百五十五个县、市，利润增长了五十多倍。存在的问题是缺乏管理人员，急需在南方再设立一所职业学校，迅速扩大培训范围，我的汇报完了。"

中玉乃金："下面接着说。"

七姑娘："大家等一等，我先说两句。刚才听了中玉乃国的汇报，我很欣慰。梦园、凤园干得很出色，是大家努力的结果。挣钱了，很好，应该奖励，利润的10%立刻发给大家，利润的30%同时放到最需要的地方。今天散会以后，大家马上去落实，我们要在全国前排一百个贫困县建一百所小学，前排十个贫困县建十所中学，前排第一个贫困地市建一所职业大学。学校的规模一定要大、要好、要做到百年大计。不要怕花钱，学校施工图纸由中玉乃金参照欧美园丁小学、园丁职业大学规划设计。我这个老太太也与时俱进，说个新词，就叫'111园丁工程'。学校筹建前请希望工程协助，和当地政府结合，学校建成后移交给当地政府管理。以后每年都搞一次'111园丁工程'，就用这个办法，形成一个制度。"

梦园主会场、全国各地分会场热烈鼓掌。

八点三十分，视屏上出现了乃法，乃法昨天刚到南湖市去上任，不能到场，按中玉集团规定应该参加视频会议，乃法说：

"大姐，我刚到南湖，我还有事，今天的会议我请假。"

乃金："可以，有事你就忙去吧，会议内容给你发过去，晚上你自己看吧。"

南湖市市长办公室门外堆满了人，各个机关领导争相来向新市长汇报，统统被市长秘书杨坤挡在门外。

南湖市常务副市长李铁柱抻着杨坤说："我的杨大小姐，您没病吧？您看清楚，我是南湖市常务副市长李铁柱，中玉市长刚来，什么情况都不了解，需要我向中玉市长介绍情况。"

中玉乃法在办公室里面喊:"杨秘书,请李市长进来,你也来!"

李市长和杨秘书进去后,李市长说:"中玉市长,今天周一,是市长办公会,还开不开?"

中玉乃法:"开,但我不参加,由你主持。我要出去三天,这三天南湖市的上传下达,各种会议,迎来送往,正常事务都由你负责。"

李市长:"是,中玉市长,你放心去吧。你是去哪里开会?"

中玉乃法:"不,我就在南湖市。杨秘书,可否给我找一辆好骑的自行车,借给我三天,我要在南湖市的区域内转一圈。"

杨坤:"中玉市长,自行车就用我的。还是让我跟您去吧?"

中玉乃法:"不用,我一个人方便。你在家把该做的事情排一个时间表,整理一份备忘录,不能有遗漏,你能处理的自己处理,处理不了的回来交给我。"

李市长:"中玉市长,还是让司机跟着你吧,又快又安全。"

中玉乃法:"我是考察民情,又不是去观光,当然是越慢越好,越细越好,还是骑自行车吧。我作为南湖市市长,在自己管理的城市都没有安全感,我这个市长就别当了。"

杨坤:"中玉市长,有事就来电话。"

中玉乃法:"这三天我是以一个普通百姓的身份去体验生活,请你们没有重要的事情不要打搅我。"

南湖市是中国近代工业的摇篮,这里有闻名中外的开滦煤矿给大地带来千里光明,给百姓送去万家温暖。这里开出来中国第一台蒸汽机车,这里的陶瓷闻名遐迩,被誉为北方瓷都。这里是中国评剧的发祥地,一代又一代的评剧大师从这里走向艺术的巅峰。这里座冀东平原,菽醇稻香。这里临渤海内湾,风调雨顺。却可叹地震摧颓,塌陷积痌,百姓无不翘首,期待凤凰涅槃。

中玉乃法衣着简朴,头顶夏日艳阳,第一天计划骑车沿南湖市地界绕行。只见南湖市街区杂乱无章,郊区农舍陈旧老化,中玉乃法心中顿觉沉重。

一辆倒垃圾的汽车从毗邻区、县开过来,扬起高高的尘土在乃法面前掠过，顺着颠簸的小路往南湖市里走，后面撒下一路垃圾。乃法想看看垃圾往哪里倒，骑车跟着汽车走。不一会儿后面又开来一辆倒垃圾的汽车，乃法站在路中央拦住了汽车。

中玉乃法："师傅，您是去倒垃圾？往哪里倒呀？"

司机长着络腮胡须，说话很直率："不倒垃圾来这干什么，臭气熏天的，有病？往塌陷坑倒，还能往哪倒？"

中玉乃法："塌陷坑离这有多远？"

司机："外星人？不知道塌陷坑，这方圆几十里地都是塌陷坑。"

中玉乃法："是地震形成的吧？"

司机："地震，放炮挖煤，一、二十道百十米深的大巷，天天使炮轰，用炸药炸，炸了一百多年，最后剩这么个大塌陷坑。看你像个知识分子，给我们好好研究研究，里面有一片好水，是天然地下水，总倒垃圾把水都污染了。"

中玉乃法："耽误师傅了，谢谢师傅提醒。"

司机："只要你是想办好事，我乐意奉陪，不用客气。"

司机开车去倒垃圾，中玉乃法骑车顺着一路撒下来的垃圾往里走，想看看在闹市中，这个方圆几十里地的大塌陷坑究竟是个什么样。

塌陷坑果然很大，乃法骑车快走到水边时已经到了中午。她感到有点饿，看见旁边有一个小煤矿，煤矿门前有个敞脸儿小吃店，于是推车过去吃午饭。乃法找了一张圆桌坐下，要了一碗小米绿豆粥，两个菜包子，一碟小咸菜。她用筷子夹起一个菜包子刚要吃，一个老太婆领着一个小女孩来要饭。

小吃店老板怒喝："去去去，还没有剩下的呢，没看见客人吃饭呢吗？"

中玉乃法："师傅，再给我来两碗小米粥，四个菜包子，两碟小咸菜，一块算账。"

中玉乃法把店老板送上来的饭菜拿到老太婆和小姑娘面前，说："你们坐下慢慢吃。"

老太婆连连作揖，也不答话，和小姑娘立在桌前狼吞虎咽。

中玉乃法："你们是哪里人？为什么出来讨饭？家里都有什么人？"

老太婆好像什么也没听见，只顾低头喝粥。

店老板："谁知道她们是哪儿的人，反正不是本地人，来了有一段日子了，晚上在这睡觉，白天吃剩饭。今天赶上她们有运气，碰上你，吃一顿热的。"

老太婆和小姑娘很快就吃完了，中玉乃法问："吃饱了吗？"

老太婆依然不答话，只是用两眼盯着乃法还没吃的两个菜包子，小姑娘端着一个小饭盒伸到乃法面前，小饭盒里面有几枚硬币。乃法从衣袋里掏出来一把硬币，想了想又放回去，随后拿出两张一元钱纸币放进小饭盒，又把两个菜包子递给老太婆，老太婆又作了个揖，然后拉着小姑娘走了。

中玉乃法："师傅，再给我来两个菜包子，一块结账。"

店老板："好咧！看得出来你真是个大善人。"

中玉乃法："师傅，这个煤矿是谁开的？怎么没挂牌？"

店老板："要是别人问我还不告诉他，这个煤矿就是大名鼎鼎的三铁开的，偷挖开滦煤矿的煤角。"

中玉乃法："个人偷开的，没人管吗？"

店老板："在南湖还没人敢管三铁，三铁多大腕儿呀，手眼通天。这地方鸡不叫狗不咬，上面护着，下面供着，垃圾山高，皇帝不到，炮药一响，黄金万两，不逮就干，逮了就跑。"

中玉乃法："谢谢你这么爽快，老师傅！"

店老板："这有什么好谢的，你又不是南湖市市长，管不着这一段，我就是随便说说，耍耍贫嘴。"

中玉乃法吃完结了账，到外面拿起手机拨通了"110"，法玉说："公安局吗，在塌陷坑小煤矿门前有个小吃店，这里有两个讨饭的，一个老太婆带着一个小姑娘。你们过来查一查有没有问题，如果没问题把她们送到民政局安排去处。我是谁？……请你们认真去办，我以后会找你们检查落实处理结果的。"乃法说完放下手机，骑车继续往塌陷坑里面走。

眼前的情景让乃法触目惊心，满目塌陷积痈，垃圾成山，污水横流，郊荒农徙。乃法屏住呼吸继续往里走，走着走着，乃法眼前突然一亮，心胸豁然开朗，聚慧眼，这里应是别有洞天：犹抱琵琶半遮面，千呼万唤始出来。地震燕山天造物，天降南湾玉湖水。

中玉乃法抑制不住激动的心情，大声呼喊："燕山南湖，我来了！太爷爷、太奶奶，你们的后代中玉乃法，燕山女儿回来了！爸爸、妈妈，你们的女儿回来了！"

中玉乃法离开塌陷坑时，太阳已经落山。她此时想着将来开发的远景，心情十分舒畅，车子也骑得飞快。这时手机响了，是秘书杨坤打来的电话：

"中玉市长，您在哪里？要不要去接您？"

中玉乃法："杨秘书，我刚从塌陷坑出来，一会儿就到家了。你回家吧，不用管我。"

杨秘书："中玉市长，您要多加小心，那一片儿天黑以后不安全，前几天有坏人在那里抢劫，还没有破案呢。我和司机在机关等您呢，您现在到哪了？走的哪条路？我们去接您！"

中玉乃法："放心吧，我不会有事的，听话，你们都赶快回家！"

中玉乃法骑车继续往回走，一路上她设想如何改造这一湖碧水，才不辜负天地造化，这也许是拉动南湖市经济的一个契机，是天赐良机。

中玉乃法正在冥思苦想时，一辆摩托车马达轰鸣，从后面飞驰而来，擦肩掠过乃法。骑摩托车的人抢走了乃法的挎包，乃法的自行车险些被带倒，乃法本能地大喝一声"站住！"旋即扔掉自行车向前拔腿飞跃，抬手发出两枚钱币飞镖，摩托车应声倒地。

两个歹徒爬起来还在莫明其妙，却看见眼前站着一个美妙如玉的年轻女子，不由得嘿嘿淫笑，心中油然高兴，真是踏破铁鞋无觅处，得来全不费工夫。两个歹徒同时掏出匕首，像饿虎扑食般扑向乃法。

中玉乃法顿时怒从心头起，遂长呼一口恶气，轻蔑地说：

"和你们动武还怕脏了本大人的手，让你们长点教训罢了！"说罢双手发出钱币飞镖，两个歹徒的双手双脚同时多处中镖，扑通、扑通双双跪倒在地。不知天高地厚的歹徒还想去抓掉在地上的匕首，待感到双手连心刺痛时，方才知道吃饭连碗也端不起来了。

中玉乃法在一天里第二次拨通了110电话："这里有两个持刀抢劫的匪徒，你们过来把他们带走。这里是哪……"乃法看看周围并无明显标

志,一时不知道怎么回答。

这时市府的汽车停在面前,原来是杨秘书不放心,带着司机来接中玉市长。乃法把手机递给跳下车来的杨坤,说:

"杨秘书,你来得正好,告诉公安局这里是哪,让他们把抢劫犯带走!"

杨坤:"市长,是您抓住的罪犯?您没事吧?"

中玉乃法:"我没事,你快给110回电话,他们还等着呢。"

杨坤:"公安局吗?这里是凤凰路,刚才是谁?是中玉市长亲自抓住的罪犯,你们快来吧,中玉市长还等着呢!"

司机林森说:"中玉市长,您真了不起,您来之前我们都听说过中玉家族的厉害,果然名不虚传。"

杨坤:"林森,你在这看着犯人,我和中玉市长开车先回市政府,自行车留给你。"

林森:"没问题,看他俩也动不了,中玉市长累了一天了,你们先走吧。"

中玉乃法:"不行,我还不能走,公安局还得做笔录呢。"

杨坤:"中玉市长真不愧是中、美法学双博士,熟知法律程序。"

大约过了一刻钟,两辆警车鸣着警笛由远而近停在面前,前面一辆车上下来了南湖市警察局局长李强,后面警车上下来了四个持枪刑警,刑警押着两个罪犯上了车。

李局长上前和中玉乃法握手,说:"中玉市长,是您抓住的罪犯?您真了不起。让您受惊了,我是南湖市公安局长李强,是我的工作没做好,我向您检讨。"

中玉乃法:"李局长,没想到在这种场合见面。先别忙着检讨,你马上查查,今天中午我给110打了一个电话,看看落实了没有?"

李局长:"是!我马上查。"

中玉乃法:"杨秘书,把我的手机号码给李局长,今天中午一点十分,查值班记录。"

杨坤给了李局长电话号码后,说:"中玉市长,咱们走吧?"

中玉乃法:"把自行车、摩托车都装上车,咱们去公安局做笔录。"

李局长："中玉市长，您今天晚上先休息，明天您什么时候有时间，我带人去您办公室吧？"

中玉乃法："严格执行司法程序，去公安局！"

李局长："中玉市长，您还没吃晚饭吧？咱们先到刑警队做笔录，做完笔录后我安排晚饭，您累了一天了，您放松放松，交给我安排。"

中玉乃法："谢谢，我已经吃过晚饭了。赶快抓紧时间做笔录，晚上我还有事。"

民警们把自行车、摩托车装上汽车，中玉乃法和杨坤坐上林森的汽车去公安局刑警队做笔录。

曼哈顿中玉庄园。七姑娘来美国给五姐庆祝百年大寿，没等中玉诗华夫妇去接，麦克在乃信的慷慨支持下亲自护送，一来回家省亲，二来五姨姥百年寿诞不能错过实况录像，第三，乃信来时一再嘱咐，一定别忘了向五姨姥要几匹好马。

到达曼哈顿的第二天上午，五姐、五姐夫来到七姑娘的别墅看望七妹。

七姑娘："五姐、五姐夫，我刚要过去看你们，你们就过来了。"

五姐夫："七妹，你从地球那边都过来了，我们才走几步路，还不该来看看你？"

五姐："老七，怎么就你和麦克在家，你儿子、儿媳呢？"

七姑娘："我让他们出去办事了。临来时孙女给我布置的任务，乃金给我一份《华夏星光》娱乐城规划设计方案，让她大舅做施工设计图纸。乃法给了我一份《红楼琴园》规划设计方案，我让大儿媳去做施工设计图纸。乃国说还要在梦园顶层搞什么网？"

麦克："因特网批发销售，国际物流。这件事知识含量高，需要软件开发，得找计算机专家研究编程，制造模块，奶奶不懂，只有让麦克亲自去办了。"

七姑娘："臭小子，瞧把你能的。你二姐还有一份《南湖开发规划设计方案》在你那呢，说要让你大舅看看，别忘了。"

麦克："奶奶放心吧，南湖市市长交办的任务我还敢忘？"

五姐："乃法当市长了？"

七姑娘："在咱爸、妈燕山祖籍所在地，她爸、妈震亡的那个市，乃法说是学为所用，用为所长，亲力亲为，以身施法。"

五姐夫："七妹带出来的这三个在苦水里泡大的孙女都有出息了。"

五姐："老七，我说你是美糊涂了还是老糊涂了，把乃信扔在家，带着麦克一个人来了曼哈顿，怎么让小两口分开了？"

七姑娘："乃信就要生了，还是龙凤胎，来不了。"

五姐夫说："老七，姐夫也得说你，麦克这时候怎么能离开妻子呢？"

麦克："五姨姥、姨姥爷，这事可不怪我奶奶，是乃信非要我来。一是护送奶奶；二是五姨姥百年寿诞是中玉家族的大事，需要实况拍摄，别人拍不放心，只有我拍她才放心；三是惦着我，想让我回家看看。"

五姐说："这三丫头，说话办事真可我心儿，怀孕就是龙凤胎，真招人疼。你们回去时从曼哈顿园丁职业学校带回去毕业班的两个幼儿专护，素质可高呢，在纽约都非常受欢迎。一切费用由我出，算是我送给乃信的礼物。"

五姐夫说："再带一些幼儿专用品。"

七姑娘："五姐、五姐夫，北京什么都有，现在不是文革时期了，你们真是老不省心。"

五姐："老七，你还敢说我老？你也是八十多的老太太了。咱们现在就去赛马场，咱们比一比，在马上你还真不是对手。"

七姑娘："去就去，谁怕谁呀。"

五姐夫："你们两个都是第一，一个在美国无人不知，一个在中国尽人皆晓，都是顶天立地的大英雄，宝刀不老，好吧！"

五姐："老七都说我老看来我是老了，人家老七在我面前还是个小姑娘，才八十多岁。听说老七这几年在大陆发展的资产都快赶上我了，到我这么大还有十多年呢，还要翻几番呀？"

七姑娘："五姐取笑我，我刚过几天好日子，只不过是守住了中玉家的根，没给咱爸、妈丢人。"

五姐："七妹，五姐说句心里话，在咱家最小的是你，折腾最大的也是你；最不放心的是你，最放心的仍然是你；最没钱的曾经是你，最有钱的将来还得是你;最苦的是你,最甜的更是你。没有你,就没有爸的《天女散花》图,没有你,就没有中玉家族的百年佳话,你真不愧是爸、妈心中的七仙女呀!"

五姐夫:"七妹,这也是我的心里话。你既是五姐、五姐夫心中的小姑娘,又是中玉家族的掌舵人。如果说中玉家族是地球家园的园丁,你就是我们中玉家园的园丁。"

七姑娘:"你们怎么啦?大早起都喝多了,尽想着给我戴高帽,这里是曼哈顿,不是中国'文革'。"

五姐:"我们真不是给你戴高帽,你那个'111园丁工程'真是大手笔,不愧是咱们中玉当家的。"

五姐夫:"又像咱们二战时的七姑娘了,你的事迹又开始轰动欧美了。"

七姑娘:"又取笑我,你们和爸、妈都已经做了一百年了。我才刚刚开始,不过是抛砖引玉,只是想起一个小小的信仰引导作用。"

五姐夫:"咱们别再快乐嘴了,你们不是要比武吗,去马场!麦克,你去开车。"

麦克:"五姨姥,乃信让我和您说,她有一件事想求您,怕您不答应。"

五姨姥:"你还没说怎么知道我不答应,什么事?"

麦克:"乃信说,您先答应了才让我说。"

五姨姥:"这鬼丫头,我说怎么一直都没弄明白,自己怀着大肚子还舍得让麦克来,这么舍本儿,还是有事找我。你说吧,只要我办得到我就答应。"

麦克:"五姨姥,我们在北京买了一个马场,乃信想跟五姨姥多要几匹好马。"

五姑娘:"北京也让赛马了吗?这是好事,五姨姥得支持。想要马好办,跟我去马场选,只要你们能运得走,随便牵。看你们这么神秘兮兮的,我还以为是想当曼哈顿区长呢,那我可说了不算,那得选举。"

麦克开车,拉着三位老人去了马场。

北京郊区。中玉跑马场即将开业，七姑娘一家人九点就来到跑马场，七姑娘和田野、麦克去骑马，乃金夫妇和乃信在主席台上看大舅的《华夏星光》娱乐城施工设计图纸。今天是星期日，上午十点，乃法也从南湖市直接赶来了跑马场。

乃金看着图纸说："大舅的施工图纸水平就是高，把我的几个技术问题都解决了。"

乃国："是建在马场还是建在高尔夫球场？"

乃信："我都看好了，就建在赛马场和高尔夫球场的中间。"

乃金："办事不由东累死也无功，反正是乃信的大老板，就听乃信的。"

乃国："资金听奶奶的。"

乃信："奶奶给的马场和高尔夫球场的钱就足够了。"

乃金："那就抓紧落实手续，赶快开工吧。"

乃法走上主席台，说："大舅母的《红楼琴园》施工设计图修改后很有创意，大姐、大姐夫，《红楼琴园》在南湖市作为一个城中村改造重点项目，不仅是南湖第一个安居工程，更因为是在曹雪芹的家乡，一定要把它建好。"

大姐夫："《红楼琴园》开发你就放心吧。你们的《南湖开发规划设计图》我和你大姐都看过了，确实很好，建成后真是一座美丽的城市。"

乃法："南湖规划上级领导已经全部批准了，特别是要把垃圾塌陷坑改造成超过两个西湖大的水上花木公园，各级领导都表示全力以赴地支持，省长亲自命名叫南湖公园。"

乃信："二姐，我有个好消息告诉你，研究《红楼梦》的权威专家，听说南湖市要在曹雪芹的家乡建《红楼琴园》，要把自己毕生研究收集的文物捐献给建成后的《红楼琴园》。"

乃法："太好了，哪天你介绍我见见这个专家。三妹，你现在要多抽空好好在家照顾孩子，别老往外跑。"

乃信："二姐，看你当市长当的，学官僚了吧？奶奶从曼哈顿带回来两个幼儿专护，是五姨姥亲自选的，护理水平超一流，两个护士照顾三个孩子，根本不用别人插手，大姐和我可省心了。你和田野抓点紧，好让她们四个孩子一块看。"

乃法："那是，有这么好的事我绝对不能错过。奶奶和田野、麦克他们呢？"

乃金："乃信张的嘴，五姨姥给了八匹好马，奶奶可喜欢呢，带着田野和麦克骑马去了。"

大姐夫："二妹，麦克在曼哈顿定做了一批因特网批发软件模块，是咱们中玉公司首创物流网上批发的主要设备。南湖是较大型资源城市，搞因特网物流批发很有优势。"

乃法："都放在梦园顶层吗？"

大姐夫："也可以是其他场地，这是中玉国际物流的连锁业务。"

乃法："必须有配套的经济鉴证机构作保证。"

乃信："银行联网，因特联网，货通天下，信通天下。"

乃金："互通有无，平等互利，各尽所能，各取所需。"

这时，奶奶、田野、麦克三人身穿骑士装骑马跑过来。麦克的后面还带着四匹马，马已经备好了鞍，马背上放着玉美人骑士服。

乃信高兴地跑下主席台，边跑边喊："大姐、大姐夫、二姐，咱们赛马去了！"

乃金、乃法和乃国收拾好图纸，也跑下主席台去骑马。大家换上骑士装，翻身上马。

七姑娘见到乃法关心地问："乃法，你的工作还顺利吗？"

乃法："顺利，只要不折不扣贯彻执行中央政策就行。我体会当市长就是负责大环境保护，给一方土地创造一个良好的市场经济环境，保证政治法律、经济文化、社会环境不受污染。当好大环保局局长。"

乃金："法玉说的既简单又具体。"

田野："理应如此。"

乃信："大姐、二姐，好好工作，好好娱乐。咱们姐仨赛一赛马吧？"

麦克："我也参加！"

乃国："还有我！"

田野："我也跟着。"

七姑娘："奶奶也跟着给你们当裁判，友谊第一比赛第二，大家准备好……开始!"

七个人清一色骑士装,骑着马似脱弦利箭在赛马场上飞奔。

北京。人间洞天洗浴中心。李强和三铁洗完澡后身穿休闲服来到按摩单间,李强的房间是118号单间,三铁的房间是128号单间。他们每人有一个半裸体按摩妖艳女郎傍在身边,四个人一同走进了118号房间,李强搂过来令自己心仪的按摩女郎说:

"妹子,想哥了吧?"

"想死我了,强哥,你今天别走了,妹妹陪你一天。"

李强:"不走了,你先别急,你和那个妹子到128房间等我们一会儿,我们哥儿俩谈点事。"

心怡女郎嗲声说:"你们快点谈,不要让我们等得太久呦。"

李强递给心怡女郎一盒大熊猫香烟,说:"给你们拿着盒烟。"

"谢谢强哥。妹妹还想要一瓶法国香水,记在强哥的账上行吗?"

"要吧,要贵的,记在哥的账上。"

心怡女郎:"瞧,强哥多牛,有十万元的消费透支,强哥可是我们的大客户。"两个妖艳女郎拿了香烟、火机去了128号房间。

李强关好房门,半躺半靠在床上,三铁坐在沙发上,二人点燃了香烟。

三铁此时没有心思玩女人,忧心忡忡地说:"大哥,这个新市长太厉害了,我的五个煤矿已经关了三个了,照这样下去,弟兄们要吃不上饭了。"

李强:"想想办法吗,市长也是人那,是人就有人情,是人就有私心吗。"

三铁:"什么办法都想了,她是软硬不吃,油盐不进,是一只不吃腥的猫,我真纳了闷儿了,市场经济都搞了这么多年了,一切向钱看,还真有活雷锋,这不是出土文物吗?"

李强:"她是有钱又有病,也不知道为啥来当市长,肯定是中了邪了。因为她太有钱了,所以她不认钱了。我要是有她那么多钱,让我当总统我都不当。"

三铁："说也奇了怪了，她刚来南湖的第一天，也不知道怎么就踅摸到我的矿上去了？"

李强："她中午在你们矿门口碰上个要饭的，报了110，110没有及时出警，撞枪口上了，第二天就把队长给撤了。她那天晚上凑巧又抓了两个抢劫犯，这回公安局可露了彩了。这位大小姐借题发挥出了个馊主意，对市属委办局由市领导分别挂职督办，一年一个月，搞得各单位战战兢兢。她亲自到了公安局，不到一个月，抓了八个网上逃犯，解救了三个拐卖儿童，其中一个就是她报110的那个小女孩。该她露脸该我现眼，她来的这一个月犯案率是零，我这个局长还有法儿干吗？除了写检查就是作检讨，就差撤职了。"

三铁："吴哥在曹庄的房地产开发项目也要泡汤，说新市长支持什么《红楼琴园》，选北京的开发商，让我问问大哥怎么办？"

李强想想自己也是泥菩萨过江，像以前那样混日子的日子也过不下去了，不禁惺惺相惜，同病相怜，不甘心落花流水东去也，于是试探着问三铁：

"弟兄们的日子都不好过，我也是一样。三弟，你打算怎么办？"

"大哥，弟兄们都听你的，没有大哥，我现在还在里面圈着呢，我这后半辈子都是你给的，上刀山下火海，大哥一句话。"

"她断了你的财路……"

"我就断她的生路！大哥说，怎么干？"

"老办法。"

"交通肇事。"

"你找外地的来办，办完事就走，我来安排可靠安全的机会，你找好人后通知我，我让老四配合你。"

"放心吧，大哥，一星期之内兄弟给你回话。我带来了一个皮箱，里面有五十万，弟兄们的一点心意，待会儿放在你车里。有弟兄们花的就有大哥花的。"

"替我谢谢弟兄们，有难同当有福同享，今朝有酒今朝醉，哪管他日喝凉水，撑死胆大的饿死胆小的，就这么定了。你去128房间把我的小姐叫过来，咱们也放松放松。"

钱能使人丧失心智，钱能救人于水火。钱能使人走上犯罪的道路，钱能使人过上幸福的生活。每一个人在生活中都离不开钱，每一个人在金钱面前的表现又各不相同。李强在金钱面前与恶势力沆瀣一气，他怎么也不能理解这位新市长，中玉乃法使用金钱来调节人们的生活需要，其目的是要大家辛勤地耕耘地球家园。

第二十三章 红楼琴园

曹雪芹著红楼华夏绝唱
金法信建琴园九州留芳

南湖公园建筑施工如火如荼,省市领导也来工地参加劳动,工农商学兵,各机关团体全民动员,全民参战,为了建设自己美丽地家园,大家都想尽自己的一份力量。星期六,中玉乃法带领市直机关全体干部都来到南湖公园工地植树。

李强带着公安干警正在植树,突然手机响了,是三铁打来的电话,李强没有说话,关了手机。

李强和副局长老郑说:"老郑,你盯着点,我到那边去方便方便。"

老郑:"没事,你去吧,有事我叫你。"

李强走到没人的地方给三铁拨通了手机:"是我,你说吧,旁边没人。"

手机里传来三铁的声音:"大哥,人我已经找好了,什么时候动手?"

"可靠吗?"

"没问题,人是外地的,交通肇事职业杀手,重型载重车,假牌照,办完事就不要了,办事地点等大哥电话。"

"准确消息,下星期她去省政府开会,路过三河,我叫老四在后面跟着她,随时给你们提供信息。"

"让老四他们见个面,那天我不露面。"

"对,你提前安排老四他们见个面。那天你不能露面。"

"什么时候见面,我约好了给大哥回话。"

"你直接找老四吧，我都和他说好了。"

"是，大哥就等着听好消息吧。"

李强打完电话回去接着植树。

南湖市曹家庄，《红楼梦》作者曹雪芹的故乡。曹家庄村委会的宣传橱窗里贴着《红楼琴园》的设计方案，华夏股份置业有限公司正在征求村民们的意见，进行房地产开发的必要程序。

曹家庄北面地处还乡河畔，南面临曹雪芹大街，占地四百五十亩，村民七百二十户，人口两千七百八十人。南湖市政府规划已经把曹庄列为城中村平改，建筑面积五百六十万平方米，有五分之一楼房需要提供回迁。

平改牵动着每一个人的心，村民们把村委会围了个水泄不通，村委会外面街道上堆满了人。村民们热心地议论着《红楼琴园》设计规划，计算着自家可以得到多少平方米住房。

乃信和麦克驾驶一辆美国悍马摄像车来到南湖市，她们先在曹家庄转了一圈，然后又去了南湖公园，最后来到市政府找二姐，这时已经到了中午十二点。杨秘书把饭菜打好送到法玉的办公室，姐三个在一起吃午饭。

乃信："杨秘书，咱们一起吃吧，我们带来了一只北京烤鸭，还有几个小凉菜。车上还有法国红酒。"

杨秘书："谢谢三姐，我吃过了。中玉市长下午去省政府开会，我要给市长准备一些资料带着，一会儿就送过来。"

杨秘书去准备资料，乃法、乃信、麦克开始吃午饭。

乃信："麦克，和你商量点儿事，下午你开车，我和二姐喝点儿红酒，同意不？"

麦克："你自己喝吧，二姐怀孕了不能喝酒。"

乃信："对不起，这么大事我都忙忘了，我也不喝了。"

乃法："《红楼琴园》什么时候能盖好？"

乃信："我们刚才去曹庄了解情况，村民对设计方案都很满意，都要求马上开工。现在开工，全部精装交钥匙，最快也要十八个月。"

麦克："村民还不清楚是盖天都瑶池，要是知道了得多高兴呀。"

乃信："有肉的包子不在褶上，先别说。"

乃法:"回去和大姐说说马上开工吧。"

麦克:"二姐,大姐让我们来找你商量,图纸还要改一下。"

乃信:"增加一个曹雪芹纪念馆,有一些《红学》专家的历史文物要存放。"

乃法:"图纸带来了吗?"

麦克:"带来了,在车上。"

乃法:"咱们赶紧吃吧,吃完了看图纸,我下午还得赶路呢!"

这时,司机林森在外敲门。

乃法:"请进。"

林森进来后笑着和市长说:"中玉市长,我想和您商量个事。"

乃法:"什么事?"

林森:"我爱人想回老家看看,想顺便搭车,不方便就算我没说。"

乃法答应得很痛快:"行,方便。你爱人呢?"

林森:"就在门口呢。"

乃法:"快让她进来,在这儿坐着等我们一会儿,我们看完图纸就走。"

林森领着爱人走进来,乃信看见说:"小林爱人的上衣和我二姐的一模一样,乍一看我还以为是我二姐呢。"

林森爱人:"林森说好看,给我也买了一件。我很长时间没回家了,给市长添麻烦了。"

乃法:"不麻烦,你们坐着等一会儿。"

杨秘书拿着一个公文包走进来,说:"市长,资料都准备好了,下午我和你一起去吧?"

乃法:"不用,你把公文包交给林森,你留在家里,家里也有好多事呢。"

杨秘书答应着走出了办公室。

乃信灵机一动,说:"小林,你们先走,中玉市长还有事,办完事和我们走,我们车快,一会儿就能追上你们。"

乃法:"也好,省的在这都等着耽误时间。林森和你爱人先走吧,我们在后面追你们。"

林森和爱人先走了，乃法、乃信、麦克吃完饭后抓紧看《红楼琴园》图纸。

乃法："我看新的变更图纸很好，就按新图纸施工吧。"

乃信站了起来："市长说新图纸通过了，咱们回去交给大姐，让大姐马上开工吧。"

麦克也站起来说："时间不早了，咱们还要追小林呢，赶紧走吧。"

乃法的手机响了，她从衣兜里掏出手机，是司机小林的电话：

"中玉市长，我们已经过了蓟县了，你们出发了吗？"乃法说，"我们马上出发，到三河时就能赶上你们了，慢点开，注意安全……"林森说，"放心吧，市长。"乃法通完话把手机随手丢在沙发上，去穿搭在沙发靠背上的风衣。

乃信和麦克出去上了车，乃信高喊："二姐，快点！时间不早了！"

乃法边穿风衣边关上办公室的门，出来又和赶过来送行的杨坤说了几句话，然后上了汽车。

悍马摄像车开上了高速公路。

乃法："我的手机丢在沙发上了，都是乃信老催我，忘了拿手机。"

麦克："回去取吗，二姐？"汽车减了速。

乃法："走吧，再晚到北京追不上小林了。"

乃信："二姐是大忙人，你先用我的。"乃信说着把自己的手机递给二姐。

麦克："用我的吧，乃信事多我事少。"麦克把手机递给乃法，乃法把手机还给乃信。

乃信："二姐，我看你太累了，照这样下去你和田野就成了牛郎织女了。"

麦克："二姐是在搞试点，我建议二姐搞完试点就辞职别干了。"

乃法："《红楼琴园》作为天都瑶池的安居工程盖完后，其他小区就可以效仿。南湖公园建完后，南湖市居民的生活品质可以提高。如何落实政府机关的环境保护机制，我正在制定具体措施，政府环保落实后，市场经济就可以健康发展。这三件事做完以后我就可以放心地离开了。"

乃信："金奶奶的儿子现在是天都的总经理，《红楼琴园》可以使用天都置业公司的资金。"

麦克："你是说张洋吗，非常有水平，不愧是部队的师参谋长。"

乃信："享受廉政鼓励的国家干部余热大得很，给市场经济注入了新鲜血液。"

麦克："呦，我赶紧把车上的摄像打开，我刚才一着急忘了开了。别错过了二姐的镜头。"

乃法："摄像机总开着电源够吗？"

乃信："连接着备用电源，出去拍摄一星期也没问题。"

麦克自豪地说："乃信我们的设备目前是世界上最先进的。"

汽车上的显示屏远远地出现了林森的汽车，南湖市政府奥迪2号车。

乃信："二姐，你给小林打个电话，让他停在路边等我们。"

乃法："我的所有信息都存在手机里，我从来不记电话号码。"

麦克："不用，咱们超过去在前面等他。"

从显示屏上可以清晰地看见，悍马车前面只有三辆车，最前面有一辆载重车，车速很快还挺霸道，奥迪2号紧随其后想要超越，奥迪二号后面也是一辆奥迪。

乃信："麦克，超过去叫住小林，前面的载重车有点儿霸道。"

悍马加速的同时，载重车留出让车的空隙，奥迪2号加速超车，后面的奥迪突然减速，悍马越过了后面的奥迪。瞬间，前面的惨剧发生了，奥迪2号与载重车相撞，奥迪2号钻进载重车车下，眼前顿时燃起一团火光。

麦克紧急刹车，高超的技术加上高性能的汽车，悍马摄像车稳稳地停在两辆肇事车面前。后面的奥迪车从旁边开过，加速扬长而去。

乃法、乃信和麦克跳下汽车去救人，奥迪2号正撞在载重车的油箱上，熊熊大火在燃烧，林森和爱人已经葬身火海了。麦克到悍马车上取来灭火器灭火，乃信打手机报警，乃法跑到前面去找载重车司机，载重车司机踪迹皆无，车上空空如也。

高管交警迅速赶到现场来处理事故，乃法写了林森的姓名、单位和身份想交给交警。

乃信拦住了乃法，说："二姐，等一等，你先别暴露身份。"

大家七手八脚把林森夫妇抬出车外，林森夫妇面目全非，惨不忍睹，已停止了呼吸。麦克把车开走停在肇事现场前面，回来找到乃法和乃信。乃信说：

"二姐，这不像是普通肇事，咱们赶紧走，回去找奶奶商量怎么办。"

麦克："凭我的直觉，这不是简单的车祸，我们回北京分析一下摄像，看有什么端倪。"

乃法："我们走吧，回北京。"

回北京的路上，乃法给田野拨通了手机："田野，你马上回凤园，有急事，我们在回家的路上，一会儿就到。"

乃信给奶奶打手机："奶奶，我和二姐马上就到家了，您别出去，我们有紧急情况向您汇报。"

麦克："我想现在应该封锁消息，中午只有杨秘书看见咱们出来，二姐应该告诉杨秘书注意保密。"

乃信："二姐不记手机号码。再说杨秘书是不是可靠？"

乃法："杨秘书的手机号码我还不记得？杨秘书绝对可靠。"

乃法拨通了杨秘书的手机："我是中玉乃法，你先别说话杨坤，是在办公室吗？就你一个人，好，听我说。林森和他爱人遇难了，是冲着我来的，我怀疑有预谋。为了顺利破案，任何人问你你都说是我在肇事车上，其余的事我去处理，要绝对保密，这是纪律。"

凤园客厅，七姑娘一家人正在分析研究三河肇事疑案。麦克一遍一遍的在投影屏幕上放着录像，大家细心地观察每一个细枝末节。

田野："麦克，你再放一遍后面奥迪车的车牌号。"

屏幕上出现了后面奥迪车牌。

乃信："放大。"

屏幕上清晰地显示出南湖市车牌号码。

乃金："再看一看载重车的霸道情况。"

屏幕上又出现了载重车霸道，有意控制奥迪2号超车的镜头。

乃国："放大载重车的油箱。"

正如麦克所说，悍马车上安装的果然是世界上最先进的设备，屏幕上载重车的油箱盖开着，油箱周围洒溅的汽油清晰可见。

乃法："再看一遍有没有载重车司机的镜头。"

从屏幕上看，肇事司机从载重车驾驶室出去后进入了摄像机的死角，这时，后面奥迪车从旁边擦车而过，屏幕上就再也没出现肇事司机的身影。

七姑娘："这不明摆着吗，麦克都给拍下来了，通知国家安全局去破案，这还了得，这不反了天了吗？"

田野："奶奶说了，交给国家安全局去办。麦克，你把摄像复制一份给国家安全局。"

麦克："奶奶，这好像是公安局的事吧？我们算不算越位呀？"

七姑娘："光天化日之下，暗杀政府市长，我看这已经涉及国家安全了。越位？他们害我孙女已经越位了！乃法、田野，你们带上录像，直接去国家安全局，他们到咱家来过，你们都认识。安全局的人不是留下名片了吗，我先给他们打个电话。"

乃信找出来名片递给奶奶："奶奶，名片在这呢。"

七姑娘接过名片打电话："是国家安全局傅局长吗？这就对了，中玉星园，傅局长真是好记性。不好，不好才找你呢。是有大事，我不是和你说好了吗，没有大事不找你。我孙女们马上就到，详细情况让她们跟你说。好，这就对了，到办公室找你。"

七姑娘放下电话说："傅局长在办公室等你们呢，带上名片，你们去吧。"

乃信："奶奶，我和麦克也去吧，我们是见证人。"

七姑娘："去吧，快去吧！"

晚上，七姑娘一家人在餐厅吃饭。为了给乃法压惊，餐桌上不仅摆满了美味佳肴，还有茅台酒。

乃信："奶奶真有面子，傅局长连夜派人去南湖市了。"

七姑娘："我明天就告诉傅局长，案子一天不破，我孙女一天不能回南湖。"

乃金："南湖的治安不好，我们也不去开发了。"

乃法："奶奶，大姐，这是我自己的事，自己的事应该自己处理，你们不用管。傅局长也说暂时不让我回南湖，有利于迅速破案，由他负责和我们省、市领导解释。他还说，请我们以大局为重，不要影响正常工作，他了解咱们在南湖开发的项目，办好了有推动作用。"

七姑娘："奶奶是担心你，你们都商量好了奶奶就不说了。"

乃金："对，我们不能向恶势力低头。那我们《红楼琴园》项目开发继续进行，乃法，明天你到梦园研究具体事宜，请天都公司张洋也来参加。"

乃法："是，大姐。是不是用天都的资金？"

乃金："华夏开发，天都项目部负责，张洋很能干，让他熟悉熟悉业务。华夏和天都各出一半资金，一是开发资金充足，二是给天都增加效益。"

乃信："天都的实力越来越大了，可以独立开拓业务了。"

乃国："凤园新开拓的业务'巴士旅游餐车'天都也参与了，一次就投入了五千万，凤园第一批定做的一百辆'巴士旅游餐车'就有天都二十辆。"

乃法："是不是新业务'巴士旅游餐车'，已经开始运营了吗？"

田野："你工作忙，不太了解情况。梦园在各地的分支机构都成立了旅游公司，凤园在各地的连锁店配合旅游公司新推出'巴士餐车'，现在已经开始试运营了。"

乃法："我太落后了，我已经跟不上发展形势了。"

乃信："二姐说南湖试点成功了她就回来了，我们共同努力，争取让二姐快点儿回来。"

麦克："二姐这一去南湖，南湖的变化多大呀，我们亲眼目睹，我们每次去都有新面貌。"

乃国："这次三河肇事，不过是太阳底下的阴影，这不足为怪。"

田野："乃法去南湖，逼得坏人暴露是好事，否则这些坏人还要继续为害一方。"

乃法："我从心里感谢奶奶，感谢姐姐、姐夫、妹妹、妹夫，还有田野，有你们做我的后盾，我心里感到非常踏实。我以茶代酒，敬你们大家。"

乃法敬完大家酒后又说："今天乃信和麦克救我一命，你们今天不去我们现在就坐不到一起了。二姐敬你们！"

乃信："三妹是福将吧？前赶后错，阴差阳错，将错就错，让二姐躲过一劫。"

麦克："二姐吉人自有天相。"

乃法以茶代酒，乃信、麦克一饮而尽。

乃金："二妹有惊无险，大姐太高兴了，这也是奶奶和我们大家的福分。你明天到公司研究《红楼琴园》，熟悉熟悉业务，我们当全力以赴地帮助南湖发展，来回报燕山南湖对二妹的眷顾。"

七姑娘："奶奶老了，你们都是奶奶的心头肉，奶奶的心头肉怎么能让别人碰呢，更何况是想摘呀！为了你们都能围在奶奶的身边，给奶奶带来快乐，来，奶奶敬你们大家！"

孙女、孙女女婿异口同声："奶奶不老，祝奶奶身体永远健康！"

大家举杯共饮。

第三天上午八点半，华夏、天都共同来到南湖市曹庄。乃金和乃国乘坐奔驰越野车，乃信和麦克开来悍马摄像车，张洋和赵主任乘坐宝马车，其他工作人员乘坐一辆"巴士餐车"。

她们在村委会坐下后，曹村长热情地给各位沏茶。

乃金拦住曹村长说："曹村长，您不用客气，我们自己来。"

曹村长："中玉董事长、张总都是我们的贵人，你们坐着，我来。"

赵主任接过曹村长手中的茶壶给大家沏茶。

乃金："曹村长，咱们抓紧时间，今天我们在曹庄工作一天，按照我们昨天在天都置业公司商量的方案，咱们开始吧？"

曹村长："那太好了，中午我来安排午饭。"

张洋："不用，曹村长，我们带着餐车呢，餐车上可以做饭。"

曹村长坐在麦克风前开始广播："乡亲们，老少爷们儿，报告大家一个好消息，咱村儿的贵人，华夏和天都的领导们都来了。我昨天亲眼目睹了天都小区，不看不知道，一看吓一跳，那真是天堂一样的生活。张总是天都小区的居民，现在是天都的总经理，他们小区现在自己就有二十多亿，全部用于小区居民的福利，这都是华夏中玉董事长在利润里留给天都的钱，而且还在源源不断地继续增长。她们在曹庄开发和天都一样，她们提前也没说，只是在默默地做。都说市场经济下没有雷锋了，雷锋就在咱们面前，雷锋来到咱们曹庄了！为了咱们的好日子早日到来，大家克服暂时的各种困难，抓紧和华夏、天都签署协议，尽快搬迁！"

曹村长的广播刚刚结束，村委会已被围了个水泄不通，村民们热情高涨，踊跃签约，人人像节日一样欢乐。

乃国："乃金，通知银行到曹庄来发放搬迁补偿款，我们的钱带得不够。"

乃金："先用带来的现款发放，马上通知公司，在北京提款，看进展情况随时准备送到南湖。再调过来几辆巴士餐车，在车上办公，只要有村民签约，我们全力以赴办理。张总，你负责安排办公餐车。赵主任负责组织餐车上的接待人员。我们就在这里开始现场办公。"

村委会办公室和巴士餐车同时签约，发放搬迁补偿款。从北京又开过来四辆巴士餐车，一辆押款车，工作有条不紊，进展顺利。

中午，中玉乃金在餐车上宴请村民代表，主食是凤园饺子宴系列水饺。

大家正吃得高兴，餐车底下有一个人来回转悠，时而在车窗外探头张望，时而想上车又缩了回去。

曹村长："中玉董事长，他就是南湖市房地产开发公司的吴老板，一直想在曹庄开发。"

乃金："他好像有事，你去跟他说，他有事就让他上来吧。"

曹村长下车和吴老板说："吴老板，你有事？中玉董事长叫你有事上来说。"

吴老板："谢谢，谢谢，我是想和中玉董事长说点儿事。"

吴老板跟曹村长上车后说："中玉董事长、张总，按说我没脸见你们，你们开发《红楼琴园》我也没起啥好作用。你们用天都模式在曹庄的平改对我震动很大，我明白，我就是想给你们牵马坠镫你们也不要我，我今天找你们就是想买一套《红楼琴园》的房子，我愿意一笔交清房款，给自己留条后路，能住进天都模式的小区，不用学习，我也能当雷锋。"

乃金示意让张洋处理，张洋说："这样吧，你先登记上，现在不能收钱，楼房开盘后只要你赶上有房就先卖给你一套。赵主任，你领吴老板去登记。"

吴老板千恩万谢，赵主任领着吴老板下车去登记。

乃金："咱们要严格掌握，不能提前收钱。"

张洋："是，董事长。"

麦克录下了这一片段，说："这个人倒挺有意思，够坦率，从办坏事到想当雷锋。"

乃信："环境可以改变人。"

乃国："人再去改变环境。"

乃金："率先创造一个好环境的人难能可贵。"

吃完午饭，紧张地忙碌又开始了，下午五点钟，所有村民的协议已经签完，搬迁补偿款全部发放到位，中玉家族在房地产开发史上掀开了崭新的一页，《红楼琴园》的建设顺利地拉开了序幕。

上午，南湖市体育场，"三河车祸肇事谋杀案"公审大会。在国家安全局傅局长的亲自督导下，只用了七天时间，该案的四名犯罪嫌疑人全部落入法网。李强、三铁和车祸肇事职业杀手被判处死刑，立即执行。老四检举揭发，使该案迅速侦破，给予从轻发落，判处有期徒刑十五年。

下午，中玉乃法召开了市长办公会，特别邀请了财政局韩英局长、编办胡主任参加，杨坤作会议纪要。

中玉乃法："今天的会议有两个议题。第一，在市委没有通过新的公安局局长人选以前，暂时由李铁柱同志兼任南湖市公安局局长。第二，讨论研究市直机关干部的福利问题。现在进行第一个议题，同意李铁柱同志兼任南湖市公安局局长的请举手。"

全体举手。

中玉乃法："不同意的请举手。"

无人举手。

中玉乃法："弃权的请举手。"

无人举手。

中玉乃法:"全体通过。现在进行第二个议题。"

韩英:"公务员工资国家有统一标准,谁也不敢动。福利待遇要看地方的财力状况而定。"

李铁柱:"公务员有高薪,有充足的福利保证,谁愿意提心吊胆地去受贿呀。"

钱副市长:"公务员工资问题好像我们基层部门没有权限,我还从来没有想过这个问题。"

中玉乃法:"韩局长,如果地方的财力状况好,想增加干部待遇,你有什么办法吗?"

韩局长:"办法还是有的,比如说增加住房公积金,增加医疗公积金,增加加班费、交通费、通讯费、学习、教育、书报、误餐、外出、甚至包括工伤陪护等等,名目繁多。"

胡主任:"机关干部人浮于事还是很普遍的,机构重叠也是存在的,但是机关编制和工资不挂钩,各种裙带关系就难免搞得机构臃肿啦。"

中玉乃法:"严政简政,高效养廉。减员增资,福利增资。韩局长明白我的意思吗?"

韩局长:"用严格制度约束的办法精简机构,分流臃肿人员,减少人头经费,提高工作效率,用节约的经费增加福利,用增加福利的办法增加公务员收入。"

中玉乃法:"同意韩局长意见的请举手。"

全体举手。

中玉乃法:"不同意的请举手。"

无人举手。

中玉乃法:"弃权的请举手。"

无人举手。

中玉乃法:"全体通过。杨秘书,散会以后你整理一份会议纪要,我签发后下发。散会。"

第二十四章　华夏星光

吹拉弹唱为人们增添欢乐
舞台视屏给百姓送去笑声

中玉三姐妹在祖国的大地上辛勤耕耘度过了一个又一个春夏秋冬。在丰收的季节，乃信和麦克开着美国悍马摄像车行驶在内蒙古草原上，应乌兴市科尔沁草原艺术团邀请，乃信和麦克前往采风，为《华夏星光》娱乐城挑选草原歌手。为了响应国家号召，乃金夫妇按照中玉集团的开发方案，一同前往来到内蒙古偏远地区开发考察。

他们从北京到吉林已过了中午，再往东北方向行驶地广人稀，新修的公路空旷无人，从吉林到乌兴市一马平川。

大漠孤烟下的公路上尘沙漂浮，毫无阻拦的瀚海劲风像脱缰野马任意驰骋，吹掠起漂浮的尘沙向前卷动，犹如海水涨潮般一层一层不停地翻滚，形成了瀚海沙潮独特的风景线。沿途一座座用来发电的风扇仿佛大海上一个个高耸的桅杆，风扇飞转唱着欢快的歌。

麦克不停地调整着摄像机的方向，高兴地说："在这里拍摄公路沙潮、瀚海桅杆的镜头太美了。"

乃信："科尔沁草原还有多远？用这么大一片土地来拍摄公路沙潮、瀚海桅杆风景也太奢侈了。"

乃金："科尔沁草原应该和这一片原始裸地接壤，看这里的土质沙土混合，还基本是原始生态地貌，大片土地还没有开发，开发好是一片沃土，无人治理是一片荒漠。"

乃国："这里空气清新，阳光明媚，开发太阳能源是个好地方。"

麦克："沿途还有一湾湾水洼，可见地表能存水，地下并非都是沙砾。"

乃信："也许有黄金。"

乃国："有矿藏就是黄金。"

乃金："有耕耘就有黄金。"

乃信："黄金就是幸福生活，有了幸福生活什么都有了。"

疾风吹过来大片云彩，俄顷天降大雨。好雨知时节，当空乃发生，随风潜入疆，润物落有声。悍马摄像车冒着大雨越过一道丘陵，越过丘陵，雨渐渐小了，太阳慢慢地钻出彩云，眼前突现一片沃野，天地造化，丘陵内外如隔两重天。草地上羊儿奔跑，苍穹下骏马由缰，田野里耕牛漫步，农牧家鸡鸭欢唱。

麦克兴奋地大叫："好一处天堂福地！"

乃信："科尔沁草原到了，这才叫别有洞天！"

乃国："乌兴市真美。"

乃金："我来时看了资料，乌兴市蒙语的意思是红色的城市，位于科尔沁草原腹地。"

乃信："为什么叫红色的城市呢？"

乃金："乌兴市的人民认为，红色能给他们带来吉祥，这里的人们喜欢红色，崇尚红色，热爱土地，热爱生活。"

麦克："我们的摄像车是红色，他们肯定喜欢了？"

乃国："当然，那是肯定的。"

乃信："科尔沁草原艺术团团长布特是著名的草原歌手，曾多次获得过大奖，布特上午来电话说，市长要亲自接待我们。"

刚说到这里，乃信的手机响了，正是布特的电话：

"你好，中玉总经理，你们到哪里了？来了几个人？大约几点能到？"

乃信："马上就到了，我大姐、大姐夫和麦克，一共四个人，我们开一辆红色美国悍马摄像车。"

布特："我们在市府宾馆等着你们呢，鄂市长也来了。"

乃信："太好了，一会儿见！"

大家听说乌兴市鄂市长已经在宾馆等候都很高兴，麦克加快了车速。

下午五点三十分，乌兴市出现在面前。霎时，天空中凸现一道彩虹，彩虹的两脚立在城市的两端，就像一座彩虹桥。雨后的公路清澈如镜，绚烂的彩虹高悬在清澈瓦蓝的天空，公路右侧是成吉思汗的王爷府，公路左侧是乌兰夫的小白楼。

前面公路边停着一辆奥迪车，看见悍马摄像车开过来立刻开起来在前面带路，布特在车上摆手示意摄像车跟在后面。

汽车停在宾馆贵宾餐厅门前，鄂市长带领市府领导，快步迎上前来和乃金一行握手寒暄，随即把乃金一行请进餐厅。

鄂市长："你们要不要先休息一会儿？"

中玉乃金："不用了，领导们都等着呢，吃完饭再休息吧。"

餐桌很大，餐桌的对面是一个小舞台，客人边吃边观看表演，科尔沁草原艺术团主演。

鄂市长致祝酒词："中玉家族是一个国际性大财团，能到乌兴市来我们感到很荣幸。今天是个好日子，乌市有情，天公作美，净水泼街，彩虹搭桥，乌兴市欢迎我们远方到来的尊贵客人。我首先代表市政府，敬我们尊贵的客人。"

布特唱起了祝酒歌，鄂市长和市府领导分别向乃金、乃信、乃国和麦克献了哈达。

演员们优美的歌声使人陶醉，宽厚的音域，淳朴浓郁的草原风情博得了客人由衷地掌声。

演出结束时，布特提议："咱们欢迎《华夏星光》娱乐城的中玉总经理表演一个节目好不好？"

"好！"大家热烈鼓掌。

乃信："麦克，咱俩给他们跳一个国标探戈。"

麦克把摄像机交给了大姐夫，说："好啊，来！"

乃信和麦克的标准舞姿博得了众人喝彩。

鄂市长："咱们请梦园中玉董事长唱一支歌好不好？"

"好！"大家再次热烈鼓掌欢迎。

乃金："乃国，你来伴奏，我唱一首《孤独的牧羊人》。"

乃国站起来和乐队说:"好,请给我用用手风琴。"

乃金唱《孤独的牧羊人》,乃国接过来一架手风琴伴奏。乃金先用英文唱,再用中文唱,欢快优美的歌声征服了听众,再次博得了热烈地掌声。

晚宴结束时,宾主共同走上舞台,和演员们一起跳起了热情奔放的蒙古族舞蹈。

第二天上午,在乌兴市规划局,宝音图局长向乃金、乃信、乃国和麦克介绍了全市的规划。鄂市长、文体局黎明局长和宝音图陪同。

宝音图:"刚才我简单地介绍了乌市规划,资金缺口非常大,城市居民住宅是一个突出问题。"

鄂市长:"城市居民住宅也是一个敏感问题,牵一发而动全身。你们知道,乌市是边疆城市,很难吸引有实力的商家前来投资发展,很多没有实力的冒险家前来捞取第一桶金,反而制约了城市的发展速度。乌市五年发展规划主要有三方面,第一是城市建筑,主要是平房改造,可以起到拉动经济的作用。第二是城市文化,发展具有边疆特色的文化旅游。第三是发展环保产业,保护好乌市这一片美丽的资源。"

黎明:"文化局在市中心有一块宝地,市规划是文化广场,有很多人找我们洽谈,因为都不太理想,我们一直也没有确定合作单位。"

中玉乃金:"通过我们昨天观察,乌市环境优美,建筑风格典雅,街道整齐洁净,发展基础较好。昨天晚上我们交换意见后,和我奶奶通了电话,我奶奶表示全力以赴地支援边疆建设。根据鄂市长的三项重点发展方向,我们先投资三个项目。第一,投资城市平改,拉动乌市经济;第二,投资"华夏星光"娱乐城,开发乌市文化旅游资源;第三,投资环保产业,成立太阳能源公司,从乌市向周围辐射,保护开发这一片原始生态土地。第一批资金投入十亿元。"

中玉乃金说完后,在场的乌市领导高兴地鼓起掌来,掌声经久不息。

鄂市长:"耳闻中玉家族百年园丁,致力耕耘地球家园,果然名不虚传!"

布特:"难得老天爷净水泼街,彩虹搭桥,却原来是贵客临门!"

宝音图:"你们是我们乌市的福星!"

黎明:"你们给我们老百姓带来了福气!"

中玉乃信:"我们都是为了一个目标,留住大自然的和谐,留住太阳的光辉。"

中玉乃国:"人类福祸同兮。"

中玉乃金一语双关:"从乌市的平改可以看出,乌市的政府环保同这块土地一样自然和谐。"

鄂市长:"什么是政府环保?"

中玉乃金:"我二妹也是市长,她提出来政府环保这个概念,她说市长要做好政府行政的环境保护。房地产开发出现问题受三方面利益驱动,第一是政府利益。政府可以获取税费,体现政绩,拉动经济;第二是权力参与者利益均沾。房地产开发出现问题,都与相关权力人行政紧密相连;第三是开发商利益。开发商不管自身能力,不惜任何手段,以最小的投入获得最大的利益是出现问题的关键所在。"

中玉乃国直率地说:"我们保护第一方面,杜绝第二方面,控制第三方面。不知道鄂市长听清楚了没有?"

中玉乃信:"这就是刚才我大姐说的,市长要做好政府行政的环境保护。"

鄂市长:"你们真是我的知音,这正是我一直在做的事,我们是志同道合!"

麦克不失时机地拍摄下了这激动人心的时刻。

北京。"华夏星光"娱乐城开业初期举行了一个月大型义演,所有的门票全部用于七姑娘倡议的第五个"111工程"职业大学。

"华夏星光"娱乐城是集舞台、影院、餐饮、住宿、娱乐为一体的大型多功能剧场。剧场内的包厢和旅店房间相通,客房的露台是剧场的包厢,结合部的封闭隔音是七姑娘的大儿子中玉诗华设计,和旅店露台包厢一样也是世界首创。

今天晚上最后的节目是中玉家族合唱。第一个节目是乃金、乃法、乃信三姐妹的三重唱《女儿当自强》,乃国、田野、麦克配合重唱。第二个节目是中玉家族大合唱,来自世界各地一百多个中玉家族子女登台演出,

合唱的题目是《园丁之歌》。

七姑娘在总统套房接待了一批又一批的亲人,最后留下了大姐第五代长女中玉扬光。中玉扬光是英国剑桥大学的在校学生,说一口流利的汉语。

乃信把一摞字画放在奶奶身边,说:"奶奶,您要的中玉家谱放在这。"

七姑娘对中玉扬光说:"扬光,你是我大姐的后人,是中玉家第五代长女,这是我父亲写的咱家二十代家谱,你把它分发给大家,你们这一代就由你负责,世世代代往下传。"

中玉扬光:"太祖奶奶,您放心,我一定把这件事办好。"

七姑娘:"乃信,现在人最全,你帮着扬光把家谱发给大家。"

乃信:"奶奶,您放心吧,我这就帮着扬光去办。"乃信转身对扬光说,"扬光,你拿一半儿,咱俩现在就去发给大家。"

乃信和扬光抱着家谱走出总统套房。

七姑娘坐在总统套房包厢等待观看演出,陪同七姑娘的是从曼哈顿来的大儿子中玉诗华和妻子梯丽,从瑞士来的小儿子中玉诗夏和妻子博露。

诗华:"妈,今天晚上我和梯丽陪您看节目,我们就不参加合唱了。"

梯丽:"人太多,舞台放不下,让给年轻人去唱。"

诗夏:"我也不去了,我也陪妈看节目。"

博露:"你们陪着妈妈吧,我先去了,我是指挥,我再给大家排练一遍。"

七姑娘:"博露快去吧,大家都等着你呢。"

博露离开包厢去了排练厅。

诗华:"妈,我和您说的事您和乃法说了吗?"

七姑娘:"什么事?"

梯丽:"就是让乃法去当联合国地球家园基金会干事长,田野当基金会法律顾问,联合国已经研究决定了,就等乃法去开展工作了。"

诗夏:"妈,我觉得这事也挺好的。这些年中玉银行和中玉公产积累了大量园丁基金,因为发达国家已经不需要园丁基金支持了,我们应该把基金放在联合国,让它发挥更大的作用。"

诗华："基金会干事长人选事关重大，联合国经过慎重考察，最后才选中了乃法，认为由乃法出任地球家园基金会干事长，可以通过中玉家族的影响力，带动全社会的民众力量。"

七姑娘："再等一等吧，我再考虑考虑，让乃法把南湖市的工作干完。"

梯丽："妈妈，我听中国政府的官员说，乃法要调到省里担任副省长，到那时就更离不开了。"

七姑娘："我们中玉家的人不是去做官是去做事，哪里作用大就到哪里去。"

诗华："妈，联合国的作用应该更大。"

诗夏："妈，我和大哥的想法是一致的。"

梯丽："妈妈，空气没有国界，流水没有疆土，世界殊途同归，人类福祸同兮。我说的对吗？"

七姑娘："这事以后再说，我知道应该怎么办。你们都听好，我还有件事要交给你们办。"

诗华："妈，您说。"

七姑娘："你们走时把乃金、乃法、乃信的孩子们都带走，带到曼哈顿去接受最良好的教育，把每一个孩子都要培养成才。"

梯丽："妈妈，孩子们离开妈妈，乃金、乃法、乃信舍得吗？"

七姑娘："孩子们离开妈妈才能够长大。房间里只能养宠物，天空中才能飞雄鹰。"

诗华："妈，我们听您的。"

诗夏："妈，您放心，我们一定办好。"

梯丽："妈妈的话我懂了，我会照看孩子们，把他们培养成向他们妈妈一样优秀。"

这时杨小兵把王大虎、张洋、赵主任领进总统包厢，剧场已经坐满了人，演出马上就要开始了。

七姑娘热情地招呼："大虎、张洋、小赵坐我身边来！"

王大虎："七姨，您最近身体好吗？"

张洋："七姨，我代表我们全家向您问好！"

赵主任："七姨，看您精神矍铄，我们都为您高兴！"

七姑娘说："你们几个是怎么了，不去请你们都不来？你们的爸、妈去世了你们就不来看我了？"

王大虎、张洋和赵主任尴尬地咧着嘴笑，一时不知道如何回答。

王大虎："我有事一定找七姨，我常来怕打搅七姨。"

张洋："七姨，我错了，我以后没事也要常来看七姨。"

赵主任："七姨，我也是，我也记着常来看七姨。"

七姑娘高兴地说："这就对了。有件事我很抱歉，一直想跟你们说清楚。自从我参加了彩云姐的丧事以后，赵校长、张杰、金铃去世我都没有去参加，我不是不想去，我是受不了那个场面。你们说十冬腊月的，看着孩子们跪在冰天雪地里磕头守灵，旁边堆满了纸糊的车马用具，金山阴宅，真是死要面子活受罪。都是活人装神弄鬼，反让死人无辜受屈。获不义之财世人有知，遭不白之冤鬼神无口。"

王大虎："都是风俗习惯，小的们也没办法。"

赵主任："七姨说的对，陈规陋习真的应该改一改，现在每到节气，十字路口焚香烧纸，整洁干净的城市搞得满目疮痍，灰屑狼藉，活者不尽孝，死了瞎胡闹。"

张洋："我们从天都社区开始，婚丧嫁娶全部由社区出资操办，移风易俗，文明简办。"

七姑娘："这就对了。你们都记着，我死后葬在瑞士，和我爸、妈在一起。我的墓前只有鲜花绿草，不允许烧纸焚香，乌烟瘴气地熏着我。"

诗华："妈，您瞎说什么呢！"

七姑娘："我是实话实说，你五姨、五姨夫也找爸、妈去了，就剩下我一个老太太，我也感觉很孤单那。"

诗夏："妈，您身体这么好，您还有很多事没干完呢，您的'1111工程'刚完成了一半，您怎么会孤单呢，我们都围在您的身边呢。"

七姑娘："瞧我这记性，诗夏这一说提醒我了，我想把'1111工程'的最后一所大学建在瑞士，献给我的爸爸、妈妈。我想建一所最好的园丁大学，取世界前十所名校之所长，诗华负责设计图纸，诗夏负责在瑞士选址和筹办资金施工，回去马上就办。"

诗华："是，妈，我回去就办。"

诗夏："妈，放心，我一定办好。"

梯丽："妈妈，演出都已经开始了，我们快看节目吧？"

七姑娘："真是的，这都开始半天了，竟顾说话了，快点看演出吧！"

演出很精彩，来了很多国内外知名演员，都来为七姑娘的第五个'111工程'职业大学添砖加瓦。

因特网转播室，乃信和麦克正在忙碌地转播，世界各地通过因特网都可以看到华夏星光的演出。麦克在舞台背景墙上接连播放着中玉家族在世界各地的光辉业绩。曼哈顿美丽的中玉庄园，五姨奶的马场，雄伟的梦园大厦；伦敦《世界文化》杂志社，伦敦职业大学，剑桥大学图书馆中岳玉的《千年树人》对联；巴黎的七姑娘饺子宴连锁店，玉美人珠宝店，玉美人骑士服装店；伯尔尼的中玉银行大楼；以及分布在世界各地的一座座连锁店；中国的天都瑶池，巴士餐车，一所所园丁基金学校……

乃法风风火火地推开门说："乃信，麦克！快点走，该咱们上场了！"

乃信："太投入了，我都忘这事了，麦克，快走！"

麦克："咱家这么多好题材，我都放不过来。"

麦克把投影交给放映员，跟乃法、乃信急匆匆跑去参加演出。

中央电视台节目主持人袁月说："下一个节目，男女声三重唱《女儿当自强》。这首歌的歌词是由我国已故的一代宗师，中玉家族创始人，举世景仰的中玉先祖中岳玉所作。作曲是中玉家族第四代传人，华夏星光娱乐城董事长中玉乃信和她的先生麦克。演出者是中玉家族留在祖国的第四代传人，中玉三姐妹和她们的先生，她们是中玉乃金博士，中玉乃法博士，中玉乃信博士，中玉乃国博士，田野博士，麦克博士！"

中玉六博士在潮涌般地掌声中登台表演。全场观众认真地聆听男女声三重唱《女儿当自强》，用心声去撞击灵魂的真谛——女儿柔，女儿情，女儿是月亮，女儿当自强，柔情似水伴儿郎；……女儿火，女儿热，女儿是太阳，女儿当自强，人间大地洒阳光。……

七姑娘用望远镜观看孙女和孙女女婿的演唱，仿佛看见了五姐妹为救七哥漂洋取义，看见了七哥、七妹街头救孤，看见了卢沟桥上的烽火，看见了中玉酒楼的刀光剑影，看见了永定门前扫街的人，看见了三姐妹引车

卖浆,看见了天都瑶池百姓家,看见了曹雪芹的《红楼琴园》,看见了555所学校旗杆上的五星红旗高高飘扬……

袁月的声音打断了七姑娘的思绪,她说:"下一个节目是我们期待已久的大合唱《园丁之歌》,词作者中岳玉、中玉乃信,曲作者中玉乃信、麦克,演唱者中玉家族!让我们大家再一次以热烈地掌声欢迎他们!!欢迎来自地球家园各地的中玉家族的园丁们!!!"

全场观众无法抑制自己的激动,再一次用潮涌般地掌声表达自己的心情。

中玉家族向全场观众倾吐自己的心声:空气不分国界,流水不分疆土,世界殊途同归,人类福祸同兮。……留住大自然的和谐,留住太阳的光辉,让我们辛勤耕耘自己的家园,让母亲永葆美丽的青春。……

七姑娘用望远镜搜寻自己亲人熟悉的身影,那是大姐的孩子,那是二姐的孩子,那是三姐的孩子,那是四姐的孩子……

舞台上中玉家族一遍又一遍唱着《园丁之歌》,全场观众的心灵一次又一次受到震撼。

七姑娘悄悄地对大儿子说:"我同意了,让她们去吧。"

诗华:"妈,您说什么?"

七姑娘:"让乃法和田野去联合国吧。"

诗华:"您想通了?"

诗夏凑过来小声说:"我就知道妈能想得通。"

七姑娘:"地球家园是大家,中国是小家,大家搞不好小家难自保。"

梯丽:"您真是我们的好妈妈,其实妈妈就是能沉得住气。想起当年我还劝妈妈去曼哈顿养老,看看今天的成就,妈妈比我们明白多了。"

七姑娘:"大家小家都是自己的家,自己的家都要顾,让乃法把南湖市的事做完后再去联合国,任命副省长的事我去做工作,让他们以大局为重,再去物色合适的人选吧。"

全场再一次爆发出潮水般地掌声,海啸般地欢呼,这是观众对中玉家族发自肺腑的心声。

第二十五章　南湖瑶池

地震摧颓鱼愁鸟悲哀燕地
天造涅槃客欢民乐喜凤城

清晨，凤园府内因乃法和田野去纽约未归而一片混乱。

中玉乃法和田野经上级领导同意，去联合国商谈组建基金会事宜。省、市委到现在还没有南湖市市长的合适人选，这件事还要暂时保密。

纽约飞往北京的飞机原定清晨到京，因纽约有大雾飞机晚点没有到京。南湖市政府今天上午在南湖公园举行招商洽谈会，前来洽商的各界人士齐聚在"华夏星光"娱乐城，计划由中玉市长带队去南湖市，在红楼琴园和南湖公园参观考察后，客人们在南湖市机场乘包机飞往广州参加广交会。中玉乃法在纽约登机前和乃信通过电话，为了有利于南湖市招商成功，站好最后一班岗，恳请乃信屈尊出任"代理市长"，待中玉乃法到京后立刻去南湖市解围。

飞机晚点姐妹们早有预案，乃法走时已把自己的手机交给了乃信，这几天乃信已经在替市长值班。

乃金："三妹，快走吧，大姐给你保驾。冒充你二姐又不是头一次，你演技高超，清华学园的表演，到现在你二姐夫还蒙在鼓里呢。"

乃信："那一样吗？大学生是纯情少女，你三妹也是博士出身，如花似玉。可市长是共产党的领导干部，有文化政治修养，我还不是共产党员呢，又不会上政治课，一讲革命大道理我就露馅了。"

麦克："快走吧，乃信，你还拍影视剧呢，影视剧里哪一个领袖不是演员扮演的？我看假的比真的还像呢，哪一个不比南湖市市长大呀？"

乃国："三妹，瞧你这身打扮连我都分不清谁是二妹了，快走吧，待会儿晚了。"

乃信："是吗，你们看我像吗？我到奶奶那儿试试看。"

这时七姑娘从后花园练剑回来，后面跟着林莺，看见孙女们说："乃法，你刚下飞机？基金会的事都办好了？这就去南湖市？你们怎么还不走？你前两天不是说今天要站好最后一班岗吗？"

乃信："奶奶，基金会的事都办好了，就等我和田野走马上任了，您放心吧。我们在等三妹呢，您看见她在哪里吗？"

七姑娘："谁知道这鬼丫头在哪儿呢，你们先走吧，别晚了，我看见她让她去找你们。"

乃信："是，奶奶，大姐我们就先走了，看见'乃信'叫她快点来！"

七姑娘："走吧，走吧，乃金你们去帮着乃法站好这最后一班岗！"

乃金："放心吧，奶奶，我们一块儿去帮着乃法站好这最后一班岗！"

乃国："奶奶，我们都去！"

麦克："奶奶，我知道乃信在哪，她不让我说，回来我再告诉您！"

七姑娘："是吗？你们这是演的哪一出哇？"

乃金四人仍然乘坐悍马摄像车，车到"华夏星光"娱乐城时，客商们已经分别坐上两辆巴士旅游餐车等候出发。南湖市政府的杨秘书和天都公司赵主任分别坐在两辆巴士餐车上。李铁柱副市长的奥迪和南湖市公安局的警车停在前面。

"华夏星光"娱乐城门前悬挂着2008年8月8日北京奥运会倒计时荧光牌，上面写着2007年9月2日，距离奥运会开幕还有371天。

杨秘书看见乃信后说："中玉市长，我们都准备好了，可以走了吗？"

乃信假市长丝毫也不逊色于真市长："可以走了，公安局警车在前面开道，我们摄像车是第二辆车，杨秘书是第三辆车，赵主任是第四辆车，李市长的奥迪在后面押车。全体出发！"

上午九点，车队来到南湖市红楼琴园，商务考察团下车参观。曹村长现在已是红楼琴园置业公司总经理，带领公司成员列队欢迎。

曹总经理："欢迎中玉市长带领参观考察团来红楼琴园参观考察！"

乃信下了车说："曹总，你安排人带队参观，参观时间半个小时，然后去南湖公园，考察团下午还要赶飞机！"

曹总安排红楼琴园置业公司的几个领导，分别带领考察团成员参观考察。

乃信"市长"率先垂范，主动担任起解说员职责：

"女士们、先生们，这里是《红楼梦》作者曹雪芹的故乡曹庄，现在是红楼琴园小区和红楼琴园置业公司所在地。为了纪念这位伟大的文学家，南湖市政府同意北京华夏置业股份公司和天都置业股份公司共同开发，兴建了红楼琴园。红楼琴园有三大特点，第一是在建筑风格上，参照了《红楼梦》中对明清古建筑的文字描绘；第二是住宅社区采信了天都公寓的建筑结构；第三是居民福利使用了华夏公司留利再发展的模式。借用天都公寓的一首诗来介绍就是'天女散花先祖画，四律三力后世达。衣食住行住居首，天都瑶池百姓家。'"

考察团的客人们纷纷问：

"中玉市长，什么是四律三力？"

"天女散花和红楼琴园有什么关系？"

"华夏公司留利再发展是什么模式？"

乃信有些自顾不暇，一眼望见大姐、大姐夫和忙着摄像的麦克，高喊：

"麦克，到这边来给客人们留个影！"

乃金、乃国和麦克听见乃信喊话赶紧走过来。乃信和考察团的人们说：

"我给大家介绍一下，他们就是华夏和天都的中玉董事长、张总经理，既是开发者又是建设者，你们有什么具体问题可以直接去问他们。"

考察团的客人团团围住了中玉乃金夫妇。

乃信走到一边拿出手机来给二姐打电话，手机关机，二姐还在飞机上，看来这个南湖市市长还得继续连任。

杨秘书走过来问乃信："中玉市长，咱们该去南湖公园了吧？"

乃信说："走，去南湖公园。"然后转过身冲着旁边的李市长喊，"李市长！你来指挥，按照咱们刚才的车辆排序，去南湖公园！"

南湖公园的面积有两个杭州西湖那么大，门前一座高高挺立的不锈钢凤凰代表南湖城市的象征。车队一直开进南湖公园，停在公园展厅门前，这里临时布置成为招商项目洽谈地点。

乃信下车后高喊："大家抓紧时间，一小时后回公园展厅，研究审查洽谈项目。中午在餐车上用餐，请大家品尝由凤园饺子宴首创的，是目前中国也是世界独有的巴士餐车上的美餐！"

考察团换乘了公园的观光车参观游览，每一辆观光车上都配备了解说员。大家望着燕山脚下这一湾碧水，欣赏着湖光美景，听着解说员述说耕耘者的艰辛，无不感慨万千。

一小时以后，大家回到了公园展厅，坐下来参加招商项目洽谈会。

乃金和乃国，乃信和麦克开着摄像车把南湖公园六个游览区尽收相机，然后也走进了公园展厅。

李副市长主持洽谈会，他说："女士们，先生们，欢迎你们来南湖市参观考察。大家辛苦了，起了个大早，转了大半天，先休息休息，吃点水果，咱们吃着、歇着欢迎中玉市长给咱们讲话！"

大家鼓掌欢迎中玉市长讲话。

乃信："大家先稍事休息，先喝点水，"然后小声问身边的杨秘书，"杨秘书，你就没有给我准备点什么说的？"

杨秘书听中玉市长这么一问，又明白又糊涂又有点慌神，杨坤明白中玉市长是在要讲话稿，杨坤糊涂中玉市长讲话从来不要她准备讲话稿，今天这是怎么了？杨坤慌了神，张嘴结舌无言以对，不知如何回答是好：

"中玉市长……"

乃信一看就明白了，一时急出来一头冷汗，急中生智，不慌不忙地笑了笑，说：

"杨秘书，你去取纸墨笔砚，今天到咱们南湖市来的真是高朋满座，我一直想给公园大门写一副楹联，说明南湖公园的过去和现在。今天看大家这么高兴，我即兴发挥，写一副楹联献给各位领导，各位嘉宾，然后我再向大家汇报。"

杨秘书找来纸墨笔砚，乃信略加思忖，把早已成竹在胸的一副楹联挥毫泼墨，呈现在大家面前：

上联：遥想十里乌金，百年流淌，千里光明，万家温暖，地震摧颓复涅槃。却叹闹市敝野，塌陷积痾，墟秽水污，郊荒农徙，鱼愁鸟悲哀燕地；

下联：今唱一曲神工，六合贯通，八方戮力，九重耕耘，家园再造塑美景。可观人间瑶池，平野叠翠，台巍汀绿，湖旷舟闲，客欢民乐喜凤城。

乃信最后一句刚刚落笔，宾客中有一位老者立刻拍案叫绝：

"好一幅百字长联，立意深邃，寓意绵长，对仗工整，合辙押韵。字字珠玑，每每妙语，比比佳句，真真好联！真乃遂关千古诸家登临之口。中玉市长大才，真叫老朽佩服得五体投地。"

乃信心里美滋滋地，说："老先生过讲，晚辈献丑了。"

这时，乃信的手机响了，是乃法到了。乃信："大家稍事休息，抱歉，我先生找我来有点急事，请大家略等片刻。"

乃信如释重负急匆匆走出去，大厅里人们围着乃信写的百字楹联逐句剖析，人人赞不绝口。

不一会儿，乃法和田野一同走进大厅。乃信和乃法换了衣服和手机后没出摄像车，自己开车绕着南湖公园继续去摄像。乃法进了大厅后，看见大家非常喜欢乃信的百字楹联，于是借题发挥，以楹联内容为题，做了一次感人肺腑地讲话。

年轻漂亮且才华横溢的南湖市市长给考察团留下了美好深刻的印象，所有的招商项目全部签约，考察洽谈取得了空前的成功。

送走了考察团，乃法和田野跟随大姐、三妹回了北京。

晚上，一家人在凤园餐厅吃饭时，大家向奶奶叙述南湖市真假市长的经过，逗得七姑娘捧腹大笑。

七姑娘笑得流出了眼泪，说："老三，你这鬼丫头，你真是奶奶的开心果。"

乃信一本正经地说："二姐，南湖公园大门的百字楹联可是我写的，你可不能冒名顶替呀！"

乃法："咱俩谁跟谁呀，你还那么认真？"

乃信:"那可不行,那可是青史留名。"

乃法:"你放心吧,你再写一副,落上款,我给他们送过去。"

乃金:"乃法,你看见大舅了吗?北京梦园和全国各地梦园分部的网上物流批发项目已经开始运营,我们要和大舅联网。"

乃国:"我们和大舅联网就等于和世界联网。"

麦克:"计算机软件必须统一。"

乃法:"我和大舅说了,大舅让你们去呢,大舅也说计算机软件还需要统一。"

田野:"我们正巧碰上二舅,二舅让告诉奶奶,'1111工程'伯尔尼园丁大学进展顺利,二舅这次去纽约就是为大学购买高档装饰材料,购置高档设备。"

七姑娘:"这就对了,这就对了!这是我一生中的最后一件大事了。"

今天是月初第一个星期一,上午八时整,星光剧场娱乐城大会议室照例举行公司高管会议。法玉已经辞去了南湖市市长职务,田野也已辞去司法部所有的职务,夫妻二人在去联合国之前,最后一次参加中玉集团高层会议。

七姑娘坐在娱乐城总统套房,这里有麦克设计的最先进电脑网络,不仅可以纵观会议全貌,发表意见,而且可以和世界各地任何一个分会场直接对话。

屏幕上乃金对着奶奶说:"奶奶,可以开始了吗?"

七姑娘:"开始吧。"

乃金对与会人员说:"今天的会议内容有四个。第一,在全国各分支机构所在城市开发天都公寓小区;第二,在全国各分支机构所在地优先选择一百个城市开展网上批发业务;第三,星光剧场的演出在每天晚上七点三十分开始在网上转播;第四,汇报'1111工程'的进展情况。第一个会议内容由我主持,第二个由中玉乃国主持,第三个由麦克负责,第四个内容由中玉乃信负责。"

这时杨小兵推门走进来,说:"七奶奶,外面有位女士找中玉市长,说是南湖市政府的杨秘书长。她们正在开会,我就把杨秘书长领到您这来了。

七姑娘："在哪呢?"

杨小兵："就在门口。"

七姑娘："准是有事，快让她进来。"

杨小兵："是。"

杨小兵出去把杨坤带进来，杨坤进来后向七姑娘行礼："老人家，您好。"

杨小兵："这是中玉市长的奶奶。"然后又介绍杨坤，"她就是南湖市的杨秘书长。"

杨坤："奶奶好！我叫杨坤，是中玉市长的秘书。"

七姑娘："快坐，姑娘。你找我孙女有事?"

杨坤坐在沙发上，杨小兵给杨坤倒了一杯水，然后到客厅门口守候。

杨坤掏出来一份请柬递给七姑娘，说："本周五上午，南湖市南湖公园举办大型庆祝活动，想请中玉市长出席剪彩。"

七姑娘："乃法现在已经不是南湖市市长了，她就不要去了吧。"

杨坤："中玉市长永远是我们的市长，南湖市人民永远也忘不了我们的好市长。"

七姑娘："姑娘，言重了。这都是孩子必须要做到的。"

杨坤："奶奶，您就让中玉市长去吧，中玉市长写的楹联刻在南湖公园大门上了，就等中玉市长剪彩呢。中玉市长洽谈的工程举行奠基仪式，也等中玉市长挖第一锹土呢。"

七姑娘听到楹联，觉得有趣，问杨坤："你说的是中玉市长写的那副楹联?"

杨坤："是啊，就是洽谈会那一天中玉市长写的南湖百字楹联。"

七姑娘："有落款吗?"

杨坤："没有，不过刻字时我给补上了。"

七姑娘："你怎么补上的?"

杨坤："我有中玉市长签字的笔迹呀。"

七姑娘："是墨宝?"

杨坤："不是，是签字笔。"

七姑娘："你真会帮倒忙。"

杨坤："您说什么？"

七姑娘："我说你倒真会帮忙。"

杨坤纳闷，她刚才没有听清，是帮倒忙还是会帮忙？这两句话的含义也差的忒远了。

七姑娘摁了乃金的按键，说："乃金，你让乃法到我这来一趟。"

乃法很快来到总统套房，进门看见杨坤坐在里面，说："是杨秘书长来了，你不是专程来找我吧？"

杨坤站起来说："中玉市长，您还是叫我小杨吧，我就是专程来找您的。"

七姑娘："姑娘有事和你们市长说吧，我还要听'1111工程'汇报呢。"

乃法和杨坤坐在一边说话，七姑娘专心致志地听取"1111工程"汇报。

视屏上乃信说："今天距离北京奥运会开幕还有不到一年时间，我们也来个倒计时，在奥运会开幕之前'1111工程'必须全部完成，有困难没有？"

"没问题。"

"保证完成任务。"

"有困难也要提前完成任务！"

…………

乃信统计完数字还差一所中学，说："怎么还差一所中学？是哪个市的？"

天兴市凤园饺子宴韩总经理说："是我们天兴市中学，中玉集团拨给建校的资金被市里挪用了，因为拖欠施工款，工人们停了工。"

乃信："还真是有狗长犄角出羊（洋）相的，韩总，开完会后你马上去找天兴市市长，就说是我说的，如果他这个市长不想找病，三天之内把这个问题解决好，三天后我听你汇报。你负有监管不力之责，你的事也等三天以后再说。大家还有事没有？如果没事了第四项议题结束。"

乃金拨到奶奶的视屏问："奶奶，您还有事吗？"

七姑娘："没事，散会吧。"

乃金在视屏上说："散会。"

七姑娘听汇报没注意，乃法已经把南湖市的杨坤送走了。

周五清晨，乃法和田野、乃信和麦克开一辆奔驰越野车去了南湖市。

麦克："二姐，这辆车有我们新安装的隐形摄像机，你为什么不让开悍马摄像车？"

乃法："我不想惊动他们。"

乃信："二姐是想悄悄地进庄，打枪的不要。"

田野："乃信，你二姐是想替你去办一件事。"

乃信："什么事？"

乃法："一会儿你就知道了。"

乃信："让我猜？南湖百字联对不对？想为我正名？"

乃法："鬼丫头，就你精！"

乃信："你刚让我重写了一副，还让我落了款，用了章，这还用猜？"

麦克："二姐已经把楹联表好，早晨出来时放在了车上。"

乃法："你的楹联已经刻在南湖公园的大门上，所有到南湖公园的人先欣赏你的大作。"

田野："乃信马上就是名人了。"

乃信："人们都是势利眼，人家是冲着市长，不是冲着楹联，我要不冒充二姐，这辈子我的楹联也没人看。"

麦克："中国有句成语怎么说？叫爱屋及乌。"

乃信："乌鸦嘴，瞎捅词。"

田野："爱屋及'屋'，都是漂亮的房屋。"

乃信："这样解释恰到好处。二姐夫这一说我倒有了好主意。"

乃法："又有什么鬼点子？"

乃信："你们猜，看谁猜得出。"

麦克："你不是想姐俩都署名吧？"

乃信："还是我的麦克聪明，为什么不？这么好的一个故事为什么不留给后人去述说？"

田野:"好主意!以后解说员有故事讲了。"

乃法:"姐姐要沾妹妹的光了?"

麦克:"美国人趣改中国成语,这个故事的名字就叫《爱屋及'屋'》。"

奔驰摄像车停在南湖公园门前。南湖公园门前礼炮震天,鼓乐齐鸣。李铁柱现在已经是南湖市市长,他正在主持新开发的项目奠基仪式。

大门两侧果然悬挂着百字楹联,麦克把落款镜头放大,落款是中玉乃法。

乃法给杨坤拨通了手机:"杨秘书长,中玉乃法,你到公园门前来,这里有一辆奔驰越野车,北京外资牌照。我在车上等你,不要和别人说我来了。"

过了一会儿,杨坤来到车前,麦克打开车门让杨坤坐在前面。

杨坤:"中玉市长,您还是见见大家吧?我们可想你了。"

乃法:"不了,别添乱,不在其位不谋其政。你把我们送进去,我们要到里面摄像,不要惊动别人。"乃法把南湖百字联交给杨坤,"百字联交给你,事情你都清楚了,你去办,以正视听。"

乃信:"杨秘书,我这个市长的话你还听吗?"

杨坤:"听,当然听。"

乃信:"你先带车进去,到里面我和你说。"

汽车开进了南湖公园,这里真是日新月异,气象万千,麦克不断地调整摄像机角度。

乃信:"杨秘书,我这个市长当得像不像?"

杨坤:"像,太像了!当时您跟我要讲话稿,我还真慌了神。"

麦克:"假冒但不伪劣。"

乃信:"有趣吧?"

杨坤:"太有趣了。"

乃信:"有趣就讲给大家听。我刚才看了门前的楹联,我二姐的名字就不要去了,再把我的名字加上,为什么是两个人落款,让解说员讲给游客听,逗游客开心一笑。"

杨坤:"姐妹市长,这个主意太好了!"

乃信:"杨秘书!"

杨坤:"到!中玉市长,有事请指示。"

乃信:"这件事就交给你办了。"

杨坤:"是!中玉市长,保证完成任务!"

乃信和杨坤一本正经,逗得乃法、田野和麦克开心地大笑。杨坤拿着百字联下了车,奔驰车继续沿湖拍摄。

中玉乃法坐在车上,看着自己用心血和汗水浇灌,经过全市人民的辛勤耕耘,眼前已是空前硕果的南湖公园,心中感到无比的甜蜜和欣慰。

第二十六章　园丁之歌

中玉氏四律三力百年耕耘
普天下兄弟姐妹一个家园

二〇〇八年八月初的清晨。北京。凤园。后花园练功场。

为了观看北京2008年奥运会，法玉和田野从联合国回到北京。因为是暑期，学校都放了假，乃法把孩子们也从曼哈顿带回家来。

七姑娘坐在藤椅上看着孙子女、重孙子女练功。这位满头银发的百岁老人看上去神色泰然，举着拐杖不停地对自己的孙子女、重孙子女指指点点。

乃金的大女儿叫中玉鑫燕，今年11岁，儿子叫中玉鑫山，今年9岁，寓意中玉家族是燕山之后。乃信的一双儿女今年10岁，女儿叫中玉鑫麦，儿子叫中玉鑫克，寓意儿女是中玉家族和麦克家族之后。乃法的女儿叫中玉鑫清，今年7岁，寓意女儿是乃法和田野在清华学园的纪念。

七姑娘："小燕，今天你们怎么还没出去呀？"

乃金："小燕，都快六点半了。"

小燕："是！太奶奶，马上出发！大山、小麦、鑫克、小清，带好工具，过来排队！"

几个孩子拿着笤帚和垃圾袋跑过来排成一队。

乃金："小燕，一小时后回来。"

乃法："注意安全！"

乃信："别走远了！"

小燕："知道了，齐步走！一二一，一二一，一二三、四！"

五个孩子迈着整齐地步伐，喊着口号走出凤园。用七姑娘的话说，从小看大三岁看老，子不教父之过，对孩子们的教育要从小开始，培养他们良好的社会道德习惯。让她们从小事做起，早晨去清扫垃圾，捡起地上的废屑，使孩子们的心灵和城市一样美丽。

　　中玉鑫燕："听太奶奶的话，背会诗词三百首，不会作诗也会吟。和昨天一样，咱们还是一边干活一边背诗，先背《锄禾日当午》，大山，你先背。"

　　中玉鑫山："锄禾日当午，"

　　中玉鑫麦："汗滴禾下土，"

　　中玉鑫克："谁知盘中餐，"

　　中玉鑫清："粒粒皆辛苦。"

　　中玉鑫燕："《园丁之歌》，空气不分国界，"

　　中玉鑫山："流水不分疆土，"

　　中玉鑫麦："世界殊途同归，"

　　中玉鑫克："人类福祸同兮。"

　　……

　　中玉鑫燕："捡起你撒落地上的废屑，"

　　中玉鑫山："让我们留住大自然的和谐，"

　　中玉鑫麦："让我们留住太阳的光辉，"

　　中玉鑫克："让我们辛勤耕耘自己的家园，"

　　中玉鑫清："让我们永葆母亲美丽的青春。"

　　练功场上大家准备收场，七姑娘说："今天就到这吧，我有些累了，送我回屋。"

　　乃金："奶奶，我们什么时候去瑞士？公司还有些事情需要处理。"

　　乃国："问题不大，公司现在已经完全是计算机管理，我们在世界各地都可以随时听汇报，直接管理。"

　　乃信："过去是皮包公司，现在是笔记本公司，这就是与时俱进。"

　　麦克："我们现在每天看各分支机构的银行联网收入，就可以看出经营是否正常，存在什么问题。"

乃法:"曼哈顿学校开学前,我们必须把孩子们送回去。"

田野:"基金会也有一批资金需要研究发放。"

七姑娘:"看完奥运会我们就去曼哈顿,我也想去看看曼哈顿的家了。我和小燕她们先去,你们有事的可以后去。"

乃法:"大舅说,伯尔尼园丁大学落成典礼和奶奶的百年诞辰同时举行,让我们大家在曼哈顿集合,然后一起乘专机去伯尔尼。"

田野:"联合国表示也要派员参加庆典。"

七姑娘:"伯尔尼大学都盖好了吗?"

麦克:"奶奶,从网上看全建好了。"

乃信:"麦克看大学外观时我和二舅通话,他说就剩下局部的室内安装了。"

七姑娘:"好好,这就对了。这是我最后的一件大事了,活一百岁有什么可庆祝的,我就是想看看学校,想去看看我的爸爸、妈妈。"

乃金:"我想去纽约找大舅去梦园看一看网上批发。"

乃国:"我顺便想回家看看。"

乃信:"我和麦克也想一起去看看公婆。"

麦克:"我爸爸昨天来电话说妈妈最近身体不太好。"

七姑娘:"我累了,今天不商量了,送我回去休息。"

乃法和乃信搀扶奶奶回房间休息,乃金去外面叫孩子们回家。

在凤园附近的一块空地上,有一辆巴士餐车前面围满了人。那是凤园旅游公司的一日游巴士餐车,每天早七点接送游客。餐车五点三十分到旅游站点,利用这段时间对外供应早餐。这是乃金常说的经营理念:"一元钱的业务也要做,我就是从卖豆浆做起的,这是一种精神,没有这种精神大事也做不好。"前来用餐的大都是熟客,划卡消费,很方便。

乃金向前走了一个路口,看见孩子们正在弯腰拾起地上的废屑,在孩子们的周围,已经渐渐地聚集了十几个孩子在清扫垃圾。在孩子们的带动下,吸烟的人捡起扔在地上的烟蒂,刚吃完油条的姑娘把塑料袋丢进垃圾箱,走路颤巍巍的老大爷把痰吐进纸巾……

美国。纽约。曼哈顿中玉庄园。七哥、七妹的别墅。这里收拾得干净整洁，仍然保留着七哥、七妹居住时的原貌。

北京奥运会以后，七姑娘带着孙子女、重孙子女来到了曼哈顿中玉庄园自己的家。这位一生不屈不挠地坚强的百岁老人如今已身心疲惫，静静地躺在床上回忆往事。这里曾经是七哥、七妹的婚房，是七哥、七妹的家。这里曾经给七哥、七妹带来快乐，带来温馨，带来朝思暮想地苦涩辛酸。

乃信和麦克回家去看望父母。孩子们去了学校。

乃金夫妻、乃法夫妻早晨跟大舅去了曼哈顿梦园大厦，她们来到大舅的董事长办公室。

大舅："乃金你们在国内搞的天都公寓试点太好了，真是青出于蓝而胜于蓝，后生可畏。我准备马上在纽约开始推行，把房地产开发的30%利润放在小区，也按'天女散花先祖画，四律三力后世达。衣食住行住居首，天都瑶池百姓家。'办理。其他产业的园丁基金交给乃法的基金会。乃法，基金会现在有多少资金了？"

乃法："二舅已经把中玉公产的园丁基金全部汇入了基金会，发达国家的企业家思想解放，素质高，也陆续地汇入了大量资金。"

田野："我们正在准备往发展中国家的贫困地区和贫困国家投放资金，建设学校、医院。按照奶奶的'111工程'方案开展这项工作。"

乃国："要注意投放资金的监督，不能让权力参与者中饱私囊。"

乃金："有些国家的领导人还是奴隶制、封建制、皇朝制、世袭制，只顾维护个人的权力地位、享乐私欲，视民众如草芥。"

乃法："这样的国家我们的基金暂不投放。"

田野："联合国其他部门向我们介绍，以前向这些地区投放的资金都让领导人私分了。"

乃金："大舅，我们过来想看看梦园的物流网上批发。"

中玉诗华："你们在国内用的是麦克在纽约开发的一套网上批发软件，程序上没问题。还要法律约束的鉴证必须跟得上，有买卖双方相互间的信誉，有大家遵守的游戏规则。"

乃金："物资流通，资金必须到位。"

乃法:"要有物资流通地适用的有效鉴证,作为法律保证。"

乃国:"以买卖双方诚信为基础。"

田野:"以统一的游戏规则为原则。"

中玉诗华:"我带你们到物流大厅看看操作流程。"

中玉诗华领着外甥女、女婿来到梦园顶层,顶层全部都是物流大厅。

物流大厅就像是证券交易大厅,中间是大屏幕,上面显示世界各地的当日物资牌价,一天调整一次,买卖双方根据当日价格交接。大屏幕对面是业务室。

大厅两侧是各大银行、辅助部门和各种鉴证机构。辅助机构有海关、空运、铁路运输、公路运输、保险公司、法院经济庭。鉴证机构有律师事务所、司法鉴定中心、税务师事务所、会计师事务所、质量检测中心。大户室里是大公司办事人员,其他房间是大公司的办事机构。

中玉诗华:"物资买卖交割程序是先付款后交割,货款压在银行,物资交割无误后划款。整个程序你们看大厅里的各种机构就明白了。"

乃金:"客户在这里可以买到世界上最好的产品,用最公允的价格。"

乃法:"这里有保险箱一样的法律约束。"

乃国:"这里就是诚信。"

田野:"这里体现市场经济的自然和谐。"

2008年9月1日。星期一。曼哈顿七姑娘别墅的客厅。上午八时,国内中玉集团高管例会。

乃金扶着奶奶坐在沙发上,乃金说:"奶奶,您累了就躺在床上看。"

七姑娘戴上老花镜,说:"在曼哈顿的家里也能看到国内公司里的人,听他们说话,我老太婆一百岁没白活,我也要过把瘾。"

麦克打开电脑,调整好中国频道,视屏上出现了国内中玉集团各分会场。

乃金:"奶奶,可以开始了吗?"

七姑娘:"开始吧。"

乃金:"今天的会议有两个内容。一是请大家看一段曼哈顿梦园物流大厅的录像,然后建立了物流网上批发的城市去做两项工作。第一,立刻调整配备物流大厅办公房间。第二，组织相关机构进驻物流大厅办公。这两项工作完成以后，我们就和曼哈顿梦园的物流联网，就等于是和世界联网。二是向大家布置举办'1111工程'庆祝活动。现在请大家观看录像。"

麦克接转了曼哈顿梦园物流网上批发录像，乃法做解说。

录像放完以后开始第二项工作，乃金说："第二项工作内容由中玉乃信向大家布置。"

乃信："2008年9月8日，在瑞士伯尔尼举办'1111工程'全部落成典礼大型庆祝活动，届时，华夏星光娱乐城通过因特网向全球实况转播，要求中玉集团全体机构组织观看，组织宣传娱乐活动。"

乃国："还有一个小事，各地统计一下，凤园旅游公司巴士餐车业务开展得很好，各分支机构纷纷要求增加车辆，请大家在一周之内把准确数字报上来。"

乃金："奶奶还有事没有？"

七姑娘："很好，你们都很努力，大家都做得很好，我这个老太婆谢谢你们，我代表中玉家族谢谢你们，这就对了。"

乃金："散会！"

麦克关上了电脑。

乃法和奶奶说："奶奶，您从伯尔尼回来就在曼哈顿住下吧，小燕、大山、鑫麦、鑫克和小清都在这里上学，到博士毕业还要一二十年，还有我和田野，这么多人围着你多好啊！"

七姑娘："中玉家的根在北京，有你们守住中玉家的根我就放心了。你们的孩子学好本领都要回家发展，我的六个姐姐都在国外，过去的一百多年，中玉家对国外的贡献大于对国内的贡献，需要你们和你们的后代去弥补。"

乃金："我们记住了，奶奶。"

乃信："奶奶，您放心，后来者居上，相信孙女们，我们一定辛勤耕耘自己的家园，我们一定让祖国母亲繁荣富强。"

七姑娘："这就对了！"

纽约飞运航空公司中玉家专机，七姑娘一家人坐专机飞往瑞士伯尔尼。

大儿子中玉诗华看妈妈有些倦意，说："妈，您是不是累了？"

七姑娘："没事，我在闭目养神。"

大儿媳梯丽："妈妈，您从瑞士回来后在纽约医院好好调养调养。"

七姑娘："不用，我没有那么娇贵。你们不用管我，我想自己待一会儿。"

这是七姑娘第二次坐专机飞往伯尔尼，第一次和七哥护送母亲去伯尔尼的情景至今历历在目。那一路上用对父亲的怀念和对母亲的担心陪伴行程；那一路上偶尔触到母亲悲痛欲绝的目光深深地刺痛着女儿的心；那一路上七哥、七妹背着母亲在万里长空洒落下多少泪珠。

七姑娘掏出母亲亲手刺绣的"修身立业，耕耘家园"手帕悄悄地擦眼泪。

中玉星园女士百年诞辰暨"1111工程"落成典礼，定于2008年9月8日上午10点，在伯尔尼园丁大学礼堂隆重举行。

为了保证七姑娘能够安静地休息，七姑娘下榻在小儿子中玉诗夏的玉露庄园，庄园名称根据诗夏和妻子博露两人的姓名各取一字命名，寓意情同玉露，晶莹剔透，洁白隽永，百年好合。

七姑娘的大儿子中玉诗华和妻子梯丽，陪同中玉家族来自世界各地的亲人，下榻在伯尔尼梦园大厦。乃金、乃国、乃法、田野、乃信和麦克也下榻在梦园大厦。由于前来参加庆典的客人太多，伯尔尼中玉大酒店也住满了来宾。

中玉诗夏和妻子博露作为东道主，是这次盛典最忙碌的人。夫妻清晨就离开玉露庄园，中玉诗夏去了学校，博露去了梦园大厦接待来宾。侍候七姑娘的重任落在了孙子、孙媳身上。乃瑞的妻子是大学同学，瑞士人，名字叫尼娜，更是天生丽质，冰雪聪明。

乃瑞夫妻恪尽职守，就睡在奶奶的外屋，随时听候奶奶调遣。

尼娜侍候奶奶起梳完毕后，乃瑞端来早餐，祖孙三人在一起吃早饭。

七姑娘："乃瑞，你媳妇叫什么来着？"

乃瑞："叫尼娜，昨天晚上奶奶都问了三遍了。"

尼娜："奶奶，我的名字好记，安娜卡列尼娜的尼娜。"

七姑娘："好记，好记，你那，尼娜。"

乃瑞："奶奶真有办法。"

尼娜："奶奶真聪明。"

七姑娘："乃瑞，上次我来伯尔尼，你开车送我去中玉公墓，开的是什么劳什斯车？"

乃瑞："劳斯莱斯汽车。"

七姑娘："那个车太长，太扎眼，这次我要换个短的。"

乃瑞："劳斯莱斯汽车也有短的。"

尼娜："奶奶，咱家就有，您喜欢就开短的。"

七姑娘高兴了："我的孙子、孙媳真听话。"

乃瑞："奶奶，爸爸、妈妈交代了，奶奶想干什么就干什么，只要奶奶高兴。"

尼娜："不能惹奶奶生气，不能让奶奶有丝毫的不顺心。"

七姑娘："我说话好使？"

乃瑞："一切行动听指挥。"

尼娜："服从奶奶命令是我们的天职。"

七姑娘："奶奶今天不去开会了，人多了我犯迷昏，我怕乱。"

乃瑞："奶奶，这……"

尼娜："奶奶，您真会开玩笑，命令当中没有这一条。"

七姑娘："你们先拉我出去玩一圈，开完会我再去。"

乃瑞："奶奶，命令当中这一条也没有。"

七姑娘："你们听谁的命令？"

乃瑞、尼娜："听奶奶的。"

七姑娘："不听奶奶命令奶奶生气了！"

乃瑞："奶奶别生气，不去就不去，尼娜，咱们先拉奶奶去玩。"

尼娜："奶奶，您先去会场参加开幕式，然后他们讲话的时候咱们悄悄离开，我和乃瑞陪您去玩，中午给您举办生日宴会时咱们再回去。您看这个办法好不好？"

七姑娘："这就对了，还是'你那'聪明。"

上午10点整，"中玉星园女士百年诞辰暨'1111工程'落成典礼"在伯尔尼园丁大学隆重开幕。伯尔尼市长宣布大会开始，联合国教育基金会会长讲话。

联合国教育基金会会长说："尊敬的中玉百年老园丁，尊敬的中玉家族，各位领导，各位来宾，女士们，先生们，上午好！在中玉星园老园丁百年诞辰之际，中玉老园丁倡导并投资的'1111工程'全部完工了。1000所小学，100所中学，10所大学建在中国。1所超规模大学建在瑞士伯尔尼，冠名伯尔尼园丁大学。按中玉老园丁的要求，伯尔尼园丁大学是汲取了世界前十所名校的建筑风格、教学实用之精华而建，并以开创先河的一代宗师，深受世人景仰的已故中岳玉老先生，在英国剑桥大学的题词"千年树人"为校训。首先，请允许我代表联合国秘书长，向尊敬的中玉星园百年老园丁颁发'园丁勋章'！"

七姑娘由乃瑞和尼娜搀扶着走到主席台前来领取园丁勋章，会场上奏响了联合国和平之歌。全场掌声如潮。

伯尔尼市长："中玉老园丁，请您给我们讲两句话吧。"

七姑娘："其实事情很简单，因为我一直是在做我爸爸、妈妈想做的事，他们没有做完，由我们姐妹接着做。我们没有做完，由我们的后代接着做。家园里必须有园丁，谁来做园丁呢？你做，我做，他做，大家来做。大家都来做园丁，不要做害虫，做害虫到最后害人害己。我讲一个还是我办园丁小学校时常讲的一个小故事。有四个小猴子搬一块大石头，小猴子们都想偷懒，都在偷偷地想，我撒了手还有其他三个小猴子呢，然后同时撒了手，石头落下来，这块大石头同时砸住了四个小猴子的脚。人不能学小猴子，人应该比小猴子聪明。用我爸爸的一句话说，空气不分国界，流水不分疆土。世界殊途同归，人类福祸同兮。从总统到平民，人人作园丁，人人都应该做好事不做坏事，这就对了。"

七姑娘的话讲完了，全场又一次潮涌般地掌声，大会接着进行。

乃瑞和尼娜搀扶着奶奶走下主席台，七姑娘："咱们可以走了，这里没我的事了。"

乃瑞："奶奶，您真能讲，深入浅出。"

尼娜："太爷爷那首诗奶奶背得多好。"

七姑娘："乃瑞，奶奶累了，这里憋得难受，快拉着奶奶去透透气。"

乃瑞开着劳斯莱斯汽车离开伯尔尼园丁大学，尼娜扶着奶奶坐在后面。

乃瑞："奶奶，您想去哪儿？"

七姑娘："去中玉公墓。"

尼娜："奶奶，您想去扫墓？我去买鲜花。"

七姑娘："不用，这枚园丁勋章就是最好的鲜花。"

汽车来到中玉公墓，中玉乃瑞和尼娜扶着奶奶走到墓前。

七姑娘说："你们两个到别处去玩儿吧，我想单独和你们太爷爷太奶奶说说话。"

乃瑞："奶奶，我们陪着您吧？"

七姑娘："又要惹奶奶生气？"

尼娜："奶奶，您和太爷爷、太奶奶说话我们不听，我和乃瑞就在附近等您，您大约多长时间？"

七姑娘："我晃手叫你们，不叫你们你们别过来。"

乃瑞："奶奶，您不用晃手，您摇摇拐杖我们马上就过来。"

乃瑞和尼娜去附近守候奶奶。

七姑娘自言自语地说："这就对了。"

七姑娘来到中岳玉和玉美人的园丁之墓，掏出来一块手帕铺在墓碑上，然后把园丁勋章也挂在上面，口中喃喃自语：

"爸爸、妈妈，你们的老七来了。我什么也没带，只给你们带来了一枚园丁勋章，我知道这是你们最喜欢的。这是联合国发给我的勋章，表彰我对'1111工程'的贡献。'1111工程'有1000所小学，100所中学，10所大学建在国内，1所大学建在伯尔尼。伯尔尼园丁大学可漂亮了，集中了世界前10所名校的精华。校园就在伯尔尼园丁学校旧址，就是爸爸讲最后一堂课的地方，学校校训用了爸爸在剑桥大学的题词'千年树人'。爸爸、妈妈，这是老七做的最后一件事了，以后老七就有时间陪爸爸、妈妈了。爸爸、妈妈，您们等我一会儿，我去看看姐姐、姐夫们，去看看七

哥，一会儿我就回来。"

乃瑞和尼娜在附近看着奶奶一个墓一个墓去说话，眼看已经到了中午。看奶奶那认真的样子，又不敢惊动奶奶，怕家里着急，乃瑞赶紧给爸爸打电话。

七哥的墓是最后一个，这里苍松茂密，乃瑞和尼娜看不清奶奶在干什么。正在着急时，中玉诗华和梯丽，中玉诗夏和博露，乃金和乃国，乃法和田野，乃信和麦克带着医生驱车来接，梦园大厦和中玉大酒店都在等七姑娘参加百年诞辰庆典。

乃瑞看见来人，焦急地说："奶奶不让打搅她，她想自己在里面说说话。"

中玉诗夏："你奶奶进去多长时间了？"

乃瑞："一个多小时了。"

乃金："奶奶很守时，从来不误事。我们进去看看！"

亲人们来到园丁公墓，只见墓碑上方铺着一块手帕，手帕上面玉美人亲手绣字"修身立业，耕耘家园"赫然夺目。手帕正中放着七姑娘刚刚得到的"园丁勋章"，在太阳的照耀下熠熠放光。

骤然间，清风疾吹，公墓里松涛飒飒作响，万里晴空中飘过来一片白云，在公墓的上方洒落下滴滴热雨。

亲人们和医生快步扑到七哥墓前，只见七姑娘靠在墓碑上安然地进入了梦乡，慈祥的脸上挂着微笑。

医生站起来对大家说："百岁老园丁去世了。"

这位百岁老人走完了人生的最后一步，带着安详地微笑离开了家园。

乃信止住亲人们的哭声，说："奶奶不愿意令别人痛苦，更不愿意看到别人痛苦，奶奶说她死后需要的是鲜花和快乐，这样奶奶才高兴。奶奶，我是乃信，是奶奶的小孙女，是奶奶的开心果，我作一首诗给奶奶听，奶奶您高高兴兴地走好：

"天公有情洒热泪，
　松涛有义响悲声，
　大地有心留忠骨，
　家园有人做园丁。"

电影文学剧本

上道村的故事

1

画外音：这是北方一个依山傍水的普通小山村，普通的就像一片树叶，一棵小草，一粒掉在地上的不屑被人们捡起的饭米粒。故事就发生在这个小山村，发生在这个小山村里那些普普通通的农民身上，发生在那些祖祖辈辈都被叫做乡下人的村民身上……

2

一只只握锄把的大手在上道村两委会的"村务诸葛笔会专栏"上认真而笨拙地写字，这次笔会的内容是：咋用二百万修路占地补偿款？

"分！"

……

"平均分！"

……

"快分！"

……

"分了过个好年！"

………

各种意见写了满满两栏塑布，每一条意见都离不开一个"分"字，又都离开了笔会的创业主题"咋用"，这使得村长二大爷赵玉君很是失望。

满脸干菜叶色儿的村民们站在村委会的专栏前,瞪着大眼小眼看着二大爷,像是看着一摞摞钞票,看着年夜饭桌上的大鱼大肉,看着明年开春地里使用的化肥。

二大爷是乡亲们眼里足智多谋的"小诸葛",今年五十多岁,他宽厚的中等身材,宽厚的脑门,面上长着弥勒佛笑脸,肚里装着菩萨心肠。

二大爷在众目睽睽下走到专栏前,拿起笔写下自己的意见"抓住这决定上道村命运的好时机,办公司,自己劳动自己得,把剩余价值留给自己。"

站在旁边观看的村会计天津老知青急了眼,弓着腰,习惯地扶扶老花镜挤到前面,操着一口标准的天津话开了腔:

"嘛?村长,当家的,开公司?就凭咱们顶着一脑袋高粱花子的乡下人?二百万够咱赔吗?"

"老知青,亏你还是咱村的大会计,老有知识的人,开公司咋啦?没吃过肥猪肉还没见过肥猪走?哪个城里人上叨两三辈还不都是乡下人?就听我姐夫的,开公司!"说话的是二大爷的小姨子银玉,是二大爷去年病故的媳妇金玉的小妹妹。银玉心直口快,性情泼辣倔强,一直暗恋着姐夫,这个老姑娘可是上道村的第一大美人。

后街的四疤瘌抱着刚买回来的一瓶散白酒,结结巴巴地说:

"拉倒吧,银玉,你姐金玉下岗到四线后就等你顶窝啦,咋啦?不惦着办喜事啦?公司赔光了看你咋钻你姐夫的被窝?"

银玉闻听拿起手中正在纳的鞋底子追着打,边打边骂:

"把你个缺了八辈儿德的大酒鬼四疤瘌,我打碎你的酒瓶,我叫你喝!我撕烂你的嘴,我叫你满嘴跑舌头!"

四疤瘌被银玉赶得满院儿跑,大家起着哄看热闹。

二大爷拦住银玉说:"银玉,别闹了!没看见商量正经事呢,大家都听我说!"

二大爷的女儿赵辉是上道村的大学生村官,长得清纯秀美,剪着一头短发像个男孩儿,她身穿一身水洗布的劳动服,脚穿一双高腰旅行鞋,胸前挂一条彩带连着兜里的手机,耳朵里塞着手机上的外接耳塞机。这个庄稼地长大的后生,血管里流着传统农民朴实的血液,头脑里装着现代文化科学知识，听了爸爸的话高声喊：

"小姨！别闹了，大家静一静，听我爸跟大家说话！"

刚从部队回来的新任支书赵阳刚身材魁梧，说话办事仍然是军人气质，也走过来维持秩序，他拿着话筒说：

"大家静一静，听村长给大家讲话！"说完，把话筒递给了二大爷。

二大爷接过话筒说："老少爷们儿，父老乡亲，听我跟大家唠叨两句。国家把路修到咱们家门口，又给了补偿款，咱们要抓住这次机会。咱村叫什么村？叫上道村。啥叫上道？干啥事都要入道。咱村三千来口子人，自打老祖宗来咱村那天起祖祖辈儿辈儿都是土里刨食，不会干别的，也没想过干别的，一门心思入了种地这一条道。到如今自个照着镜子看一看，穷得除了力气就剩一张嘴了。咱村七八成的乡亲都去城里做工，有做饭的，有跑堂的，有搬砖的，有和泥的，有当老妈子的，有打扫卫生的，反正不管干啥都是给别人帮工，挣一葫芦醋钱，打了醋打不了油。每个人都入了每个人的道，也许一阵子，也许一辈子。这是为啥呢，这是因为咱穷，还是那句话，穷得除了力气就剩一张嘴了。力气是啥？力气是劳动力。劳动力是啥？劳动力是资源。资源是啥？资源是财富。财富从哪来？财富从剩余价值来。剩余价值在哪？剩余价值在公司。咱们大家有现成的劳动力，再有了自己的公司，咱们还愁没钱花吗？乡亲们，抓住这次机会，不要放走到手的好日子！"

听了二大爷的话，乡亲们群情激奋：

"二大爷说得对，咱们就入公司这条道！"

"咱们给自己的公司干，给自己干！"

"咱们把剩余价值留给自己！"

"听村长的，咱们上道村上道了！"

"抓住咱们的好日子，咱们乡下人入道了！"

……

二大爷把话筒递给村支书赵阳刚，说："现在，咱们大家请上道村新任党支部书记赵阳刚讲话，大家欢迎！"

村民们热烈鼓掌欢迎新支书讲话。

3

为了办公司，上道村村长二大爷一行四人进城学习考察。考察队伍里有二大爷的大学生村官女儿赵辉，有刚从部队回来的新支书赵阳刚，还有村会计天津老知青。

长途汽车上，天津老知青从背包里掏出钱来买车票。二大爷拦住老知青，问年轻的女售票员：

"姑娘，到城里多少钱？"

女售票员："到南湖市终点站三十元一位，您几位？"

二大爷："进城就下车，多少钱？"

女售票员："二十八。"

赵辉："爸，刚进城离市中心还远着呢。"

二大爷："咱们干啥去了，考察。考察就要脚踏实地，坐车转那叫走马观花。老知青，就买二十八的，一人省两块钱，留着中午喝羊汤。"

老知青还是习惯地扶扶老花镜，认真地数出一百一十二元钱，递给女售票员，说："我们当家的说了，省公家钱，费个人鞋底儿。一人走两块钱的，省四碗羊汤钱，二十八的买四张。"

赵辉："老知青大爷，公司公司先公后私，想办成公家事就得有我爸这种精神。"

赵支书："二哥大公无私，乡亲们都知道，是上道村的好当家。"

4

长途汽车刚开进市区，二大爷四人考察队就下了车。二大爷问："你们说说，城里哪儿最热闹，哪儿人最多？"

赵辉："解放路最繁华，是一条主要的商业区。建国道人最多，是城市主要的居民区。"

老知青："咱们办公司，我看应该走解放路。"

新支书："我看可以，二哥说呢？"

二大爷："咱们乡下人刚进城，不摸情况，哪儿老百姓多咱们就到哪儿去，这叫深入基层，走群众路线，看看老百姓需要点儿啥，咱们能给老百姓干点儿啥，走建国道。"

赵辉："走建国道？我来带道。"

新支书："听二大爷的，走建国道。"

考察队走上了建国道。

路边的一家蛋糕房吸引了考察队，这家蛋糕房店面不大，却很是红火，买蛋糕的人排成了队。二大爷上前去观看，只见店里有三个师傅，一个卖蛋糕，两个做蛋糕，门面敞开，现场制作，鸡蛋、牛奶、蜂蜜、白糖、面粉配料，还有些葵花籽、花生油等辅料，无水操作。

二大爷："赵辉，你排队看看，看一小时能卖多少钱？"

赵辉："排到头儿买不买？"

支书："买一斤留着咱们中午喝羊汤吃。"

赵辉排队买蛋糕，支书绕着蛋糕房照相，老知青用手指点着数排队的人数，二大爷认真地观看店面布置、产品介绍和广告宣传。排队买蛋糕的人和店里的师傅，一齐用狐疑的眼神看着这几个乡下人。

眼看赵辉排到了前面，二大爷转到旁边，掏出手机来喊：

"赵辉！快过来！镇里的电话！"

赵辉和后面的人说："阿姨，您先买吧，我过去接个电话。"

二大爷煞有介事地跟跑过来的赵辉说："镇上有急事找你，别买了，咱们赶紧走吧！"

考察队离开了蛋糕房。

赵辉边走边说："我前面一共十二个人，卖了二十斤蛋糕，用了十五分钟，平均一小时卖八十斤，一斤十元，一小时八百元，一天开业十小时，日营业额八千元，月营业额二十四万元，年营业额贰佰捌拾捌万元。"

老知青："妈呀，这么多！"

支书："成本最多超不过一斤五块钱。"

赵辉："房租宽打一年十万。"

老知青:"人工费宽打一年十万。"

二大爷:"毛利额一百二十四万,就算去掉税费和各种想不到的开支,宽打大数四十四万,还剩纯利八十万。"

支书:"二百万至少可以开十个。"

赵辉:"一年至少八百万纯利。"

老知青:"哈哈!当家的,一年翻四番,我真服了你了!"

二大爷:"一门心思净想着省羊汤钱咧,两块钱的鞋底儿没白费吧?"

支书:"八百万可以买多少只羊啊!"

赵辉:"大公无私才能发展村办经济。"

老知青:"费两块钱的鞋底儿,得八百万的收入。"

二大爷:"这就满足啦,这才哪儿跟哪儿呀,接着往下看,保不齐还有更好的呢。"

5

深入基层,走群众路线,考察队来到了天都花园小区,小区里的小菜店引起了大家的注意。小区居民围着小菜店买菜,好像是不要钱。

老知青:"当家的,这不都是咱们村里的东西吗?豆腐、豆片是咱们做的,各种蔬菜都是地里长的。"

支书:"还有咱们山上的梨、桃、苹果。"

赵辉:"还有鸡蛋、鸭蛋、鹅蛋。"

二大爷:"咱们乡下的好东西他们城里人吃不到,他们叫绿色食品。山里的野鸡、野兔城里人看都看不到。"

菜店旁边是一个车库,车库紧锁,门上张贴着出租出让车库的广告和业主的电话号码。门前有七、八个小区居民唠闲嗑,一个大婶说:

"张姐,来买豆腐?"

张姐:"来买豆腐,这不,早点儿来等送豆腐的,别最后买不到。李姐,你也来买豆腐?"

李姐:"是啊,刚才那一盘豆腐一会儿就卖光了。我今天得买两块,中午一块，晚上一块。买完好快回家做饭。"

赵辉悄悄地走过去问："阿姨，这豆腐多少钱一斤？"

李姐瞅瞅赵辉说："这里不论斤，论块儿，两块钱一块。"

一辆送豆腐的小面包车停在菜店前，菜店里出来人帮助送豆腐的卸车。

二大爷递给送豆腐的一根香烟，说："大兄弟，劳驾，老哥问问你，你送的豆腐多少钱一斤？"

送豆腐的接过香烟等二大爷点着了，说："我送的豆腐菜店老板都让切成块，一块钱一块。"

菜店小老板出来给送豆腐的写了一张收条，然后跟车库前一个四十多岁的大个子说：

"大哥，今天咱们就定了吧，你的车库我肯定是租了，能不能再少点儿？"

大个子回答很坚决："张老板，你这菜店生意这么好，咋还这么矫情，至于吗？一年三万，一分不能少。"

菜店小老板很执着地讨价还价："一年两万五，一把交，行不？"

大个子不让步："一口价，三万，也一把交，没商量。"

二大爷一直在旁边听菜店小老板和大个子谈判，听着听着突然蹅到一边去打电话。

大个子的手机响了，大个子掏出手机接电话："喂，是，一年三万，一口价……租三年？行！在哪儿见面？小区门口？行，我这就去，好，不见不散！"

等大个子接完电话，菜店小老板接着跟大个子商量："大哥，咱们再商量商量？"

大个子很干脆地说："没商量了，租出去了！"说完后匆匆向小区门口走去。

二大爷站在原地喊："走了！快点儿，有急事！"

老知青边走边问："当家的，什么事这么急？"

赵辉扭头儿瞧着父亲说："爸，你不是把车库租下来了吧？"

支书也看看二大爷说："不会吧，我刚才好像听见已经有人租了。"

二大爷眨眨眼,笑着说:"还是我闺女了解我,那就是我。都是咱家出的农副产品,成倍的赚钱,居民们成群结队地等着买,为啥不租?该出手时就出手。"

老知青乐了:"哈哈,这是咱们进城后的第一个根据地。"

支书乐了:"是咱们的'井冈山根据地'。"

赵辉乐了:"是上道村乡下人进城的摇篮。"

考察队急匆匆向小区门口走去,大家此时的高兴劲儿就像当年解放军进城时那样激情燃烧。

6

二大爷和天都花园小区车库业主大个子,在银行门前亲切地握手道别,大个子满意地说:

"看你们都是厚道人,我才少要了两千。一个月之内你们要买,三十万一次交清,过户费你们交。车库钥匙和办照用的产权复印件你们收好,以后有事电话联系。千万记好喽,你们再来时别忘了给我多带点儿好吃的啊!"说完挥挥手打车走了。

老知青对二大爷说:"在小区里我看你躲得远远地打电话,就知道你要鼓捣事,干得这叫过瘾。"

支书:"说好了三万,二哥三说两说大个子就少要了两千。好话值千金,二哥的话值两千金。"

二大爷不无得意地说:"这得要琢磨大个子的心思,城里人讲究吉利数,两万八那叫双发。"

赵辉的机灵劲儿毫不逊色于父亲:"爸,你哪来的钱?你把我哥给你的盖房钱花了吧?"

二大爷眨眨眼说:"要不还得是我闺女,那不是花了,是村里暂时挪用,公家挪用私款不犯法。"

老知青:"当家的,别害怕,回去我就给你。我说,都十二点多了,赶紧找地儿吃饭去吧,我都饿得前胸贴后背了。"

支书来了劲:"二哥立了这么大功,找个大饭店,今天我请客。"

赵辉高兴地说:"好啊,我天天盼着有人请客。听领导话,跟着党走,找个大饭店!"

考察队趔摸着找饭店,真不怕好,大家进了豪门大饭店,漂亮的女服务员热情地把大家让到散座上,递上菜单。

支书接过菜单,大大方方地说:"先沏壶茶。"

服务员:"您要什么茶?"

支书翻开酒水栏,刚一过目,顿时傻了眼。西湖龙井158元,铁观音168元,碧螺春188元,大红袍……

二大爷眼里出气儿,连忙跟服务员说:"姑娘,先忙你的去,今天我们有高兴事,我们得好好掂对掂对菜单,准备痛痛快快地吃一顿,弄点儿好的,一会儿叫你。"

服务员:"您们先看着,看好了叫我。"说完转身离去。

赵辉一边摆弄手机,一边笑眯眯地问支书:"领导,怎么样?冒汗了吧?"

支书掏出手绢来擦汗,硬是强挺着说:"今天我高兴,我不怕花钱。赵辉,待会儿结账时钱不够我也暂时挪用你点儿。"

老知青:"有什么好吃的?给我菜单看看,我也开开眼。"

老知青拿过菜单,扶扶老花镜,翻开一看也立马傻了眼,连忙小声细气地说:

"我的妈的妈,我的姥姥,乡下人干一年不够一瓶酒钱,真不是老百姓来的地方。打得赢就打,打不赢就跑,咱们还是赶紧撤退吧?"

二大爷另有主意,说:"走?咋出去?别介,别给咱乡下人丢脸,还是让我请客,我装着卡呢,我儿子给的盖房钱,50万,咱有钱!服务员!"

服务员闻声走过来,二大爷正襟端坐。

二大爷拿过菜单,一边看,一边叨咕,一边漫不经心地问服务员:

"好!真不错,澳洲鲍鱼、台湾龙虾、阳澄湖大闸蟹、陈年茅台、山珍海味应有尽有……你们这儿可以划卡吧?"

服务员:"可以。"

二大爷："都是哪个行的可以划卡？"

服务员："四大银行的都可以，一卡通。"

二大爷："人民银行的呢？"

服务员闻听愕然："人民银行的？没听说过，不可以。"

二大爷耐心地向服务员解释："就是总行，是银行都归总行管，我儿子刚给我办的，在北京办的，应该可以划，到国外都能划。"

服务员"孤陋寡闻"："是吗？真没听说过，那可能是还没联网到我们这儿呢吧？对不起，我们这儿目前暂时还不能用。"

二大爷似乎极不情愿地说："不能用？这咋办呐，我兜里就装了一千块钱现金也吃不到啥好东西吧，还不够一瓶好点儿的酒钱！要不咱们再找一家？"

服务员连忙致歉："对不起，由于我们条件有限，给您们带来的不便我们深表歉意。"

二大爷顺势站起来说："看来真没啥好法儿，只能再找一家。"

服务员鞠躬相送："欢迎下次再来。"

二大爷很有礼貌地说："不客气，拜拜。"

一行四人忍住笑，堂而皇之地离开了豪门大饭店。

7

到了饭店外面，大家放开了声捧腹大笑。

赵辉笑得眼泪都出来了，捂着肚子说："爸，你可真能整，赵本山的《不差钱》都不如你能整，咋整出来个人行卡？你出的？"

二大爷却一本正经："就是我出的，我出不来人行卡支书就出不来豪门大饭店。"

支书如释重负："我还真是出了一身汗，当时就发愁回家没法向媳妇儿交代，我闺女开学还等着交学费呢。"

大家说着笑着走到了一个路口，老知青说："你们看这里有一溜小吃摊儿，饿得我现在是吃嘛嘛香。"

大家不约而同地停在了羊汤摊儿前，二大爷说："得，乡下人就是喝羊汤的命，喝碗羊汤吧！"

羊汤师傅赶紧过来招呼："老几位，请坐，喝几块钱一碗的？"

二大爷："都是几块的？"

羊汤师傅："两块、五块、八块三种，烧饼有一块、两块的。"

支书上前一步，抢着说："都要最贵的，我接着请大伙儿，使劲儿吃！"

师傅麻利地给大家上了汤，二大爷推开了师傅递过来的烧饼，从背包里掏出来一摞烙饼给大家一人分了一块，说：

"昨晚上我家银玉烙的葱花饼，可香了，你们尝尝。"

老知青泡着葱花饼三口两口就把汤喝了，问师傅："添点儿汤行不？"

羊汤师傅："敞开了喝，喝羊汤，添白汤，不够再加水，全国都一个规矩。"

支书的一块葱花饼也很快下了肚："二哥，我们也该喝银玉你们的喜酒了。师傅，我也添点儿汤！"

赵辉的一碗羊汤也净剩羊杂碎了："我小姨说先盖新房后入洞房。师傅，添汤！"

老知青："咱们当家的家早就由银玉当了。师傅，添汤！"

二大爷："你个老知青老了老了咋说话没把门儿的咧，谁像你恁没出息，下乡刚到咱村儿，同着老丈人就钻进了媳妇的被窝！师傅，添汤！"

羊汤师傅一边给大家添汤一边不停地往汤锅里加水。

老知青："那时候广阔天地一样穷，为了省火我老丈人家冬天住一间房子一铺炕。你们老嫂子漂亮你们知道，你嫂子没费事三五天就把我拿下，我就坡上驴就上了老丈人家的大炕，贡献了我这个天津大城市知识青年的一生。师傅，添汤！"

支书："你儿子儿媳妇在天津做啥工作？老两口子也该去享福咧。师傅，添汤！"

老知青："我没能返城我儿子替我返了城，小两口都在天津规划设计院，你老嫂子在天津看孙子。现如今我媳妇成了天津人了，我倒是真正响应了伟大领袖毛主席的号召，扎根上道村干革命，一干都是一辈子，到今

天还跟着你们改变农村的落后面貌。你别说,天津我还真是住不惯了,不如咱村儿住着舒坦。师傅,添汤!"

二大爷:"咱农村长大的孩子都有出息,知道上进,知道孝顺。我儿子在北京奋斗了十来年,如今也是大建筑公司的项目经理咧,知足咧。师傅,添汤!"

赵辉:"我嫂子是北京人,我嫂子她爸开公司,我哥家里都雇保姆了,帮我嫂子看我的小侄子。师傅,添汤!"

二大爷突然想小解,说:"汤喝多咧,我要去上厕所。"

老知青:"我也喝多了,我也去!"

支书:"我也是,我也去,咱们走吧?"

赵辉:"汤都喝多了,一块去吧?"

二大爷:"快点儿,我憋不住了!"

老知青:"我也是!"

支书:"师傅,结账!厕所离这儿远不远?"

羊汤师傅:"不远,也不近,一站地,不大好找,一直往东走,出了路口往北大约二百米。"

支书赶快结完账,一行四人全捂着肚子使劲憋着一路小跑找厕所。

8

第二天上午,支书和老知青到二大爷家里谈工作,正赶上二大爷家里包饺子,银玉张罗着留饭:

"你们老哥俩中午别走了,在这儿吃饺子,我给你们烫壶酒,再整俩酒菜。"

老知青:"孤正有此意,银玉,好酒好菜伺候!"

银玉:"真是个卫嘴子,给点儿阳光就灿烂,逮着锅台就上炕,好吃的也堵不住你的嘴!"

支书:"多谢银玉姐!"

银玉:"还是领导会说话。"

热酒烫好，酒菜摆齐，饺子上桌，家宴开始。银玉看赵辉还在一边写《村官日记》，说：

"赵辉，别用功了，快过来吃饭！"

赵辉应声："好了，就来！"说完，放下笔记本跑过来给大家斟酒。

二大爷端起酒杯说："我和银玉共同敬大家一杯，银玉招待大家的意思有三个，一是昨天进城没吃好，今天补上；二是庆祝咱们在城里有了根据地；三是从今往后，咱们上道村的乡下人也可以在城里当主人咧。来，干！"

大家举杯一饮而尽。

老知青："当家的，你签个字，村里赶紧把挪用你的两万八千块钱还你吧，你们好赶紧盖房。你看把银玉都急成啥样了？"

支书："对，大家都等着喝喜酒呢。"

银玉红着脸说："要这么说我还真不吃将，我们不急，村里眼下缺钱，先可着村里用。"

二大爷："说正经的，我和银玉商量好了，把我儿子寄来的五十万先放在公司，等公司挣了钱再还我们。"

赵辉："这也是我的意思。"

老知青："就算是股金吧。"

支书："必须的，按股分红。"

二大爷："你们误会我了，我可不是想占大股，我的意思是全村三千口子，一个也不能少，要共同致富。股金分两种，一种是基本股，全体村民平均持有，最少哪怕是平均每股一元，基本股享受增资分红，享受医疗、教育、住房、福利；另一种是优先股，超过基本股部分都是优先股，优先股按照国家法律规定，享受投入资金的保值增值。"

银玉："办公司缺钱，我们先给村里用，带个头儿，就算优先股，给多少你们看着定，反正大伙儿都一样。"

赵辉："如果都像我小姨这样我这村官就好当了，办公司就不愁资金了，还是那句话，办公司只有大公无私才有大家和小家。这个带头作用起得好，我们欢迎！"

赵辉带头鼓掌，支书和老知青一同鼓掌叫好。

二大爷："老知青，你得跟你儿子儿媳妇说说，给咱村好好搞搞整体规划。"

老知青："没问题，包在我身上，我儿子儿媳妇规划设计好了你儿子回来搞建筑。"

支书冲着又坐在一边写《村官日记》的赵辉说："还有你，赵辉，你是学环保的大学生，你负责咱村的环境保护！"

赵辉头也不抬，说："那是一定，必须的！"

老知青："咱们的大村官，看你那么投入，你那《村官日记》都记得是啥？保密不？有没有我们的事？念给我们听听？"

银玉："昨晚上睡觉还跟我念叨呢，赵辉，念一段《乡下人进城》给他们听听。"

赵辉站起来，说："都想听？"

支书："想听！"

老知青："忒想听！"

赵辉站起来绘声绘色地把《乡下人进城》念给大家听：

"村民进城，寻找平衡，斜背革包，怀揣烙饼。城中食蔬，农村供应，艰苦岗位，农民占领。城乡差别，自古形成，古道开路，艰难前行。买碗羊汤，多添白水，难找厕所，憋得乱蹦。"

说起昨天进城体面地离开豪门大饭店去喝羊汤，羊汤喝多了，考察队全都捂着肚子找厕所的情景，大家笑得连咳嗽带流泪。

9

一天下午，上道村"村务诸葛笔会专栏"前。这次笔会又换了新内容：上道村怎么办公司？

村民们的热情空前高涨，专栏塑布上写满了村民的建议：

"办社区小超市连锁店。"

"办快餐店。"

"建种植养殖基地，产、供、销一条龙。"

"建蛋糕房连锁店。"

"设合理化建议奖。"

"有钱都入优先股!"

……

村官赵辉正在接待南湖市日报社记者刘洋,报社的新闻采访车就停在旁边。刘洋是赵辉的中学同学,不仅名字洋气,还非常有才气,长得就像中央电视台的节目主持人董卿,刘洋赵辉两个人是好朋友。

刘洋一边拍照一边说:"赵辉,咱们中学同学就数你有魄力,你这村官还真是干出名堂来了,到你这儿来到处都是素材,'村务诸葛笔会'我还从来没有听说过,说真的,干实的,和老百姓心贴着心,多好啊!你的《村官日记》写得太好了,还没有告诉你,我们总编对我提出的《乡下人进城》这个选题很感兴趣,想连载,特意派我来和你商量。先说好了,咱俩可得合作,我负责专题跟踪采访。"

赵辉:"必须的,咱俩谁跟谁呀?咱俩是'铁哥们'!"

四疤癞喝多了,哩溜歪斜地走到专栏下,拿起笔在专栏塑布上写"不分了,我同意办公司。"

赵辉:"四哥,喝多了?"

四疤癞说:"我都听咱村有知识的人说了,一个小小的蛋糕房一年挣八十万,小超市就更多了。"

赵辉:"哪个有知识的人说的?"

四疤癞:"老有知识的人说的,老知青。"

赵辉:"那是测算,四哥,快回家睡觉去!"

四疤癞结结巴巴地说:"回家?我都进不去家了,你四嫂子拿笤帚疙瘩追着抽我。我没喝多,我懂,现在是紧急关头,再睡觉黄花菜都凉了。"

赵辉:"真懂啦?"

四疤癞:"我不傻,一年以后全村都成了百万富翁,只有我家的年收入还在千元户的贫困线上挣扎。现在不努力,回家净受气。"

赵辉掷地有声:"你放心吧,四哥,包在老妹子身上,我向总书记保证,所有上道村的父老乡亲们,在致富道路上一个也拉不下!"

四疤癞:"谢谢你,老妹子,跟你爸一样,也是个厚道人。有你这句话我就放心啦,四哥赶紧回家去汇报,好让你四嫂子也放心!"

四疤瘌跟跟跄跄回家去汇报。刘洋抱着摄像机录了个实况。

刘洋突发灵感,说:"赵辉,就用你们村的题材,现场实况跟踪,咱俩合作排一部电视剧吧?"

赵辉也来了精神,两人一拍即合,高兴地说:"好啊,脑瓜够灵活,咱们先搜集素材,然后再商量什么形式。就这么办,欧啦!"

支书从办公室出来,说:"赵辉,你爸说马上召开两委会,你赶快去通知委员们到会议室来开会!"

赵辉:"唉,知道了!什么内容?"

支书:"研究成立'老厚道小超市有限公司'!"

赵辉:"支书,让刘洋现场采访吧?"

支书:"中,你快去通知吧!"

赵辉:"欧啦,我马上去通知!刘洋,你先去会议室,我一会儿就回来。"说完,一溜小跑去通知委员们开会。刘洋跟着支书到会议室现场跟踪采访。

10

春暖花开,杨柳舞翠,上道村一片生机盎然。村两委会大门口挂上了"南湖市老厚道小超市有限公司"的大木牌。村长办公室门前挂上了总经理室,书记办公室门前挂上了董事长室。

二大爷正忙着打电话,老知青推门走进来。老知青坐在长条沙发上,说:

"当家的,这才一个月,五百多万花进去了,建了五十多个连锁店。菜店、快餐店、面包店、小超市哪个也不敢开业,弄得大家现在都不敢动了,办个执照咋这么难呢?"

二大爷牢骚满腹:"这不是不愿意在工商局花那个冤枉钱嘛,一个事跑七八趟,跑一趟改一次,怎么填也是不对。什么个体劳协会费,一个照少的交五百,多的要一千。"

老知青惊诧："干嘛？打杠子？"

二大爷："别瞎说，有大盖帽打杠子的吗？"

老知青义愤填膺："比打杠子还厉害，打杠子有明目张胆的吗？这叫明抢，明火执仗！"

两老头正说着，门外传来了汽车声。不一会儿，支书和赵辉推门进来。

支书坐在老知青旁边生闷气，赵辉进来端起二大爷的缸子就咚咚咚喝水，一边喝一边说：

"又白跑一趟，要不是我哥给的汽车，还真是跑不起。"

二大爷焦急地问："咋还不中？"

支书气得不知说啥好："还得改！一个人说一个样，我看不花钱是办不成事了，我眼看着有人在表底下放张卡就办了！"

老知青也没了主意："快想个法子吧，要不也送卡？咱们可耽误不起呀！"

支书看二大爷不言不语，只好说："他们说咋改咱就咋改，我就不信明天他们还有什么话说。"

赵辉看了看爸爸，试试探探地说："明天刘洋说来咱们村采访，让我在家里等她。"

二大爷听刘洋要来采访，眨眨眼有了主意，说："明天咱们走马换将，我和老知青去工商局办照，支书你们督促各店装修，准备开业。赵辉，你跟刘洋说说，请她帮个忙，让她到工商局来找我们跟踪采访，我们合演一出三十六计中的'反客为主'。"

赵辉："什么是'反客为主'？"

二大爷："在工商局我们是客，工商局是主，客随主便；如果我们在工商局接受采访，我们是主，工商局是客，反客为主。"

老知青："当家的，是不是玩忒大了？"

支书："我看中，舆论的作用值得重视。"

赵辉立刻给刘洋打电话，叙述了办照的艰难和"反客为主"妙计，很快跟刘洋达成默契，放下电话说：

"欧啦，明天上午，刘洋随时听候调遣。"

11

第二天上午,工商局登记大厅,赵辉和支书把二大爷和老知青放在门口,然后开车去查看公司各连锁店。二大爷和老知青走进大厅,坐在椅子上焦急地等候"采访"。

老知青依然抱着那个大革包,悄悄地说:"当家的,我在乡下待惯了见不得城里的大世面,待会儿可别给我录像。你悠着点儿,别整忒邪乎喽,我看见戴大盖帽的就有点儿腿发颤,待会儿闹大发劲儿喽别把咱们都给逮儿去?"

二大爷有壮胆的良药:"你就使劲想咱们五十多个店已经花了五百多万,一直都开不了业,三千多口子人盼得眼发蓝,你就该是气得发颤了。你在当官的工商领导面前就不害怕了。"

老哥俩正在嘀咕,刘洋带着大队人马到了。两辆采访车,报社一辆电视台一辆,刘洋真不愧是赵辉的"铁哥儿们",准备得很充分。

刘洋带着采访人员大大方方前呼后拥走进登记大厅,二大爷和老知青看见刘洋来了,赶紧站起来去柜台前办照。

老知青从革包里拿出登记表,放在柜台上,二大爷说:

"麻烦领导再给我们审审,看哪儿还填得不对?"

工商登记负责人看看就把表一推,仍然说:"先去交个体劳协会费。"

这时,刘洋走过来大声说:"赵村长,赵辉告诉我你们在工商局办照,我们报社、电视台'乡下人进城栏目组'前来跟踪采访。先向您介绍一下,这位小林同志是电视台的新闻记者。"

小林记者是个三十多岁的小伙子,中高身材戴着眼镜,他握住二大爷的手说:

"赵村长您好!上道村的事迹市领导很重视,你们全体村民办公司,一个也不能少,走共同致富的道路,给全市十县五区的农村带了个好头,市领导指示新闻媒体要大力宣传你们的事迹,我首先代表电视台向你们致敬!"

二大爷用眼角余光看着工商登记负责人说:"谢谢小林同志,我们才刚刚起步,第一步还没迈开呢,对不起,你们先等一会儿,等我们先迈开工商登记这一步你们再采访。"

刘洋心领神会,说:"赵村长,您是说正在办理工商营业执照吧?不影响您办照,我们今天是全过程跟踪采访,也包括您办照。"

二大爷时而面向镜头时而面向工商登记负责人,一字一句地说:

"我们办照没有什么可采访的,我们是为自己办事,不来办不成,必须的。要采访你们就采访工商局的领导,他们是为我们办事,跟他们一点儿关系也没有,我们都来了十几次了,工商局的领导们还是不厌其烦地给我们挑毛病,一次又一次地指出我们的错误,对革命工作那真是认真负责,一丝不苟,直到达成最后满意的目的为止,有这样为老百姓办事的公仆真是太好唎,我们当主人的感觉真是幸福死唎。"

工商局的领导闻讯匆匆赶来。

二大爷继续对工商登记负责人说:"他们采访他们的,咱们办咱们的,两不耽误。这位领导刚才说什么来着?"

小林录像,刘洋照相,群众围观。工商登记负责人看眼前这阵势,一时不知说什么是好。

老知青这时仗势壮胆,腿也不颤了,帮忙在旁边提示:

"这位领导刚才说还是让咱们先去交个体户会费。"

二大爷一本正经地说:"这位工商领导误会了,事情是这样的,我们不是个体户,我们三千多人呢,是个大集体。我们乡下人不懂城里的规矩,你是说让我们交集体会议费吧?我们不在工商局开会。"

围观群众闻听哄堂大笑,登记大厅主任和工商局长一同挤进人群,大厅主任向刘洋和小林先介绍自己,然后介绍工商局长:

"我是大厅主任,我姓王。这是我们市工商局黄局长。"

黄局长热情地和刘洋和小林握手,说:"欢迎报社和电视台的领导莅临指导,请大家多提宝贵意见。"

刘洋抓住时机进行宣传:"不客气,谢谢黄局长和王主对我们工作的支持。我们今天是报社和电视台联合采访,上道村的事迹不知道你们看过报纸没有,市长有批示'上道村走集体共同致富之路,全体村民进城办公司,一个人都不少,是我市十县五区农民的榜样。'市领导让我们新闻媒体大力宣传,现在正在现场跟踪采访上道村老厚道小超市有限公司办理营业执照,还请黄局长和王主任继续给予大力支持。"

黄局长真不愧为一局之长,政治嗅觉灵敏,应变能力强,马上说:"王主任,你立刻亲自负责,协助老厚道公司办理营业执照,这是政治任务,特事特办!我陪几位贵客到会议室坐等,用最快的速度把营业执照办好送过来!"

王主任立刻领会了特事特办的精神:"是!局长放心,我马上就办!"

黄局长把大家让进会议室,会议室里摆满了水果,沏上了茶水。老知青紧跟着王主任,王主任带领部下用特事特办精神,全力以赴地给老厚道公司和五十多个连锁店办理营业执照,黄局长陪同二大爷接受报社、电视台现场采访。

刘洋向黄局长介绍二大爷:"黄局长,这就是上道村的赵村长。"

黄局长紧紧握着二大爷的手说:"听了你们的事迹,使我深受感动,我们做具体工作的同志有什么地方没有做好的,还请老村长给予批评帮助。"

二大爷不失时机,继续反客为主扩大战果:"黄局长,看你这么诚恳,我还真有个事麻烦你,本来我们办的是股份公司,怕到省里去批耽误工夫,先办的有限公司,以后再办股份公司时还得请黄局长帮忙。"

黄局长递给二大爷一张名片,说:"办股份公司就由我负责,把资料交给我吧,有事尽管给我打电话,我保证随时给你们提供服务。"

二大爷听后心中油然而生感激,于是说:"听黄局长这么说我这心里别提多高兴了,我们乡下人进城做事不容易,两眼一抹黑,没有你们这样的好心人帮助,我们真是寸步难行。俗话说,好话一句三冬暖,恶语一言盛夏寒。在我们困难的时候,哪怕是听到一句好话,我们都会从心里觉着温暖。"

黄局长坦诚之心溢于言表:"我想你们刚开始创业,困难一定很多,尤其是业务人员不熟练,管理跟不上去。我给你们联系一家职业学校吧,不知道你们听说过没有,咱们市的中玉职业学校,所属中玉国际财团,实力非常雄厚。这是一家半公益学校,专业课程齐全,有从服务员到经理的全方位、全过程培训。"

二大爷高兴地说："太好了，你说的培训员工正在节骨眼上，你就是大旱天里我们庄户人盼得及时雨，黄局长，这让我们怎么谢你呀！"

黄局长由衷地说："不用谢，如果说谢，谢谢你们为村民集体致富做出的贡献。我们和你们是军民鱼水情，政企一家亲嘛。"

刘洋抓住时机报道："今天，我们报社、电视台《乡下人进城》栏目组在工商局登记大厅现场采访，亲眼目睹了政企双方鱼水之情，通过市工商局黄局长对农民进城的热情支、帮、促，让我们充分认识到，没有执法机关的保驾护航，就没有老百姓的良好市场环境；没有老百姓的经济活动，就没有社会的和谐繁荣。"

小林记者不停地变换着最佳角度录像。

12

夏日傍晚，上道村没有了千百年来的宁静。老厚道香油厂正在制作香油，老厚道花生油厂正在制作花生油，豆制品加工厂正在制作豆制品，蔬菜车间正在挑选、整理、塑封、过称、贴标签。车队需要连夜运送物资到城里各连锁店，准备好第二天的原材料供应、社区供应。

村民们吃完晚饭不再早早地钻被窝，忙工作的忙工作，上夜班的上夜班，没事儿的喜欢拎个小马扎，三三两两相约着到村委会看数码大屏幕。

村委会门口已经挂上了"南湖老厚道小超市股份公司"的大木牌，院里面新安了数码大屏幕，不停地播放公司的现金流水日记账和最新数据，那是村民们最喜欢看的数字，超过了观看电视台的任何节目。显示屏上一行行数字让村民们每日里美不胜数，那种焕发于尘封在内心深处的喜悦是村民们从来没有过的感觉。

显示大屏幕：

建立蛋糕房25个；

建立快餐店36个；

建立小菜店91个；

建立小超市68个；

日均现金流水突破100万元；

日前纯利润已经达到两个老厚道股份公司的注册资本；

……

三奶奶八十多岁了，豁着牙乐得合不上嘴，对五爷说：

"他五爷，赵老二这个嘎小子，还真能整。你说说，这哪想得到，真想不到，老了老了还赶上了这么好的年头。"

五爷叼着旱烟袋，还是唠老一套嗑，他说："三奶奶，这都是托咱们村两委会这班带头人的福，老古语说，兵熊熊一个，将熊熊一窝，咱们赵老二那是小诸葛，是个帅才，是干大事的材料，心还正，该着咱们全村都得好。"

四疤瘌美滋滋地说："没有二大爷，就我这臭样儿的能成为百万富翁？我媳妇烧香拜佛一辈子，还不如我跟着二大爷一阵子。"

银玉头戴发卡，肩披薄纱，喜笑颜开，刚才给姐夫和赵辉送完晚饭，提着饭盒从办公室出来，走过来搭话：

"四疤瘌，忘了你当初寻死觅活的非要分光吃净啦？你就是那不合群儿的犟驴——"

四疤瘌："咋说？"

银玉："牵着不走打着倒退！"

四疤瘌："你越说我我越高兴，你是谁呀，你是凤冠霞帔的大美人——上道村村政府的一品夫人！"

三奶奶："四疤瘌说的没错，那是早一天晚一天的事，银玉就等咱村的别墅了！"

五爷说："那是银玉的激将法，为了让全村都能尽快住上新房，催着赵老二赶紧动工，这才叫不是一家人不进一家门哪，一对儿热心肠，该着咱们都跟着沾光。"

银玉："三奶奶、五爷，咱们全村都是一家人，一家人就要一起住新房！"

四疤瘌："对，一起住新房，银玉咱们一家人。"

银玉："你是咱们一家人圈里的犟驴——四疤瘌！"

村民们正在说笑，一列车队停在村委会门前，李市长从一辆汽车上走下来，市政府女秘书长杨坤跟在后面。

二大爷、支书和赵辉闻讯从办公室迎出来，二大爷边走边摇着手高声说：

"李市长、杨秘书长！这么晚了还劳烦大驾，有事打个电话就办了！"

李市长："二大爷，我就不叫你村长了，打电话办不了，明天召开全市农村工作会议，今天下午主管县、区长刚报到，吃完晚饭我带着县、区长们先来你这看看，不然明天的会议没法开！"

二大爷："李市长，这咋说的，我们不是报了材料吗？"

杨秘书长："二大爷，上道村的详细材料我们都有，报社、电视台也有报道，李市长就是想让大家亲眼看看，看那些材料里看不到的东西，看看你们的制油厂、豆制品厂、蔬菜车间……"

李市长："对！就是杨秘书长说的意思，你先带我们转转，最后再看看你们的'上道村整体规划沙盘'。"

二大爷说："我明白了，政府多往基层跑，不看材料看实效，就是走基层随便转转。那就开始转吧！"

领导们对数码大屏幕产生了浓厚的兴趣，对一行行数字啧啧赞叹：

"不看不知道，一看吓一跳。"

"我还觉着我们县农村的三产不含糊呢，真是不比不知道，一比吓一跳！"

"照这么发展，家家都是百万富翁。"

"何止是家家，是每人！"

"是每年每人！"

杨秘书长走到二大爷面前，说："二大爷，我今天来是真找你有事，南湖宾馆经营管理一贯衙门作风，已经严重亏损，资不抵债。你们能不能替市政府接管这个烂摊子，市政府给你们优惠政策，银行贷款按实际亏损核销，核实资产后的剩余贷款转给你们，这样不用投入太大的资金就能正常运营。宾馆地理位置好，政府的会议都在宾馆开，有一部分稳定收入，还是应该很有优势的。"

李市长说："二大爷，这是个大好事，说实在的，换个别人我还不给呢。"

二大爷很痛快地说："谢谢李市长，谢谢杨秘书长这么信任我们，我们接，明天就开会研究布置，随时准备进入宾馆工作。"

二大爷领着参观团围全村转了一圈，最后来到了"上道村整体规划沙盘"前。

赵辉用电光显示仪一部分一部分的给大家讲解。

赵辉说："上道村的整体规划共分五个部分，第一部分是基本农田；第二部分是种植、养殖、生产、加工基地；第三部分是山、林、水旅游景点；第四部分是社区别墅；第五部分是环境保护。"她详细地把这五个部分介绍完后做结束语，"整体规划，五业并举，城乡结合，全村致富。这就是我们上道村的全体村民在'村务诸葛笔会'上总结出来的十六字方针。当然，必须是在市、县统一规划、整体部署下才能完成。"

在场的领导们无不为之震撼，大家同时响起了发自内心的掌声。

13

星期日，南湖宾馆。赵辉身穿蔚蓝色的宾馆工作服，坐在总经理室老板台前打电话：

"杨秘书长，我是赵辉……什么赵总，在您面前我永远是小妹妹。您不是在宾馆开会吗，我想求您帮个忙，中午能来宾馆小餐厅用餐吗？帮忙给我们鉴定一下新菜系，好，中午我等您。"

中午，宾馆小餐厅正在举行新菜系鉴定会。菜肴端上来之后，赵辉向参加鉴定会的人员介绍情况。

赵辉："今天，我们荣幸地请来了市政府杨秘书长来参加我们的鉴定会，大家欢迎！"

大家鼓掌表示欢迎。

杨秘书长："别客气，我对烹饪可是个外行，在家连饭也做不熟。因为厨艺鉴定专家们是我帮赵总从中玉职业学校请来的，今天又恰巧在宾馆开会，赵总让我过来我就来了。咱们丑话说在前头，我只是负责吃饭，品尝鉴定还是要听专家们的意见。"

赵辉："今天，来参加我们品尝鉴定会的除了中玉职业学校的厨艺专家，还有社区居民的代表，我代表南湖宾馆对大家给予我们工作的大力支持表示感谢！"

大家一起鼓掌，天都花园小区的车库业主大个子作为居民代表也一起鼓掌。

各种美味佳肴端上来以后赵辉说："今天推出的新菜系，是南湖宾馆漂亮的女厨师长华兰婷发明的'火坛宴'！现在请兰婷厨师长介绍她的'火坛宴'。"

华兰婷站起来和大家说："今天推出的菜系是'火坛宴'，推出的主食是'罐焖饭'。要说这个'火坛宴'的发明人还真不是我，是我舅；这个'罐焖饭'的发明人也不是我，是我的舅姥姥。我舅有诗为证'山鸡野兔火坛宴，大米小米罐焖饭，家宴聚餐真解馋，吃了这坛想那坛。'我小时候特别喜欢到我舅家去，就是想吃火坛宴和罐焖饭，说个没出息的话，那个馋我呀，我爸打得我哇哇大哭我都不回家。"大家哄堂大笑，华厨师长接着说，"开个玩笑，你说这么好吃为啥不赶紧让大家吃呢，馋着我们？这正是火坛宴的第一个特点，这种盛菜、盛饭的器皿可以保温50分钟，其他特点还是请专家们点评吧。"

宾馆服务员把一个个坛盖揭开，把罐盖揭开，给在座的每一个人都盛了一碗两米饭。

各式各样的火坛有牛肉、羊肉、猪肉、鸽子、山鸡、野兔、驴肉、狗肉、火鸡，有海米白菜豆腐、松蘑酸菜粉……

大家尽享坛中美味顾不上说话，只听见一片咀嚼吧唧之声。

还是中玉职校金伯阳技师先开了口："看大家的表情不用我说，火坛宴真称得上是人间美味。华兰婷是特级厨师，是我市的烹饪高手，大家都知道。我还是斗胆说说第二个特点吧，鲜味、香味尽留坛中，久而不散。"

中玉职校技师孔凤香说："第三个特点肉嫩而不散，香而不腻。"

中玉职校技师刘长顺说："看得出来，每一道肉菜里都配有不同的中药材调料，既提味又保健。"

天都花园大个子业主："华兰婷厨师长说得没错，家宴聚餐真解馋，吃了这坛想那坛。"

杨秘书长:"祝贺你,华厨师长,祝贺你们,赵总,就冲火坛宴,宾馆可以翻身了!"

赵辉:"我们不仅宾馆要打翻身仗,我们还瞄准了市内社区,我们可以利用老厚道公司小超市连锁店、快餐店、面包房的优势,在30分钟内把火坛宴送到市内小区里每一个家庭的餐桌上!"

杨秘书长:"怎么样?南湖宾馆没接错吧?给了你们公司这是锦上添花呀。"

赵辉:"谢谢杨秘书长。"

杨秘书长:"怎么谢呀?赵总,礼尚往来,借这个机会,我也想求你们公司一件事。"

赵辉:"您请说。"

杨秘书长:"我替南湖市的贫困村求求你们,求你们伸出手来拉他们一把吧!"

赵辉:"杨秘书长,实话跟您说,这是我们正在做的。我们公司已经有了计划,挑选南湖市最贫困的村,按照我们村的发展模式投入人力、物力和资金,先进驻一个村搞试点。我们不想惊动市里,想悄悄地干起来再说。"

杨秘书长:"赵总,听了你的话我非常振奋,你们代表了当代率先富裕起来的新型农民,在你们的身上,我已经看到了中国农村美好的未来,对此,我深信不疑!"

14

一辆长途汽车停在了上道村的长途汽车站,从汽车上下来了一个年轻的学生,学校放暑假,赵辉的男朋友王玉和来看赵辉。现在的年轻人在衣着打扮上都好突出自己"有派",王玉和留着一头刘欢一样的秀发,却长得比李玉刚还眉清目秀,一身旅行装,让人一眼分不清男女。

王玉和招手拦住了一辆挂着北京牌照的越野车,向司机师傅问路:

"师傅，请问您知道上道村怎么走吗?"

司机探出窗口回答:"你真会问路，我就去上道村，你去上道村找谁?"

王玉和:"看同学，也是女朋友。"

"谁?"

"赵辉，是我在大学时的同学。"

司机仔细地打量着王玉和，满脸都是问号:"你不仅会问路，你还会问人，赵辉是你的女朋友?"

"您认识?"

"认识很多年了，上车吧，我带你去。"

王玉和上了越野车。

王玉和不解地问:"您刚才说认识赵辉很多年了?"

司机师傅:"是啊，从她光屁股的时候我都认识。"

"是邻居?"

"哦，住得不远，赵辉是你的女朋友?"

"赵辉大学毕业后，响应号召回乡当了村官，我继续留校攻读硕士研究生。"

"看得出来，你挺能研究，尤其是外表。"

"师傅说话真幽默。我的导师说，我们的研究课题是环境保护，也就是美化大自然，这就需要时刻注意自身形象，养成良好的职业习惯。"

"这我还是第一次听说，还真看不太惯。不过环境保护越来越引起人们的重视了，你学的专业不错，赵辉也是学环保的。"

"我这次来一方面是看赵辉，更重要的是在暑假期间，来帮助上道村搞好环境保护。"

"这还不错，把我们村研究得像你的外表一样。咱们先去村委会，也许赵辉就在那儿等你呢。"

汽车还没进村，远远地看见塔吊林立，听见机器轰鸣。汽车开进村委会大院，两个人下了车进了总经理办公室，办公室没人。两个人又来到了会议室，二大爷和支书正在会议室里看上道村的建设规划沙盘。

司机师傅开口说:"爸，支书，你们都在。你们看看谁来了。"

二大爷和支书抬头观看，二大爷说："赵光回来了，还带个女秘书？"

支书也饶有风趣地说："现在城里的老板都实行带小秘，这叫时尚。"

赵光笑得咳嗽，说："瞧你们那眼神，瞎琢磨什么呢，这是赵辉的同学、男朋友、环保专业硕士，利用暑假来咱村搞环保设计。听好了，是赵辉的男朋友！"

二大爷看着王玉和愣了一分多钟，方才醒过神来说："欢迎，赵辉说你今天要来，没到宾馆去，专门留在家里给你做火坛宴。你叫什么名字？刚到？"

王玉和面露赧颜，说："大伯，我叫王玉和，车晚点了，和大哥一起刚到。"

赵光："我从北京回来看看咱村的建筑进度，想过两天再派过来一个施工队。路上堵车，开得慢。碰巧在村口长途汽车站碰上了王玉和问路，顺便把他带来。"

书记："赵光、王玉和，你们都是专程从北京赶来，这才叫全家上阵，参加上道村的建设，我代表村党委感谢你们！特别要感谢的是王玉和，你真是我们的及时雨呀，我们正等着落实环境保护整体规划的最后方案呢！"

赵光："书记，见外了吧，我不是上道村的人？我还回来住呢！"

王玉和："上道村规划的这么好，我也来。"

二大爷："都来，建设好了都来！"

这时，办公桌上的电话响了，二大爷接电话："是我，知道了，就回去！告诉你小姨，你哥和你的同学王玉和都来了，就在我这，多做俩火坛肉，等我们回去喝酒。"二大爷放下电话说，"赵辉的电话，你小姨叫回去吃饭，我告诉她们你们来了。"

大家收拾东西准备回家吃饭，二大爷跟书记说："书记，一块儿走吧，跟我们喝酒去！"

书记很痛快地说："有酒喝好啊，反正我媳妇也不在家。你看咱俩多投入啊，现在都两点多了，我要回家还得现鼓捣饭……"正说着，手机响了，"是我，谁？市委办公厅胡主任？……你说什么？省委考察团要到我们村考察？市委张书记带队，十分钟就到，是，一定完成好接待任务，好吧，知道了。"书记接完电话说，"听见了吧，还想喝酒，饭都吃不上了。"

二大爷边说边往外走："党务的事书记你接待吧，我回家喝酒去了。"

书记急了："别介呀，二哥，一条腿我不成了瘸子了？人家说是考察农村经济走公司化发展道路，绝对不是纯党务工作。"

二大爷停住脚步："你还非得拉我垫背，我是前胸贴后背，他们还没吃饭呢吧？有接待吃饭的任务吗？"

书记："胡主任说考察团刚在宾馆吃了火坛宴，非要马上到咱们村看看。"

赵光赶紧说："爸，你们不能饿着肚子搞接待，我车上有烤鸭，你们先垫垫。"

王玉和从旅行背包里掏出汉堡包，说："大伯、书记，我这里有汉堡包，是绿色环保食品。"

赵光从车上拿下来一只北京烤鸭，还有一瓶北京二锅头，把烤鸭拆开，又倒了两杯酒，然后说：

"爸，你和书记先吃点儿垫垫，我和玉和回家吃饭。走，玉和，跟我回家！"

书记："赵光，把赵辉也叫过来！"

二大爷："别着急，让赵辉吃完饭再来，他们一时半会儿走不了。"

赵光带着王玉和回了家，二大爷和书记一人举着一只烤鸭腿，先咬了一口，然后一边嚼一边碰杯，二人齐声说：

"干！"

15

南湖市中玉职业学校，操场上有一百个学员背包握散的就像是外地来的农民工。学校的孙校长是北京中玉集团总部派过来的人，有一头飘逸的秀发，她亲自过来向学员负责人了解情况。

孙校长对学员负责人大学生村官小江耐心地说："你好，你就是郭家村的大学生村官小江吧，说心里话，我们非常愿意为你们郭家村的致富之路贡献力量。昨天和市里扶贫办说好了是五十个学员,你们怎么来了一百个?我们有教学计划,确实没有力量安排。"

村官小江是一个文质彬彬的小伙子,他说:"孙校长,您别急,能不能再想想办法?我们郭村长跟我说,是老厚道股份公司的赵总,为了能使我们村成立公司后顺利发展,提前给我们村培养一百个综合性人才,郭村长让我们今天来中玉职业学校报到,说赵总在学校等我们。"

这时,二大爷从操场对面的中玉驾校背着手慢悠悠地走过来,二大爷对村官小江说:

"你是郭家庄大学生村官小江?我就是老厚道公司的老赵,看来你们郭村长是有点儿迷糊。培训一百个业务骨干没错,五十个来中玉职校上课培训,五十个到南湖宾馆找赵辉岗位实习,一星期一换,轮换上课培训和岗位实习。食宿上课在学校解决,实习在店里解决,这是昨天我在电话里跟郭村长说得清清楚楚。"

孙校长走过来和二大爷握手:"您就是赵总?久仰大名,我姓孙,是中玉职校校长。听说你们对口支援全市最困难的郭家村脱贫致富,这一百个学员就是为五十个连锁店做员工准备,您还亲自来送学员上课,真让我感动。"

二大爷笑笑说:"孙校长太抬举我了,不是感动是被动。是我们公司有一批新司机要学车考驾照,我带着来了,顺便替赵书记送郭家村学员上课,这不,提前和郭家庄郭迷糊沟通好了等于没沟通好,给你们添麻烦了。"

村官小江也过来向二大爷又鞠躬又握手,说:"谢谢赵总,您们出钱出物出人帮助我们村脱贫致富,您还亲自到学校来送我们学习培训,您真是我们郭家村的大恩人。"

二大爷瞅瞅孙校长又看看村官小江,然后说:"小江,可不能这么说,看看你们村的现在,就是我们村的过去,两年前我们村的困难情况和你们村是一样的。只要你们走农村公司化道路,'面包会有的,牛奶也会有的,一切都会有的'。看来今天安排得是有些误会,我提个建议你们听听中不中?"

孙校长:"您说。"

小江:"我们听您的,赵总。"

二大爷："今天这一百个学员五十个留在学校，由孙校长接收，我们公司负责费用，我带来了支票，一会儿我去交费。还有五十个去南湖宾馆老厚道公司总部找赵辉，由小江带队，我马上给赵辉打电话。上课的学员和实习的学员怎么轮换，由你们二位商量安排。"

孙校长："行，就按赵总说的办，但是培训费不能收，中玉总经理有指示，扶贫培训免费。"

二大爷："你们这事办得太好咧，世上都是这么好的人很快就没穷人咧，谢谢总经理！"

小江："谢谢孙校长！"

二大爷跟孙校长说："孙校长，我今天来还有个事想找你帮忙，我们最近成立了旅游公司，杨秘书长说，你可以向中玉总部给我们联系巴士餐车，她说跟你打好招呼咧，让我来找你。"

孙校长："我也正想跟您说这事呢，受杨秘书长的委托，前天我去北京时已经向总部中玉总经理汇报了，她听了你们的事迹后很感动，表示对你们的一切都要给予全力支持，当时就让我开回来一辆巴士餐车。总经理说不仅是帮助巴士餐车，甚至还有资金上的支持，她说有机会还要专程来看你们，也非常欢迎您能去北京，中玉集团和老厚道公司以后会有更广泛地合作，可以共同携手开发全国其他贫困地区。"

二大爷："你这么一说连我都感动地冒汗咧，你们才真正是让我感动。中玉家族我听说过，果然名不虚传，总经理真是我们上道村的贵人，我们愿意跟这样的人合作。麻烦孙校长替我好好谢谢中玉总经理，也谢谢你，孙校长。"

孙校长："杨秘书长让我跟中玉总经理说，南湖市马上要开展'绿色早餐工程'，需要老厚道公司的巴士餐车配合。总经理说让你们先试试这一辆，如果在南湖市受欢迎需要多少辆给多少辆，而且是在你们公司盈利以后分期付车款。"

二大爷连忙说："这么办不中，显得我们忒不厚道咧，有点儿蹬鼻子上脸，要是赔钱了咋办？"

孙校长："不会的，巴士餐车在北京除了送游客，一天二十四小时可以做外卖，一年就能收回车款。"

二大爷："那可忒好咧，我和杨秘书长商量商量，看看需要多少辆。"

孙校长："你们现在就是培训的巴士餐车司机吧?"

二大爷："不是，是我们听了李市长的意见，老厚道股份公司、集团公司和村两委会计划买几辆好车，预备接送省、部领导和外宾，司机不够用。"

孙校长："赵总，我们现在去前院看看巴士餐车吧?"

二大爷："咱们先看车，然后我和小江坐巴士餐车带五十个学员去南湖宾馆找赵辉实习，孙校长去安排五十个学员上课，中不?"

孙校长："好，就这样，车在前院，你们跟我来。"

孙校长带着二大爷和小江去前院看巴士餐车。看完车后，孙校长去安排五十个学员上课，二大爷和小江带着五十个学员坐巴士餐车去了南湖宾馆。

16

南湖宾馆的门前悬挂着横幅大会标"热烈庆祝老厚道小超市股份公司成立二周年"，各单位祝贺的条幅挂满了宾馆的高楼大厦。有省、市、县、镇委、政府的贺词，有中玉集团的贺词，有曾经受到老厚道公司帮助和正在得到老厚道公司帮助的贫困村两委会的贺词，有企事业单位的贺词，有老厚道所属三百多个连锁店的贺词。

今天是上道村村民的节日，公司五十多辆佩戴大红花的巴士餐车从上道村拉来了自己的主人，人们欢天喜地，那种幸福、自豪、喜庆之情写在每一个人的脸上，写在银玉、三奶奶、五爷、四疤瘌这些村民们的脸上。

庆祝大会就要开始，蛋糕房的师傅们用四轮平板车推过来一个大蛋糕，蛋糕上的三百多根红蜡烛象征着公司的三百多个店铺，红蜡烛上有各个店铺的字号。会场上回荡着"祝你生日快乐"欢快的乐曲。

庆典主持人刘洋热情地接待市委张书记、李市长、杨秘书长等贵宾。

特邀嘉宾有工商局黄局长、王主任、中玉职业学校孙校长、天都小区车库业主大个子、羊汤铺子老板、豪门大饭店"没见过人行卡"的女服务员……

宾馆会议室里，老厚道股份公司、集团公司、上道村两委会成员还在开会。

赵阳刚党委书记主持会议，他焦急地说："二哥，这是老厚道两个公司、上道村两委会的一致意见，你就同意了吧。"

二大爷固执地说："一致意见也不是我的意见。谁不知道钱是好的，刚进城时两块钱车票我都不舍得花，宁可费鞋底子，现在有四百万奖励我，我还不想要？我是想我要把四百万装兜了大伙儿怎么看我，我不愿意前脚走后脚说，走路背后有人议论我，让我觉得后脊梁骨发凉不舒服。"

老知青激动地说："当家的，你真死心眼儿，这是公司定的，装兜咋啦，应该得的。咱们容易吗，多年的媳妇熬成婆，怎么的，媳妇当惯了，不会当婆婆了？做那么大的贡献，只拿利润的10%的10%，你不要，剩下的10%的90%大家怎么要？"

赵辉在一边接完电话，回到座位上说："刘洋催咱们呢，快点吧，大家都等着开庆祝会呢，张书记、李市长、杨秘书长都来了！"

赵辉说完后，想起刚才刘洋让她看短信，打开手机一看，原来是刘洋和了一首《乡下人进城》：

"村民进城，公司忙匆，金钻信用，宝马坐行。自家宾馆，商务宴请，洋务运动，市长陪同。上道道上，城乡乡城，劳力资源，创造新生。剩余价值，自己享用，绿野别墅，人间仙境。"

宾馆宴会大厅，杨秘书长调侃庆典主持人刘洋："自从刘洋调到电视台当了《乡下人进城》栏目主持人，现在是家喻户晓，可称得上是南湖市的大名人了！"

刘洋小嘴儿也是叭叭的："还不是靠杨姐的提携，才有了小妹现在的一点点成绩，比起杨姐来，小妹就是大树底下的一棵小草。"

杨秘书长："咱姐俩谁跟谁呀，咱俩就是亲姐妹，是亲姐妹就要互相提携，是吧？喂，进了城的主人们怎么都不在场？"

刘洋："都在会议室开会，马上就来了。"

会议室。赵阳刚看着手表说:"快点吧,时间不早了,咱们不能老是议而不决。今天情况特殊,我行使一把董事长的权力,按照公司法规定,我决定,两个公司、两委会成员一块儿举手表决!"

赵辉举起右手,站起来说:"慢,大家等一等!按照咱们制定的公司法补充规定,凡有涉及公司利益的大事近亲属有回避制度,举手表决我爸是否应该拿四百万奖金,我申请弃权。"

书记:"我同意了。赵辉,你赶紧去会场,跟领导们说明情况,我们表决完后马上就去。"

赵辉来到会场,刘洋高兴地高声喊:"赵辉,你可来了!……大家静一静,赵总经理来了!"

赵辉接过刘洋递过来的话筒,说:"各位领导,各位来宾,女士们,先生们,大家好!今天,我们欢聚一堂,热烈庆祝老厚道股份公司成立两周年!首先我代表公司,代表上道村两委会向各位领导、各位嘉宾、女士们、先生们表示感谢!感谢各级领导两年来给予我们的支持,感谢大家对我们今天所有的一切给予的帮助,尤其感谢两年来与我们同舟共济的父老乡亲!"

大家热烈鼓掌。

赵辉风趣地说:"老厚道集团公司、股份公司、上道村两委会领导正在开会,马上就来,让我先来报个到,跟大家说明情况。开什么会呢,公司挣钱了,研究怎么分奖金。这么长时间不散会,大家一定会有疑问,是不是分不下去打起来了吧?"

大厅里哄堂大笑。

赵辉接着说:"恰恰相反,是有人不想要这个奖金……"

会议室里正在举手表决,书记说:"同意村长得四百万奖金的举手。"
全体举手。

书记站起来说:"弃权一人,不同意的没有,全体通过。散会!"

老知青站起来:"当家的,下午我就给你划到卡上去,明天你就去买嫁妆，后天我们就操办银玉你们的婚事。你再花不了老哥替你花。"

书记边往外走边说："二哥，老知青说得没错，咱村的别墅都盖好了，我们马上帮着你操办婚事。快走吧，大家还等着你讲话呢。"

二大爷也站起来说："等会儿，先别急着走！嗳，我说书记，市委张书记来了，书记对书记，今天讲话可是你的事！"

书记："二哥，斤斤计较，我讲话你干啥？"

二大爷："我？两两计较，我陪着贵宾们喝酒。美酒坛肉真解馋，吃了这坛想那坛。"

17

二大爷的别墅里喜气洋洋，大红喜字贴满了别墅的里里外外，二大爷和银玉的婚纱照挂在客厅的中央。赵光、赵辉哥俩忙里忙外张罗着父亲和小姨的婚事，银玉在客厅接待赵阳刚书记、老知青和前来帮忙的亲友，幸福和满足喜形于色。

书记绕着房间转了一圈，说："新郎官哪去了？害羞了？怕见人？"

银玉："我们当家的是大忙人，大早起就走了，带着小车班的四个司机，说是去城里接婚车。"

老知青："昨天晚上到我家非得借革包，说是背着好使，我问他去干嘛还不说。"

银玉："大清早掏出来一身干活穿的破衣裳，又配上一顶油脂麻花的旧帽子，斜背着老知青那个拉不上拉锁的革包，还说都是为了去城里接车用，回来再换新的。"

书记："这是唱得哪一出？接车还用新郎官去，告诉我一声我就去了。"

银玉："我也是这么说，他说今天高兴，就想自己去，说要好好过过'坐轿'的瘾。"

二大爷开着宝马车来到南湖汽车城，二大爷和旁边的叔伯侄子存

头说：

"存头，就是这儿吧？"

"就是这儿，二大爷。"

"你看好了有四辆？"

"没错，昨天晚上还有。"

二大爷下车前嘱咐跟来的四个小车班司机："你们去一个人把车放在宾馆，然后回到汽车城来找我，我先进去买车，你们谁也不要跟我说话，瞅准时机敲敲锣边。"说完下了车，一个人斜背着革包先进了汽车城。

二大爷围着进口奔驰汽车转悠，其貌不俗的奔驰小姐看见进来了一个"其貌不俗"的乡下人，不明白他要干什么，紧紧地跟在后面观察。

二大爷看看汽车小姐胸前挂着"销售经理"胸牌，问：

"你是卖汽车的？"

"是，大伯。"

"进口的？"

"进口原装。"

"就这四辆？"

"是的，大伯。"

"四辆正好。"

"您是……"

"买车。"

"您……买车？"

"没错，买车。多少钱一辆？"

"……一百一十八万八。"

"有少不？"

"不分期，不贷款，一次交清，可以商量。"

"就按你说的办，一口价，你能够说了算的最低价是多少钱？"

销售经理没有马上回答，歪着头儿想了想然后半开玩笑地说：

"大伯，您要真能买，真能一次性交清全车款，我一分钱提成也不要了，裸卖一次，我就说个在我职权以内从来没卖过的最低价，一百零五万！"

"零售价?"

"零售价。"

"还有批发价吗?"

销售经理愕然:"批发价?从来没卖过,您要几辆?"

"四辆全要。"

销售经理不知其所以然:"……请您稍等,我去请老板。"

汽车小姐去请老板,二大爷坐在椅子上敬候,旁边已经围了一圈儿人,上道村的四个司机站在人群中间装作看热闹。

车行老板跟着汽车小姐从楼上走下来。老板就是老板,那身材就像是一个相扑队员,两只手戴满了戒指,不知是求婚、订婚还是已婚,老板眯缝着本来就睁不开的小眼睛说:

"是哪位大老板要批发我的进口奔驰?"

二大爷依然坐在椅子上,双手捂着革包,眨着眼打量着车行老板,说:

"我。"

车行老板斜着眼用余光瞟了瞟二大爷,不屑地又问了一句:"就是这位大老板要买我的奔驰车?"

二大爷:"是。"

车行老板问销售经理:"刚才说的多少钱?"

存头在旁边抢着回答:"销售经理刚才说,零售价一百零五万。"

二大爷:"我要买四辆,要批发价。"

围观的人们在旁边起哄:"老板来了,肯定便宜。"

"一下子买四辆,当然是批发价。"

"这个乡下老头儿买得起奔驰车?"

"自己一下子买四辆?这老头儿有病吧?"

"没准是脑袋让驴踢了,八成有病。"

"我看他这个样儿连个车轱辘也买不起,这老头儿不识数吧?"

……

车行老板搓搓手,耸耸肩,一仰脖儿说:"得,兄弟我赶把时兴,找个乐子,也过一把愚人节,不是你愚我就是我愚你。就算兄弟我见识浅,今天我就破破财开开眼,这位老哥只要四辆车款一把交,我成本价干搭运费还把零头儿抹了,一百万一辆,四百万成交!"

二大爷:"能划卡不?"

车行老板:"当然!"

二大爷站起来说:"走,划卡交款,前面带路。"

当四百万到了车行账户,车行老板、汽车小姐、围观群众无不瞠目结舌。

二大爷招呼跟来的四个司机:"存头,你们小哥儿几个别愣着了,开车去吧!"

车行老板的小眯缝眼这时也睁圆了,双手抱着二大爷说:

"你老能不能给小弟报报大名,好让我也死得明白?"

二大爷:"赵玉君。"

车行老板如梦方醒:"你老就是上道村村长,老厚道股份公司总经理赵玉君?"

二大爷:"然也,正是在下,在兄弟面前献丑了。"

车行老板:"小弟冒昧地问一句,老哥咋一下子买这么多车?"

二大爷:"村党委一辆,村委会一辆,集团公司一辆,股份公司一辆。"

存头:"这是我二大爷个人的四百万奖金,我二大爷私款公用这不是第一回了。"

二大爷:"给公司办事首先要懂法,公款私用犯法,私款公用不犯法。"

车行老板:"老哥的大名如雷贯耳,久闻老哥大公无私,在您面前小弟我心服口服。您带领全村致富,您在全市、全省、全国对口帮助贫困村,使多少老百姓过上了好日子,小弟我佩服!今后做好事有用得着小弟出力的时候,听老哥一句话,您就是小弟我的如玉大哥真君子!"

二大爷:"好兄弟,老哥记住了,有事老哥就找你!"他转身对存头说,"存头,以后咱们公司要买的卧车都从这位兄弟这儿进!"

车行老板:"只要是老哥的部下来买车,统统都是批发价!"

二大爷:"存头!记着,这位兄弟说了,从今往后零售也交批发价!"

存头高声答应:"是!记住了,统一都在这儿买,从今往后零售也交批发价!"

车行里顿时响起了欢声笑语。

银玉身穿婚纱站在上道村别墅三层的阳台上抬头翘望,旁边站着赵辉、赵光、赵阳刚书记和老知青,别墅里里外外挤满了前来道喜的亲友,大家不停地都在说着同一句话"同喜,同喜",刘洋抱着摄像机跑前跑后"跟踪采访"。

远远地看见公路上开过来四辆婚车,婚车上大红绸缎迎风飘曳,别墅阳台上的人们向二大爷频频招手。

突然,第一辆婚车打开了天窗,二大爷钻出天窗向着别墅阳台上的人们招手。二大爷的破帽子一把没抓住,被风吹上了天空。

上道村鼓乐齐鸣,春风送来了《乡下人进城》欢快的主题歌。

18

画外音:上道村富了,上道村的老百姓笑了。从上道村的故事中可以看出,农村经济和市场经济相结合,农村资源优势和城市市场需求相结合,村两委会和有限公司、股份公司相结合,劳动力资源和剩余价值相结合,走农村公司化之路,走村民共同富裕之路,上道村所走的道路无疑是一条人间正道……

短篇小说

阿 Qiu 外传

令人羡慕的阿 Qiu 这些年在南市开了一家经济鉴证事务所，谁也没想到，他放着自己的好日子不过，刚有一点富余钱就花在一件"大伯子背兄弟媳妇——费力不讨好"的出彩事上，遂得到媳妇的专属昵称阿 Qiu。本文冠名用阿 Qiu 是为尊重阿 Qiu 妻，因为用糗字在字典上的解释不是阿 Qiu 妻原意，用网络语言解释糗字"丢人，闯祸"也不尽其意，左思右想还是用拼音 Qiu 免失偏颇。冠名用外传的原因有三，一是阿 Qiu 办的这件 Qiu 事属于三项产业之外，阿 Qiu 自己说是第四项产业公益产业；二是阿 Qiu 出彩在受到三百六十行之外，不在行的行业第三百六十一行"托儿行"的挟制，眼睁睁挺好的事节外生枝；三是阿 Qiu 妻昵称专利的发明时间，是在阿 Q 稀里糊涂到阎王爷帐下报到一百年以后，虽有称谓上的巧合，却远在阿 Q 同宗之外连十八竿子也打不着。鲁迅先生对笔下的阿 Q 费尽斟酌用了正传，为避雷同，阿 Qiu 姑且就用外传吧。

3月初，阿 Qiu 对公司会计菲菲说："我准备好50万元注册一个饮食服务管理公司，做社区美食超市，和全市饭店对接，公司送餐员上门送餐，社区居民不出家门就可以吃遍南市美味，饮食服务管理公司社区美食超市做成功后和南市服务行业对接，逐渐发展社区服务超市。你负责饮食服务管理公司注册办照，注册地址就在咱们所。办照很麻烦，一时半会儿验资钱不能动。兵马未动粮草先行，不能耽误事，我还准备了50万元做备用金，以备不虞。"

阿 Qiu 这个六十多岁的小老头舍不得坐车，为省油钱，每天上下班走两个小时路，辛辛苦苦积攒100万元媳妇想出去转转，可阿 Qiu 忙得一直没得空,一直是两眼盯在电视上世界风光转,两手翻着《游遍世界》相册转。女儿想换一套大住室,到今天一直还住80平。阿Qiu说"面包会有的,牛奶也会有的,不光咱家有,大家都会有的。100万只是暂时借给公司用一用,挣了钱就把本儿拿回来。先搞一个试点,万事开头难,公益产业是我先破题的,我不下地狱谁下地狱?是我的亲人就要支持我。"别看阿Qiu是个高级知识分子,又搞经济又做学问,做起想干的事来更是敢于天公试比高。经济鉴证公司会计菲菲是纯真聪慧的女孩儿,广州大学财经系毕业,刚出校门的90后,她不理解阿Qiu的想法,这样的人真是太少了,建成公司运转正常后把挣的钱连同公司交给社会,作为理想化公益产业抛砖引玉的试点,这个想法真是新奇诱人,把公益事业进步到公益产业去做,以前听也没听说过,这真是天大的好事,菲菲满腔热情地立刻着手注册饮食服务管理公司。

4月初,菲菲绯红着脸蹑手蹑脚蹭进办公室,声音犹如飞蚊颤颤地向阿Qiu汇报:

"所长,营业执照还是没有办好,我都跑了二十多趟了,他们把我来回当球踢。工商局、银行、卫生局、药监局,一个地方跑好几趟,都把我踢晕了。"

阿Qiu干事性急的脾气却表现得胸有成竹:"不用着急,你刚走出校门,还不熟悉行政审批的惯例,这才是万里长征刚迈开第一步,以后这种事还多着呢,让赵剑帮你跑跑吧。咱们是办饮食服务管理公司,不是餐饮公司,用不着前置审批许可证。"

刚上任的美食超市经理赵剑是来自贫困县的复员军人,高个子,古铜色的脸,挺直的身材,看上去很憨厚,是阿Qiu刻意挑选的人才,因为公司发展规划全部员工都来自赵剑的家乡,可以致富一方。

嘴小的说不过嘴大的,工商要求办前置审批许可证就得按餐饮行业要求办照,不就范什么也干不成,干脆一不做二不休,办餐饮就办餐饮,阿Qiu动用了那50万元备用金,反正用注册的50万做备用金也一样。赵剑临危受命,迅速在南市最大的社区"八国美宫"小区承租了300平米商铺,用来打造公司旗舰店,作为配送餐基地,赵剑说,在这里卖鞋都比别处好卖,他在这里卖过,挣了好多钱。又在附近承租了员工宿舍,买了送餐车，员工自己动手装修旗舰店。员工都清楚阿Qiu表态永远不要公司利润，全部员工利用效益工资都可以成为股东，发展壮大后还要到全国各地去创业，人人都是百万富翁，员工们信得过阿Qiu，听着真来劲，大家都憋足了劲，团队情绪十分高涨。美食超市不能做，社区服务更甭想，闲着也是闲着，不到一个月，建了大小七个连锁店。

5月初，赵剑和菲菲一同蹑手蹑脚地蹭着进了办公室向阿Qiu汇报，赵剑吞吐嗫嚅欲言又止。

阿Qiu起急："这么大个子怎么像小媳妇，有事你快说！"

赵剑："我们办餐饮照要求更严了，工商，卫生，药监，城管，消防，物业都要管。"

菲菲："这些公务部门大葱林立，都把咱们当盘酱，到哪都想蘸咱们。"

赵剑："我们装修也不知道去消防队申报，知道后赶紧去消防队和他们说好话，我说我们是在做公益事业，消防队说没听说过，他们说他们还正在学雷锋呢。"

菲菲："消防队说咱们装修申请报晚了按规定罚款5万元。"

赵剑："小区物业给咱们装修停了电，通知咱们先交1万元装修押金再开工。"阿Qiu闻听撅着嘴一言不发，表面不急心里急，一边摁计算机一边心里愤愤地骂，这叫什么事呀？这是哪家混蛋的混账话！5万元够买625个灭火器，625个灭火器也浇不灭我心头之火，说话从来不带脏字的阿Qiu此时像吃了苍蝇一样腻歪。活人能让尿憋死？逢山开路遇水架桥，先给小区物业交1万元通上电，自己开饭店不能对外还不能请客？请客！还真不能不信邪，没人还真干不成事，成心干好事也干不成。托人吧，为了自己的梦想低低头不丢人。阿Qiu九转十八湾请来了"怀胎十月"的"范"（饭）局长。"范"（饭）局长带来一桌行托儿。管他姓范的范局长还是吃饭的饭局长，有病乱投医，三个月办不下照来真让人起急。

旗舰店里"范"（饭）局长喝美了，不愧南市托行大腕，盘起道来都是焦点：

"这年头车有车托儿，路有路托儿，干啥有啥托儿，行行有行托儿。三百六十行加起来干不过第三百六十一行托儿行，动嘴动腿动脑子，有钱有酒有面子，穷人身上生虱子，公务推脱生托字。公生托儿行，行生公托儿，公托儿行托儿，都用卡托儿。"

阿Qiu给"范"（饭）局长敬酒："什么是卡托儿？"

资深官托眼镜吴主任答话："就是南市国际大厦购物卡。购物通卡送上，绿灯马上开放。大事大钱找官托儿，小事小钱找行托儿，旁门左道用卡托儿。"

卖灭火器的小个子扁脑袋火托陈经理拍着胸脯说："消防队有事包在兄弟身上。咱们哥们儿之间好说，交给兄弟办的事只管放心，可千万别找马路中介假托儿。有一家企业办照贪图省事，花了两万块钱委托假托儿，假托儿不到半月就办完了照，这家企业半年挨折腾。"

阿Qiu忙着给扁脑袋火托敬酒："为什么挨折腾？"

陈经理说话卖关子："有一二十人拿卡在南市国际大厦买东西被扣。"

转业团职干部，公司办公室文质彬彬张主任连连给扁脑袋火托陈经理敬酒：

"为什么被扣？"

陈经理乐不可支："花的都是假托儿送的空卡呀！"哈哈哈，"半年挨折腾还不算完，还有收了空卡还没来得及花的呢！"

一身香气的女医托丽妹嗲声嗲气地说："假托儿真真害死人呦！"除去阿Qiu全都开怀大笑……

阿Qiu接连请了一星期各行行托，500元一张购物卡买了20张，1000元一张购物卡买了10张，陈经理要了5000元现金去消防支队托人。阿Qiu陪客一天醉两次，一星期都不清醒。赵剑不愧是阿Qiu的得力助手，磨刀不误砍柴工，一边装修一边办照，员工们研究出旗舰店的主打产品缸炉状元鸡、五粮馅糕、瓦罐餐。5月底，赵剑请阿Qiu到旗舰店后院看从宜兴运来的大瓦缸，大瓦缸用来烤状元鸡，煲瓦罐汤菜，大家一边看一边念大瓦缸上阿Qiu的题诗："左邻右舍嘻嘻颜，亲朋好友声声欢，今天高兴吃什么？五粮馅糕瓦罐餐"。此时阿Qiu心里美滋滋地洋溢到脸上。

一进6月，一天比一天热，暖洋洋的太阳不知不觉和往年一样成为炎炎烈日。陈经理脚底抹油火上浇油，听说为了躲债，消防还没灭火就和朋友去了老挝淘金。丽妹往卫生局、药监局跑了一个月也没结果。范（饭）

局长三日一大宴五日一小宴俨然东家请托桌。如坐针毡的阿 Qiu 坐在办公室借酒拆诗抒发感想："烈日当头似火烧，烤鸡蒸糕半枯焦，老夫心内如汤煮，托行行托把扇摇"。

这时菲菲进来说："所长，50万备用金花完了，从您表弟那借的20万也花完了，公司账上又没钱了。"

"先在所里借点。"

"已经借了15万，所里的钱也不多了。"

"……"

"这月的工资15万。"

"注册的50万呢？"

"照没下来动不了，照下来还完借款也剩不多了。"

"……"

菲菲和阿 Qiu 正说着话，范（饭）局长拿着一张罚单走来，就像走进自己的办公室，进屋就喊：

"老板！'八国美宫'小区新安了摄像头，一个八卦迷宫桃花阵，吃两次饭挨两次罚，还请老板签字报销吧！"

办公室张主任走进来说："听说摄像头经营商和交警、开发商物业合作，搞社区交通试点，所有路口电子黑狗白眼拍照，摄像头经营商负责提供设备安装，罚款收入三家分成，我也刚接到一张罚单。"

阿 Qiu 先愕然，再木讷，后机械地说："把罚单都拿来，我签字报销。"

6月28日，旗舰店终于开业了，半个月下来各类名目的罚单倒比用餐买单的多，一张张罚单都等着阿 Qiu 签字报销。一场罚单风波过后，旗舰店冷冷清清。

7月20日晚，旗舰店二楼座无虚席，面对美酒佳肴，"客人们"却无意品尝，都在默默地听阿 Qiu 讲话。

阿 Qiu 举起满满一大杯酒，站起来说："主将无能，累死千军，我对不起大家，让大家失望了。是我考虑不周到，是我准备不充分，是我选项盲目，是我选址错误，都是我的错，我的失误我担当。这些日子你们受苦了，我敬大家，我向大家赔罪了。"阿 Qiu 哽咽了，在灯光照耀下眼角的泪花闪烁，晶莹的泪珠一颗颗滚落到酒杯里，阿Qiu端起酒杯和着泪水一饮而尽，随后镇定地看着大家，两眼熠熠放光，言语掷地有声，"我当承受壮士断臂，放弃旗舰店。大家化整为零，各自为战，彼此呼应，遍地开花。选择局部失败是为了整体胜利，今天的结束是为了明天的开始。请大家记住，有困难找我，我将永远在你们的身边！"

赵剑、张主任、菲菲和贫困县来的全体员工端起酒杯，会喝的不会喝的把对阿Qiu的信任与期望全都一饮而尽，谁也不说话，全都目不转睛地盯着阿Qiu，像是盯着大家眼前失去的念想儿和以后盼望的念想儿。

旗舰店关门了，不知是谁在门前留下一首打油诗：

钻心虫，蜊蜊蛄，黑狗白眼拦路虎，

托行笑，商家哭，八卦迷宫一条路，

荒了街，黄了铺，此地不留王老五，

公生廉，廉生富，桃花阵外有坦途。

七个连锁店的物品连同一百个大瓦缸全部分送给个人，败退"桃花阵"外的阿Qiu残部"单臂擒方腊"，一个个瓦缸美食渐溢飘香，越来越多的南市人一边啃着缸炉状元鸡，一边添枝加叶地调侃传播阿Qiu外传。

微小说

姥姥买菜
——家庭三字经

姥姥今年七十八，耳不聋眼不花，能烙大饼能擀面，大块排骨啃俩仨。今天是星期五，为了迎接子女甥孙，姥姥照例去小区前面的大市场买菜，爱犬冬冬摇着尾巴在前面带路，老闺蜜张老太形影相随。

姥姥是市场上的"名人"，沿街商贩争相搭讪。

卖肉的胖子憨二哥和姥姥是邻居："姥姥咋来晚咧，我给姥姥留了十斤好排骨，全是肋板儿，一会儿收摊儿我给姥姥送家去！"

姥姥痛快地答应："忒好咧，真可姥姥心上来，我再逛逛，多买点好吃的，待会儿胖二一块儿给姥姥送家去！"

鱼贩小李子眼尖心活嘴快："姥姥来啦！刚到的大花鲢，个个活蹦乱跳，我给姥姥挑两条？"

姥姥高兴地说："给姥姥挑两条大的，收拾好喽，待会儿一块儿让胖二送家去。"

卖鸡肉的三婶迎上前来边给姥姥掸土边搭讪："姥姥！我给姥姥挑了十个大鸡腿也叫憨二哥给姥姥送家去？"

姥姥愈加高兴："十个不够，要十五个，都交给胖二！"

憨二哥："姥姥有福气，儿成龙女成凤，多子多孙多福多寿！"

张大妈叉开两条弯弓腿，嘴上漏着风说："人家都说，养儿养个债主，娶进媳妇把儿拐走；养女养个钱柜，嫁出闺女带回仆人。姥姥家的孩子们挣钱多的给钱，挣钱少的出力，节假日争着买菜，抢着做饭，老的痛快少的高兴，吃完饭麻利儿抄桌子，客厅麻将，东屋扑克，西屋下象棋。"

小李子："家庭和谐看领导，子女儿孙尽孝道，姥姥给我们传传道，说说你编的家庭三字经。"

　　说到姥姥编的家庭三字经，姥姥顿时来了精神，姥姥左手叉腰，身体后仰，高晃着右手像作报告："你们这么待见我，我就给你们传传道。有个大名人说，'家庭矛盾主要是经济上的矛盾，经济问题解决了，什么矛盾都没有了'。听听我编的家庭三字经，'家务事，钱找齐，富出钱，穷出力。捧儿媳，儿欢喜，举女婿，女儿喜。勤夸赞，围你转，不挑刺，没闲气。长者亲，子来勤，亲人近，狗不临。'"

　　"好！好！！好！！！"一片掌声……

　　姥姥掏出外甥女送的苹果手机高举起看时间："感情你们做着买卖扯淡不耽误挣钱，不跟你们扯淡了，我还得买菜去呢。"

　　姥姥逛完市场左手握手机右手提菜袋满载而归，冬冬扬起翘尾巴在前面带路，张大妈迈着弯弓腿摇着双臂并肩而行，胖子憨二哥背着大编织袋跟在后面。

散文

省级公务员二三事

第一个我最熟悉的省部级国家干部是我的大姑父王大中，他是新中国成立前夕唐山市的市委书记，由于是黎明前的黑暗，当时唐山市委代号黎明部队。1948年12月12日唐山解放，大姑家和我家一起搬到东矿区，都住在林西矿第一员司房。我50年出生，刚记事时模模糊糊，但是清楚记得我家住在4条6号，是两间一明东厢房，听妈妈说以前是有钱人家的花房，冬天冻死夏天热死。大姑家的房子还不如我家，他们住在10条西头，是一个大院东南角的一小间东厢房。大姑说她们搬来前是矿上员司的下人住房，房子小得不能再小，一进门就上炕，炕里边放两个箱子就是全部家具。做饭在门口。大姑家五口人，大姑父担任冀东南下干部工作团副团长带队伍去了广西，大表兄在部队考上了哈尔滨军事工程学院，大表姐、二表兄比我大不几岁，平时大姑家三口人还不显得怎么挤。有一次大姑父去北京汇报工作顺便回家看看，我听说给我和二表兄买回来了玩具，吃完早饭就巴不得去取。我立在门口，大姑、大姑父、大表姐、二表兄都待在炕上。大姑父带回来的玩具是一辆坦克车和一辆小汽车，我两眼巴巴紧盯着坦克车，聪明的二表兄懂我的意思，忙用左手拿起炕上的坦克车抱在怀里，右手拿起小汽车递给我，我接过小汽车也非常高兴，一连数日爱不释手，那个小汽车一直到今天还珍藏在我的记忆库里。那时我大姑父工作上是中共中央监察委员会监察员，驻西南组组长，广西壮族自治区监察委员会书记、组织部长，生活上是普通老百姓，甚至低于普通老百姓，住仆人的房子，是老百姓的仆人，花剩下的工资交党费，当部长不坐专车，这就是新中国成立初期省级公务员的一般家庭生活。就像现代德国的政治制度，总理施罗德管理着世界上最发达的国家，老百姓过着全世界最优裕的生活，自己的家境却十分窘迫，下班时间开着自己的大众牌汽车回普通民宅，而还在工作时间的警卫却驾驶豪华宝马紧随其后，新中国成立初期的公务员作风已经在现代发达国家中发扬光大。新中国成立初期老百姓刚脱离战乱之苦，人心思定；公务员迎来了人民共和国的社会环境，为国图强。老百姓是主人，是老板；公务员是职业，是打工仔。公务员不论职务高低，只有责任大小。公务员离开工作岗位便是老百姓，老百姓走上公务员工作岗位便有了为人民服务的本能职责。

　　第二个是我的舅姥爷葛如松，在我国三年困难时期是舅姥爷救助了我家。那时家家都在吃食堂，一天到晚兜里揣着饭票，一碗能照镜子的玉米面粥就是一顿饭，晾凉了喝完了舔干净了还不用洗碗。我正在长身体，光喝稀粥也不长个，妈妈一着急想起了舅姥爷，放暑假带着我坐上火车去了保定。舅姥爷家住在安国县东长堤村，东长堤村是个富村，舅姥姥是村支书，村里生产搞得很好。舅姥爷曾经在中央苏区担任中央首长的秘书，是个大笔杆子，双手会写梅花篆字，人称"飞笔葛"，长征刚开始舅姥爷双腿就负了伤，经组织批准回家养伤。中共中央到达延安以后，舅姥爷把表舅何子域送去延安，新中国成立后表舅安排在河北省文联、河北省政协工作。组织上多次叫舅姥爷归队，舅姥爷一方面是身体原因，另一方面是自持力，认为自己没有为革命出多大力，不能去摘桃，搞革命为的就是人人都能过上好日子，现在的日子挺知足，有吃有喝有老伴儿陪着，不能找组织要官做。舅姥爷的这种想法就是共产党人的初衷，也是所有老一辈公务员的初衷，共产党人的具体体现就是公务员队伍，人人都能过上好日子是公务员的职责所在，这种想法既朴素又平常，却是公务员直立的脊梁。舅姥爷家的食物不仅养育了我，多少年以来，舅姥爷"不能找组织要官做"的自持力，舅姥爷"人人都能过上好日子"的想法一直滋润我成长。

　　1966年11月25日，我参加了毛主席第八次接见红卫兵。听说是毛主席最后一次接见红卫兵，我和同学参加大串联刚刚到上海，就连忙坐火车赶到了北京。北京的红卫兵都到外地串联去了，于是外地学生就成为首都红卫兵第一师。经过紧张的军训，我被任命为标兵班班长。二表兄曾经和我炫耀天安门华表前的标兵是多么威风，今天我站在检阅第一排别提多美了，我竟然让出上观礼台的殊荣，乐得天津小兵直蹦，抱着我连连感谢班长的关怀。在高亢雄浑的东方红乐曲中毛主席登上天安门城楼，林彪挥舞着毛主席语录本紧随其后，周总理隔了十几步远排在第三位，刘少奇和其他中央领导远远地站在后面。高音喇叭带领红卫兵高喊"伟大领袖、伟大导师、伟大统帅、伟大舵手毛主席万岁！万岁！！万万岁！！！"我们第一排标兵胳膊挽着胳膊拼命挡住后面向前涌动的人流，我和大家一样热血沸腾，为了毛主席和党中央的安全，顾不得喊口号，顾不得挥动毛主席语录本，顾不得仔细瞻仰毛主席和中央领导人的仪容，至今我还后悔没有登上观礼台。史无前例的无产阶级"文化大革命"已经一去不复返了，留给我们的是深深地思考。这是历史留给中国人民的一笔宝贵财富，是用了共和国十年的代价留给公务员队伍的一笔宝贵财富，珍惜这笔财富吧，人生没有几个十年。

1971年6月8日，我作为1776万上山下乡知青中的一员，来到北京军区内蒙古生产建设兵团四师三十四团任报道员。1971年9月13日，我和团政治部现役军人陈干事代表四师，去呼和浩特市兵团司令部参加报道员学习培训，提前买了车票，坐兰州到北京的44次特快，晚上9点多钟在团部碱柜车站上车。来兵团才3个多月，能够代表四师去兵团司令部学习培训，听说回来就能留在师部，我当时别提多乐啦，战友们都替我高兴。中午风风光光地喝了饯行酒，下午风风火火地接到紧急命令，命令说接北京军区命令，全军进入一级战备，一切活动都暂时停止，等待新的命令。当时并不知道林彪9月13日叛逃，乘坐的三叉戟飞机坠毁在温都尔汗，我一直还在耐心等待撤销一级战备的命令。兵团随即传达批判"五七一工程纪要"，这才知道了事情的真相。在我夜以继日翘首以盼去兵团司令部学习培训的同时，有人静悄悄地顶替了我，这个静悄悄的革命战友学习归来留在师部，以后还被选送去了清华大学学习。不要问原因，也不要问为什么，在一人升温，全体发烧的年代，什么情况都有可能发生，发生什么情况都不足为怪。过去了的事就让他过去吧。知道了事情原委的当天夜里，我难挨难以名状的心情走出马架子窝棚，来到波涛汹涌的黄河岸边，立在茫茫瀚海边缘，望着满天繁星我大声质问：林彪，你猴急猴急的选在9·13叛逃是死催的？你这个被钉在历史耻辱柱上的叛国贼，你知道吗，你的叛逃毁了我的清华梦，改变了我的人生轨迹，你的择时无度险些改变了我一生的命运！

　　1976年7月28日3时42分53秒，地球在阵痛，空气在爆裂，大地在颤抖，天公在泣血。唐山，这座英雄的城市用二十四万人的生命，震醒了东方睡狮，迎来了中国人民的春天。在唐山大地震后的第八天，我和唐山灾民一同盼来了来到灾区看望的华国锋总理。二十年以后，我在唐山抗震纪念碑广场参加迎接江泽民总书记，这时，中国在世界民族之林中站立的更稳了。位卑未敢忘忧国，离岗后在2006年的微博上，我写了一篇文章《小康庄园公益产业》，这篇文章的结尾有四句话"劳有所得，老有所养，病有所医，生有所乐"。作为一个退休的老共产党员，作为一个在社会大校园里学习、工作、生活，永远都不会毕业的老学生，我自豪与我党的事业息息相通，我永远和我的祖国血脉相连。多少年以后一直到今天，我仍然能够欣喜地看到听到这四句话，看到听到这四句话内涵的延伸，不仅是在新闻媒体文件报刊上，不仅是在国家领导讲话时，而是在每时每刻的现实生活中，而是在九百六十万平方公里的每一寸土地上。

为了同一个信仰

地球上有224个国家和地区，五千年以来，每一个国家和地区历史上都有自己的多元信仰，老百姓奉为诸神众仙来顶礼膜拜，全世界多到数也数不清，就像是天上的星星。由于隔得时空久远，诸神众仙的来龙去脉有出处的来自于历史记载，没有历史记载的自然没有人能够说得明白，纵有"红学派"追根寻源的执著也无从考证。

世界上三大宗教就有较为清晰地历史记载。佛教释迦牟尼出生在公元前5世纪，是古印度迦毗罗卫国（今尼泊尔境内）的一位王子，大彻大悟于菩提树下之后，率众弟子传经布教，于80岁仙逝，经过两千多年的演绎成为今天的如来佛祖。基督教主拿撒勒人耶稣出生在公元前1世纪，耶稣的母亲叫玛利亚，耶稣在耶路撒冷代替神传授圣经，惹恼了当时执掌政权的犹太教，被罗马帝国的犹地亚州总督彼拉多钉死在十字架上，耶稣临难时年仅30多岁。伊斯兰教先知穆罕默德570年出生于麦加，632年6月8日逝世于麦地那，穆罕默德复兴了伊斯兰教，建立了一个统一的伊斯兰政权，是典型的政教合一，最后统一了阿拉伯半岛。

中国早在3000多年前的周朝，就有众神之首姜子牙的翔实记载。姜子牙生于公元前1128年，死于公元前1015年，享年113岁。72岁官拜周文王的太师，辅佐周文王、周武王兴周灭商，因丰功伟绩被周武王姬发封为齐王，是齐国第一代国君。为了祭奠多年征战牺牲的部将，姜子牙塑神像365尊，后来有明朝小说家许仲琳用演绎变幻的创作大手笔著书，遂生产出类似科学幻想的童话故事《封神演义》流传于世。作家封神确确实实不在少数，明朝吴承恩著《西游记》，就像现代的组织部长，非常有组织地任命天上诸神，从如来佛祖、玉皇大帝、王母娘娘一直安排到饲养员美猴王弼马温，就是后来自己争官跑官成功做到齐天大圣的孙悟空。民间老百姓为了祈求福祉，联合起来用愚公移山的精神封神的故事那就更多了。人们最熟悉的妈祖，不怕刮风下雨，日日夜夜立在海边，保佑沿海渔民平安出海。还有三国时期蜀国大将关云长，最受商人喜爱，千百年来一直到今天，关帝爷手持青龙偃月刀，勇敢而忠诚地守在一家家店铺站岗。其实老百姓就是受环境所迫，无力挣脱势力束缚，祈祷在为难着窄时，有无所不能的神仙来排忧解难，企盼今生平安幸福，幻想来世步入天堂。

和释迦牟尼同一时代的圣人还有老子和孔子，老子被世人尊崇为道家鼻祖，老子的自然规律辩证学说《道德经》在世界上广为流传，有一千多种版本之多。孔子的社会规律儒家学说是世界公认的中国国学，其《论语》集华夏上古文化之大成，其光耀之灿烂、影响之深远尽人皆知。老子和孔子虽然经历了两千多年的沧桑变幻，其来源于自然规律和社会规律的严谨著述，居然没有被文人墨客演绎成神话故事，因为他们不容替代的睿智深邃的思想一直受到世人所真诚信仰。

诸神众仙是人们的信仰，信仰要装在心中，不能挂在嘴边上，更不能口是心非。佛即我心是佛家的最高境界，上帝与你同在是圣经的最高境界，真主在心灵之上是古兰经的最高境界。三大宗教一致告诫信众要把信仰放在心中，劝人向善，劝己行善。普通老百姓的信仰既朴实又简单，就是一顿饱饭，就是一件衣裳，就是一间住室，就是一个健康的体魄，就是一个温暖的家，就是念想儿，就是盼着，就是时刻想着想做还没有做到的事，就是一切一切还没有实现的好事，就是老百姓常说的"净做美梦"的美梦。全世界的每一个人都可以实现自己身边的普通老百姓普通的信仰，只要别遇上《渔夫和金鱼的故事》里面贪婪的老太婆。在他人迫切需要帮助的时候，只要你完成了他人的一个念想儿，你就实现了他人的一个美梦，你就代表你心中的信仰复制塑造了他人心中崇拜的信仰。

宗教、党派、社会团体各自有各自的信仰，他们的信仰有他们的共同点。非宗教、非党派、非社会团体各自同样有各自的信仰，他们的信仰也同样有他们的共同点。只要他们和他们（你我他）互相传递心中的信仰，最后人们终会惊奇地发现，世界上所有的人们的不同的信仰的共同点是多么的一致，简直就是不谋而合——劝人向善，传递福祉；繁衍生息，耕耘家园；非礼勿取，权财不惑；生负责任，死载快乐。发现了人类信仰的共同点之后人们无不欢喜雀跃，人们终于大彻大悟，所有的贪婪、自私、狭隘、偏执、争斗、邪念、猜忌、诋毁、尔虞我诈、损人利己、摧残生灵、迫害人类的孽障全部抛到九霄云外，人们怀着一个无比巨大的原子核裂变的共同点去面对世界，人们想着的念想儿、好事、美梦一个个实现了，却原来天是那么湛蓝，水是那么清澈，人是那么善良，却原来地球家园本是人类的天堂。

小小瓦罐

一九六四年八月，我13岁时考上了河北省小宝塔学校唐山十中，在初一（3）班食宿就读。我家住东矿区林西，离学校60多里路，坐公共汽车7分钱一站一共坐九站。

在那个什么都是配给制的年代，每一个普通家庭的生活状况都差不多，家庭收入的主要开支就是穿衣吃饭。我家有6口人，父亲、母亲、哥哥、姐姐、妹妹和我。父母都是教师，孩子都是学生。母亲四十多岁就开始在家吃病劳保，那是我国在三年困难时期给我家留下的纪念，母亲以自己羸弱的身体代表我家欣然惠领了。父母的工资加在一起有90元钱，平均每人15元钱的生活费，母亲还要经常给老家的爷爷奶奶寄些零用钱。7分钱一站，九站6角3分车票钱，每月我往返学校9个单程，5元6角7分的车费在那时实在不是一笔小数目。

在三年困难时期，母亲要敬父、相夫、教子，自己勒口缩食，耗尽精髓，饿得全身浮肿，落下一身病根。其中的一个病根就是不能有一点儿饿，饿了就心慌，出虚汗。我家有一个小小的瓦罐，里面平时总是装一些油炒面，最多也只能放一斤，就像今天的心脏病患者常备的速效救心丸，母亲感觉心慌时就冲一口吃。有一天返校前母亲大概是出去给我筹措车费，很长时间没有回来。我在等母亲的车费时留心观察了一下那个放油炒面的小瓦罐，那里面装的不仅是妈妈的救心丸，而且是我家经济状况的晴雨表。小瓦罐里空空的，里面干干净净的就像用水洗过的一样，我心里顿时什么都明白了。当从母亲的手里接过车费时，我满眶的泪水强忍着没有在母亲的面前落下来。

整整一个星期，母亲放油炒面的那个小小瓦罐老是在我的眼前晃来晃去。星期六上午第四节课下课时，老师宣布下午上自习课，路远的同学可以回家自习。我霎时眼前一亮，哈哈！我终于有好办法啦！我急忙忙在食堂吃完了午饭，快匆匆带上课本，背上书包，毫不犹豫地花掉5角5分车票钱，在校门口附近的一家小商店买了一斤油炒面，小心翼翼地把它包了又包放进书包里，然后雄赳赳气昂昂地踏上通往林西的公交车道，我要长途跋涉自己走回家。

　　回家的路上，我一边赏玩祖国大地上美丽家园黍醇稻香，一边回想着母亲辛劳勤勉的坎坷一生。母亲姓赵名玉君，一九一七年出生于河北保定府的书香门第。我的姥爷曾经做过晚清县督学，双手会写梅花篆字。我的姥姥在清末民初屈指可数的一所女子学校读书，受到过良好的传统道德文化教育。清朝灭亡后军阀连年混战，民不聊生，姥姥、姥爷相继去世。母亲年幼无靠，寄养在天津市姥爷的一个远亲家中。母亲开始时给姥爷的远亲做一些家务，后来给一家人力车铺记账，自食其力得以为生。由于有姥姥良好的早期家庭文化教育，加上自己的刻苦努力，母亲终于考上了天津女子师范学校，从前师一直读到后师。母亲在天津师范学校毕业后，辗转于胥各庄、宋家营、河头各地教书。母亲大半生奔波流徙，解放初期跟随我父亲迁到开滦林西矿。父亲是一个典型的老夫子，只知道循规蹈矩地教书育人，就像上好发条的老座钟，一生都在不慌不忙地走时间。母亲生我的时候没有出去工作，一直到我快上小学时才去我上小学的林西开滦一小教书。在我学龄前的这段日子里，母亲是我全天候的家庭教师。母亲对我的教育是言传身教，我从记事的时候就开始接受母亲的传统道德文化教育，诸如"孔融让梨"，"孟母三迁"，"岳母刺字——精忠报国"等等。至今我还记得母亲教我背诵唐诗时常说的一句话"背会唐诗三百首，不会作诗也会吟"。母亲写的大字就像碑拓字帖一样，她喜欢写"春夏秋冬、落花流水"，从她玉骨冰肌的笔锋中我仿佛看到了母亲那"驿外断桥边……只有香如故"的一生，我觉得只要是传统道德教育要求人们应该做到的母亲全部都做到了。那时吃猪肉白菜馅饺子是逢年过节的大餐，母亲总是做在前吃在后，一边挑着煮破的饺子皮吃一边说："百菜唯有白菜好，诸肉唯有猪肉香。"有一次邻居郭大妈问母亲要一个纽扣，母亲看完扣样儿后马上说："有！"回到家里便翻箱倒柜，找出自己的上衣，从上面剪掉一个扣子，让我给郭大妈送去。我诧异地问母亲："妈妈以后还咋穿哪？"母亲回答："先人后己，以后再买个扣子钉上是一样。"这就是我的母亲，这就是我那受过良好道德文化教育并具备良好道德素养的母亲。

在我小学四年级的一堂作文课上，老师怀疑我交的一篇作文不是我作的，没有点名地批评了我。老师在那篇作文的后面批语：要自己独立完成作业，那篇作文老师没有给分。我被老师误解感到很委屈，回到家里便向母亲诉说，恨不得马上去找老师辩解。母亲听了我的话想了一会儿说："有状元学生没有状元老师，你不是在给老师学知识，你学到的知识是你自己的，不要去找老师辩解，那样做你们老师会很没面子的。要想得到老师的认可，只有一篇比一篇作得好。"母亲看我还有些不服气，又说："委曲求全大家好，有理让人品自高。听妈的话，你的路会越走越宽广，你以后会明白的。"我听了母亲的话，没有去找老师辩解，只是越发努力学习，希望早一天能够得到老师的认可。到了五年级，母亲的教导便有了结果，我的作文经常被老师选作范文在全校各班传阅诵读。

不知不觉太阳落山了，我大约已经走了八九个小时。快到家时，远远地看见母亲领着妹妹站在胡同口眺望，在母亲的头顶上高高升起了一轮明月。到家后当母亲看着我将油炒面把小瓦罐装满，一把将我抱在怀里，我感觉母亲滚烫的泪珠滴在我的头上，流淌到我的心中，母亲说："罐满孝盈，仁心早成，妈妈的小小长大了。"

初一下学期，母亲的身体一天比一天差，在期末考试的数学考场上，我接到了家里来的电报："速归"。那是我一生中唯一的一次考试不及格，当时我的大脑一片空白，只想马上回到母亲的身边。母亲静静地躺在林西矿开滦医院的病床上，家里人告诉我，母亲昨天突然口吐鲜血，然后昏迷不醒，主治医师谭大夫说是多种疾病并发，需要全力救护。我紧紧地握住母亲的手叫了一声"妈"！母亲听到了我的呼唤竟然慢慢地睁开了眼睛，喃喃地问我："小小，你咋回来了？你不是正在考试吗？"我没有回答，唯恐忍不住落下泪来让母亲伤心……

从那以后母亲就再也没有离开过医院，没有离开过病床。我没有回学校，一直陪伴在母亲的床前。我初中二年级的一半时间是在母亲的病床前度过的，母亲稍有精神便询问我学习进度，在母亲弥留之际用她最后的心血浇灌了我，我不仅没有落下功课，反而提前预习了初二下半年的课程。是母亲教我知识，教我做人，是母亲给了我一生的精神食粮，使我终身受益无穷。有一天早晨，母亲的精神很好，还吃了一小碗稀饭。母亲示意对我有话要说，我趴在她的身边，她抚摸着我的头，用深切地目光看着我说："小小，你要记住，每一个人都有两种生命，父母给予的是自然生命，自己缔造的是社会生命。社会生命可以从昙花一现到永恒，不管是被钉在耻辱柱上还是活在人们的心中。我一直想写一本书，用我的一生诠释社会生命，我恐怕力不从心了，我的愿望都寄托在你的身上了……"我那时还小，对母亲的话还不能够完全理解，只是悉心地侍候着母亲，盼望着母亲能够尽快地好起来。母亲终于没有能够离开病床，一九六六年一月一日下午四点三十二分，我摸不到了母亲的脉搏。我的善良、睿智、奉献、冰清玉洁的母亲永远离开了我，小小再也不能亲切地叫您一声"妈妈"了。

  许多年过去了，我终于完全理解了母亲的遗愿。我也一直努力地在完成母亲的遗愿——我就是母亲要写的一本书，是母亲用心、用血、用生命、用对这个世界最凝重的爱撰写的一本书。我的生命的延续就是母亲续写的篇章，我要无愧于母亲的著作，我要用我的自然生命和社会生命去完成母亲的遗愿，去延续母亲的生命。许多年过去了，每年的清明节我都要去给母亲扫墓，每年我都要带给母亲一部自己写的诠释社会生命的新书，每年我都要在母亲的墓前摆上一个装满油炒面的小小瓦罐。

明星纳税趣事及其他

从八十年代开始，全国文化市场逐渐繁荣起来，文艺界同仁争相走穴，大腕明星引领时尚潮流，一切向钱看，纷纷率先使自己先富起来。

早晨刚上班，办公室说赵本山主动向税务局申报缴纳个人收入调节税。大腕明星有纳税意识，这可是文艺界的热点新闻，我立刻带着事业科的专管员来到祥云饭店。当时是市局办公室大秘，以后的唐山市地税局副局长李文忠，胸前挎着照相机已在饭店等候，演出场地唐山体育场的场长马秀明前来迎接。马场长是女子全能运动员，中等身材，年近五十仍走路带风，人非常爽快，说话像放机关炮。

马场长老远就打招呼："余科长来了，昨天晚上演出回来得晚，赵本山还在睡觉……"她快步走到近前声音小的像蚊子，贴着我的耳朵根说，"门前挂着'请勿打扰'，……，咱们大家耐心等一会吧。"

因为是老熟人，大家说说笑笑过得很快。大约十点钟，赵本山漱洗梳理始出来。寒暄过后我对赵本山主动纳税表示感谢，在友好愉快的气氛中很快完税。

我有意寻找话题："赵老师一看就是个爽快人，凭本事挣钱，依法纳税，这样钱会越挣越多。"

赵本山轻描淡写地说："没多少，现在也就二百多万。"

我听了很长见识："我们对万元户都很羡慕，你真了不起，一个人两个百万富翁。"

赵本山当时很高兴："我是一个从田埂上走出来的农民演员，是农民的土地养育了我，到啥时候也不能离开乡土本色，赵本山吗，时刻照着山乡本色使劲，离开了山乡本色我的艺术生命也就枯竭了。"

大家拿出事先准备好的笔记本请赵本山签字，赵本山欣然提笔给大家一一留念：

"愿笑声伴随你度过八十年代。"

"愿笑声伴随你走进九十年代。"

"愿为你送笑。"

……

临行前李文忠给我们拍照留影，赵本山站在中间，我们站在他的两边挽着他的胳膊，赵本山风趣地说：

"警察逮小偷，税务官抓赵本山，你们几个税务官在唐山实实在在把我逮结实了。"

大家哈哈大笑，我相信，当时在场的每一个人都会永远珍藏着这张照片。

赵本山送给大家的笑声一直到春节联欢晚会达到了高潮。大明星有"大创新"，用作践别人的连珠妙语，一改传统艺人作践自己的插科打诨，用损人利己的"人渣滓"和"让人卖了还帮人数钱的二傻子"形成鲜明的喜剧效果，来拷问在呼啸而来的市场经济大潮中，国人延续了三千年传统道德的是非观念，来拷问观众，在金钱诱惑面前你还撑得住吗？

姜昆、唐杰忠来唐演出时刘晓庆也跟着拼团前来，我们闻讯后去唐山市总工会体育馆征收个人所得税。午休后我带着专管员在旅馆见到了姜昆和唐杰忠，没有见到刘晓庆。

听了我们的来意，姜昆老师简洁明快地说："我们中央广播说唱团来唐山演出，是单位组织的演出活动。"

唐杰忠老师马上捧哏："姜昆是我们说唱团团长。"

姜昆："我们团演员的演出费回北京后由团里统一纳税。"

我问："刘晓庆也调到你们团了？"

唐杰忠："刘晓庆加盟演出，演出所得税姜团长负责。"

姜昆老师："刘晓庆和我们团合作演出，刘晓庆的演出费也由我们团回北京后统一发放。"

我接着问:"其他演员都是合作演出?演出费通通回北京发放?"

姜昆:"一样,一样。"

唐杰忠:"通通打啦。"

姜昆:"打理,打理,团里负责回北京纳税。"

我说:"姜团长的话我们应该百分之百的相信,也请姜团长支持我们的工作,麻烦你们回北京后,让会计把你们所有人员来唐山演出的完税证复印件寄过来。"

姜昆:"科长的指示,唐老师,你帮我记着。"

唐杰忠:"好,我帮团长记着。"

大家彼此客客套套地办完了公事,彼此客客气气地道了别,彼此干干净净地忘了寄完税证复印件这件事,没忘的是刘晓庆的独舞令我至今记忆犹新。

说起李玲玉带队组团来唐演出,那是最有意思,也是最有意义的一次"明星纳税"。

那是唐山市青少年宫组织的一次演出,想用演出分成建立青少年宫图书馆,以完成因多年资金不足而没有完成的夙愿,此前青少年宫孙建林主任请我帮忙玉成此事。演出地点是在工人体育场,演员是完全没有组织的自由组合,因为李玲玉名气大,演员们众星捧月拥戴李玲玉为团长,经纪人是一位初出茅庐的稚嫩小生。晚上七点钟开演,我六点半提前来到体育场。经纪人对"依法纳税是每个公民的义务"似乎是初次听说,初出茅庐的稚嫩小生确有其稚嫩之处,经纪人对演员们不合时宜地宣传了货币政策。著名演员在孔方兄的诱惑下稍嫌矜持,不太著名的演员就不太注意明星风范,舞台下的表演比舞台上的表演还要生动感人,使晚会演出未开始便进入了高潮。

七点钟没有开演,七点十分没有开演,七点一刻还没有开演。全场口哨声响成一片,掌声、呐喊声此起彼伏,观众席上塑料瓶在空中飞舞,主席台上市领导下来质询。

我郑重申明:"依法纳税和演员罢演没有任何联系,先演出后完税,谁罢演谁负责,谁抗税谁违法!"

著名演员就有著名表现，李玲玉说："救场如救火，我先上场！"

李玲玉边说边走上舞台，甜妹子甜美的歌喉飘出甜美的歌声顿时盖住了全场的喧嚣。开场前的情绪没有影响开场后的情绪，国家一流演员确有国家一流的敬业精神，那的确是一台精彩地演出。

演出结束后已经到了晚上十点半，善良的人们很快冰释前嫌，演员们坐上大巴赶回北京，经纪人留在唐山解决经济问题。经过和经纪人努力斡旋，经纪人少分成代替完税，经纪人最后做了经济上的让步。那场演出青少年宫分到四万元钱，用这四万元为全市青少年建立了一座梦寐以求的图书馆。我想，如果演员们知道了最终的结果，他（她）们一定会百感交集。

游记

望井冈山瀑布

早就想去拜谒井冈山,始终没有时间,退休后终于如愿以偿。前几年在兰州参加国家税务总局组织的税务咨询研讨会,和井冈山市国税局的老局长住在一个房间,我们的话题自然聊到了井冈山的一些大事小情,不料听了老局长介绍以后,竟然留存心中纠结至今,一直想身临其境去寻找"兰州问题"答案。

跟随唐山市地税局机关组织的老干部红色之旅,2011年9月14日晚八时在北京西站上火车,坐了十四个小时软卧,第二天上午十点多钟到达井冈山火车站。

下榻后进午餐。红米饭,南瓜汤,鲜竹笋,辣椒酱,红军大宴好肚量,汤足饭饱上"战场"。循着先辈的足迹,听着导游姑娘解说,中午虽未饮酒,却早已热血沸腾。站在黄洋界山岗的土炮前,身临"黄洋界上炮声隆,报道敌军宵遁。"其境;坐在红军的会议室,看着墙上的《井冈歌谣》"霹雳一声震乾坤,打倒土豪和劣绅。往日穷人做牛马,如今是顶天立地的人。"想到当年毛委员率领工农红军来到井冈山,高高燃起擎天红色火种,星星之火撒遍祖国大地,为了劳苦大众抛头颅、洒热血建立了赤旗的世界,我耳边响起了那震撼环宇的声音"中华人民共和国、中央人民政府成立了!"

来井冈山之前,井冈山吸引我的是"红",到井冈山之后,井冈山吸引我的还有"绿"。井冈山的各类珍稀植物就有三千八百多种,层峦叠翠,植物万千,峰岭绿遍,九天尽染,红豆杉、香果树、鹅掌楸、桂花、杜鹃、白玉兰……在五指峰西北处绵延数十公里,还有一片杳无人迹的原始森林，现已列为国家自然保护区，自然是难得一见的人间胜地。井冈山的珍稀植物多到连管理人员也不胜枚举，井冈山百竹园的竹子就有一百二十余种，亦有美丽的方竹传说饱游人耳福。相传井冈方竹的由来是在很久以前，五指峰下有一个穷人家的小伙子和财主的女儿相恋，遭到财主的强烈反对，财主放了狠话说"要想娶我的女儿，除非山上的竹子变成方的！"两个年轻的恋人听了后天天攀山手捋圆竹，两个恋人的真情感动了赵公元帅，财神伸出五指，把瀑布般的铜钱撒向五指峰竹林套在竹子上，于是五指峰的竹子就变成了方的。也许是美丽的传说激发了造币人的灵感，第四套人民币百元钞用五指峰做背景，赵公五指挂瀑流金，金漫五指山，引金瀑之金源源不断流入中华大地，给人民带来取之不尽用之不竭的财富。

井冈山立在"红"、"绿"之巅，相形见美的最是井冈山的"瀑布"堪称井冈山奇观。五指峰瀑布犹如金瀑漫山，龙潭瀑布仿佛神龙弄浪，仙女潭瀑布像似仙女沐浴。朱总司令不仅给井冈山留下了《朱德的扁担》，更有题词"天下第一山"为井冈山增色。我想朱老总一定是把"红"、"绿"、"瀑布"并题第一的，井冈山瀑布之奇、之险、之壮观，不禁令我陡然想起《望庐山瀑布》。庐山、三清山、井冈山均在江西，三山齐名，各显奇观，彼此相隔数百里，虽近在咫尺，只可惜唐代大诗人李白不曾来此留下绝唱。观此山此景、此湖此潭，我油然斗胆仿诗圣作《望井冈山瀑布》记录于斯，不吝贻笑大方：

七彩叠翠矗九天，
赵公挂瀑金漫山。
神龙弄浪吐飞河，
仙女沐浴舞前川。

快乐奔跑的时间连刘翔也追不上，游客大巴上漂亮的导游姑娘已然动情地唱起了《送红军》。

离开井冈山时，对于在兰州和井冈山市国税局老局长谈及的问题我已经看到了答案，或许是我已经领悟到了答案。因为是集体活动，没有去拜访老局长，心里放不下，总惦着怎么能把我的看法告诉他。夜里，躺在井冈山开往北京的包厢里还在思忖告诉老局长的看法。车轮和钢轨发出来有节奏的"咯噔、咯噔"声就像催眠曲，使我朦朦胧胧地进入了梦乡……

……我又回到了井冈山，井冈山取缔了破坏生态资源的项目，已经建立了"井冈山竹纤维研究中心"，利用环保资源优势，建立了一个又一个井冈山竹加工厂，我和老局长兴致勃勃地参观数百种竹纤维产品，市场销售供不应求。我对老局长说这就是我们渴盼的答案，以破坏资源为代价来发展经济无颜面对后代子孙。利用当地环保资源优势，发展环保经济，今天老区的老百姓富了。我和老局长边走边讨论廉政建设，法律法规是科学发展观的要素，廉政建设就如同是计算机编程，只要计算机程序编好了，结果肯定是正确的，否则，就是程序乱了。民可载舟亦可覆舟，我们共产党人绝不是为了推翻一个皇朝再去建立另一个皇朝，也不是为了让掌权者肆意践踏老百姓，更不是为了请当官的来作威作福，牺牲的先烈们是为了国际歌中的共产主义信仰，是为了人人都能过上好日子。编制廉政建设程序的一个关键是去掉法律法规的自由裁量权，把法律法规、实施细则具体化，具体到就像编制航天卫星的操作程序一样，老局长高兴地对我说："这就对了，这就是你和我说过的法律约束！"我接着跟老局长说："井冈山是共和国的红色摇篮，共和国需要从摇篮中走出来，共和国需要成长，共和国是中国人民千秋万代的基业，人民需要长治久安，需要建设和谐社会，需要耕耘自己的家园，需要人人都过上好日子，因为这就是我们已故的和健在的共产党人为之奋斗的信仰……"

诗歌

大爱兆雪

大钊正气,
铁肩担道义,
创世曲,
妙手文章立赤旗;

爱在人间,
玲心生墨函,
心之声,
风华绝代一笔椽;

评剧戏圣,
东方有莎翁,
花为媒,
戏曲一家兆才成;

千古传奇,
瑞雪化芹泥,
天下白,
祉泽无疆润大地。

向世界说声：喂，站住！

喂，站住
抢路的汽车
生命就是红灯
想想发生车祸的后果

喂，站住
冲动是魔鬼
不要恣意行事
去修筑痛苦的沟壑

喂，站住
吵架的夫妻
前面就是裂谷
想想掉下去的晦涩

喂，站住
色欲醉痴的飘飘男女
不要越过道德的底线
去曝晒阳光下的罪恶

喂，站住
被洗脑的一千零一种信念

不要用一万遍的谎言
去愚弄善良的人们

喂，站住
形形色色的人虫
不要张开杀人的血口
去吞噬无辜的百姓

喂，站住
不要下达发动战争的命令
再次充当发高烧的纳粹狂犬
把人类抛进灾难的深渊

喂，站住
面对自然规律的平衡
不要充当"吸血吮髓"的掘墓人
去做原始生态的守护神

喂，站住
面对人类社会的平衡
不要充当贪婪无度的大亨
去做和谐社会的使者

喂，站住
面对和平与战争的平衡
不要充当毁灭人类的元凶
去做地球家园的园丁

喂，站住
面对思想与现实的平衡

不要充当传说中的救世主
去做脚踏实地的主人公

喂，站住
面对四大平衡规律的困惑
有三大平衡动力可以调控
货币调节、法律约束、信仰引导

喂，站住
面对错误的行动止步后退
不要忘掉身上的责任
去制造千古遗恨

喂，站住
你已走近犯罪的边缘
立刻停住你的脚步
不要去把狱地坐穿

喂，站住
停步在变故沧桑的历史面前
不要等到人生末年
去发出悔恨此生的悲叹

喂，站住
让我们站在未来回顾今天
不要做所有所有的蠢事
去呵护耕耘每一个人的地球家园

女儿当自强

女儿柔，
女儿情，
女儿是月亮，
女儿当自强，
柔情似水伴儿郎；

女儿容，
女儿忍，
女儿是海洋，
女儿当自强，
善良仁慈宽心肠；

女儿心，
女儿血，
女儿是甘泉，
女儿当自强，
心血流淌润家乡；

女儿坚，
女儿韧，
女儿是大山，
女儿当自强，

风吹雨打不变样;

女儿天,
女儿地,
女儿是主人,
女儿当自强,
半壁江山肩上扛;

女儿美,
女儿丽,
女儿是鲜花,
女儿当自强,
天女散花世界靓;

女儿家,
女儿园,
女儿是园丁,
女儿当自强,
地球家园换新装;

女儿火,
女儿热,
女儿是太阳,
女儿当自强,
人间大地洒阳光。

园丁之歌

空气不分国界,
流水不分疆土,
世界殊途同归,
人类福祸同兮,
地球有生命,
地球有身躯,
地球有心脏,
地球有血液。
大地哺育了母亲,
母亲哺育了儿女,
地球是人类的母亲,
地球是人类的家园。

山崩是母亲在疼痛,
地裂是母亲在颤抖,
赤潮是母亲被感染,
冰熔是母亲高烧的汗水。
如果人类无视母亲的疼痛,
继续扩大环境的污染,
如果人类疯狂地发动战争,
继续无度地毁灭资源,
母亲将不堪重负,

过早地撒手人寰，
母亲怀抱子女同归于尽，
人类从此在太阳系消失。

醒来吧，
人类的兄弟姐妹，
从总统到平民，
我们都来做园丁，
去耕耘。
收回你操纵导弹的手指，
捡起你撒落地上的废屑，
留住大自然的和谐，
留住太阳的光辉，
让我们辛勤耕耘自己的家园，
让母亲永葆美丽的青春。

农民进城

村民进城，寻找平衡，斜背革包，怀揣烙饼。
城中食蔬，农村供应，艰苦岗位，农民占领。
城乡差别，自古形成，古道开路，艰难前行。
买碗羊汤，多添白水，难找厕所，憋得乱蹦。

村民进城，公司忙匆，手机银行，宝马坐行。
自家宾馆，商务宴请，洋务运动，市长陪同。
上道道上，城乡乡城，劳力资源，创造新生。
剩余价值，自己享用，绿野别墅，人间仙境。

杂文

打开潘多拉魔盒的钥匙一，
做人——财富立人

人们竭尽本能，竭尽全力，竭尽一生，追逐着财富和权力。当财富与权力只能选择其中之一时，大多数人会选择财富，极少数人会选择权力。极少数为权力而奋斗的人诱导着大多数为财富而生存的人，人们不惜生命向着梦想的财富，向着虚幻的财富发起殊死地进攻，于是引起了世界沧桑的变化。如果能够永远给人们，当然是给大多数人们以获得财富的希望，以获得财富的机会，以获得能够获得的财富，结果将会是天下太平。步入了市场经济的现代文明社会，如果人们，当然是大多数人们，认真去想，认真去做，就会有扑面而来的财富。获得财富的办法之一是人资公司，就是人力资源与物质资源平等结合的公司。

在人类社会的大多数人中，每一个人就是一个人力资源，这些人力资源在农村，在城市，在公司，在公私单位，在各个工作岗位创造着剩余价值，这些剩余价值就是财富。这些创造剩余价值的人被称为打工仔，打工仔做梦都想成为老板，但是，为什么一直是梦中的老板呢，一方面缺少创业的机遇，另一方面缺少创业的资金。资金都在哪里呢，在银行，在投资公司，在少数人的腰包里。银行的钱从哪里来呢，从公私账户，从税收，从大多数人赖以生存的存款来。那么财富又从何而来呢，人力资源和物质资源两者结合起来，才能够产生无穷无尽的财富。人力资源和物质资源平等结合，之前从未有过，或者有，只是没有引起人们足够的重视；之后两者间有没有结合点呢，当然有，只要认真寻找就一定会有的。

两者之间第一个结合点就是负有无限责任的公司。在农村，基础产业有种植，养殖，加工。例如搭建大棚搞种植，水塘、禽畜搞养殖，系列农产品搞加工。农民有人力资源和土地资源，银行、投资公司、个人都可以投入资金。农村适合设立承担无限责任的人资公司，土地使用权可以作为抵押物向银行贷款。有前景的项目也可以作抵押，通过中介机构评估担保，再向投资人融资。如果投资人不愿意承担风险，也可以享受优先股权。投资人受国家相关政策法规的约束和保护，最高约定股利不得超过法律规定；创业者虽然受无限责任的约束，但可以用获得的部分财富归还借款本利。基础产业发展起来以后，农民有了财富，再向有限公司迈进。

第二个结合点是有限公司。在城市，最普遍的产业是服务业。服务业中最普遍的产业是餐饮业，一个创意可以成就一项事业，一间小店铺可以发展成连锁店。肯德基大爷、麦当劳大叔就从一只鸡做起，从一个店铺做起，如今走遍了中国大大小小的城市。北京炸酱面就是一碗面，就是一间不大的店铺，如今也走进了纽约，走进了渥太华。市场经济离不开经济鉴证所，经济鉴证所必须有有资质的经济鉴证人员，人资公司最好的典范就是工程造价事务所，60%的造价工程师和40%的其他投资人组成有限公司，在法律法规的约束和保护下健康发展。有限公司第一是人力资源，首先要有好的创意，其次要有好的团队。有限公司第二是选择有远见卓识的投资人，志同道合才能把一碗面卖到纽约，卖到渥太华。人资公司可以人资各半，人力资源用自己的专有技术、薪金、效益工资入股，根据不同产业制定不同政策。例如，发展快的餐饮公司可以周薪月股，逐月增加股份，达到事实上和法律上的人资各半。任何一项事业都是从小做到大，站在纽约的北京面馆回顾当初的那一碗炸酱面，回顾当初的那一间不大的面铺，就会设身处地地感觉到，只有人资公司才能发展壮大，也只有人资公司才能长盛不衰。

80%以上的大多数人都属于城市创业的人力资源，畅通的资金来源渠道在哪里呢，这就需要市场经济中的中介机构来完成。城市不乏创业资金，不乏有良知有智慧的投资人；市场不乏有发展的项目，不乏有良知有智慧的人力资源。两个意中人之间缺少一个红娘来做媒。其实，红娘原本就有的，而且是有资质的可信赖的红娘，这就是各类经济鉴证所。法律法规赋予经济鉴证所相应的资质，增加人力资源信誉鉴证和项目资源信誉鉴证业务范围，根据人力资源提出项目的可研报告，出具唯一性结论鉴证报告提供给投资人，两厢情愿，天造地设，于是人资公司就诞生了。

  人必须不断获得财富，没有财富就不能生存。人的一生身负责任，对父母，对妻子，对丈夫，对子女，对社会。人尤其要对自己负责任，只有先壮大自己，然后才能善待他（她）人，才能回馈社会。人的一生应该这样度过——劝人向善，传递福祉；繁衍生息，耕耘家园；非礼勿取，权财不惑；生负责任，死载快乐。不管你是中国人还是外国人，在地球家园，在世界上每一个地方都会有人资公司天作之合。为了财富，为了立人，为了身上的责任，为了无愧此生，看到希望不要彷徨，看到财富要礼智前往，要毫不犹豫地拒绝一切诱导。于是，就会有财富，于是，就会有幸福生活，于是，就完成了做人的责任，于是，醒悟人生，永远天下太平。

打开潘多拉魔盒的钥匙二，做事——多米诺方法

自从有了多米诺骨牌，人们分析问题就开始联系多米诺现象，多米诺现象就是事物的连续反应现象。聪明人也许早就在利用这种连续反应现象悄悄地帮助自己做事，聪明人其中就有美国总统艾森豪威尔，艾森豪威尔分析问题就联系到多米诺连续反应现象，唯恐当时的共产主义运动像多米诺骨牌一样产生连续效应。如果我们大家把这种连续反应现象作为一种做事方法，即多米诺方法，供地球家园的居民共同使用，使人们能够用这种连续反应的分析方法帮助自己做事，或者说姑且首先避免做傻事，毋庸置疑，这真是一个绝妙的好主意。

多米诺方法是一个从开始就能够看到结果的连续反应链条。人们从上学到毕业是一个链条，从开始工作到退休是一个链条，从恋爱到结婚到生儿育女到白头偕老是一个完整的链条。一件事从好到坏是一个链条，例如酒色财气。酒是穿肠毒药，色是刮骨钢刀，财是下山猛虎，气是惹祸根苗。一件事从坏到好也是一个链条，仍然例举酒色财气。饮酒不醉控为高，近色不乱真英豪，无义之财君不取，忍气息人祸自消。年轻人中途辍学是特殊现象，是一个多米诺链条的结束，也是另一个多米诺链条的开始。工作期间变换岗位，是一个链条的结束，也是另一个链条的开始。离婚、丧偶、人生变故是一个链条的结束，也是另一个链条的开始。沐浴阳光下的幸福生活不去珍惜，超越道德的底线，超越法律的界线，泄一时之快，逞匹夫之勇，恣意放纵任由事态发展演变，一个多米诺链条从好到坏以断裂而告结束。痛定思痛，浪子回头金不换，亡羊补牢犹未为晚，一个从坏到好的多米诺链条重新开始了。我们尽可能避免做傻事，但是人非圣

贤孰能无过，人生在世，什么事情都有可能发生，发生什么事情都不足为怪，不外乎一个多米诺链条因断裂而告结束，另一个多米诺链条又重新开始了。不管昨天是好是坏，昨天已经一去不复返了，昨天的历史结束了，今天的未来开始了。为了把握好重新开始的多米诺链条，必须了解多米诺链条的开端启动力。

多米诺链条有开端启动力，开端启动力可以预测一件事的结果。穷人家孩子上学的开端启动力是为了摆脱贫困，改换门庭，有了这个开端启动力就能够发奋读书，就能够摘取哥德巴赫皇冠顶上的明珠。富人家的孩子上学有开端没有启动力，或者说大部分富二代有开端没有启动力，不知道为什么上学，或缺启动力就是为了领取学校发给的毕业证。殊不知人世间就像一个大舞台，你唱罢来我登场，京城偏爱状元郎。大多数人参加工作的开端启动力是为了生存，是为了连续得到生活的给养，找工作的标准根据自己的条件量力而行，工作岗位是绝对的买方市场，所以大多数人都是干一行爱一行，一直爱到退休下岗。有条件的年轻人（官二代，富二代）找工作有开端没有启动力，是绝对的买方市场，找工作如同买衣服，穿在身上是为了显示自己的身价，是为了给别人看，不合适换一件属于各有所爱。大多数人的婚姻的开端启动力是为了过日子，过日子因为有相互物质依赖和感情寄托为基础，不管先生太太，一般都能够从一而终。少数人的昏淫的启动力是为了玩日子，玩日子的连续过程是邪欲引力，财色交易，各尽所能，各取所需。玩日子的昏淫链条最终结果必将是粉碎性断裂，就像孩子们吹出来的一个个彩色肥皂泡。每一件事都有多米诺链条开端启动力，聪明人慎重选择开端启动力，避免做傻事，利用多米诺方法就能够预测到每一件事的结果。

每一个完整的多米诺链条都有一个稳定性的结果。例如，一个人的身体健康就是一个多米诺链条，人们常说，身体发肤，受之父母，不敢毁伤，孝之始也。小时人找病，老了病找人，就是告诫人们少壮时节养成良好的饮食起居习惯，驾驭掌控自己爱护身体，因为许多疾病都是少壮时节不注意造成的。爱护身体如同行善，行善之事如园中青草，不见其长而日有所增；毁伤身体如同行恶，行恶之事如磨刀之石，不见其损而日有所亏。从少壮到老大，始终保持健康的身心，就是一个健康的多米诺链条的稳定性结果。保护人的健康需要运用多米诺方法，保护社会健康同样需要运用多米诺方法。有很多中等学校设立了出国留学中外合作班，合作班的学生看钱数不看分数，学生在国内先花够了钱，然后轻轻松松直接进入国外大学，在国外大学花够了钱镀金回国。毋庸讳言，采用多米诺金钱链条教育出来的学生，绝大部分不堪重用。办学的开端启动力不能是金钱，学校的健康是保证社会健康的开端启动力，保护德智体美全面发展，是国民教育链条的唯一稳定性结果。救死扶伤是医院的开端启动力，如果用病人带血的奖金作为开端启动力，结果只能是让健康的人流血，因为"医生们病了"，在病医生眼里看哪个病人都是一张张人民币，病医生还能够治病救人吗，在医院，保护白衣天使的纯洁稳定性才能保护病人的健康。文艺界善良的大师们出于善意的愿望考虑，举办春节联欢晚会的目的就是"笑"，这当然无可非议，节日欢乐深入人心。但用多米诺方法分析，想想面对全国十三亿观众，春节联欢晚会开端启动力还有人心导向。每一句台词，每一个故事，每一个人物都将被久久的深深根植于老百姓的心中。面对人民大众的文艺节目，宣传媒体的开端启动力是娱乐寓教，连续反应的正能量效应，应该是宣传媒体的唯一稳定性结果。

我们一生不知道要做多少事，从每一件小事到每一件大事，为了能够做到事事顺利，我们使用多米诺连续反应现象来分析每一件事的始末，从开端启动力到连续反应过程，最终达到稳定性结果，使用多米诺方法无疑是智者的选择。

打开潘多拉魔盒的钥匙三，做官——海上哲学对话

当官不为民做主，不如回家卖红薯。本文是为为民做主的官员所作，是为为官一任造福一方的官员所作，是为普天下勤政爱民的官员所作，是为人民的公仆——老百姓的打工仔公务员所作，是为地球家园的耕耘者——园丁官员所作。

四大平衡规律和三大平衡动力哲学思想，来源于长篇小说《凤之舞》。为了用通俗的语言把四大平衡规律和三大平衡动力哲学思想说清楚，本文尝试用"哲学对话"新体裁，形象的缩影长篇小说《凤之舞》中，清朝大学士钟岳和女儿中玉星先、女婿小威廉伯爵在大西洋客船上的《海上哲学对话》，让大家能够充分了解并掌握四大平衡规律和三大平衡动力的精髓。

……一九〇八年初夏的一天下午，伊丽莎白号豪华客船开进了浩瀚无垠的大西洋，清朝大学士钟岳手扶栏杆，站在船首甲板上极目远眺。只见那天水浑然处飘浮着朵朵白云，分不清是天空中的云朵还是水中的倒影。钟岳的大女儿中玉星先手提食盒，星先的丈夫小威廉伯爵端着刚沏好的一壶茶水，放在船舷边带顶棚的旅客休闲处圆桌上，请父亲钟岳过来坐下喝茶吃水果。

小威廉拿起星先放在桌上的骑士帽，指着上面的十字星图说："夫人，父亲设计制作的这个商标图案是什么意思？"

星先："这不是商标，这是父亲研究设计的十字星图。"

钟岳拿过来骑士帽，指着十字星图说："这个十字星图是由一颗十字星连接内外两个圆构成，两个圆分别代表太阳系和地球，十字星图代表太

阳系以内的天体。十字星图蕴含着四大平衡规律和三大平衡动力。四大平衡规律的第一个平衡规律是自然平衡规律,自然平衡规律从太阳系来说是一种自然界的和谐运动,从地球来说是生态物种的相互作用。地球是一个大自然运动形成的生命体,维护自然平衡规律会延长地球的寿命,破坏自然平衡规律会缩短地球的寿命。"

小威廉边给钟岳沏茶边说:"父亲,您说得太有意义了,您慢慢说,我要记下来放在《世界文化》杂志上面。"

钟岳停下来,喝了一杯茶水,等小威廉拿出笔和纸,然后接着说,"自然平衡规律有三方面,一是星球之间的自然平衡规律。太阳系星球大多按逆时针方向公转和自传,每一个星球都在按照自己的运行轨道,围绕着另一个引力强大的星球运转。二是地球自身的自然平衡运动。地球随着宇宙星球之间的平衡运动进行公转和自转,地球上的结构,也会随着时间的推移和运行角度的变化,在引力的作用下而相应发生变化。由于变化速度的微小,人类经过千万年才会有所察觉。三是人类行为的平衡。人类赖以生存的地球经过若干亿年的变化,迄今已趋于相对稳定状态。由于人类放任地占有欲而导致贪婪无度地攫取地球资源,将会制造出自然规律新的不平衡。地球是一个有生命的天体,她也有心脏,有血液,有神经。她也会不舒服,也会生病,也会舒展一下身体,也会发出呻吟。于是就会产生山摇地动,水漫田园,瘟疫肆虐,火灼赤野。人类如果不停止自己的愚蠢行为,人类将会失去新鲜的空气,将会失去干净的饮水,将会失去立足的净土。

"十字星图的第二大平衡规律,是人类社会的平衡规律。其中也有三个方面,一是男女之间的平衡;二是人与人之间的平衡;三是供应与需求之间的平衡。这里主要讲人与人之间在生活方面的基本平衡,在供需之间的基本平衡。帝王和平民之间怎么会平衡呢?亿万富豪和躬耕布衣之间怎么会平衡呢?会的。试想,将来的某一天,人们不再忧患于衣食住行,人们通过对社会的贡献得到基本生活的需要,劳动之余同亲友去游山玩水。全社会所有的老百姓劳有所得,生有所乐,病有所医,老有所养。这样的生活和帝王、富豪之间是不是有一种基本生活需要上的平衡?帝王、富豪也不能同时穿十件衣服,用十人的饮食,睡十张床。帝王、富豪每天劳心劳神，哪有安居乐业的平民百姓自由快活！

"十字星图的第三个平衡规律是和平与战争的平衡规律。在现实社会中，这个平衡规律应该是一个不等式。人类社会的初级阶段，战争的力量大于和平的力量；人类社会的中级阶段，和平的力量大于或等于战争的力量；人类社会的高级阶段，和平的力量大于战争的力量。人类社会的历史是一部互相残杀的历史，人类如果不遏制住自己贪婪的本性，战争的无限度升级将会直接破坏四大平衡规律。第三个不等式平衡规律受第二个平衡规律的制约，当人类社会平衡规律遭受破坏，大多数老百姓达不到快乐生活的平衡点，基本的衣食住行得不到保证，这时有人振臂一呼，于是群起响应，战争就爆发了。战争爆发的另一个原因是统治者的庞大占有欲。战争争权利，民贼奸民意，一人成霸业，万骨荒冢泣；你为口中食，我为身上衣，丰衣足食日，地球和平时。

"十字星图的第四大平衡规律是思想与现实的平衡规律。人类的思想范畴要与现实社会相一致，人类不要去做超出人类能力的无谓幻想与行动。十字星图的太阳系外圆诠释一个思想界限，超过了这个界限就是虚幻，在这个界限之内才是现实。人类的思想再富有想象力，也想象不出无穷无尽、无边无际的宇宙的全部蕴含。人类如果破坏了思想与现实的平衡规律，就会被愚弄、被利用、被不劳而获的小人诈取诚实人的利益。人类之信根植于历史，人们信奉的神灵，是数千年以来的小说、故事、民间传说、童话、神话演变至今。每一个国家都会有成百上千个受人崇拜的历史人物，全世界二百多个国家又有多少演绎故事？中国禅宗六祖慧能说'人人皆升西天，则西天将人满为患'。一生都在修炼往天堂的鼻祖尚有如此悟性，我等更需大彻大悟了。上天堂入地狱，不是死后，而是生前。十字星图绘自然，天上瑶池建人间。"

小威廉："父亲，难道没有什么好对策来维护这四大平衡规律吗？"

星先："别打岔，听父亲说，父亲这就讲三大平衡动力。"

钟岳接过星先递过来剥好的橘子，接着说："十字星图的三大平衡动力就是维护四大平衡规律的对策。第一种动力是货币调节动力；第二种动力是法律约束动力；第三种动力是信仰引导动力。维护四大平衡规律必须综合利用三大平衡动力。首先，货币调节要做到能够供应大多数老百姓的

需求,才能保证人类社会的平衡。人类应该保证安居乐业,也就是人类要具备赖以生存的物质经济基础。只要给大多数老百姓劳动的权力,大多数老百姓就能够自食其力,给大多数老百姓经营自主权,大多数老百姓就能够创造财富。货币调节如同流水一样流到大多数老百姓需要的地方,自动调节在基本生活物资流通过程中的供应与需求。其次,必须制定严格的法律约束。一个国家要有保证本国和平安全的法律制度,多个国家要有保证多个国家乃至世界的联合法律约束。一个家庭,一个团体,一定的范围要有制度约束,一个国家要有法律法规约束。法律法规约束要全面、具体,不能有盲区,要精确,不能有弹性。一个条文不能这样也行,那样也行,要有唯一性。最后,人类要有一个统一的信仰,这是一个必须信守的一致性原则动力。空气不分国界,流水不分疆土。世界殊途同归,人类福祸同兮。我们每一个人都在地球家园里生活,从总统到平民,我们都是地球家园的园丁,我们都要耕耘自己的家园,一致性原则信仰就是每一个人都要维护从自己到地球家园的利益。"

钟岳、中玉星先、小威廉三人全神贯注《海上哲学对话》之中。不知不觉,西方的太阳正在慢慢落入海洋,海上的落日比初升的太阳更加绚烂,更加壮观。晚霞映红了天,映红了水,映红了天水日一色的大自然画卷……

后 记

后记权当简历,姓名写在封面,曾用名小小,东山玉,其人,何平,肖红,园丁,吴为。1950年9月8日出生。男 。汉族。祖籍河北丰润。前负责任北京军区内蒙古生产建设兵团四师三十四团报道员、《黄河战报》主编,唐山市活塞厂财务股长,唐山市税务局三分局税政股长、事业科长,唐山市税务学会副秘书长、《唐山税务》杂志编辑,中国经济出版社《当代经济文库》、民主与建设出版社《纳税人顾问》、警官教育出版社《中国税收实用手册》、中国人民大学出版社《财务管理丛书》作者、主编、编辑,唐山市地方税务局一分局副局长、代局长,唐山市地方税务局咨询所所长,中国人民大学成教学院唐山分校校长,唐山中税咨询有限公司董事长,唐山科特企业管理服务有限公司董事长,唐山市上道餐饮有限公司董事长,河北(唐山)中元五所经济鉴证事务所首席所长、董事长。现负责任河北中元税务师事务所、唐山中元工程造价咨询事务所、唐山中元司法会计鉴定中心首席所长、董事长,唐山大爱兆雪信息咨询有限公司董事长。中国注册税务师,会计师,司法会计鉴定人。唐山市工程造价管理协会理事,河北省注册税务师协会理事,河北省注册纳税筹划师协会副会长。多次获国家、省、市政府部门立功、通报、表彰奖励。退休前出版经济专著《中国税收实用手册》,《纳税人顾问》,《金融法概论》,《现代商业银行管理》,《企业财务管理》等十余部,数百万字。偶发社会科学题材的论文。退休后再操兵团旧业,投戎从笔,大部分时间和精力为社会科学服务。2011年5月出版长篇小说《凤之舞》。2012年4月出版电影文学剧本《上道村的故事》。2012年下半年发表散文《小小瓦罐》,游记《望井冈山瀑布》，短篇小说《人虫》。2013年发表散文《明星纳税趣事及其他》，《为了同一个信仰》，诗歌《大爱兆雪》，《向世界说声：喂，站住!》，《园丁之歌》，《女儿当自强》，短篇小说《阿Qiu外传》，散文《省级以上公务员二三事》，微小说《姥姥的家庭三字经》。2014年春节期间，尝试文学创作新体裁，开创"杂文哲学"姊妹篇，《打开潘多拉魔盒的钥匙一，做人——财富立人》，《打开潘多拉魔盒的钥匙二，做事——多米诺方法》，《打开潘多拉魔盒的钥匙三，做官——海上哲学对话》。2013年3月加入河北省作家协会。2013年9月至今，创建大爱兆雪公司，和唐山市文联、唐山市作家协会、《唐山文学》杂志社合作，发起并承办《李大钊杯、张爱玲杯、成兆才杯、曹雪芹杯》文学大奖赛，旨在献给辛勤耕耘地球家园的园丁们。

　　最后，感谢新华出版社，感谢董朝合老师和其他各位老师给我的大力支持！感谢我周边善良的人们，感谢给我感悟，给我文学土壤的人类社会！

作者2014年3月16日于唐山